D1995709

Roman Voosen
Kerstin Signe Danielsson

SPÄTER FROST

DER ERSTE FALL FÜR
INGRID NYSTRÖM UND STINA FORSS

Kiepenheuer & Witsch

MIX
Papier aus verantwortungsvollen Quellen
FSC® C083411
FSC www.fsc.org

Verlag Kiepenheuer & Witsch, FSC®-N001512

7. Auflage 2012

© 2012, Verlag Kiepenheuer & Witsch, Köln
Alle Rechte vorbehalten. Kein Teil des Werkes darf in irgendeiner Form (durch Fotografie, Mikrofilm oder ein anderes Verfahren) ohne schriftliche Genehmigung des Verlages reproduziert oder unter Verwendung elektronischer Systeme verarbeitet, vervielfältigt oder verbreitet werden.
Umschlaggestaltung: Barbara Thoben, Köln
Umschlagmotiv: © plainpicture / Naturbild – aus der plainpicture Kollektion Rauschen; Schmetterling: © Neubauwelt
Gesetzt aus der Swift und Lithos
Satz: Felder KölnBerlin
Druck und Bindung: CPI – Clausen & Bosse, Leck
ISBN 978-3-462-04449-2

»Ich dachte, ich wäre tot,
aber ich war nur in Nebraska.«

LITTLE BILL IN: »ERBARMUNGSLOS«

JERUSALEM, 1948

Langsam bewegte sich der Konvoi entlang der sandgelben Häuser. Der diesige Horizont Katamons begann im Schein der aufgehenden Sonne zu glühen. Henrik blinzelte verschlafen aus dem Autofenster. Sie waren hastig und ohne Frühstück aufgebrochen, nun war er hungrig und schälte eine der Orangen, die er in der Lobby eingesteckt hatte.

Dort, wo er herkam, gab es die exotischen Früchte nur am Weihnachtsabend, vorausgesetzt, man kam aus einer Familie, die es sich leisten konnte. Winter für Winter hatte er sich die Nase am Schaufenster von Karlssons Feinkostladen platt gedrückt, bevor er zum ersten Mal einen Spalt der Frucht hatte kosten dürfen. Das war lange her. In einem anderen Leben, in einem anderen Land. Hier dagegen gab es Orangen wie Sand am Strand von Sunnanö. Und in dem großen Hotel, in dem sie wohnten, wurden die Früchte sogar zu Saft gepresst und den Gästen als Getränk serviert. Hatte man so etwas Verrücktes schon erlebt? Aber andererseits: Was war überhaupt normal in diesem seltsamen, fremden Landstrich, der sich gerade neu zu ordnen begann? Er sah vom Beifahrersitz in den Rückspiegel. Im Fond saß Wennerberg und sprach mit einem französischen Offizier. Auch wenn er selbst kein Wort verstand, wusste er, dass es um Politik ging. Das ging es immer. Verträge, Verhandlungen, Linien in der Wüste. Israel, Palästina, Jordanien. Die Engländer und die Vereinten Nationen. Er gab sich Mühe, alles zu begreifen, aber manchmal rauchte ihm einfach nur der Schädel.

Der Wagen rumste durch ein Schlagloch. Henrik stieß sich den Kopf, Ferdinand, der Fahrer, fluchte. Am Straßenrand zogen Palmen und Kiefern vorbei. Die Kiefern mochte er, die gab es auch dort, wo er herkam. Dann wieder gelbe Gebäude, Sandstein, die ganze Stadt schien daraus gemacht zu sein, sogar die Grotte in Bethlehem, in der Jesus zur Welt gekommen war und die er am zweiten Tag nach seiner Ankunft hatte besichtigen dürfen. Drei Monate war das jetzt her.

Die Sonne goss ihr Licht großzügig auf die staubige Straße, auf Dächer und die Fassaden der Häuser. Plötzlich hielt der Wagen an, die Fahrzeuge vor ihnen waren ebenfalls zum Stehen gekommen. »Militärkontrolle«, sagte Ferdinand, zuckte mit den Schultern und griff nach seinen Zigaretten. Nun sah Henrik es auch. Eine Gruppe uniformierter Männer hatte den Konvoi gestoppt. Sie gingen die Reihe der Fahrzeuge ab und schauten in die Autos hinein, Schattenrisse in gleißendem Gegenlicht. Ferdinand zündete sich eine Zigarette an. Henrik kannte die Marke, Ferdinand rauchte sie ständig. Auf der orangefarbenen Schachtel stand zwischen hebräischen Buchstaben das englische Wort »Sport«, dahinter war ein athletisch gebauter Läufer abgebildet. Er mochte das Aussehen der Zi-

garettenpackung, obwohl er selber nicht rauchte. Das Gespräch der beiden Männer im Fond war verstummt. Einer der Soldaten trat direkt neben ihren Wagen. In seiner Hand hielt er etwas, das aussah wie eine Fotografie. Er beugte sich vor, um in das Wageninnere sehen zu können. Reflexionen auf der Scheibe blendeten ihn. Aber dann erkannte er doch etwas. Seine Augen weiteten sich. Er rief etwas auf Hebräisch, aufgeregt.

Henrik sah, wie er eine Waffe zog, danach krachte es, ohrenbetäubend. Im Fond des Wagens explodierte etwas. Dann noch einmal. Und noch einmal. Die letzte Explosion war ganz nah, beinahe so, als wäre etwas in ihm explodiert. Er spürte einen Blitz in seinem Arm. Das Letzte, das er wahrnahm, war das Blut, das aus ihm herauslief. Alles verschwand in Dunkelheit.

SCHWEDEN, HEUTE

1

Wie ein Raumschiff schwebte der Bahnhof von Växjö in der feuchten Kälte des späten Februarnachmittags. Scheinwerferkegel hoben das holzverkleidete Gebäude aus der Dämmerung, und nur eine Treppe aus Beton, die vom Bahnhofsvorplatz auf den Gleisübergang führte, schien den halbrunden, ufoförmigen Bau am Abheben zu hindern. Vor der Treppe stand Stina Forss und sah über den unwirtlichen Bahnhofsvorplatz hinweg in eine menschenleere Fußgängerzone. Außer ihr waren lediglich drei andere Reisende dem Zug entstiegen, vermummte Gestalten, die schnell in verschiedene Richtungen verschwunden waren. Sie fror und vergrub ihre Hände tiefer in den Taschen ihres Lodenmantels.

Die zweitägige Zugreise von Berlin über Fehmarn durch

Dänemark bis in die südschwedische Stadt Växjö war eine einzige Aneinanderreihung von Ärgernissen gewesen: Um den Fehmarnsund zwischen Deutschland und Dänemark zu überqueren, war der gesamte Zug auf eine Fähre gefahren, wo alle Passagiere hatten aussteigen müssen. Auf dem Deck war es viel zu kalt und zu windig gewesen, und sie war in den Duty-free-Shop gegangen, wo sie sich Parfüm und eine Flasche Wodka gekauft hatte. Alkohol war in Schweden teuer. Dann hatte sie einen Kaffee getrunken, einen Hotdog gegessen und war eingenickt. Als ein Lautsprecher plötzlich die Passagiere zurück in den Zug beordert hatte, war sie hochgeschreckt und zurück an ihren Platz geeilt. Ihre Handtasche, in der sich auch ihr Handy befand, hatte sie dabei unter dem Tisch des Bordrestaurants stehen lassen. Obendrein war es wegen der stürmischen See zu einer Verspätung gekommen, sodass der Anschlusszug in Kopenhagen ohne sie losgefahren war. Also hatte sie eine Stunde in einem McDonald's verbracht, auf den nächsten Zug gewartet und mit dem Ketchup Muster auf den Tisch gemalt, bis sie von einer Angestellten gebeten worden war, das Restaurant zu verlassen. Wenn man aus einem McDonald's geworfen wird, kann es kaum mehr schlimmer kommen, hatte sie gedacht. Als sie endlich mit dem nächsten Zug den Öresund überquert und Schweden erreicht hatte, war es bereits spät am Abend gewesen. Zu allem Überfluss hatte der Zug wegen eines technischen Defekts in Malmö ausgesetzt werden müssen, und ein Bahnangestellter hatte ihr seelenruhig erklärt, dass damit die letzte Verbindung Richtung Växjö ersatzlos gestrichen worden war. Notgedrungen hatte sie also die Nacht in einem Hotel in Bahnhofsnähe verbracht, lange geschlafen und war erst am Mittag weitergefahren. Nun war sie endlich an ihrem Ziel angekommen, aber wo zum Teufel war sie hier nur gelandet?

Sie trat mit ihrem Rollkoffer auf den Bahnhofsvorplatz hinaus. In einem Ständer rosteten einige verlassene Fahrräder vor sich hin, bei einem war der Bezug des Sattels aufgeplatzt, sodass die Schaumstofffüllung herausquoll. Um den Bahnhof herum befanden sich ein Postgebäude, ein Restaurant, ein Fahrrad- und ein Hi-fi-Geschäft, in keinem der Fenster brannte Licht. Es kam ihr vor, als befände sich die Stadt in einem Winterschlaf, in einer Art kollektiver Kältestarre, deren Sinn sie angesichts des anhaltenden Schneeregens nicht einen Moment infrage stellte. Das einzige Anzeichen von Leben war ein VW-Taxibus mit beschlagenen Scheiben, der in einer Haltebucht stand und im Leerlauf vor sich hin tuckerte. Noch nicht einmal ein Volvo, dachte sie. War das hier wirklich noch das Land, in dem sie aufgewachsen war? Ihr Schweden sah anders aus als ein vergessener Bahnhof an einem Sonntagnachmittag im Winter. Ihr Schweden war warm und sonnig und roch nach Kiefernharz und Walderdbeeren. Arme Stina, hier hast du deinen Wald. Gleich hinter dem Bahnhof fängt er an. Er ist nass und kalt und riesengroß. Und irgendwo da drin wohnt Pipi Langstrumpf mit ihrem Pferd und dem dummen Affen und bekommt eine Blasenentzündung.

Hatte sie die richtige Entscheidung getroffen? Oder war das alles falsch? Eine übereilte Flucht? Oder, noch schlimmer, eine sentimentale Dummheit? Die Kälte schüttelte sie. Trotzdem entschied sie sich gegen das Taxi und machte sich zu Fuß auf den Weg durch die Fußgängerzone.

Das Hotel, das sie von Berlin aus gebucht hatte, lag ihrem zukünftigen Arbeitsplatz direkt gegenüber. Es machte einen nüchternen Eindruck. Der Mann an der Rezeption betrachtete ihren Personalausweis. Sein Blick verriet, dass er die deutschen Papiere mit ihrem akzentfreien Schwedisch in Einklang zu bringen versuchte. Er selbst hatte einen nordschwedischen Zungenschlag. Als er ihre Anschrift in den Computer eingab, wurde ihr bewusst, dass die Adresse bereits nicht mehr stimmte. Berlin lag hinter ihr. Bis auf Weiteres war dieses Hotel ihr Zuhause. Der Mann reichte ihr den Zimmerschlüssel.

»Willkommen, Stina Forss!«

Fosch hatte er gesagt. Wie Frosch ohne r. Irgendwie klang es schwedisch ausgesprochen viel kraftvoller als auf Deutsch: *Fosch*. Ein Name wie ein Wasserschwall.

Sie hatte vorher nie darüber nachgedacht.

Im Zimmer packte sie ihre Sachen aus; ein weiterer, größerer Koffer würde in den nächsten Tagen mit der Post kommen, ebenso ihre Handtasche, das hatte ihr eine Mitarbeiterin der Fährgesellschaft zumindest am Telefon versichert. Dann rief sie ihre Cousine Maj an, die mit ihrer Familie unweit von Växjö auf dem Land wohnte. Sie hatte versprochen, sich nach ihrer Ankunft zu melden. Sie fand Majs Nummer in dem Telefonbuch, das auf ihrem Nachttisch lag. Maj war auch einmal eine *Fosch* gewesen, doch nun war sie seit Langem verheiratet und hieß Lundin.

Ihre Cousine freute sich, von ihr zu hören. Sie hatten sich zum letzten Mal vor drei Jahren auf einer Geburtstagsfeier getroffen. Forss schlug ein gemeinsames Abendessen in der Stadt vor. Maj lachte.

»Wir haben Sonntag!«

»Ja, eben. Bring doch die Kinder mit. Und Mathias möchte ich natürlich auch treffen.«

»Aber sonntags hat doch in Växjö kein Restaurant geöffnet.«

Die Lundins wohnten in Moheda, einem Dorf, das eine knappe halbe Stunde Autofahrt nordwestlich von Växjö lag. Die Straße zog sich wie eine nasse Schnur durch Nadelwald, einmal schimmerte rechts der Fahrbahn die Eisfläche eines großen Gewässers in der Abenddämmerung.

»Das ist der Helgasee«, sagte Maj. »Im Sommer haben wir da ein Motorboot liegen. Du musst unbedingt mit uns hinauskommen! Wenn du willst, kannst du Wasserski fahren. Die Kinder lieben es.«

Maj lachte. Sie lachte oft, fand Forss. Bestimmt war sie eine fröhliche Mutter und eine gute Krankenschwester. Alles an der kräftigen Frau strahlte Lebensmut und Pragmatismus aus.

»Und du fährst die Strecke in die Stadt jeden Tag mit dem Auto?«

»Wir beide. Mathias muss ins Büro und ich ins Hospital. Wer nicht gerne Auto fährt, bekommt hier Probleme. Natürlich gibt es einen Bus, aber der fährt nicht häufig und ist im Winter oft unpünktlich. Mit dem Auto muss man allerdings aufpassen, gerade auf der Landstraße, wegen der Elche und anderer Tiere. Berlin ist ja ebenfalls nicht gerade klein, dort warst du bestimmt auch viel von A nach B unterwegs, oder?«

So hatte es Forss noch nie betrachtet.

»Man fährt schon lange Strecken«, sagte sie.

Lea und Tuva hatten die gleichen braunen Zöpfe und trugen die gleichen rosafarbenen Plastikclogs wie ihre Mutter. Mathias Lundin war ein dünner Mann mit festem Händedruck. Sie hatte ihn auf Familienfesten getroffen, damals mit langem Haar, eine Ewigkeit schien das her zu sein, jetzt trug er sein Haar kurz, was seine hohe Stirn betonte. Maj hatte Brot aufgedeckt, Butter und Käse, ein Abendessen wie aus Bullerbü, dachte sie, es steckte sogar ein kleines Holzmesserchen in der Butter. Zum Nachtisch gab es eingelegte Pflaumen mit Vanillesoße.

»Du machst das alles für ihn, oder?«

Maj sah sie an. Obwohl Forss auf die Frage gewartet hatte, fiel es ihr schwer zu antworten. Sie stach mit ihrem Löffel in eine Pflaume. Das Fruchtfleisch war ganz weich.

»Stina, es ist gut, dass du kommst, dass du das alles auf dich nimmst. Deine Nähe wird ihm guttun. Er hat dich vermisst, weißt du? Und jetzt mit der Krankheit wird es auch nicht gerade leichter für ihn.«

Forss spürte, wie sich etwas in ihr spannte.

»Wann warst du denn bei ihm?«

»Das letzte Mal vor zwei Wochen. Er ist in einer guten Einrichtung. Man kümmert sich. Aber trotzdem. Er ... Er hat sich verändert. Und er verändert sich noch.«

Forss sah, dass eine Fliege auf der Schüssel mit den Pflaumen gelandet war. Dabei war doch Februar. Mathias hatte ihren Blick bemerkt. Mit einer Handbewegung scheuchte er das Insekt weg.

»Der Nachbar, er hat Kühe. Sie locken die Fliegen an.«

Es klang wie eine Entschuldigung.

»Wir haben dem Großonkel etwas gebastelt«, sagte Lea. Sie war das ältere der beiden Mädchen. »Einen Traumfänger. Der hängt jetzt im Krankenhaus an der Wand neben seinem Bett.«

»Wie bei einem alten Indianer«, sagte Tuva. »Wenn du willst, machen wir dir auch einen.«

Später saßen sie im Wohnzimmer, die Kinder hatten sich in ihre Zimmer zurückgezogen. Maj goss ihnen Tee in große, bunte Becher ein. Forss sah sich um.

»Schön habt ihr es hier. Das ganze Holz. Und so viel Platz.«

»Das ist der Vorteil, wenn man auf dem Land lebt. Warte erst auf den Sommer. Dann ist Schweden ein anderes Land.«

»Wenigstens für eine Woche«, sagte Mathias.

Sie lachten. Dann sprachen sie über andere Verwandte. Majs Eltern, Kurt und Karin, hatten im letzten Jahr endlich das Sägewerk verkauft und waren nach Oskarshamn gezogen, Majs Bruder Erik hatte sich scheiden lassen und lebte mittlerweile in Göteborg, ihre Schwester Mona bildete Jagdhunde aus, in Mittelschweden.

»Und deine Mutter?«, fragte Maj.

»Gut. Ja, es geht ihr richtig gut.«

Es klang kühler, als sie es beabsichtigt hatte. Obwohl seitdem so viele Jahre vergangen waren, fiel es ihr noch immer schwer, mit dem väterlichen Teil ihrer Familie über ihre Mutter zu sprechen.

»Das freut mich. Ehrlich, Stina, das freut mich sehr.«

Maj lächelte. Forss beschloss, ihr zu glauben. Sie tranken von ihrem Tee. Irgendwann war das Gespräch an seinem natürlichen Ende angelangt. Mathias bot an, sie in die Stadt zurückzubringen. Zum Abschied nahm Maj sie in den Arm. Länger, als sie es erwartet hatte.

»Willkommen zu Hause«, sagte sie.

2

»Diese verdammten Biester«, sagte Gunnar Berg und lachte. Ingrid Nyström war erleichtert. Wenigstens lachen konnte er also noch. Das Bild, das der massige Mann mit dem zotteligen Stofftier auf dem Schoß abgab, brachte auch sie zum Lächeln.

»Ich hatte Angst, du könntest es geschmacklos finden.«

»Ach was, du kennst mich doch. Wenn ich erst wieder

zu Hause bin, schneide ich mir ein schönes Steak aus dem Ding. Falls ich nicht vorher von meinem Enkelkind enteignet werde. Tobias hat einen ganzen Plüschtierzoo in seinem Kinderzimmer, und so was hier könnte seiner Sammlung noch fehlen.«

Gunnar Berg richtete seinen schweren Oberkörper auf und drückte einen der Knöpfe, die am Kopfende seines Bettes in die Wand eingelassen waren.

»Die Schwester soll eine Vase für deine schönen Blumen bringen. Möchtest du einen Kaffee oder so etwas? Die haben hier alles da. Der Segen einer privaten Zusatzkrankenversicherung. Ich sage nur Einzelzimmer, Ingrid!«

»Und ich dachte, du wärst Sozialdemokrat.«

»Bin ich auch. Aber das heißt nicht, dass ich ein bisschen Luxus nicht zu schätzen weiß. Olof Palme würde sich natürlich im Grab umdrehen, aber es hat seine Vorteile: Chefarztbehandlung, optimale Nachversorgung, Zimmer mit Kabelfernsehen. Wusstest du, dass es Sender gibt, die den ganzen Tag nichts als Golf oder Angelsport zeigen? Du solltest wirklich darüber nachdenken, schließlich bist du ebenfalls nicht mehr die Jüngste.«

»Danke, Gunnar. Sehr charmant.«

»Gern geschehen.«

Ingrid Nyström fühlte, wie eine Last von ihr abfiel. Gunnar Berg gab sich Mühe, so lebensfroh wie immer zu wirken. Zehn Tage war es her, dass er auf der Landstraße nach Tingsryd verunglückt war. Nachdem man seinen bewusstlosen Körper aus dem völlig zerstörten Auto geschnitten hatte, hatte Berg sechs Tage im Koma gelegen. Jetzt war sein Zustand stabil, aber er hatte eine Niere verloren und Trümmerbrüche in beiden Beinen. Die Prellungen, Schnittwunden und Abschürfungen würden verheilen, aber noch war völlig unklar, ob er jemals wieder würde laufen können.

Hauptkommissar Gunnar Berg war als Leiter der Kriminalpolizei seit vielen Jahren ihr Vorgesetzter, und sein schwerer Unfall hatte nicht nur sie, sondern die ganze Abteilung erschüttert. Der intelligente und großherzige Mann war ein Chef, an dem sie sich zeit ihres Berufslebens orientiert hatte. Ein Lotse, der die Abteilung immer wieder an Untiefen und Klippen vorbei in sichere Wasser geführt hatte. Ein Leuchtturm, an dem man sich orientieren konnte. Sie biss sich auf die Zunge. Lotse? Leuchtturm? Was für einen Quatsch sie dachte. Berg stellte das Stofftier auf den Nachttisch. Er sah sie lange an. Sie kannte diesen Blick. Es war der Blick, mit dem er überzeugen konnte.

»Ich habe mit Edman gesprochen«, sagte er. »Er ist einverstanden. Die stellvertretende Landespolizeichefin ebenso. Es ist an der Zeit.«

Er machte eine Pause, strich mit den Händen die Bettdecke vor sich glatt. Dann fuhr er fort.

»Sehen wir den Dingen ins Auge. Das, was von meinen Beinen übrig ist, fühlt sich wie Griesbrei an, von der Niere ganz zu schweigen. Die Ärzte sind alles andere als optimistisch, genaue Prognosen gibt niemand, trotz Chefarztbehandlung. Und selbst wenn ich keine Dialyse brauche und eines Tages wieder gehen können sollte: Es sind jetzt noch etwas mehr als drei Jahre bis zu meiner Pensionierung. Wozu soll ich mir das antun? Ein Chefermittler mit Krücken? Oder einem Pissbeutel an der Seite? Entschuldige bitte, aber es ist doch wahr! Die Blicke und das Mitleid? Und erst die Treppen, wenn der Fahrstuhl mal wieder streikt?«

Berg versuchte sich an einem Grinsen. Sie wich seinem Blick aus. Es war ruhig im Raum, zu hören war nur das Tickern einer Maschine, aus der Schläuche unter Bergs Bettdecke verschwanden. Sie wollte das nicht hören. Weder die Maschine noch das, was Berg sagte. Das, was er sagen würde.

Eine Minute verging, dann eine zweite. Die Sonnenstrahlen, die durch die Lamellen ins Zimmer drangen, spielten mit dem Staub, der in der Luft flimmerte. Dabei sollte es hier doch sauber sein, dachte sie, gerade in einem Krankenhaus.

»Ich habe auch mit meiner Frau geredet«, fuhr er schließlich fort, »sie sieht es genauso. Und Edman hat bereits mit Stockholm telefoniert. Die Signale sind so, dass ich wohl ohne Abzüge in Frühpension gehen kann. Edman ist ein miserabler Polizist und ein noch schlechterer Chef, aber kein schlechter Politiker, mit dem ganzen Verwaltungsmist kennt er sich wirklich aus.«

Er seufzte. Dann wieder ein missglückter Versuch zu grinsen.

»Ich stelle mir das so vor: Ich habe bei Per Enquist vom Bauamt noch etwas gut. Wenn ich eine Genehmigung bekomme, baue ich das Sommerhaus am Helgasee zu unserem Wohnhaus um, Elsa plant schon seit Jahren den Garten. Meine Pension werde ich in eine erstklassige Anglerausrüstung investieren. Wusstest du, dass man für eine gute Rolle mehr als 3000 Kronen hinlegen muss? Und erst die Ruten ...«

»Hör auf mit dem Blödsinn!«, rief sie.

»Ingrid, ich versuche nur, es leichter zu machen.«

»Ich weiß. Entschuldige.«

Wieder suchte er ihren Blick, und wieder wich sie ihm aus. Stattdessen beobachtete sie weiterhin die Staubstrahlen, die im Raum standen.

»Du wirst übernehmen, Ingrid.«

Sie entgegnete nichts.

»Du bist die Einzige, die infrage kommt, niemand weiß das besser als du selbst. Du hast die Erfahrung, die Kompetenz, jeder im Team akzeptiert dich. Früher oder später wäre es sowieso darauf hinausgelaufen. Jetzt ist es halt früher geworden.«

Die Tür öffnete sich, und ein Pfleger kam mit Kaffee und einer Vase für die Blumen herein. Sie wartete, bis der junge Mann den Raum verlassen hatte. Draußen hatte sich das Licht verändert. Die Wintersonne warf jetzt blasse Muster auf die Wände des Zimmers, der Staub war verschwunden. Der Kaffee schmeckte wässrig, trotz privater Krankenzusatzversicherung; vielleicht war ihr aber auch einfach nicht nach Kaffee.

»Was ist mit Anette? Ich weiß, dass sie sich auf die Stelle bewerben wollte. Perspektivisch.«

Berg schnaubte.

»Sie hätte keine Chance gehabt. Weder gegen dich noch gegen externe Bewerber. Ihr fehlt die Erfahrung, und sie neigt zum Jähzorn. Du nimmst niemandem etwas weg, Ingrid. Nicht mir und erst recht nicht Anette Hultin.«

Die Muster waberten an der Wand. Endlich sah sie ihn an.

»Ich habe es mir immer anders vorgestellt, weißt du? Deinen Ruhestand. Irgendwie als etwas Fröhliches, Nettes. Eine Art Feier, auf der wir alle Hütchen tragen und singen und Scherze machen. Weiter habe ich nie gedacht. Und jetzt ... ganz vorne stehen ... Ich weiß nicht, ob ich das so plötzlich kann. Ich weiß noch nicht einmal, ob ich das überhaupt will.«

Sie war aufgestanden und ans Fenster getreten. Von hier oben konnte man über den Växjösee hinweg bis zur Schwimmhalle sehen. Obwohl die Temperatur seit Tagen über null lag, war die Eisdecke auf dem See noch geschlossen. Ein einsamer Schlittschuhläufer zog seine Bahnen, seine Arme pendelten regelmäßig wie ein Metronom. Mit einem Mal fröstelte es sie. Der Winter war noch lange nicht vorbei.

Sie drehte sich um und setzte sich wieder auf den Stuhl neben Bergs Bett.

»Es ist nur, dass es so plötzlich kommt. Es fühlt sich falsch an. Dass ich auf deinen Platz rücke, während du hier liegst. Weil du hier liegst.«

Sie hatte nach seiner Hand gegriffen.

»Wegen eines verdammten Wildschweins«, flüsterte sie.

»Es sind verdammte Biester«, sagte er leise und drückte ihre schmale Hand. Seine Haut fühlte sich an wie Sandpapier.

3

Er schaltete die Scheinwerfer aus und ließ den Wagen die letzten Meter im Leerlauf auf die Lichtung zwischen den Baumreihen rollen. Die Nacht war sternenklar, und nur vereinzelte Wolkenfetzen spiegelten sich in den Lachen, die sich zwischen den hartnäckigen Schneeresten in den Furchen des Waldwegs gebildet hatten. Lange blieb er in der Geborgenheit des Autos sitzen und starrte durch die Windschutzscheibe in die Schattenwelt, die sich in hohen Konturen vor dem Himmel abzeichnete. Ich sitze hier und starre wie ein Habicht, dachte er, und der Gedanke an den Raubvogel gefiel ihm. Minute um Minute blieb er so sitzen, bemüht, jeden Moment der Spannung und der Vorfreude auszukosten. Oft war er hier gewesen in all den Jahren, und nie hatte er den Ort ohne seine Beute wieder verlassen. Und auch heute würde es nicht anders sein, obwohl heute ein besonderes Mal war, denn heute war das letzte Mal, so hatte er es versprochen, das allerletzte Mal.

4

Am Morgen stand Ingrid Nyström lange vor dem Spiegel in ihrem Schlafzimmer und überlegte, was sie anziehen sollte. Schließlich entschied sie sich für einen dunkelblauen Hosenanzug und eine weiße Bluse. Normalerweise trug sie dieses Ensemble nur bei Familienfeiern oder in der Kirche. Anders, ihr Mann, machte beim Frühstück darüber einen Witz, aber was wusste er als Pastor schon von Berufskleidung? Wenn er nicht gerade den Gottesdienst hielt, trug Anders ausgebeulte, beige Cordhosen.

Nach dem Frühstück fuhr sie bei ihrer jüngsten Tochter Anna vorbei, um sich die Haare schneiden zu lassen. Zu ihrer Überraschung öffnete ihr eine junge Frau mit wilder Frisur die Tür, die sie vorher noch nie gesehen hatte, vermutlich eine von Annas unzähligen Freundinnen, über die sie ständig den Überblick verlor.

»Hej, ich bin Madeleine«, sagte das Mädchen in dem weiten T-Shirt und den Strumpfhosen mit Tigermuster. Es streckte ihr eine Hand entgegen. »Wir lernen gerade für die Friseurinnenprüfung«, fügte es hinzu, »Styling und so einen Kram.«

Um acht Uhr morgens, dachte Nyström, aber sie sagte es nicht laut. Das Letzte, was sie heute wollte, war ein Streit mit ihrer Tochter. Außerdem war sie insgeheim sogar zufrieden, dass sich der aktuelle Berufswunsch Annas zu verfestigen schien.

»Genau«, krähte Anna aus dem Hintergrund und, als habe sie die Gedanken ihrer Mutter erraten, »der frühe Vogel fängt den Wurm.«

Anna schnitt ihr die Haare und überredete sie anschließend sogar dazu, Lidschatten und etwas Rouge aufzutragen. Schließlich begutachtete sie ihre Mutter zufrieden.

»Jetzt siehst du wie eine richtige Chefin aus.«

Madeleine grinste.

»Eine echte *femme fatale.*«

»Du siehst ja wie eine richtige Chefin aus!«

Lars Knutsson war der Erste, den sie im Flur der Abteilung im dritten Stock des Präsidiums traf.

»Herzlichen Glückwunsch zu deiner Beförderung, Ingrid!«

Ein wenig unbeholfen nahm der dicke, große, bärtige Mann sie in die Arme. Es fühlte sich an, als ringe sie mit einem Bären. Lars Knutsson war wie sie Anfang fünfzig und arbeitete seit vielen Jahren gemeinsam mit ihr in der Abteilung.

»Danke, Lasse.«

»Du hast es verdient, wirklich. Alle hier denken so. Mach dir also bloß nicht zu viele Gedanken.«

»Gunnar hat mit dir geredet, oder?«

»Ich war gestern bei ihm, aber ...«

Lars Knutsson wurde rot. Er kratzte seinen Bart.

»Du, meinst du, du hast später noch mal ein bisschen Zeit für mich?«

»Geht es um die Lkw-Diebstähle in Alvesta?«

»Nein. Ja. Auch. Eigentlich um etwas anderes. Mein Sommerurlaub. Es war so, dass ich mich schon im Herbst eingetragen hatte. In den Urlaubskalender, meine ich. Und dann habe ich mich wieder ausgetragen, weil meine Frau doch im Frühjahr in Kur sollte. Also, jetzt wurde dieser Kuraufenthalt verlegt, und mein Schwager hat uns in sein Sommerhaus nach Öland eingeladen, aber nun haben sich schon zwei Kollegen für Juli in die Liste geschrieben und ...«

»Lasse.«

»Mmh.«

»Heute ist mein erster Tag.«

»Mmh.«

»Ich bin noch nicht mal in meinem Büro angekommen. Ich habe meine Jacke noch an und meine Tasche noch nicht abgestellt. Auf meinem Schreibtisch liegen ein riesiger Stapel Akten und die halb fertigen Dienstpläne für den nächsten Monat. Um neun kommt der Chef wegen der ganzen Formalitäten, und um halb elf stellt sich unsere neue Mitarbeiterin vor.«

Nyström atmete hörbar aus. Sie konnte fühlen, dass sie unter der ungewohnten Schminke schwitzte, außerdem kratzten Haarschnipsel im Kragen.

»Meinst du, wir können morgen über deinen Urlaub reden?«

»Kein Problem, Ingrid. Wirklich kein Problem.«

Knutssons Gesicht glühte. Er machte auf dem Absatz kehrt und stapfte mit großen Schritten den Flur hinab.

»Lasse«, rief sie. Der bullige Mann stoppte und drehte sich wieder zu ihr um. »Wegen der Lkw-Geschichte: Sagen wir nach dem Mittagessen in meinem Büro?«

Der Termin mit Erik Edman, dem Chef der Dienststelle, verlief so unerfreulich, wie sie es erwartet hatte. Die Besetzung des Postens mit dem eloquenten, aber wenig kompetenten Mann war eine politische Konzession gewesen, die in den vergangenen Jahren für einigen Unmut unter den Kollegen gesorgt hatte. Seine fehlende Sachkenntnis und Arbeitsmoral waren legendär, und nicht wenige nannten ihren obersten Vorgesetzten hinter vorgehaltener Hand Halbvier-Erik, denn das war die Uhrzeit, zu der er normalerweise das Präsidium Richtung Golfplatz verließ. Der formale Teil ihrer Beförderung zur Hauptkommissarin und Leiterin der Abteilung Kriminalpolizei bestand darin, dass er ein Fax der stellvertretenden Landespolizeichefin vorlas, das aus Stockholm gekommen war. Dazu gab es einen ganzen Katalog an Papieren, die sie unterzeichnen musste, und schließlich eine Urkunde.

»Es ist deine Chance«, sagte Edman, als er ihr die Hand schüttelte. »Versau sie nicht.«

Sie war froh, als Halbvier-Erik ihr Büro endlich wieder verlassen hatte und sie sich weiter ihrer Arbeit widmen konnte.

Die Frau, die am späten Vormittag ihr Büro betrat, war in den Dreißigern, klein gewachsen und hatte ein auffallend schmales, mit Sommersprossen übersätes Gesicht, das von einem Wust rotbrauner Locken umrahmt wurde, der auf der Stirn zu einem schräg geschnittenen Pony gestutzt war. Das schiefe Lächeln ihres leuchtend rot geschminkten Mundes und der Umstand, dass ihr linkes Augenlid ein wenig zu weit nach unten hing, verstärkten den Eindruck von Asymmetrie im Gesicht der jungen Frau, dennoch wirkte sie auf Nyström nicht unattraktiv. Zu ihren weiten, schlaghosenartigen Jeans, unter denen die abgerundeten Kappen teuer aussehender Pumps hervorlugten, trug sie eine knapp geschnittene, grasgrüne Trainingsjacke mit blauen Bündchen, die auch einer Elfjährigen gepasst hätte. Auf der schmalen Brust formten ausgeblichene Buchstaben den Schriftzug *Reinickendorfer Füchse.* Das Rot des Nagellacks auf ihren kurzen Fingernägeln war sowohl auf den Lippenstift als auch auf das Leder ihrer Schuhe und die münzgroßen Ohrringe abgestimmt, die bei jeder Bewegung zwischen ihren Locken schimmerten. Nichts an dieser Frau sah nach einer Kriminalbeamtin aus, trotzdem dokumentierte die Akte auf Nyströms Schreibtisch eine eindrucksvolle Karriere bei der Berliner Kriminalpolizei, einschließlich des Einsatzes in verschiedenen Mordkommissionen.

»Ich bin Stina Forss.« Ihr Lächeln wurde noch ein bisschen schiefer. »Eigentlich habe ich einen Termin bei Hauptkommissar Gunnar Berg, aber der Mann am Empfang hat mich zu dir geschickt. Heute ist hier mein erster Tag.«

Nyström war aufgestanden. Die beiden Frauen gaben sich die Hand.

»Willkommen. Ich bin Hauptkommissarin Ingrid Nyström. Heute ist auch mein erster Tag, gewissermaßen.«

Nyström lächelte, dann bat sie Forss, Platz zu nehmen. Sie berichtete von Bergs Unfall und den personellen Veränderungen im Revier, dann sprach sie über die allgemeinen Aufgabenbereiche der Abteilung, die Entwicklung der Kriminalität in Växjö und der Region Kronoberg und die zukünftigen Einsatzschwerpunkte der neuen Mitarbeiterin. Stina Forss war dem Kommissariat in Växjö für ein Anerkennungsjahr zugeteilt worden, an dessen Ende ihr die Reichspolizeibehörde eine dauerhafte Übernahme in den schwedischen Polizeidienst in Aussicht gestellt hatte. Neue EU-Richtlinien machten solche Programme möglich. Forss würde während dieses Jahres sowohl auf der Polizeidienststelle arbeiten als auch an zwei Tagen in der Woche Seminare an der Polizeihochschule in Växjö besuchen müssen. Zum Abschluss des Gespräches führte Nyström Forss durch das Präsidium und stellte sie ihren neuen Kollegen vor. Als ersten Ansprechpartner für Forss hatte Nyström Hugo Delgado ausgesucht. Er hatte eine ruhige, gelassene Art und war gut darin, Dinge zu erklären, außerdem war er etwa im selben Alter wie die junge Deutschschwedin. Während sich die beiden in ein Fachgespräch über Datenbanken vertieft zum Mittagessen Richtung Kantine aufmachten, hatte Nyström zum ersten Mal an diesem Tag ein gutes Gefühl. Vielleicht war es gar nicht so schwer, eine gute Chefin zu sein. Man musste nur delegieren können.

Als sie sich gegen halb sieben dazu durchrang, Feierabend zu machen, hatte sich längst Dunkelheit über die Stadt gelegt. Sie sah aus dem Fenster ihres Büros. Vor dem Eingang des Kinos stand ein Grüppchen von Jugendlichen im Nieselregen und rauchte, auf dem petroleumgelb beleuchteten Parkplatz vor dem Präsidium lagen zwischen den Haltebuchten Inseln aus schmutzigem Schnee. Das Wiegen der blattlosen Weiden zeigte Westwind an. Sie hatte seit vielen Stunden nichts mehr gegessen, jetzt war sie hungrig und müde. Sie stopfte mehrere Ordner in ihre Umhängetasche. Nach dem Abendessen würde sie weiterarbeiten, wenn sie vorher nicht auf dem Sofa einschlief. Als es an der Tür klopfte, schrak sie hoch. Sie war davon ausgegangen, dass alle Kollegen bereits vor ihr gegangen waren. Zu ihrer Überraschung war es Stina Forss, ihre grüne Trainingsjacke hob sich grell von der dunklen Holzvertäfelung des Flurs ab.

»Störe ich? Du siehst aus, als wolltest du gerade gehen.«

»Wollte ich auch. Macht aber nichts. Komm rein. Was kann ich für dich tun?«

»Es ist so ... Ich habe da noch eine Frage, dienstlicher Natur.«

Nyström fiel auf, wie sauber das Schwedisch der jungen Frau klang. Die vielen Jahre in Deutschland hatten keine Spuren hinterlassen. Jedenfalls nicht in der Sprache.

»Worum geht es?«

Forss antwortete nicht sofort, stattdessen rieb sie ihr rechtes Ohrläppchen mit Daumen und Zeigefinger der rechten Hand. Nyström kannte diese Geste aus Verhören. Sie war gespannt, was jetzt kommen würde.

»Ich wollte mit dir darüber sprechen, wie wir die Frage der Dienstwaffe handhaben wollen. Formal gesehen habe ich nur den Status einer Polizeianwärterin, einer Studentin im Praktikum. Faktisch werde ich hier allerdings ganz normale

Arbeit leisten, und ohne Dienstwaffe wäre ich irgendwie, na ja, so etwas wie ein Klempner ohne Zange, wenn du verstehst, was ich meine.«

Nyström sah in das schiefe Lächeln sehr roter Lippen.

»Darüber habe ich mir ehrlich gesagt noch gar keine Gedanken gemacht. Ich werde mich schlaumachen, was die juristische Situation angeht, einverstanden?«

Forss nickte.

»Aber du solltest dir keine Sorgen machen, Växjö ist in vielerlei Hinsicht anders als Berlin, Waffen kommen bei uns nur äußerst selten zum Einsatz.«

Forss lachte hell auf.

»Das habe ich schon gemerkt. Das mit dem Anderssein. Aber danke, dass du dich kümmerst.«

Sie wandte sich zum Gehen.

»Stina.«

»Ja?«

»Darf ich dich etwas Persönliches fragen?«

»Ja.«

»Gibt es einen besonderen Grund, warum du nach Schweden zurückgekehrt bist? Von einer Metropole in eine Kleinstadt in Småland?«

Die kleine Frau zögerte. Wieder griff sie an ihr Ohrläppchen.

»Familienbande«, sagte sie schließlich. Dann drehte sie sich um und klackerte mit ihren roten Absätzen den Flur hinunter. Aha, dachte Nyström, ein Klempner ohne Zange. Sie hatte das unbestimmte Gefühl, dass Forss ihr nur eine Art von Wahrheit gesagt hatte.

5

Als die bläulich schimmernde Uhr auf dem Armaturenbrett Mitternacht anzeigte, stieg er aus. Geisterstunde, er brauchte dieses Ritual. Für einen Moment brannte die kalte Luft in seiner Lunge, dann hatte er sich daran gewöhnt. Er ging die schmale Lichtung hinauf. In diesem Teil des Waldes wölbte sich der Boden wie der Buckel einer Katze. Aus seiner Tasche zog er eine Stablampe. Ihr Licht riss Wunden aus Grau- und Brauntönen in den schwarzen Wald. Obwohl er Profilschuhe trug, fanden seine Schritte auf dem Untergrund, wo sich Schnee, Eis, Matsch, Wurzeln, Steine und Pfützen abwechselten, wenig Halt. Als er endlich den Kamm des Hügels erreichte, war er durchgeschwitzt und außer Atem, sein linker Fuß war nass und kalt, weil er an einer Stelle in eine mit Wasser gefüllte Furche getreten war. Aber all das spürte er kaum. Er war jetzt ganz nah, er konnte seine Erregung kaum zurückhalten. Gleich da vorne war es. Er brauchte die Lampe nicht mehr, er wusste, wo er war. Die gedrungene Silhouette des Baumstumpfs zeichnete sich vor dem Nachthimmel ab. Jahre musste es her sein, dass ein Herbststurm oder ein Sommergewitter die mächtige Tanne umgekippt hatte. Die verdrehten Wurzeln ragten weit über den Waldboden hinaus, sodass ihn der Umriss des toten Holzes an einen riesigen, kauernden Troll erinnerte. Ein Troll, der einen Schatz hütet, dachte er. Schnell war er vor dem Baumstumpf auf die Knie gegangen. Die Feuchtigkeit, die an den Schienbeinen durch den dünnen Baumwollstoff seiner Hose drang, nahm er kaum wahr. Er beugte sich vor, so weit es ging, und tastete mit einem Arm in eine der vielen morschen Spalten des Holzes. Da war es, er konnte den Metallzylinder fühlen. Vorsichtig zog er ihn mit gespreizten

Fingern aus dem Loch. Er musste ihn öffnen, gleich hier, er musste anfassen, was darin war, er musste seine Beute sehen. Begreifen. Hastig drehte er am Verschluss. Nein, stopp! Es war zu kostbar, um es auf den matschigen Waldboden zu legen. Eilig zerrte er seine Allwetterjacke von den Armen, breitete sie wie eine Decke aus. Jetzt war es so weit. Er riss den Deckel von dem Zylinder und drehte ihn auf den Kopf. Sein Herz machte einen Sprung. Was war mit seiner Beute? Hektisch tastete er nach der Stablampe. Er starrte auf den kleinen Zettel, der aus dem Zylinder gefallen war. Er sah die Worte, die auf dem Papier standen. Dort sollten keine Worte stehen, sondern Zahlen und Buchstaben! Er las, was da stand. Der Hohn der Worte fraß sich wie Säure in ihn hinein. Von seinen Augen durch sein Gesicht direkt in sein Herz. Er brüllte den Schmerz in die Nacht hinaus wie ein Tier. Wieder und wieder. Dann nahm er die schwere Lampe und drosch damit auf den Zylinder ein, bis sie erlosch. Rasend vor Wut schleuderte er sie in die Bäume. Schließlich brach er schluchzend zusammen. Im Wald schrie ein Vogel. Danach wurde es wieder vollkommen still.

6

Als Stina Forss am Samstagabend aus dem Hotel trat, trieb sie der nasse Westwind in die Fußgängerzone. In einer Seitenstraße blieb sie vor einer Plakatwand stehen. Ein *Café de Luxe* kündigte einen Sixties-Tanzabend an, und *Gräddhyllan* warb mit der Abbildung eines alten Schallplattenspielers für eine Vinylbar an Freitagen und Samstagen. Vielleicht wäre das mal was. Ein Stück weiter die Straße runter fand sie schließlich den Pub, den die Kollegin Anette Hultin ihr empfohlen hatte, das *Bishop's Arms*. Sie trat ein. Der Innenraum der Kneipe bemühte sich angestrengt, spätviktorianische Gemütlichkeit zu vermitteln. Auf breit gestreiften Textiltapeten hingen unzählige gerahmte Stiche und sepiafarbene Fotografien, an den Holzbalken unter der Decke Dutzende Kupferkessel, und in mehreren Ecken des verwinkelten Raums standen Kaminimitate. Sie bestellte sich ein Glas schwedisches Bier; es schmeckte süßlich. Als sie es ausgetrunken hatte, störte sie die gekünstelte Atmosphäre nicht mehr so sehr. Aber die Musik ging ihr auf die Nerven. Warum müssen britische Pubs eigentlich immer U2 spielen, fragte sie sich. Sie bestellte ein zweites Bier, diesmal eins, das sie kannte, ein Jever aus der Flasche, dazu einen Hamburger mit Pommes frites. Als sie Malzessig über die Pommes gießen wollte, fiel der Deckel ab und die braune Flüssigkeit schoss über den ganzen Teller auf den Tisch. Sie fluchte. Wütend biss sie in den Burger. Immerhin, das Essen schmeckte halbwegs gut, Pubfraß halt. Sie fragte sich, ob es in Växjö auch typisch schwedische Kneipen gab. *Swedish Pubs*. Vielleicht würde dort nicht U2 laufen, sondern ABBA. Oder Mikael Wiehe. Der Alkohol war wirklich ganz schön teuer hier. Aber Abstinenz war schließlich keine Alternative.

Eine Woche war sie nun in Växjö. Ihre Kollegen schienen ganz in Ordnung zu sein, aber sie hatte den Eindruck, nicht richtig für voll genommen zu werden. Die Dinge, die man ihr zu tun gegeben hatte, waren Kinkerlitzchen: ein Ladendiebstahl und eine Einbruchsserie in Gartenhäuschen, so etwas hatte sie in Berlin im ersten und zweiten Berufsjahr mit Anfang zwanzig gemacht. Dazu kam, dass ihr permanent jemand über die Schulter zu schauen schien, ein Gefühl, das sie überhaupt nicht mochte. Noch nicht einmal eine Dienstwaffe hatte diese Ingrid Nyström ihr zugestanden. Die taten beinahe so, als hätten sie hier die Polizeiarbeit erfunden. Der ein oder andere Dienstablauf mochte sich von der Vorgehensweise in Deutschland unterscheiden, aber im Grunde war es dasselbe Handwerk. Und nächste Woche wollte man sie tatsächlich mit den Verkehrspolizisten auf Streife schicken, damit sie das Revier und alle Routinen von der Pike auf kennenlernte. So ein Blödsinn! Was, bitte schön, sollte sie mit einer Kelle in der Hand und einer umgeschnallten Warnweste lernen? An welchem Baum da draußen sich Hase und Igel Gute Nacht sagten?

Vielleicht war sie ein bisschen ungerecht. Vielleicht lag das Problem nicht darin, dass man sie unterschätzte, sondern dass hier einfach sehr wenig passierte, jedenfalls wenn man es mit Kreuzberg, Neukölln oder dem Märkischen Viertel verglich. Aber viel schlimmer als im Revier waren die beiden Tage an der Hochschule gewesen. Dort saß sie zusammen mit zwanzigjährigen Schulabgängern. Sie war fast doppelt so alt. Na ja, nicht ganz, aber trotzdem: Oma Stina. Da ging es um Facebook und wo man am Wochenende billig auf dem Campus saufen konnte. War ja auch sonst nichts los hier. Am Mittwochabend hatte sie einen Spaziergang gemacht und war in einer Pizzeria gelandet, in der sie der einzige Gast war und in der kein Alkohol ausgeschenkt wurde.

Doch eigentlich wusste Forss, dass ihre Unzufriedenheit einen ganz anderen Grund hatte. Sie war seit einer Woche in Schweden und war noch immer nicht bei ihrem Vater gewesen. Ein Teil von ihr redete sich ein, dass es an der Entfernung nach Ljungby liegen würde, aber das war natürlich Quatsch, die sechzig Kilometer hätte sie bequem nach Feierabend in einer Stunde fahren können, und selbst wenn sie sich noch nicht um ein eigenes Auto gekümmert hatte, wäre es ein Leichtes gewesen, sich einen Wagen zu mieten. Nein, sie hatte das Projekt Vater aufgeschoben bis aufs Wochenende, und sie wusste genau, warum. Und jetzt war auch schon der Samstag vorüber. Guter Vater. Böser Vater. Er war nun ein alter Mann, in dessen Kopf ein Tumor wucherte. Ach, Papa, natürlich komme ich zu dir, ich brauche nur noch ein wenig Zeit!

Das Lokal war mäßig besucht für einen Samstagabend. Die Hocker am Tresen waren von Männern besetzt, die Biergläser vor sich stehen hatten. Hinter dem Tresen war ein Fernsehschirm angebracht. Es lief ein Eishockeyspiel. Am Tisch neben ihr saß eng umschlungen ein knutschendes Paar Anfang zwanzig. Das Mädchen hatte blonde Zöpfe, deren Spitzen violett gefärbt waren. Das ist ja fast schon Punk, dachte Forss, Provinzpunk. Der Freund hatte sogar einen Irokesenschnitt. Nicht die Jungfußballer-Version, sondern einen echten, mit abrasierten Seiten. Als sich der Junge zurücklehnte, sah sie, dass sie sich vertan hatte: Es war ebenfalls ein Mädchen. Ein lesbisches Liebespaar. Punklesben. In der anderen Ecke des Raums saßen zwei Männer in Rollkragenpullovern, die sich laut unterhielten. Der eine griff in seine Jacke, die neben ihm auf der Sitzbank lag, und holte einen Flachmann heraus. Daraus goss er hinter vorgehaltener Hand etwas in sein Glas. Der weiß, wie man es macht, dachte sie. Sie schloss die Augen. Die Musikanlage hämmerte U2s notorisches *Sunday, Bloody Sunday* in anstrengender Lautstärke. *How long must we stand this song?*, dachte sie. Sie spürte, dass sie müde wurde. Vielleicht musste diese Vinylbar warten. Es würde noch viele Wochenenden geben. Sie bat um die Rechnung. Als sie bezahlt hatte, ging sie zu ihrem Hotel zurück. Oben, in ihrem Zimmer, fiel sie in einen traumlosen Schlaf.

SONNTAG

1

Der Volvo raste durch die Dämmerung. Stina Forss hockte auf der Rückbank und sah nach vorn. Am Steuer saß ihre Kollegin Anette Hultin, sie war Anfang dreißig, hatte blonde, kinnlange Haare und trug an diesem Morgen einen sportlichen Fleece-Pulli, auf dem *Peak Performance* stand. Sie lenkte das Auto mit der Routine und Geschwindigkeit einer Rallyefahrerin. Ingrid Nyström saß neben ihr auf dem Beifahrersitz. In ihr kurzes, dunkles Haar mischten sich bereits einzelne graue Strähnen. Dann schaute Forss aus dem Fenster in den frühen Sonntagmorgen, es war noch nicht lange her, dass Nyströms Anruf sie geweckt hatte. Sie sah Wälder, dazwischen Nebel, in den Senken Schneereste. Hin und wieder schimmerten die bleiernen Flächen kleinerer Seen durch die Bäume. Sie fuhren auf der Landstraße Richtung Skårtaryd, dann nach Dädesjö, vorbei an kleinen Dörfern, Siedlungen und alten Höfen. Hinter Dädesjö ging es nach Ramnåsa. Nyström drehte sich zu ihr um.

»Der Tote heißt Balthasar Melchior Frost. Ein Engländer, der schon sehr lange hier wohnte.«

»Kanntest du ihn?«

»Was heißt schon kennen? Ich war bei einem Vortrag von ihm in der Stadtbibliothek. Da hat er über Insekten gesprochen. Das muss 2007 gewesen sein, im Linné-Jahr.«

»Im was?«

»Linné-Jahr. Carl von Linné. Ein Wissenschaftler, der aus unserer Gegend kam. Er hat das System erfunden, mit dem man Pflanzen und Tiere klassifiziert, diese lateinischen Namen, du weißt schon. Er ist in Växjö zur Schule gegangen. 2007 war sein 300. Geburtstag. Da gab es viele Ausstellungen und Vorträge wie den von Frost. Die Lokalzeitung, *Smålands Posten*, hat damals sogar ein ausführliches Porträt über ihn gebracht.«

»Über Linné?«

Nyström lachte auf.

»Über den auch. Aber ich meinte Frost.«

Sie bogen von der Straße ab und folgten einem kurvigen Feldweg. Vor den Autofenstern wich allmählich die Dunkelheit zwischen den Bäumen. Ziehende Wolkenfetzen dräuten so niedrig über dem Boden, dass sie die Baumwipfel verdeckten. Der Regen hatte nachgelassen und war in ein kaum sichtbares Nieseln übergegangen. Der Wagen hielt an. Sie standen vor einem zweigeschossigen, gelben Holzhaus.

In der Auffahrt standen vier Autos und zwei Streifenpolizisten. Die drei Frauen gingen auf das Haus zu. In der geöffneten Tür stand Hugo Delgado und nickte ihnen zu. Er drehte sich gerade eine Zigarette und wirkte angespannt. Nyström und die Kollegen gingen ins Haus hinein, Forss blieb zurück in der Diele, sie konnte am besten denken, wenn sie alleine war. Sie sah sich um. Ein geräumiges, großzügiges Zimmer. Rechts führte eine Treppe ins Obergeschoss, die Stufen bestanden wie der Fußboden aus hellblau lackierten Holzbohlen, die in der Mitte ausgetreten waren. Direkt hinter der Haustür lag ein grob gewebter, bunter Läufer auf dem Boden, ähnliche weiter hinten im Raum und auf der Treppe.

Unter der Decke hing eine runde, milchige Glaslampe. An der linken Seite hatte der Raum drei Fenster, die zur Straße wiesen, die Rahmen waren weiß gestrichen. Unter ihnen stand ein Sideboard aus hellem Holz, daneben hing ein nierenförmiger Spiegel, darüber war eine Garderobe angebracht, an der Wollmäntel und Strickjacken hingen.

Forss nahm eine braune Strickjacke vom Bügel und roch am Stoff. Er war klamm, aber sie nahm noch etwas anderes, Intensiveres wahr: kein Rasierwasser, auch kein Eau de Toilette, eher ein Parfüm. Sie hängte die Jacke zurück und ging weiter ins Wohnzimmer. Es machte die gesamte Rückseite des Hauses aus – ein freundlicher, offener Raum mit großen Fenstern, die den Blick auf den Garten freigaben. In einer Ecke stand ein einladender Freischwingersessel. Forss sah ihn sich näher an. Ein Original aus den späten Fünfzigern, das Design war von Alvar Aalto oder Bruno Mathsson. Sie nahm Platz. In der Mitte des Raums stand ein Esstisch samt Stühlen aus der gleichen Zeit. Vermutlich auch Originale. Daneben war ein Servierwagen geparkt, der zwei große und zwei kleinere Räder hatte. Von der Decke hing eine weiße Lampe, deren Form an einen Lippenstift erinnerte. Alles Designermöbel. Wer auch immer dieser Tote ist, dachte sie, er hatte Geschmack gehabt. Und Geld.

Sie zupfte an einem Seidenkissen herum, das im Sessel lag. Längst trug sie die obligatorischen Plastikhandschuhe. Auf dem Boden lagen noch zwei Kissen, auf den Stühlen am Tisch jeweils eins. Unter einem Fenster stand ein kniehohes Regal, auf dem sich eine alte Braun-Stereoanlage befand. Auf dem Teller des Plattenspielers lag eine Single. Die Rolling Stones, *Mother's Little Helper*, die Hymne aller Tablettenabhängigen, dachte sie flüchtig. Sie sah aus dem Fenster. Ein Stück entfernt stand ein großes Glashaus, mindestens fünfzehn Meter lang und sechs Meter breit. Hinter den durchsichtigen Wänden sah sie ein Dutzend Polizisten durcheinanderlaufen. Sie schaute sich weiter im Wohnzimmer um. Drei gerahmte Bilder hingen an der Wand, große Formate, A2, A1 oder noch größer. Es waren Kalligrafien, japanische Schriftzeichen, vielleicht auch chinesische. Sie passen überraschend gut zum nordischen Stil der Möbel, dachte sie.

An der angrenzenden Wand waren ein paar gerahmte Fotografien aufgehängt. Schwarz-Weiß-Aufnahmen von Städten und Gebäuden. Immer ein guter Winkel, ein gutes Auge fürs Motiv. Paris war da zu sehen, Tel Aviv und eine US-Großstadt. Sie tippte auf Chicago, aber vielleicht irrte sie sich auch.

Sie ging zurück zum Sessel und setzte sich. Auf dem flachen Wohnzimmertisch vor ihr standen zwei Tassen und eine Teekanne, ein asiatisches Teeservice. Sie nahm eine Tasse und hielt sie ins Licht. Sie war unbenutzt. In der anderen befand sich ein Rest Tee.

Als Nyström rief, stand sie auf und ging durch die Hintertür Richtung Glashaus. Auf der Rückseite des Hauses schloss eine überdachte Terrasse an das Gebäude an. Der Garten war größer als ein halbes Fußballfeld. Hinter dem Rasen ging er in eine große ovale Senke über, die mit Schilf bewachsen war und bis an den Waldrand reichte.

Nyström winkte ihr zu. Sie stand in der Tür des Glashauses, neben ihr Lars Knutsson. Forss ging zu ihnen. Nyström sah ernst aus.

»Der Tote ist hier drinnen. Vielleicht gehst du selbst einmal rein. Dann reden wir.«

Sie nickte. Knutsson hielt ihr zwei violette Schuhüberzieher hin. Sie sah einen Moment auf seine Hand. Zitterte sie? Vielleicht nur die Kälte. Sie streifte die Dinger über und betrat das Glashaus. Links sah sie eine Werkbank, auf der Blumenkästen mit Setzlingen und kleinen Pflanzen standen. Daneben lehnten Harken, Spaten und Zangen. Seitlich waren kleine Beete angelegt. Forss durchquerte den Raum und öffnete eine Tür. Als sie sich durch Plastiklamellen gedrängt hatte, schlug ihr eineWand aus Wärme und Feuchtigkeit ins Gesicht; diese Tür war eine Art Klimaschleuse. Draußen waren es drei Grad, im Vorraum vielleicht dreizehn und hier drinnen dreißig. Das Wasser stand in der Luft, sie begann zu schwitzen. Sie zog ihren Mantel aus und legte ihn über den Arm.

Palmen, Farne, mannshohe Büsche – es sah aus wie in einem Urwald. Da waren Bananenstauden, ein Zitronenbaum und spanisches Moos. An der Decke liefen metallene Heizungsrohre entlang, zwei Wasserleitungen, und dort war ein Zerstäuber. Sie stand jetzt direkt vor einem Bassin mit Zierfischen. Ein Koikarpfen schwamm an der Wasseroberfläche und schnappte nach Luft. Er war orange und weiß, und wenn er schnappte, öffnete er das Maul zu einem großen »O«. Langsam ging Forss um das Becken herum. Sie wischte sich Schweißtropfen von der Stirn, vielleicht war es aber auch nur Kondenswasser.

Dann sah sie den Toten.

Der Leichnam lehnte sitzend, in aufrechter Position, an einem Stapel aus Säcken mit Blumenerde. Der Kopf war in den Nacken gerutscht, das Kinn stand vor wie eine Zinne.

Der Mund war offen, als wolle der Tote das Wasser aus der Luft seines Tropenhauses saugen. Doch am auffälligsten waren die Augen. Der Mann hatte keine Augen mehr. Dort, wo sie einmal gewesen waren, befanden sich nur noch zwei milchig eingetrübte Kugeln. Keine Pupillen, keine Farben, kein Blick. Gar nichts. Wie eine fürchterliche Puppe saß er da. Einer der Augäpfel war so zerstört, dass er begonnen hatte auszulaufen. Das Gewebe in der Augenhöhle, rund um die Nase und rund um den Mund war rot wie gekochtes Krebsfleisch und angeschwollen, als hätte den Toten ein Wespenschwarm überfallen. Es war nur noch zu erahnen, wie er einmal ausgesehen hatte.

Forss trat näher heran. Der Leichnam trug ein Flanellhemd, abgewetzte Cordhosen und braune Halbschuhe. Am Boden unter der Leiche stand eine große Pfütze. Sie fühlte vorsichtig am Hosenbein. Es war durchnässt. Auch das Hemd und die Schuhe. Erst dachte sie an Urin, doch dann sah sie, dass sogar die Haarsträhnen, die sich über den Schädel des Toten spannten, nass waren. Dort, wo der Kopf des Toten auf dem obersten Kunststoffsack mit weichem Torfmull ruhte, sah sie einen dunklen Fleck. Sie nahm einen Kugelschreiber aus der Tasche und kratzte vorsichtig daran. Es sah aus wie verkrustetes Blut. Vermutlich hatte der Tote am Hinterkopf eine Wunde. Sie hockte sich hin und sah auf die Hände des Leichnams, die neben den Oberschenkeln auf den Betonplatten ruhten. Unnatürlich, wie bei einer Puppe. Wie hingelegt. Es fiel ihr erst auf den zweiten Blick auf: Der kleine Finger fehlte.

2

Nyström stand im Kreise ihrer Kollegen vor dem Glashaus. Knutsson war da, Delgado und Bo Örkenrud, der Chef der Spurensicherung, außerdem ihre Freundin Ann-Vivika Kimsel, die Gerichtsmedizinerin. In den dünnen Plastikhandschuhen waren Nyströms Hände taub vor Kälte. Aber da war noch eine andere Art von Benommenheit. Wenige Meter von ihr entfernt lag ein Toter ohne Gesicht. Ein toter alter Mann, dem man einen Finger abgeschnitten hatte. So etwas sollte nicht passieren, dachte sie, nicht hier, nicht im kleinen Småland. Sie musste an Gunnar Berg denken. Aber jetzt war es ihr Job, Entscheidungen zu treffen. Es gab Arbeit zu tun, Aufgaben zu verteilen. Dann soll es wohl so sein, dachte sie.

3

Forss stand nun schon einige Minuten vor dem leblosen Körper. Etwas war in diesem Tropenhaus, das sie irritierte, in der Hitze, etwas Bestimmtes, hier in der Schwüle, auch wenn sie nicht wusste, was es war. Etwas, das die Brutalität, mit der die Leiche des Mannes zugerichtet worden war, noch betonte. An einen Wespenschwarm hatte sie vorhin gedacht, als sie das aufgedunsene Gesicht gesehen hatte. Aber es war etwas anderes.

Ihr Blick wanderte über Sträucher und Blumen.

Die üppigen Beete.

Das aufwendige Bewässerungssystem.

Links standen ein paar längliche Kästen, die an Bienenstöcke erinnerten. Sie waren mit feinmaschigen Netzen bespannt oder mit Glasscheiben verschlossen und enthielten Raupen, Larven und ausgeschlüpfte Falter. Über ihnen baumelten waagerecht aufgehängte Stöcke und Zweige, an denen leere Kokons und Raupen in verschiedenen Stufen der Verpuppung hingen.

Und da flatterte sogar einer. Ein Schmetterling, ein weißer. Auf dem Busch neben dem Bassin saß noch einer, ein roter Schmetterling mit einem schwarzen Punkt auf den Flügeln. Und einer auf der Scheibe. Und auf dem Rattanstuhl.

Auf der Bananenstaude sah sie einen braunen Falter, der größer war als ihre Hand. Erst schlug er nur ein wenig mit den Flügeln, aber dann katapultierte er sich mit einem Schlag in die Luft, drehte ein, zwei waghalsige Kreise und setzte sich schließlich von unten auf einen Stahlträger der Dachkonstruktion. Forss betrachtete ihn noch ein wenig, wie er da hing, unter dem grauen Himmel Smålands. Dann richtete sie den Blick wieder auf den Boden. Auf den Toten. Schmetterlinge und ein Toter. Wie in diesem Film mit der jungen FBI-Agentin, dachte sie, Jodie Foster, *Das Schweigen der Lämmer* hatte der Film geheißen. Aber das war natürlich Blödsinn, das hatte nichts mit dem hier zu tun. Im wirklichen Leben gab es keine Kannibalen, keine Kleider aus Menschenhaut.

Sie brach ein Blatt von einer Pflanze ab, die sie für Minze hielt, und legte es sich auf die Zunge. Es schmeckte nach gar nichts. Sie ging hinaus, zurück in den kalten Februarmorgen. Als sie auf dem Rasen ihren Mantel wieder anzog, kam Nyström auf sie zu.

»Was denkst du?« Jede Silbe war eine Wolke in der Winterluft.

Forss legte sich die Ausdrücke zurecht. Manche schwedischen Wörter fühlten sich noch fremd an in ihrem Mund, in der Muskulatur ihrer Wangen.

»Der alte Mann hatte Besuch. Diese Verbrennungen, das kann man nicht alleine machen. Und der abgetrennte Finger. So etwas passiert nicht bei einem Unfall.«

Nyström nickte.

»Und die Nässe ist merkwürdig«, sagte Forss. »Warum ist er so nass?«

»Vielleicht ist er ertränkt worden. Vielleicht war er auch erst draußen, im Regen, und dann hat ihn jemand hineingebracht.«

»Möglich.«

Forss fror jetzt. Sie knöpfte ihren Lodenmantel zu und zog die Schultern hoch.

»Wer hat ihn gefunden?«

»Ein Freund, Frederik Axelsson. Wohnt in Växjö und war gestern Abend mit dem Toten verabredet. Die haben sich regelmäßig getroffen. Als Frost nicht kam und Axelsson nichts von ihm hörte, hat er sich Sorgen gemacht. Heute Morgen ist er hierhergefahren und hat ihn gefunden.«

»Und wo ist dieser Axelsson jetzt?«

»Man hat ihm einen Krankenwagen gerufen. Er muss in einem erbärmlichen Zustand gewesen sein. Erstaunlich, dass er uns überhaupt alarmieren konnte. Weglaufen wird er uns sicher nicht.«

Forss nickte. Dann zog sie eine Grimasse, hüpfte auf der Stelle, weil ihr immer noch nicht warm war, zischte durch die Zähne und sah hinüber zu Nyström.

Die blinzelte sie an.

»Ist was?«

»Stina«, sagte sie, »... du hast da etwas Grünes zwischen den Zähnen.«

4

Lars Knutsson stapfte durch den Regen, der Schotter knirschte unter seinen Füßen. Er hatte Hunger. Das war eigentlich nichts Besonderes, er hatte oft Hunger. Aber heute hatte er nicht einfach Hunger, sondern einen Sonntagshunger. Der unterschied sich von einem normalen Hunger nicht dadurch, dass er größer, sondern dass er anders war. Ein Sonntagshunger war ein Hunger auf Rinderklößchensuppe, auf Braten mit Soße und Kartoffeln, auf zwei Sorten Buttergemüse. Auf einen Nachtisch, zum Beispiel warmen Käsekuchen mit Sahne und Blaubeermarmelade. Lisa, seine Frau, kochte gerade jetzt, als er den Schotterweg hinunterstapfen musste, genau dieses Essen. Sie stand am Herd in der großen, warmen Küche in ihrem Haus in Åby. Ihr ältester Sohn Martin war mit seiner Erika zu Besuch, und Enkel Oskar hatten sie auch dabei. Nur er lief hungrig durch den Wald.

Natürlich würden sie an ihn denken. Sie würden von allem einen Rest übrig lassen und in Schälchen legen, mit Frischhaltefolie abdecken und in den Kühlschrank stellen. Aber das war kein Ersatz. Ein Sonntagshunger galt nicht diesen kalten Tupperdosen im Kühlschrank, die man in die Mikrowelle stellte, um sie dann vor dem Fernseher leer zu essen. Zum Sonntagshunger gehörte eine gedeckte Tafel, gehörte Oskar, wie er auf seinem Schoß saß und quietschte und kleckerte. Im Grunde war Knutssons Sonntag jetzt schon gelaufen.

Der Waldweg wand sich über kleine Kuppen und durch sanfte Kurven. Vom Haus des Toten am Rödsjö bis zur Landstraße nach Dädesjö waren es etwa zwei Kilometer. Knutsson hatte sich erinnert, dass er entlang der Strecke am Morgen zwei Häuser hatte stehen sehen. Delgado war ziemlich schnell gefahren, darum hatte er den Weg dorthin nicht als so lang in Erinnerung. Er ärgerte sich, dass er nicht das Auto genommen hatte. Der Regen hatte seine Pudelmütze durchweicht, und er konnte spüren, wie ihm das Wasser aus dem Haar in den Kragen lief. Endlich wich der Tannenwald zu seiner Rechten einem Feld und gab den Blick frei. Knutsson erkannte etwa hundert Meter entfernt drei niedrige, windschiefe Gebäude, vermutlich Ställe. Daneben standen eine moderne Scheune und ein zweigeschossiges rotes Wohnhaus, zu dem eine Auffahrt führte. Er ging bis zur Abzweigung. Am Wegesrand stand ein grüner Briefkasten aus Plastik. »Erlandsson« war in blauer Druckschrift im Sichtfenster zu lesen.

Auf dem Hof schlug ein Hund an. Knutsson stapfte die geschotterte Auffahrt hinauf, dem Bellen entgegen. Ein paar Meter vor dem Haus stieg ihm ein unverwechselbarer Geruch in die Nase: Schweinebraten.

5

Mona Wedén lehnte sich in ihrem Bürostuhl zurück und sah an die hohe Decke, die weiß getüncht war wie die Wände des Zimmers. Das Bürgerhaus aus dem 19. Jahrhundert, in dem der ambulante Pflegedienst *Veteranen* seine Räume hatte, stand in der Straße hinter dem Bahnhof und war eine der teuersten Immobilien Växjös. Wedén trug einen Hosenanzug in Aubergine und darunter einen weißen Angora-Pullover. Auch ihre Kleidung gehörte vermutlich zum Teuersten, was an diesem Tag in Växjö zu bewundern war.

Hultin folgte dem Blick der jungen Geschäftsführerin, und

Göran Lindholm, der junge Polizeianwärter, tat es ihr nach. Wedén betrachtete die Lampe, die gut zwei Meter über ihrem gläsernen Schreibtisch von der Decke baumelte. Sie war aus weißem Glas und blank geputztem Silber, verziert mit glitzernden Ornamenten. Sie ahmte die Form einer in sich verdrehten, trompetenförmigen Blüte nach, deren Kelch so breit wie ein Lkw-Reifen war. Die Lampe sah aus, als würde sie eine halbe Tonne wiegen.

Hultin kannte die Lampe. Sie hatte sie vor ein paar Monaten im Schaufenster des Möbelladens in Lammhult gesehen. Ein schneller, verschämter Blick auf das Preisschild hatte ihr jedoch klargemacht, dass die Blütenlampe nicht für das Budget einer Kriminalbeamtin gedacht war. In diesen hohen, hellen Raum passte sie gut. Sie harmonierte mit dem Flachbildschirm, den Wedén sich an die Wand hinter den Schreibtisch hatte hängen lassen und der so groß war wie Hultins Schreibtisch im Polizeihaus. Sie passte auch gut zu dem Angora-Pullover der Geschäftsführerin.

Die Frage, die ihr Anette Hultin gestellt hatte, war eigentlich nicht so schwierig gewesen: »Was fällt dir zu eurem Kunden Balthasar Frost ein?«

Wedén sah weiter zur Lampe. Hultin beschlich der Verdacht, dass ihr Blick nur scheinbar zufällig dort hochgewandert war, vermutlich sah Wedén immer mit Absicht zur Decke und zur Lampe, wenn sie Besuch bekam.

»Also? Balthasar Frost?«

»Balthasar Frost ...«, sagte sie und streckte ihren Rücken gerade. Ihre Brüste schoben sich nach vorne und spannten den Saum des Angora-Pullis.

Polizeianwärter Lindholm, einundzwanzig, rutschte auf seinem Stuhl hin und her. Er wusste nicht so recht, wohin er seinen Blick richten sollte. Schließlich sah er auch hoch zur Lampe. Hultin verdrehte die Augen.

»Intelligent war er. Höflich«, fuhr Wedén fort. »Altmodisch in seinen Manieren, ein bisschen umständlich. Aber charmant. Schmeichelnd. Ja, vielleicht sogar flirtend. Soweit ich das beurteilen kann.«

Sie lächelte.

»Ich glaube, er war einsam. Allein. Da waren natürlich seine Schmetterlinge und die Kalligrafie. Aber Freunde? Hm ... einen gab es da wohl, mit dem er regelmäßig gemalt hat. Nur wie der heißt ...«

»Axelsson«, sagte Hultin.

»Möglich. Ich fürchte, ich kann euch nicht recht weiterhelfen. Als Geschäftsführerin bin ich hier mehr für das große Ganze verantwortlich. Ihr solltet euch mit Marianne unterhalten. Sie ist die Agentin, die Frost regelmäßig betreut hat.«

»Die Agentin?«

»Ja, so nennen wir alle unsere Pflegedienstmitarbeiter. Wieso?«

»Nichts. Wann war sie denn zuletzt bei ihm?«

Wedén beugte sich über ihren Glasschreibtisch und tippte etwas in ihren Computer ein. Hultin wunderte sich, dass dabei keiner ihrer stattlichen, weiß lackierten Fingernägel abbrach. Und sie sah jetzt erst, wie tief der Angora-Pullover von Frau Wedén ausgeschnitten war. Betreten schaute sie wieder hoch zur Lampe. Es war wirklich eine besonders schöne Lampe. Aber für ihr Esszimmer wäre sie im Grunde viel zu protzig.

»Gestern Nachmittag war unsere Agentin dort, von eins bis drei. Vielleicht ... vielleicht ...«, jetzt klang sie beinahe aufgeregt, »... war Marianne diejenige, die Frost zuletzt lebendig gesehen hat?«

»Dann hätten wir unseren Mörder ja gefunden«, sagte Hultin.

6

Gudrun Erlandsson schenkte zum dritten Mal Kaffee nach. »Sie mahlt ihn von Hand, weißt du«, sagte Holger Erlandsson. Er sah zu seiner Frau. Sie stellte die Kaffeekanne zurück auf das Stövchen neben dem Herd. Ihr dicker geflochtener Zopf baumelte auf dem Rücken hin und her.

»Obwohl beim ICA-Maxi unten in Växjö jetzt auch eine automatische Mahlmaschine steht. Wusstest du das? Tolles Ding. Oben schüttest du die Bohnen rein, dann kannst du zwischen vier verschiedenen Mahlstufen wählen.«

Knutsson brummte freundlich zur Bestätigung. Sein Sonntag hatte eine unerwartete Wendung genommen. Gudrun und Holger Erlandsson waren gerade beim Essen, als er geklingelt hatte, also sollte er sich an ihre Sonntagstafel setzen. Erst hatte er noch gesagt, er habe nur drei kurze Fragen oder könne später wiederkommen. Aber sie wollten ihn auf keinen Fall gehen lassen, und der Schweinebraten stand auch schon auf dem Tisch. Viele Fragen hatte Knutsson dann erst einmal nicht gestellt, zum einen, weil er essen musste, und zum anderen, weil die Erlandssons so viel wissen wollten. Es hatte Krustenbraten, Kartoffelbrei und Butterbohnen gegeben. Und als krönenden Abschluss hatte Gudrun noch eine Schichttorte angeschnitten und ihren Kaffee dazu serviert. Knutsson hatte es fast noch besser geschmeckt als zu Hause bei Lisa. Schließlich erinnerte er sich daran, dass er ja auch noch etwas fragen musste.

»Ihr wart also gestern Abend auf einem Familienfest, in Öjaby?«

»Jo. War der Fünfzigste von Gudruns Bruder.«

Holger Erlandsson wischte sich mit der Hand den Mund ab. An seinem Schnurrbart blieb trotzdem Kaffeesahne hängen. Er legte die Hände auf seinem Bauch ab wie auf einem Kissen.

»Wir haben ein Taxi bestellt. Auf Viertel vor sechs. Halb sieben sollte das Essen losgehen.«

»In Öjaby?«

»Jo. Wir wollten schließlich pünktlich sein. Aber daraus wurde nichts. An uns lag das nicht. Der Taxifahrer kam zu spät. War ein Ausländer.«

Knutsson rutschte auf dem Stuhl hin und her.

»Ein Einwanderer-Schwede, meinst du?«

»Jo. Ein Ausländer. Gibt einige von denen, die Taxis fahren. Jedenfalls war der schuld, dass wir zu spät kamen. Viertel vor sechs, hatten wir extra gesagt am Telefon, 17.45 Uhr heißt das bei denen. Mit genug Luft nach hinten. Jo. Jedenfalls war der um Schlag sechs immer noch nicht hier. Ich bleibe bei so etwas ja ruhig, aber Gudrun war mit den Nerven am Ende. Und das wegen dieses Ausländers! Wie der schon geredet hat! Kaum verstehen konnte man den!«

Gudrun nickte heftig, lächelte und zuckte mit den Schultern. Dann hielt sie ihm fragend die Kaffeekanne entgegen.

Knutsson schüttelte den Kopf. Jetzt war ihm nicht mehr nach Kaffee.

»Ja-ha«, sagte er.

Etwas anderes fiel ihm nicht ein. Er wusste, dass er eigentlich etwas anderes hätte sagen sollen. Und auch wollen. Etwas über Rassismus und Toleranz. Über eine schwedische Gesellschaft, zu der alle gehören, gleich welchen Namen sie tragen. Über Taxifahrer in Göteborg, die Svensson oder Karlsson heißen und nicht nur zu spät kommen, sondern mit Absicht einen riesigen Umweg fahren, um den doppelten Preis zu kassieren. War ihm schon passiert. Aber alles, was er herausbrachte, war: »Ja-ha.« Das allerdings auch noch ein drittes Mal: »Ja-ha.« Dann fiel ihm doch noch etwas anderes ein:

»Der Taxifahrer – hat er sich entschuldigt für seine Verspätung?«

Erlandssons sahen sich an. Holger antwortete: »Jo. Das hat er. Hat gesagt, er habe sich verfahren. Verfahren! Hier draußen, wie soll man sich hier verfahren? Es gibt ja nur die eine Straße. Sollen sie halt Schweden einstellen, die finden den Weg. Außerdem: Was sollten wir mit so einer Entschuldigung? Vor der ganzen Familie haben wir uns blamiert. Mitten ins Essen sind wir reingeplatzt. Das dürfen wir uns noch in zehn Jahren anhören. Wegen so eines ...«

Gudrun nickte wieder heftig.

Knutsson brummelte innerlich. Dann kam ihm ein Gedanke.

»Kurz nach sechs seid ihr abgeholt worden?«

»Jo.«

Kurz nach sechs. Sechs Uhr war die Tatzeit. Das war jedenfalls die vorläufige Schätzung von Ann-Vivika Kimsel gewesen.

»Als ihr losgefahren seid, oder vorher, als ihr gewartet habt – ist da noch ein anderes Auto hier den Weg heruntergefahren? Oder ist euch auf dem Weg zur Landstraße ein Auto entgegengekommen? Oder etwas anderes? Ein Spaziergänger? Ein Fahrradfahrer?«

Beide Erlandssons wiegten die Köpfe hin und her. Nichts. Keiner. Alles leer. Kein Auto, kein Fußgänger, kein Fahrrad.

Holger Erlandsson sah konzentriert aus dem Fenster, übers Feld auf den Waldweg, als könne er so nachprüfen, ob seine Angaben stimmten, dass sie gestern Abend niemanden gesehen hatten.

»Euer Nachbar ... der alte Mann mit seinen Schmetterlingen. Der jetzt tot in seinem Glashaus liegt. Und ihr, also ...

kanntet ihr ihn gut? Was war das für einer? Der wohnte ja schon ewig hier?«

Keine Antwort.

Holger starrte noch konzentrierter aus dem Fenster.

Gudrun sah auf einen Fleck auf dem Boden.

Das Ehepaar Erlandsson schwieg ein großes Loch in die Luft.

Ganz leise klopfte der Regen gegen das Küchenfenster.

Holger begann zu brummeln. Sein Blick wanderte vom Waldweg über die Einfahrt, am Ende sah er Knutsson an.

»Also, dieser Frost. Wir kannten ihn kaum. Es ist doch ein ganzes Stück von hier bis dahin. Ich glaube nicht, dass man sagen kann, dass wir Nachbarn waren. Ein Kilometer. Ich meine, man kommt da selten vorbei. Außerdem ... er war ja auch ... war ja auch so einer.«

»So einer?«

»So ein Ausländer«, sagte Gudrun schnell.

7

»Die haben da ganz ordentliche Lampen bei *Veteranen*«, sagte Göran Lindholm.

»Diese aufgeblasene Kuh, die soll ihre Dinger mal besser unter Kontrolle halten. Das war nicht zum Aushalten, wie die mit ihren Ballons da rumgewedelt hat!«

Lindholm wurde rot. »Ich meinte eigentlich die Deckenlampe, Anette.«

»Jaja, schon gut.« Hultin bremste. Sie waren im Gavottvägen angekommen. Hier wohnte Marianne Wettergreen, die

Pflegekraft von *Veteranen*, die sich regelmäßig um Frost gekümmert hatte. Marianne war Anfang sechzig, und ihre nassen, hochgesteckten Haare und ein gestreifter Bademantel, der ihr bis an die Knöchel reichte, deuteten darauf hin, dass sie gerade eine Dusche oder ein Bad genommen hatte. Dennoch bot sie den beiden Kriminalbeamten einen Tee an. Das war höflich von ihr, fand Lindholm. Hultin legte ihr Anliegen dar. Im Gegensatz zu ihrer Chefin Mona Wedén schien Marianne Wettergreen die Nachricht von Frosts Tod sichtlich zu erschüttern. Die kleine Frau, die gerade den Tee aufgegossen hatte, stützte sich mit beiden Händen am Küchentisch ab. Dann setzte sie sich hin. Schließlich begann sie zu sprechen.

»Balthasar war doch ein guter Mensch. Ein guter Mensch. Er ... Ich kann mir nicht vorstellen, warum ihm irgendjemand etwas hätte antun sollen. Ein Gewaltverbrechen, ein Mord ...? Wer sollte so etwas tun? Und warum? Er war doch so ... wie soll ich sagen?«

Sie sah die beiden Kriminalbeamten an, als wüssten sie die Antwort.

»Er war doch so gütig.«

Sie sah unsicher zu den Polizisten auf. Dann sprach sie weiter.

»Genau. Er war ein gütiger Mensch. Ich habe mich dort draußen bei ihm sehr wohlgefühlt, wisst ihr? Ich meine, ich habe beruflich sehr viel mit alten Menschen zu tun. Und viele sind ... Wie soll ich es sagen? Viele leben in ihrer Welt, einer vergangenen Welt. Sie leben von Erinnerungen, von Bildern von früher. Und sie verstehen nicht, dass heute die Dinge anders sind, dass sich alles ändert. Das macht einige von ihnen traurig, manche auch sehr zornig. Aber Balthasar Frost? Er war ganz anders. Offen war er, interessiert und gütig. Er hat sich nach Dingen erkundigt. Gefragt, wie es mir und meinen Kindern und Enkeln geht. Manchmal hat er mir etwas zugesteckt, einen Fünfzigkronenschein oder seine Rabattmarken vom ICA. Obwohl das eigentlich nicht erlaubt ist, dass wir Pfleger, also wir Agenten, meine ich, also, dass wir so etwas annehmen, wisst ihr?«

Wettergreen trank von ihrem Tee. Ihr Gesicht war rot vom Bad, wirkte aber trotzdem blutleer. Nichts an der kleinen, zerbrechlichen Frau konnte Lindholm mit dem Ausdruck *Agent* in Einklang bringen.

»Wie lange arbeitest du schon mit ihm?«, fragte Hultin.

»Das müssen bereits einige Jahre sein, fünf oder sechs vielleicht. Seitdem er bei *Veteranen* ist. Dabei hätte er es eigentlich gar nicht nötig, so viel Geld für einen privaten Pflegedienst zu bezahlen. Er hätte Anrecht auf Hilfe von der Kommune. Und außerdem ist er selbst ja noch sehr agil. Manchmal habe ich schon gedacht, dass er einfach die Gesellschaft gemocht hat, wisst ihr, das Reden und das Gefühl, dass jemand bei ihm ist, da draußen im Wald.«

Sie lächelte, als habe sie eine schöne Erinnerung gestreift.

»Das klingt, als habe er vielleicht vor etwas Angst gehabt.«

»Balthasar? Angst?« Wettergreen lachte auf. Ihr Lachen klang hell, mädchenhaft. »Nie im Leben. Balthasar war niemand, der Angst hatte. Nicht vor dem Tod, nicht vor dem Teufel. Trotz seiner netten Art war er ein sehr starker Mann. Auf mich wirkte er wie jemand, der schon sehr viel gesehen hat in seinem Leben. Dinge, die wir hier nicht zu sehen bekommen.«

»Wir hier? Wie meinst du das?«, fragte Hultin.

»Wir hier in Schweden. Er war ja Engländer. Eigentlich. Also früher einmal, meine ich.«

»Und wie war es, als du gestern Nachmittag bei ihm warst? Ist dir etwas an ihm aufgefallen? War etwas anders als sonst?

Hat er möglicherweise etwas Besonderes erwähnt?«, fragte Lindholm.

»Gestern …«

Das Gewicht der Fragen schien die Schultern der Frau nach unten zu drücken. Lindholm konnte sehen, wie etwas in ihr arbeitete. Vielleicht war es die Erkenntnis, dass sie wahrscheinlich diejenige war, mit der Balthasar Melchior Frost die letzten Stunden seines Lebens verbracht hatte.

»Gestern … gestern war er eigentlich sehr beschwingt. Heiter. Er hat sich auf etwas gefreut. Ich nehme an, auf seine Arbeitsstunde mit Frederik. Frederik Axelsson, sein bester Freund. Die beiden haben sich jeden Samstag getroffen, um gemeinsam der Kalligrafie nachzugehen. Er hat mir die Arbeiten gezeigt. Das war richtiges Kunsthandwerk, was die beiden alten Herren da fabriziert haben. Dieses Mal sollte wohl Frederik zu ihm rauskommen, denn er hat mich gebeten, den Tisch aufzudecken. Mit dem guten Teeservice.«

Hultin und Lindholm warfen sich einen Blick zu.

»Frederik Axelsson hat ausgesagt, dass es diesmal Frost war, der zu ihm herausfahren wollte.«

»Ach. Na gut. Gesagt hat er es auch nicht direkt. Dass er Frederik erwartet. Nur vom Teeservice hat er gesprochen. Dass ich es aufdecken soll.«

»Hatte er sonst oft Besuch da draußen?«

»Nein, nicht, dass ich mich erinnern kann. Er war viel allein.«

»Und ist dir sonst jemals irgendetwas Seltsames oder Ungewöhnliches aufgefallen?«, fragte Lindholm. Er hatte sich diesen Satz lange zurechtgelegt. Eigentlich schon seit dem Tag, an dem er sich entschlossen hatte, Polizist zu werden. Vor neun Jahren war das gewesen, da war er gerade zwölf, jetzt konnte er ihn endlich einmal in der Wirklichkeit ausprobieren. Nachdem er ihn ausgesprochen hatte, schämte er sich fast ein wenig. Er klang wie die Karikatur eines Fernsehdetektivs, fand er.

»Etwas Seltsames oder Ungewöhnliches?«, wiederholte Wettergreen seine Worte. »Nein. Was meinst du damit? Er war doch ein netter, alter Mann. Er hatte niemandem etwas getan. Wieso hat man ihm so etwas angetan? Was hat er denn verbrochen?«

Sie hatte jetzt schnell gesprochen, und ihr Blick war zwischen den beiden Beamten hindurch ins Unbestimmte geglitten. Lindholm hatte Schwierigkeiten, alles mitzuschreiben, was sie sagte. Er machte flüchtige Abkürzungen. Hoffentlich konnte er das später alles wieder entziffern. Hultin stand auf und bedankte sich für den Tee. Er gab der netten, kleinen Frau die Hand. Sie sah wirklich sehr blass aus. Dann gingen sie in den Flur und zogen sich ihre Schuhe an. Wettergreen war ihnen bis zur Garderobe nachgekommen, eine Strähne ihres hochgesteckten Haares hatte sich gelöst und hing ihr ins Gesicht.

»Da ist doch eine Sache, die mir eingefallen ist. Etwas, das ich immer ein bisschen komisch gefunden habe. Aber es hat nichts mit seinem Tod zu tun.«

Lindholm und Hultin blieben in der Tür stehen.

»Er wollte nie, dass ich in die obere Etage gehe, um dort sauber zu machen. Warum auch immer, aber die obere Etage, die war für mich tabu.«

8

Knutsson trottete weiter den Waldweg entlang. Seine Gedanken drehten sich um die Taxifahrt der Erlandssons. Da bestellten die Nachbarn schon fast exakt zur Tatzeit ein Taxi, fuhren den einzigen Weg, der zum Haus führte, hinunter und hatten trotzdem nichts gesehen. Wirklich schade. Was für Zeugen sollte er hier denn noch auftreiben? Ein Wildschwein vielleicht? Seine einzige Hoffnung war jetzt das andere Haus.

Ärgerlich trat er einen Stock beiseite. Unter den Bäumen lagen verharschte Schneereste. Er sah den Waldweg hinunter und stellte sich vor, wie am Abend zuvor ein dunkelblauer Mercedes mit dem weißen Schild von Taxi Kurir Växjö auf dem Dach durch die Dunkelheit geirrt war. Wie der Fahrer im Dunkeln das Haus der Erlandssons nicht fand. Wie er an der Einfahrt vorbeifuhr. Oder war er vorher falsch abgebogen? Vielleicht schon an der Landstraße vor Ramnåsa? Vielleicht hatte der Taxifahrer etwas gesehen. Wenn er sich verfahren hatte, bedeutete das doch, dass er über zwanzig Minuten in dieser Gegend herumgekurvt war. Da konnte er eine ganze Menge gesehen haben. Er musste auf jeden Fall diesen Taxifahrer finden. Sein Mobiltelefon klingelte. Die Zentrale. Olsson. In der Bereitschaft hatten sich zwei Leute krankgemeldet. Und es war wieder die Hölle los gewesen in der Nacht. Knutsson wollte es gar nicht hören, aber Olsson las ihm das Protokoll von der Übergabe vor:

»Also, eine Einbruchsserie in Araby, vier Wohnungen in einer Nacht, Flachbildfernseher gestohlen, Stereoanlage, 4000 Kronen in bar, zwei Laptops, ein DVD-Spieler und eine Kaffeemaschine ... in Tingsryd ist ein Busfahrer überfallen worden, als er bei Betriebsschluss Kasse in seinem Bus gemacht hat. Stell dir vor, der stand schon auf dem Platz vor dem Fahrzeughangar. 3000 Kronen weg. Verkehrsunfall auf der ...«

»Olsson, ich ...«

»Unfall auf der L31 Richtung Vetlanda, vermutlich überhöhte Geschwindigkeit bei regennasser Fahrbahn, Baum angefahren, Auto hat Feuer gefangen, auch da war der Fahrer nicht aufzufinden. Schräge Sache das, da lagen überall Schachfiguren um das Autowrack herum. Dann noch ein Unfall auf der L126 Richtung Vislanda. Überhöhte Geschwindigkeit bei regennasser Fahrbahn, mindestens drei Verletzte. Warum bleiben die Leute nicht einfach zu Hause, wenn es so glatt ist? Wohnungsbrand in Alvesta, zwei Verletzte. Körperverletzung in Växjö-Innenstadt, da gab es gestern Nacht kurz vor Mitternacht vor der Sportsbar gegenüber vom Stadshotell ...«

»Olsson, falls du es noch nicht gehört hast, wir sind hier seit heute Morgen mitten in einer Mordermittlung. Das ist der einzige Grund, aus dem ich am Sonntag überhaupt auf Bereitschaft bin. Warum liest du mir also euren Mist vor? Glaubst du, ich hätte nichts zu tun?«

Ohne Olsson antworten zu lassen, legte Knutsson auf. In seinem Büro hätte er den Hörer mit Wucht auf die Gabel geknallt, aber mit einem Handy mitten im Wald ging das schlecht.

Das zweite Haus stand direkt dort, wo der Waldweg in die Landstraße nach Dädesjö mündete. Es war klein, kastenförmig, aus Holz und sicher in der ersten Hälfte des vergangenen Jahrhunderts gebaut worden. Die falunrote Farbe blätterte ab, und die Schnitzereien über der Veranda waren wurmstichig. An drei Stellen hatte sich die Rinne vom Dach gelöst, neben der Eingangstür rann das Regenwasser in einem Strom an der Hauswand herab. Wohnte hier überhaupt jemand?

Knutsson klopfte mehrmals und wartete. Er wollte schon wieder gehen, da wurde die Tür einen Spalt geöffnet. Sofort schwappte der Geruch von angebranntem Kohl heraus. Knapp über der Klinke und weit unterhalb von Knutssons Brust schob sich das winzige Gesicht einer sehr alten Frau aus der Tür. Sie trug eine Brille mit daumendicken, schlierigen Gläsern. Knutsson sah in wütend blitzende Augen. Auf dem rechten Brillenglas klebte ein rötlich schimmernder Fingerabdruck, es sah aus wie Marmelade. Er räusperte sich. Die Alte starrte ihn missmutig an.

»Mein Name ist Lars Knutsson, ich komme ...«

Sie zischte etwas und schlug die Tür mit einem Knall wieder zu. Knutsson stand der Mund offen. Er war sich nicht sicher, ob er richtig verstanden hatte. Aber es hatte sich tatsächlich angehört, als habe sie gesagt: »Fettsäcke kommen nicht ins Himmelreich!«

9

Forss nahm die letzten Stufen der Treppe. Als sie auf der oberen Etage angekommen war, sah sie sich um. Sie dachte an Berlin, da hatte sie einmal ein Kinderzimmer durchsuchen müssen, eine Achtjährige war ermordet worden. Der Täter hatte das Mädchen entführt, misshandelt und schließlich erschlagen. Im Nebenzimmer hatte die Mutter geweint, während sie die Sachen des Kindes durchsucht hatte, das Puppenhaus aus Plastik, den rosafarbenen Schulranzen, die steifen, verwaschenen Anziehsachen, die nach billigem Waschmittel rochen. Es hatte sie fast verrückt gemacht. Die Familie hatte in Marzahn gewohnt, in einem Hochhaus, in dem die Wohnungen nur aus zwei oder drei Zimmern bestanden und die Wände nicht besonders dick waren. Alle zwei Minuten hatte sie aus dem Fenster gesehen, über die anderen Hochhäuser, in die Richtung, in der der Fernsehturm stand, etwas, an dem sich ihr Blick festhalten konnte, damit überhaupt ein klarer Gedanke möglich war.

Sie ging durch den Flur, öffnete die erste Tür und trat in eine Art Arbeitszimmer: ein Schreibtisch, auf dem nichts lag, ein Drehstuhl, ein Sessel. Rundherum Bücherregale. Forss fuhr die Bände mit dem Zeigefinger ab. Das meiste war auf Schwedisch, aber es waren auch ein paar englische Bände dazwischen und zu ihrer Überraschung sogar ein paar deutsche Bücher. Sie identifizierte Lexika, biologische Nachschlagewerke, Fachliteratur zu Insekten und Pflanzen, ein Buch über Tai-Chi. Hinter einer Glasscheibe, die man zur Seite schieben konnte, hatte Balthasar Melchior Frost einige Bücher aufbewahrt, die sehr teuer aussahen. Sie nahm einen Band aus dem Regal. Der Einband war aus edlem Karton. Ein paar Schriftzeichen, ähnlich denen im Wohnzimmer, zierten den Umschlag. Sie hielt ihn gegen das Licht. Das Buch war mit Hand bemalt worden, zwei rote Mohnblumen umschlangen den Titel: *Calligraphie. A comprehensive guide*. Forss stellte es wieder in die Vitrine und schob die Scheibe zurück.

Sie suchte weiter das Regal ab. Bücher über antike Städte und Stätten standen da. Athen, Rom, Jerusalem, Pompeji. Dann schwedische Literatur. Vilhelm Moberg, Karin Boye, Tomas Tranströmer – das sagte ihr alles wenig. Aber dann blieb ihr Blick an einem Buch hängen, das sie gut kannte: *Nils Holgersson* von Selma Lagerlöf. Ihr Vater hatte ihr daraus vorgelesen, als sie klein war, später hatte sie dann auch die Zeichentrickserie im Fernsehen gesehen.

Sie setzte sich auf den Drehstuhl und zog die oberste Schreibtischschublade heraus. Ordner mit Zahlen, Rechnungen und etwas, das wohl eine handgeschriebene Buchführung war. Soweit sie die Sachen verstand, ging es um den Handel mit Wertpapieren. Sie sah bei einigen Blättern aufs Datum. Die ältesten Unterlagen waren aus den Fünfzigerjahren. Sechziger, Siebziger, bis in die Achtzigerjahre gab es Material. Dann war Schluss. Sie legte die Unterlagen auf den Schreibtisch. Darum sollte sich jemand anderes kümmern. Danach ging sie ins Schlafzimmer. Es lag über dem Wohnzimmer, war geräumig und hatte große, helle Fenster. An der Wand stand ein klobiges Doppelbett aus dunklem Holz, rechts und links von Nachttischen flankiert. Gegenüber ein großer, alter Kleiderschrank. Das Schlafzimmer roch nach Alter, Schlaf und Lavendel, nicht unangenehm, eher beruhigend. Neben dem Kleiderschrank stand eine Schminkkommode. Auf ihr ruhte ein stattlicher Spiegel, in Holz gefasst, das gleiche dunkle Holz wie das Bett, der Kleiderschrank und die Kommode. Vor dem Spiegel stand eine Waschschüssel aus Emaille, die einmal weiß gewesen sein musste, aber mittlerweile Patina angesetzt hatte.

Sie zog die oberste Schublade der Kommode auf. Da lagen Haarbürsten in unterschiedlichen Größen, ein Parfümzerstäuber aus dunkelrotem Glas, eine Sammlung Puderdöschen. Alles bedeckt von einer feinen Staubschicht. Es sah aus wie in einem Museum.

Sie nahm den Zerstäuber und drückte auf den Knopf. Nichts passierte. Sie schüttelte ihn und versuchte es noch einmal. Jetzt ging er. Sie sprühte etwas auf ihr Handgelenk und roch daran. Nicht ihr Geschmack, aber definitiv nicht billig. Altmodisch. Ein Damenduft, vielleicht Chanel. Möglicherweise war es das, was sie an der Strickjacke an der Garderobe gerochen hatte.

In den anderen Schubladen lagen Schatullen mit Schmuck, Fläschchen und Flakons mit Nagellack, diverse flache, dicke, breite und dünne Dosen, die Cremes und Make-up enthielten. Forss öffnete den Kleiderschrank. Sie fuhr mit dem Zeigefinger über die Bügel, an den Fächern vorbei. Anzüge, Hemden, Jacketts, Pullover. Und dann: Kleider, Röcke, Seidenblusen, Strumpfhosen. Feine Stoffe, rot, dunkelrot, altrosa, blumige Muster der Sechziger und Siebziger. Eine erlesene, aber veraltete Damen-Gaderobe. Sachen, die man in Mitte und im Prenzlauer Berg in Secondhandshops fand.

Nyström hatte gesagt, Balthasar Frost sei alleinstehend gewesen und habe hier allein gewohnt, aber vielleicht war das nicht immer so gewesen. Sie schloss den Kleiderschrank und ging in das Badezimmer. Über dem Waschbecken hing ein Spiegelschrank. Auf dem Brett darunter stand eine kleine Armee von Fläschchen und Döschen: Rasierwasser, Rasierschaum, Anti-Aging-Cremes, Lidschatten, Kajalstifte, Lippenstift. In einem Hängeregal neben dem Fenster lagen Lockenwickler. Manche Sachen schienen Jahre oder Jahrzehnte alt zu sein und waren sehr lange nicht mehr benutzt worden. Sie nahm sich einen Lippenstift, ging zum Fenster und hielt ihn ins Licht. Er trug eine französische Aufschrift, das Preisschild klebte noch daran. Neunundvierzig Francs.

Sie ging zurück zum Waschbecken und öffnete den Spiegelschrank. Die Hausapotheke. Sie durchsuchte die Medikamente. Nichts erregte ihre Aufmerksamkeit. Die Verfallsdaten auf den Verpackungen waren in den meisten Fällen längst abgelaufen.

Sie fand Nyström im Wohnzimmer. Die Hauptkommissarin blätterte in einem Fotoalbum. Forss hielt ihr den Lippenstift aus Frankreich hin.

»Frost lebte allein?«

»Ja. Oder nicht?«

»Heute vielleicht schon. Früher aber wohl eher nicht. Schau dir mal das Schlafzimmer oben an und das Badezimmer.«

»Du meinst, er hat hier nicht alleine gewohnt?«

»Es sieht aus, als habe er mit einer Frau zusammengelebt, wenigstens eine Zeit lang.«

Nyström hielt ihr das Fotoalbum entgegen.

»Also hier ist keine Frau zu sehen. Nichtssagende Bilder von irgendwelchen Kongressen, Treffen, was auch immer. Da sind ein paar Bilder dabei, die müssen richtig alt sein. Schau dir mal die Frisuren hier an. Und dasselbe gilt für sein Adressbuch.«

»Vielleicht haben sie sich vor Jahren getrennt? Oder sie ist längst verstorben.«

»Auf jeden Fall sollten wir herausfinden, wer diese Freundin oder Lebensgefährtin ist.«

»Oder wer sie war.«

Es klopfte an der offenen Wohnzimmertür. Ein junger Mann, der den blauen Overall der Streifenpolizei trug, betrat zögernd den Raum, seine rechte Hand umklammerte die Mütze mit den drei goldenen Kronen, die er eigentlich auf dem Kopf tragen sollte. Nyström und Forss wandten sich zu ihm um.

»Entschuldigung, wenn ich störe, aber ich suche Kommissarin Nyström.«

»Ja, das bin ich«, sagte Nyström. »Was gibt es denn Wichtiges?«

Der Junge wusste nicht recht, wohin mit seinem Blick. Er

sah zu Nyström, dann zu Forss, dann auf den Fußboden und wieder zu Nyström. Noch jemand, der hier seine erste Woche hat, dachte Forss.

»Ich … Ich habe draußen mitbekommen, wie die Kollegen über den Toten gesprochen haben. Das Opfer, meine ich. Also diesen Frost.«

Sein Blick klebte jetzt irgendwo an der Wand des Wohnzimmers.

»Balthasar Melchior Frost. Ja, so heißt der Tote. Und?«

Der Junge drehte seine Mütze jetzt zwischen beiden Händen. So, als wringe er ein Handtuch aus.

»Ich denke, ich glaube, ich kenne diesen Frost.«

»Du kennst den Toten?«

»Ja, also, ich denke schon. Er ist doch dieser Typ aus dem YouTube-Video!«

»YouTube-Video?«

Nyström sah den Jungen verständnislos an.

»Na, dieser Frost, der Tote, das Opfer. Er ist der Opa aus dem YouTube-Video. Das von dem Flugzeug im Dom!«

»Ach so, du meinst den Smålandflieger!«

Jetzt verstand Forss gar nichts mehr.

Der Junge nickte eifrig.

»Genau! Frost ist der alte Mann aus dem YouTube-Video mit dem Smålandflieger!«

10

Sie saßen gemeinsam im Besprechungszimmer des Präsidiums: Ingrid Nyström, Stina Forss, Hugo Delgado, Anette

Hultin, Lars Knutsson und Göran Lindholm. Delgado hatte seinen Laptop an einen Beamer angeschlossen und stolzierte mit einem Zeigestock in der Hand vor einer heruntergelassenen Leinwand auf und ab.

»Wie ihr sicherlich wisst, ist das Wahrzeichen unserer stolzen und ruhmreichen Stadt Växjö seit jeher die Domkirche gewesen. Noch heute zeugt der Bischof im Stadtwappen vom Status als Residenzstadt und weist auf die historische Bedeutung als Pilgerstätte hin. Nach der Bekehrung der Stadt zum Christentum im 11. Jahrhundert entstand die erste Holzkirche, die im 12. Jahrhundert durch eine Steinkirche ersetzt wurde. Das höherwertige Baumaterial mochte vielleicht zur Preisung der Herrlichkeit Gottes oder des Bischofs oder auch der Bauherren beigetragen haben, aber die Lebensdauer des Gebäudes erhöhte sich dadurch nicht merklich: Die Kirche brannte im 13. Jahrhundert ab, ein Schicksal, das sie in den kommenden Jahrhunderten wiederholt treffen sollte. Im 15. Jahrhundert zur stattlichen Hallenkirche mit ihren zwei charakteristischen, spitzen Türmen ausgebaut, fiel sie später mehrmals fackelbewehrten, brandschatzenden Dänen zum Opfer.«

»Die verdammten Dänen«, warf Knutsson ein.

»Dreißig Jahre später sollte man den stolzen Bau erneut demütigen, indem man dem Kirchturm ein lächerlich stupsnasiges Haubendächlein aufsetzte, um gut hundert Jahre darauf einer weiteren tragischen Laune der Architektur zu folgen und den Turm mit viktorianisch anmutenden Treppengiebeln zu versehen. Erst in den Fünfzigerjahren des 20. Jahrhunderts fasste sich ein gewisser Herr von Schmalensee ein Herz und stellte das spätmittelalterliche Aussehen mit den beiden hoch aufragenden, kupfergrünen Spitzgiebeln wieder her, wie die zwei Finger einer zum Teufelsgruß emporgereckten Hand eines Heavy-Metal-Fans ...« Delgado streckte Zeige- und kleinen Finger seiner linken Hand hoch, »... eine semiotische Umdeutung, deren Ironie Herr von Schmalensee unmöglich voraussehen konnte. Zur feierlichen Eröffnung der Kirche kam sogar König Gustaf VI. aus Stockholm angereist. Noch heute erglüht die karminrot getünchte Fassade in der tief stehenden Sonne Ehrfurcht gebietend und bildet mit dem grün schimmernden Dach einen schreienden Komplementärkontrast, der in seiner Intensität abendliche Spaziergänger zu beeindrucken vermag.«

»Hört, hört!«, feixte Knutsson.

»Hast du einen Reiseführer auswendig gelernt?«, fragte Hultin trocken.

»Ich habe halt rhetorisches Talent«, grinste Delgado.

»Und der Smålandflieger?«, fragte Forss ungeduldig.

Delgado räusperte sich.

»Warum der später als ›Smålandflieger‹ bekannt gewordene Wirrkopf ausgerechnet unseren Dom als Ziel seines ›Attentats‹ gewählt hatte, konnte auch die ausufernde Ermittlung vom Staatsschutz nicht aufklären. Ebenso rätselhaft blieb das Motiv des Hobbypiloten. Was konnte man, außer Geisteskrankheit, schon für einen Grund haben, ein Ultraleichtflugzeug in einen Kirchturm zu steuern? Ein Hinweis auf eine radikale religiöse Gesinnung, weder islamistischer noch anderer Prägung, fand sich jedenfalls in der gesamten Ermittlung nicht. Den Experten zufolge hatte der Mann entweder eine brillante Flugleistung vollbracht oder unglaubliches Glück gehabt: Der den Piloten schützende Korpus des tschechischen GFK-Fluggeräts vom Typ Banjo war, nachdem es seine Flügel mit 13 Metern Spannbreite eingebüßt hatte, zwischen den beiden Spitzgiebeln des Doms regelrecht festgeklemmt worden. Wäre der Anflug in einem leicht abweichenden Winkel oder ein wenig weiter rechts oder links erfolgt, wäre das winzige Segelflugzeug wohl zerschellt und dann ungebremst an der Kirchwand herab mehr als dreißig Meter auf den Boden gefallen, und die weltweite Gemeinde der Hobbysegelflieger hätte einen Märtyrer gehabt. So aber steckte das Flugzeug fest. Wie eine Zigarre zwischen den Fingern eines Rauchers.

Im Grunde war die Aktion derart lächerlich, dass die Übernahme der Ermittlung durch den Staatsschutz übertrieben erschien, aber die symbolischen Übereinstimmungen mit dem 11. September 2001 – Flugzeug und Doppeltürme – waren so hoch, dass sich die Hysteriker durchsetzten. Der Mann, den die Feuerwehr schließlich aus seiner misslichen Lage befreit hatte und den man später als Oskar Håkan Zetterberg identifizierte, hatte noch keine halbe Stunde hartnäckig schweigend und ausdauernd an seinen Fingernägeln kauend in unserem Verhörraum gesessen, als die Säpo-Leute in das Büro geplatzt kamen und uns den Fall entrissen.

Zutage brachten sie wenig. Zunächst drangen noch Gerüchte über eine politische Zielsetzung des Piloten an die Medien, die Meldungen reichten von einer angeblichen Protestaktion gegen den israelischen Siedlungsbau in der Westbank bis hin zur Forderung nach einer Senkung der Benzinsteuer. Wenige Tage danach kam es zu einer merkwürdig anmutenden Nachrichtenstille, und bald hatte der Boulevard sein Interesse verloren. Später sprachen seriösere Medien von einer diagnostizierten Schizophrenie, Alkoholeinfluss und einer schweren Kindheit. Noch bevor sein Prozess wegen Gefährdung der öffentlichen Sicherheit und dem Sachschaden an der Kirche begonnen hatte, verschwand der Smålandflieger in einer geschlossenen Anstalt nördlich von Stockholm. Oskar Håkan Zetterberg war wohl eher der Kategorie Mathias Rust zuzuordnen als Mohammed Atta.«

»Dieser verrückte Hund!«, knurrte Knutsson.

»Der ganze Vorfall hätte wohl kaum eine so große, internationale Beachtung gefunden, wenn es keine bewegten Bilder von dem Ereignis gegeben hätte. Aber wie es der Zufall wollte, stand just an diesem sonnigen Nachmittag Mitte Juli ein Kamerateam vom Regionalfernsehen des SVT2 in der belebten Sandgärdsgatan und interviewte einen Ortsansässigen vor der eindrucksvollen Hintergrundkulisse unseres Doms, als Zetterberg sein Fluggerät mit einer Bruchlandung in die kupferne Doppelspitze des Kirchturms setzte. Der Kameramann, ein begabter Bursche, war auf Zack und zoomte im richtigen Moment von dem betulichen Interview in den Hintergrund, in dem sich der spektakuläre Absturz abspielte.

So wurde der Smålandflieger zum Höhepunkt vieler Abendnachrichten und anschließend zum knapp vier Millionen Mal angeklickten YouTube-Hit. Was den Videoclip, zunächst nur bei schwedischsprachigen Zuschauern, dann, nachdem ein paar Schlaumeier das Filmchen mit englischen Untertiteln versehen hatten, weltweit zum Schenkelklopfer werden ließ, war die Tonspur. Der alte Kerl, der da ursprünglich gefilmt worden war, brabbelte irgendetwas von Schmetterlingen bei der Paarung und ihrem abenteuerlichen Flugverhalten. Unser Balthasar Frost, wie wir jetzt wissen.«

Delgado ließ den knapp eine Minute dauernden Film mehrmals durchlaufen. Schließlich drückte er in einem Moment auf Pause, der die Gesichtszüge von Frost in einer grotesken Fratze einfrieren ließ. Eine Totenmaske, von einem Beamer auf eine Leinwand geworfen. Delgado tippte auf seinem Laptop herum. Ein anderes Bild erschien. Wieder Frost, diesmal sah er lebendig aus.

»Das Foto, das ihr hier seht, stammt aus seinem Personalausweis. Der ist 1982 ausgestellt worden. Dort steht, dass er in Hull, England, als Balthasar Melchior Frost geboren wurde. Polizeilich ist er nie auffällig geworden und hat auch nie die schwedische Staatsbürgerschaft beantragt. Unverheiratet, keine Kinder, zumindest keine behördlich bekannten. Es ist das aktuellste registrierte Bild von ihm, das ich bis jetzt auftreiben konnte. Aber hier seht ihr zwei neuere Fotos aus einer Reportage aus *Smålands Posten* von 2007. Im Linné-Jahr haben sie jeden vor die Kamera gezerrt, der irgendetwas mit Pflanzen oder Insekten oder Natur zu tun hatte und sich nicht wehren konnte. Dem Artikel zufolge züchtete er Schmetterlinge, unter anderem Seidenspinner. Die heißen so, weil sie Seide spinnen, wusstet ihr das? Die ernähren sich von Maulbeerbaumblättern.«

»Davon stand sein ganzer Garten voll, Maulbeerbäume«, sagte Hultin.

»Jedenfalls war er auf diesem Seidentrip, hat daraus auch tatsächlich Stoffe gemacht und bemalt und so etwas. Und aus den Maulbeerbäumen kann man Papier herstellen. Für diese japanische Kalligrafie.«

»Dazu müssen wir diesen Axelsson morgen noch einmal befragen«, sagte Nyström.

»Axelsson?«, fragte Knutsson.

»Der, der ihn gefunden hat«, antwortete Delgado. »Noch so ein Seidenmaler. Aus England habe ich bisher nichts. Frosts gibt es allein in London Zigtausende, die kann man ja nicht alle durchtelefonieren. Ich habe mich also erst einmal auf die Zeit in Schweden konzentriert. Er ist 1949 ins Land gekommen und hat einige Jahre in der Region Blekinge gelebt, in Karlskrona. Hat dann angefangen, mit Wertpapieren zu handeln. Drei Jahre später ist er zu uns in die Region Kronoberg gezogen, erst nach Alvesta, dann in das Haus draußen hinter Dädesjö. Er ist im Grundbuch als Besitzer eingetragen, hat 64500 Kronen für das Haus bezahlt, damals ein Batzen Geld. Nach allem, was ich finden konnte, hat er bis

Ende der Achtzigerjahre mit Aktien gehandelt, in den goldenen Jahren. Dazu brauchte er nicht viel mehr als ein Telefon und die richtigen Kontakte. Ich habe Mails zu verschiedenen kleineren Banken in Stockholm geschrieben, mal sehen, wann da etwas zurückkommt, aber zwanzig Jahre sind eine lange Zeit. Beruflich war dann wohl Schluss. Ich denke, er hat sich mehr und mehr um sein Hobby gekümmert. Es gibt ab Anfang der Neunzigerjahre ein paar von ihm veröffentlichte Artikel in Fachzeitschriften. Insekten, Käfer, vor allem Schmetterlinge. So ein Zeug halt.«

Delgado klappte seinen Laptop zu und stöpselte ihn aus.

»Mehr habe ich vorläufig noch nicht zu bieten.«

Nyström war dankbar, dass sie Delgado in ihrem Team hatte. Er war schlau, arbeitete schnell und erledigte all diese Dinge, die sie so unendlich viel Zeit kosteten. Internetrecherche, elektronische Archive, soziale Netzwerke im Web: Delgado war im Gegensatz zu ihr mit diesen Dingen sozialisiert. Seine Souveränität gab ihr Sicherheit. Sie spürte, dass dieser Fall anders war. Sie dachte wieder an das grauenhaft zugerichtete Gesicht. Die fehlenden Augen.

Der Finger.

Das waren Dinge, die nicht hierhergehörten, nicht nach Växjö in Småland. Natürlich gab es auch hier Gewalt, Hass und Tod. Wer wusste das besser als sie? Zwölf Mordermittlungen hatte sie an Bergs Seite miterlebt. Zwölf Tatorte besucht, zwölf Leichname betrachtet, zwölf Leben durchleuchtet. Zwölf Täter waren verhaftet worden, durch die Bank weg arme Seelen. Zwei Messerstechereien im Suff, zwei totgeprügelte Ehefrauen, ein sogenannter Ehrenmord. In fünf der zwölf Fälle hatte Alkohol eine Rolle gespielt. Habgier, Eifersucht, unkontrollierte Wut. Das waren Dinge, die sie kannte, die sie einordnen konnte, die sie begriff. Aber das, was mit Balthasar Melchior Frost geschehen war, schien etwas anderes zu sein.

Forss saß zwischen Hultin und Lindholm, der eine modische Nerd-Brille und sehr enge Hosen trug. Sie hatte ihn bereits an der Hochschule kennengelernt. Der Konferenztisch war mit Notizblöcken, leeren Getränkedosen und Cheeseburger-Einwickelpapier vom Imbiss *Oxgrillen* bedeckt.

»Wahrscheinlich hast du es auch in Deutschland bemerkt: Ikea versucht weltweit den Eindruck zu vermitteln, wir Schweden seien traditionsbewusste Esser.«

Delgado hatte einen stattlichen Burger in der Hand und sprach mit vollem Mund. »Es ist eine Lüge. In Wirklichkeit sind wir vollkommen Fast-Food-abhängig. Växjö hat mehr Pizzerien als Neapel. Und die weltberühmten *köttbullar* kommen meistens aus der Tiefkühltruhe.«

Hultin sah ihn vorwurfsvoll an.

»Was redest du für einen Blödsinn? Nicht, dass Stina hinterher denkt, dass dein Gequassel stimmt. Viele Menschen hier kochen sehr traditionell und mit regionalen Zutaten!«

Sie klang spitz, fast wütend und gestikulierte wild mit ihrem halb gegessenen Hamburger in der Hand, während sie sprach.

»Oh, Entschuldigung, ich hatte ganz vergessen, dass du abends vorm Herd stehst und deine Marmelade aus selbst gepflückten Blaubeeren kochst.« Delgados Stimme troff vor Ironie, das konnte man trotz seines vollen Mundes hören. Er wandte sich Forss zu.

»Du musst nämlich wissen, dass unsere Anette hier sehr, sehr stolz ist, Schwedin zu sein. Und ihr Nationalbewusstsein bezieht augenscheinlich unsere schwedische Küche mit ein. Dabei ist sie die schlimmste Fast-Food-Vernichterin von allen. Sie sollte *Burger Queen* heißen!«

»Halt einfach deine Fresse!«

»Ja, ja, Sieg Heil, Anette!«

»Ihr seid jetzt mal beide still!«, donnerte Knutsson. Sein Småländisch klang so breit, als habe er heißen Rübenbrei im Mund. Dann sah er mit einem Lächeln zu Forss und zuckte mit den Schultern, als wolle er sich für seine Kollegen entschuldigen.

Nyström fasste auf einem Clipboard zusammen, was sie für die wichtigsten Fragen hielt.

»Wen hat er zum Tee erwartet? Wer ist die Frau, mit der er zusammengelebt hat? Lebt sie noch? Sein Adressbuch gibt weder auf das eine noch auf das andere einen Hinweis.«

Knutsson blätterte in dem abgegriffenen Adressbuch.

»Überhaupt stehen hier fast nur Dienstleister drin, soweit ich das überblicke. Nilssons Dachdecker AB, Lindgrens Gärtnerei, mehrere Banken. Sogar Åke Bingström ist dabei.«

»Der Immobilienmakler Bingström, der im Stadtrat sitzt? Der Golfclubvorsitzende?«, fragte Hultin.

»Genau der. Obwohl der früher gar kein Makler war, sondern Klempner. Wusstet ihr das? *Abfluss-Åke*«, brummte Knutsson. »So hieß der früher. Heute will er davon nichts mehr hören, der feine Herr Golfclubpräsident.«

Nyström räusperte sich.

»Wir haben ein völlig unscharfes Bild, finde ich. Ein alter Mann liegt tot und verstümmelt bei seinen Schmetterlingen in einem Glashaus im Wald draußen hinter Dädesjö. Er hat scheinbar keine Angehörigen und wenig Kontakt zur Außenwelt. Wer hat einen Grund, ihn zu töten? Und dann noch auf eine so grausame Art? Abgesehen von der Tatsache, dass er offensichtlich einen Gast zum Tee erwartete, haben wir nicht den geringsten Anhaltspunkt. Und meine Fantasie reicht heute nicht mehr aus, um mir auch nur ansatzweise auszumalen, was da draußen passiert sein mag.«

Sie machte eine Pause, massierte sich die Stirn. Draußen, hinter der getönten Scheibe des Besprechungsraums, war es längst dunkel geworden. Ein böiger Ostwind warf die Krähen umher, die auf dem Dach der Imbissbude lebten und sich von den Essensresten aus den Mülleimern ernährten. Das Thermometer war wieder unter null gefallen. Nyström spürte Müdigkeit. Und dass sie Gunnar Berg vermisste. Er würde etwas erkennen, selbst in einem unscharfen Bild. Etwas, auf das man zusteuern könnte, eine Landmarke. Vielleicht war es dafür aber noch viel zu früh.

»Lasst uns nach Hause gehen«, sagte sie schließlich. »Es ist schließlich Sonntag.«

Oder das, was davon übrig ist, dachte sie.

11

Maria war eins mit dem Schatten der Bäume. Sie wartete und beobachtete. Schließlich wurde ihre Geduld belohnt. Im Haus wurden die Fenster dunkel, eins nach dem anderen, zum Schluss erlosch das Licht in dem riesigen Glashaus. Nun gab es keine Schatten mehr, nur noch Dunkelheit. Sie hörte aus der Ferne das Geräusch abfahrender Autos. Sie zählte bis hundert, zur Sicherheit. Es war eine willkürlich gewählte Zahl, sie war nicht abergläubisch, im Gegenteil. Als sie fertig gezählt hatte, machte sie sich auf den Weg. Nun war sie sich sicher, dass niemand mehr auf dem Grundstück war. Die einzigen Zeugen, die ihrem ungewöhnlichen

Tun beiwohnen würden, waren die Koikarpfen und die Schmetterlinge, ansonsten gab es hier nur leblose, unbeseelte Dinge. So wie der abgeschnittene Finger, der in ein Taschentuch gewickelt in ihrem Rucksack lag.

MONTAG

1

Stina Forss entfernte sich mit großen Schritten von Frosts Haus. Gierig nahm sie die kalte, feuchte Morgenluft in ihre Lunge auf und stapfte über den sumpfig schmatzenden Boden. Sie hatte dazugelernt, heute trug sie robuste Lederstiefel. Ihre eleganten Stiefeletten, die sie am Vortag getragen hatte, standen dreckverkrustet unter der Heizung in ihrem Hotelzimmer.

Die Bewegung vertrieb den letzten Rest Müdigkeit. Ohne dass sie auf ihre Schritte geachtet hatte, war sie einem Pfad um die zugewachsene Senke hinter dem Grundstück gefolgt. Verblichenes Schilf und langes, kraftloses Gras säumten die Anhöhe, die einmal die Uferkante des lang gezogenen Teichs gewesen war, dann ging die Vegetation in verfilztes, moosiges Unterholz über. Einige Meter weiter hinten begann dichter, hoher Tannenwald. Forss blieb stehen. Es war sehr still hier draußen. Plötzlich hörte sie das schnelle, rhythmische Klatschen eines auffliegenden Wasservogels zwischen den Schilfhalmen. Danach war es wieder still. Sie spürte keine Luftbewegung auf ihrer Haut, auch die Spitzen der Tannen bewegten sich nicht, und doch zogen die tiefen Wolken, die sich weiß vor dem hellgrauen Himmel abzeichneten, mit hohem Tempo vorbei. Da, wo sie herkam, gab es diese Ruhe nicht. Städte atmen laut, selbst wenn sie schlafen. Aber wann schlief Berlin schon? Vielleicht morgens zwischen vier und halb sechs, hier dagegen konnte sie ihr eigenes Blut in den Ohren pochen hören.

Ein wenig weiter öffneten sich das Unterholz und der Wald zu einer Schneise, die Platz für eine Stromleitung schuf, welche über Masten gespannt einen Hang hinaufführte. Nachdem Stina etwa dreißig Meter der leichten Steigung den Hang hinauf gefolgt war, entdeckte sie unter den Tannen einen uralten aufgebockten Traktor ohne Räder. Das rostige Metall war fast vollständig von Moos und Flechten bedeckt, die ehemals rote Farbe des Lacks kaum mehr zu erkennen. Zwei ausgetretene Stufen führten zu der vollständig erhaltenen Fahrerkabine. Auf dem feuchten, pilzigen Belag des rechten Kotflügels fand sie eine Inschrift. *AC/DC* hatte vor langer Zeit jemand in den Lack geritzt. Sie musste lächeln. Waldgraffiti.

Sie drehte sich um und schlenderte zurück. Sie spürte nun die Kälte und auch, dass sie hungrig war. Vielleicht konnte sie ja von irgendeinem Kollegen ein Butterbrot und einen frischen Kaffee bekommen. Von der Ferne aus betrachtet und im diffusen Zwielicht des Februarmittags schien das beleuchtete Gewächshaus eine beinahe gemütliche Wärme auszustrahlen. Selbst von hier aus waren die Schemen der Menschen zu erkennen, die sich im Tropenhaus bewegten.

Es erstaunte Forss, wie deutlich sich das Geschehen hinter den Scheiben abzeichnete. Wie ein Scherenschnitttheater. Da, die Gestalt ganz rechts, das musste Anette Hultin sein. Und der Riese da vor ihr, der sich gerade bückte, das war dieser Birkenstock oder Örkenstück oder wie der hieß, der Chef der Spurensicherung, der kantig aussah wie ein Eishockeyspieler. Jetzt kniete er sich hin und verschwand aus ihrem Blickfeld, das hohe Schilf der Senke nahm ihr einen Teil der Sicht. Sie ging langsam weiter. Vier Schritte. Sechs. Acht. Beim zehnten Schritt war die Idee da. Sie blieb stehen. Wandte sich um. Eilte die wenigen Meter zurück zu dem Traktor. Stieg die Stufen empor. Öffnete die quietschende Tür der Fahrerkabine. Zog sich in den schmutzigen Sitz. Rostige Sprungfedern quietschten. Sie sah hinaus. Die Windschutzscheibe war verschmutzt und voller Flechten, aber jemand hatte vor nicht allzu langer Zeit eine taschentuchgroße Fläche freigekratzt, die Sicht auf das Anwesen und das Gewächshaus hätte nicht besser sein können. Mit einem entsprechenden Fernglas hätte man einen auf dem Küchentisch stehenden Salz- von einem Pfefferstreuer unterscheiden können. Man hatte die Sichtkontrolle über die hinteren Räume des Untergeschosses, Wohnzimmer und Küche, man sah einen Teil des Schlaf- und Arbeitszimmers, die im oberen Stockwerk lagen, und man konnte jede Bewegung in dem Gewächshaus verfolgen.

Forss begann sich umzusehen. In die Kabine fiel kaum Licht. Sie zog ihren Schlüsselbund aus der Hosentasche, daran war eine kleine Taschenlampe befestigt. Der schwache Lichtkegel enthüllte nicht viel: einfache Armaturen, ein Lenkrad, ein langer Schalthebel. Auf dem Armaturenbrett lagen Tannennadeln. Sie leuchtete den Boden ab. Vertrocknete Birkenblätter, Erdkrümel, Sandkörner. Dort, in der Ecke blitzte im Schein der Taschenlampe etwas auf. Sie fischte den Gegenstand hervor. Es war ein verrosteter Kronkorken, der dort schon jahrelang gelegen haben musste. Sie seufzte. Außer der freigewischten Scheibe wies nichts auf einen Besucher hin. Aber immerhin war es eine Möglichkeit gewesen. Sie drehte sich aus dem feuchten Sitz und tastete mit ihrem Fuß nach der obersten Stufe des Einstiegs. Als sie den letzten Schritt abwärts gemacht hatte, sah sie etwas unter dem Sitz schimmern. Mit einer Hand fischte sie danach, zog es mit zwei Fingern vorsichtig hervor und hielt es ins Licht.

Es war eine Art Origami-Kunstwerk. Ein kleiner, kunstvoll gefalteter Würfel mit einer Kantenlänge von gerade einmal zwei Zentimetern. Das Papier war dünn wie Zigarettenpapier und hellrosa. Aber es gab auch dunklere Stellen, als ob es von der anderen Seite bedruckt wäre. Stina drehte und wendete den Würfel vorsichtig. Jetzt erkannte sie Zahlen und Buchstaben. Das fragile Gebilde war aus einem Parkschein gefaltet worden.

2

Als Ingrid Nyström in die Auffahrt des Krankenhauses einbog und ihren kleinen Toyota vor der pathologischen Abteilung zum Stehen brachte, sah sie Ann-Vivika Kimsel in einem der Lichtkegel der Außenbeleuchtung stehen und rauchen. Die kleine, schlanke Frau trug die mintfarbene Dienstkleidung des Krankenhauspersonals und hatte sich als einzigen Schutz gegen die Kälte einen grob gestrickten Schal um den Hals geschlungen; ihren Mundschutz hatte sie bis auf die Stirn hochgeschoben, was von Weitem so aussah, als würde sie ein Partyhütchen tragen. Sie hatten beruflich seit vielen Jahren miteinander zu tun. Ann-Vivika Kimsel war nach langer Ehe geschieden und lebte allein, ihr Sohn war mit Nyströms Tochter Sophie in dieselbe Gymnasialklasse gegangen.

Nyström begrüßte sie mit einer Umarmung.

»Sag mal, frierst du nicht hier draußen?«

Kimsel deutete mit ihrem Kinn auf die Zigarette, die sie mit ausgestrecktem Arm von sich weghielt.

»Ja, tue ich. Aber darum geht's auch. Ich bezahle für meine Sünden gerne sofort. Eine Zigarette kostet drei Vaterunser. Oder einmal Frieren. Verdammte Dinger!«

Sie stieß den Rauch spitz zwischen ihren geschminkten Lippen aus. Nyström fand, dass der dunkle Rotton gut zu Ann-Vivikas schwarzen Haaren passte. Und dem Partyhut. Sie selber war nicht sehr geschickt in solchen Dingen, deshalb verzichtete sie meistens gleich ganz darauf.

»Hast du die Nacht durchgearbeitet?«

Kimsel nicktc knapp.

»Ich weiß. Ich habe Augenringe wie ein Pandabär. Komm, lass uns reingehen, dann erzähle ich dir alles.«

Sie nahm einen letzten Zug von der Zigarette, drückte sie in einem kleinen, verschließbaren Taschenaschenbecher aus und ließ diesen in einer Tasche ihres Kittels verschwinden.

»Ich sollte es wirklich besser wissen.«

»Es gibt jetzt Plastikzigaretten, die Nikotin abgeben. Zur Entwöhnung«, sagte Nyström.

Kimsel lachte. Das tiefe Lachen einer langjährigen Raucherin. Sie hielt der Freundin die Tür auf.

»Weißt du, Ingrid, mit den Zigaretten ist es wie mit dem Sex. Bevor ich Plastik nehme, verzichte ich lieber ganz.«

Im Gegensatz zu der nüchternen Zweckmäßigkeit aus Edelstahl und Kacheln, die die Arbeitsräume der Pathologie beherrschte, war das Büro ein gemütlicher Ort. Birkenholz, ocker- und beigefarbene Stoffe, hohe Zimmerpflanzen in Terrakottatöpfen und zwei Miró-Drucke an der Wand: Man sah, dass Kimsel sich Mühe gegeben hatte, den unschönen Aspekten ihrer Arbeit etwas entgegenzusetzen. Im warmen Licht des Zimmers bemerkte Nyström, dass die lange Nacht tatsächlich Spuren im Gesicht ihrer Freundin hinterlassen hatte, die auch ihr sorgfältig aufgetragenes Makeup nicht vollständig verbarg. Wir werden alle nicht jünger, dachte sie. Kimsel schenkte ihnen beiden Tee aus einer Thermoskanne ein, dann setzte sie sich Nyström gegenüber.

»Ungelöschter Kalk. Auch Ätzkalk oder Branntkalk genannt, Calciumoxid heißt es eigentlich. Findet man häufig in Gewächshäusern und auf Baustellen. Man kann es als Düngemittel benutzen, und es wird bei der Herstellung von Zement benötigt. Es ist eine stark ätzende Substanz, und sie reagiert extrem auf Feuchtigkeit. Unter großer Hitzeentwicklung. Und genau das ist Balthasar Melchior Frost passiert. Der Täter hat seinen Kopf in einen Bottich mit Branntkalk gedrückt, mindestens eine halbe Minute, schätze ich, vielleicht länger. Frost hat so große Mengen von dem Kalk eingeatmet, dass seine Bronchien vollkommen verätzt sind. Eine langsame und qualvolle Art zu sterben, es muss ein Gefühl gewesen sein, als sei er von innen verbrannt. Dazu kommen die äußeren Verletzungen, die ihm beigebracht worden sind, als er noch gelebt hat. Wie du dir vorstellen kannst, hat das Calciumoxid dort besonders stark reagiert, wo es auf Feuchtigkeit traf: der Mund, die Nase, die Augen. Die weißen, konturlosen Pupillen sind typisch für solche Kalkverletzungen. Die Schmerzen, die Frost erlitten hat, müssen beträchtlich gewesen sein.«

Kimsel nahm einen Schluck von ihrem Tee. Sie umschloss die Tasse mit beiden Händen. Nyström trank ebenfalls, trotzdem spürte sie, dass ihr Hals trocken war.

»Und der Finger?«

»Der wurde *post mortem* abgetrennt. Und nicht gerade elegant. Ich würde auf eine Art Schere tippen. Eine Astschere vielleicht.«

»Würde naheliegen. In diesem Glashaus gibt es jedenfalls eine Menge Gartenwerkzeug.«

Nyström schloss den obersten Knopf ihrer Bluse, so als sei ihr kalt. Kimsel blätterte in ihren Unterlagen. Hinter ihrem Ohr klemmte jetzt ein Kugelschreiber, dessen Druckknopf wie ein Totenschädel geformt war. Bisweilen hatte die Pathologin einen etwas makabren Sinn für Humor, fand Nyström. Vielleicht brachte das ihr Beruf mit sich.

»Dann gibt es eine horizontale Platzwunde am Hinterkopf, die stark geblutet hat. Das kann ein Schlag mit einem Werkzeug gewesen sein oder ein Stoß gegen eine Metallstrebe oder einen Mauervorsprung. Keine Fraktur, aber stark genug, um einen alten Mann außer Gefecht zu setzen. Interessant fand ich den Mageninhalt des Toten. Irgendwo stand, er sei britischer Abstammung. Das passt. Kurz vor seinem Tod hat er *Earl Grey Tea* und schottisches *short bread* zu sich genommen.«

»Was ist mit dem Todeszeitpunkt?«

»Dazu wollte ich gerade kommen. Die klimatischen Verhältnisse in dem Gewächshaus sind nicht gerade schwedischer Standard, aber es gibt Berechnungstabellen für so etwas. Meine erste Einschätzung war eigentlich ganz gut. Er ist am frühen Samstagabend gestorben, zwischen fünf und sieben Uhr.«

»Das war auch die Meinung von Bo Örkenrud.«

»Guter Mann. Dafür, dass er kein Arzt ist, sondern Kriminaltechniker, meine ich.«

Beide Frauen lächelten für einen Moment. Kimsel nahm den Kugelschreiber hinter ihrem Ohr weg. Sie hielt ihn in der Hand und ließ die Mine vor- und zurückschnipsen, schrieb aber nicht damit.

»Ingrid, da ist etwas mit dem Leichnam, was mir nicht gefällt. Ich habe hier schon schlimmer zugerichtete Tote gehabt, Verbrennungsopfer, Verkehrsunfälle, Wasserleichen, du kannst es dir vorstellen. Es ist nicht die Gewalteinwirkung an sich, die mich irritiert, sondern die Art und Weise, wie diese Gewalt in Erscheinung tritt. So wie er in diesem Glashaus gesessen hat, in dieser unnatürlichen Körperhaltung. Und dann die Augen, der Finger. Das alles wirkt auf mich arrangiert, angerichtet. Weißt du, was ich meine? Als decke man einen Tisch für besondere Gäste oder binde einen Blumenstrauß. Als wolle man damit etwas zeigen.«

»Was könnte man deiner Meinung nach zeigen wollen?« Sie war sich nicht sicher, worauf ihre Freundin hinauswollte. Kimsel hatte ihre Backen aufgeblasen, jetzt atmete sie laut schnaubend aus.

»Das kann ich dir nicht sagen. Aber die Augen sind neben dem Herzen vielleicht der symbolhafteste Teil des menschlichen Körpers. In den Augen steckt die Seele des Menschen, sein Leben. Sagt man doch so. Allein schon der Begriff, *Augenlicht*. Und der Finger, ausgerechnet der kleine Finger. Das ist kein Zufall.«

»Meinst du? Ich finde, das klingt ein bisschen zu sehr nach Psychothriller, nach Hollywood.«

Kimsel lachte ihr dunkles Lachen.

»Du hast wahrscheinlich recht. Küchenpsychologie und Frauenzeitschriften ergeben gefährliches Halbwissen. Aber vielleicht solltest du dich darüber mit jemandem unterhalten, der sich wirklich auskennt. Mit einem Psychologen oder einem Kulturwissenschaftler. Oder vielleicht mit deinem Mann.«

Jetzt lachte Nyström.

»Mit Anders? Ich weiß nicht, ob mir dabei ausgerechnet ein Pastor helfen kann.«

Kimsel lächelte wieder. »Eine religiöse Dimension bekommt der Fall bestimmt. Irgendjemand muss den armen Kerl ja beerdigen.«

3

Der Taxifahrer hatte das Palladium vorgeschlagen, was Lars Knutson mehr als recht war, denn der Kuchen, der im Café des Programmkinos serviert wurde, war ausgezeichnet. Außerdem lag das alte Kino in der Fußgängerzone und war vom Polizeipräsidium aus bequem zu Fuß zu erreichen.

Melin Dohuk war Mitte vierzig, dunkelhaarig und modisch gekleidet. Er saß an einem kleinen Tisch an der Seite und hatte zwei leere Espressotassen vor sich stehen, wartete also bereits eine ganze Weile. Doch das Letzte, was Knutsson jetzt gebrauchen konnte, war Zeitdruck, der Vormittag hatte hektisch genug begonnen, schließlich gab es nicht alle Tage eine Mordermittlung. Und dazu nervte noch Olsson mit seinem Kleinkram, Verkehrsunfälle und geklaute Fernseher. Als hätte er nichts Besseres zu tun, als sich um so einen Mumpitz zu kümmern! Er gab Melin Dohuk die Hand, ging weiter zum Verkaufstresen und bestellte ein Stück Apfelkuchen mit Milchkaffee und für Dohuk einen dritten Espresso. Dazu ein kleines Täfelchen Zartbitterschokolade. Mit Freundlichkeit kommt man doch immer noch am weitesten im Leben, dachte er. Dann balancierte er das Tablett zu dem Tisch, an dem der Taxifahrer saß. Dohuks genervter Blick sah allerdings nicht so aus, als würde er den Espresso honorieren. Oder die Schokolade. Knutsson setzte sich, der Stuhl unter ihm knarrte.

»Vielen Dank, dass du dir einen Moment Zeit nehmen konntest. Wie gesagt, es geht um eine wichtige Ermittlung.«

Er schob Dohuk den Kaffee und die Schokolade zu.

»Man tut, was man kann. Man zahlt Steuern, man hilft der Polizei.«

Dohuk hob die Schultern. Er sprach schnell, kehlig und ohne Akzent. Knutsson dachte, dass er schon sehr lange in Schweden leben musste. Oder genau wie er selbst in Schweden geboren war. Der Einwanderer-Schwede.

»Deine Einstellung ist vorbildlich.«

Er lächelte sein breitestes Polizistenlächeln. Das, mit dem man brave Bürger lobt.

»Du warst ja am Samstagabend mit deinem Taxi unterwegs, vorgestern also. Gegen sechs Uhr hattest du eine Fahrt von Ramnåsa bei Dädesjö nach Öjaby. Ein Ehepaar, die Erlandssons.«

Dohuk wippte ungeduldig mit dem Fuß. Den Espresso rührte er nicht an, ebenso wenig die Schokolade.

»Ja, das stimmt, Samstagabend hatte ich Dienst. Ich bin diese Tour gefahren, von der du sprichst.«

Er sah Knutsson mit einem Blick an, den dieser nicht deuten konnte. Knutsson räusperte sich, als versuchte er ein aufkommendes Gefühl des Unbehagens abzuschütteln.

»Es ist nämlich so: Gegen sechs Uhr ist dort oben ein schweres Verbrechen verübt worden. Nur wenige hundert

Meter entfernt vom Haus der Familie Erlandsson. Wir gehen davon aus, dass der oder die Täter auf demselben Weg zu dem Tatort gekommen sind, den du mit deinem Taxi gefahren bist, einen anderen Weg gibt es dort oben nämlich nicht. Und dass sie den Ort auch auf diesem Weg wieder verlassen haben. Deshalb kann es sein, dass du ein ganz wichtiger Zeuge bist. Falls du auf deiner Fahrt irgendetwas gesehen oder bemerkt hast. Ein entgegenkommendes Fahrzeug. Oder einen Spaziergänger. Irgendetwas.«

Dohuk antwortete, ohne lange nachzudenken.

»Da war nichts. Es war dunkel und still an dem Abend. Ein anderes Fahrzeug hätte ich bemerkt. Aber da war niemand. Ich habe diese Erlandssons abgeholt und nach Öjaby gebracht.«

»Bist du dir sicher?«

Knutsson entgegnete Dohuks Blick.

»Vollkommen. Da war nichts Ungewöhnliches. Eine ganz normale Fahrt.«

Wieder hatte er rasch geantwortet. Sein Fuß wippte immer noch. Dann wiederholte er, was er gesagt hatte.

»Es war eine ganz normale Fahrt.«

Knutsson nickte. Er trank von seinem Milchkaffee und aß ein Stück von dem Apfelkuchen. Kauend fuhr er fort.

»Die Erlandssons sprachen von einer Verspätung. Zwanzig Minuten, haben sie gesagt. Das Taxi sei zwanzig Minuten zu spät gewesen. Kannst du erklären, wie es dazu gekommen ist?«

»Das war mein Fehler. Ich habe mich zuerst verfahren. Dann habe ich das Haus gefunden.«

»Du hast doch bestimmt ein Navigationsgerät im Auto? Das haben fast alle Autos heutzutage und bestimmt alle Taxis.«

»Ja, das habe ich natürlich. Aber ich habe die falsche Adresse eingegeben, deshalb bin ich falsch gefahren. Ich musste umdrehen und zurückfahren, als ich es bemerkt hatte. Das hat insgesamt zwanzig Minuten gedauert. Ich habe mich bei den Fahrgästen entschuldigt, und sie haben einen Rabatt bekommen. Es hatte alles seine Richtigkeit.«

Knutsson aß mehr von seinem Kuchen. Dohuk hatte den unberührten Espresso von sich weggerückt. Dann halt nicht, dachte Knutsson. Ihm fiel eine weitere Frage ein.

»Kennst du einen Balthasar Melchior Frost?«

»Nein. Den Namen habe ich noch nie gehört. Wer ist das?«

»Dieser Mann ist am Samstagabend draußen bei Ramnåsa getötet worden. Dort, wo du mit deinem Taxi herumgefahren bist. Und du hast wirklich nichts gesehen?«

»Nein, ich habe nichts gesehen, gar nichts. Ich kenne diesen Mann nicht, von dem du sprichst, es war eine normale Fahrt. Ich helfe der Polizei, ich zahle Steuern. Wie jeder andere schwedische Staatsbürger. Aber dafür muss man hart arbeiten. Und das werde ich jetzt wieder tun, wenn du nichts dagegen hast.«

Dohuk war lauter geworden. Und um seine Worte zu unterstreichen, hatte er auf die Tischplatte geschlagen, nicht allzu fest, aber fest genug, um den Espresso zum Überschwappen zu bringen. Knutsson sah, wie sich der braune Sud auf der Untertasse in das kleine Stück Mandelgebäck fraß, das die Frau hinter der Bar neben der Tasse platziert hatte. Schade drum, dachte er. Dohuk hatte seinen Blick in Richtung des Gebäcks bemerkt und stand mit einem irritierten Gesichtsausdruck auf.

»Ein Taxi, das nicht fährt, verdient auch keine Steuergelder«, sagte er. Dann griff er nach den eleganten Lederhandschuhen, die vor ihm auf dem Tisch lagen.

»Danke, dass du uns geholfen hast. Du kannst jetzt wieder zu deiner Arbeit gehen. Aber vielleicht müssen wir uns noch einmal bei dir melden«, beeilte sich Knutsson zu sagen. Melin Dohuk nickte ihm mit gerunzelter Stirn zu, drehte sich um und verließ das Café. Noch bevor sich die Tür zur belebten Fußgängerzone wieder geschlossen hatte, schoss Knutssons Hand hervor, angelte sich das aufgeweichte Gebäckstück von Dohuks Tasse und ließ es in einer eleganten Bewegung in seinem Mund verschwinden.

4

Sie sah ein wenig aus wie Björk. Das war das Erste, was Göran Lindholm dachte, als Liisa Raitolaa, die Mitarbeiterin der Stadtbibliothek, ihn und Hultin in ihr kleines Büro bat. Hört heute eigentlich noch jemand Björk, fragte er sich. Aber Liisa Raitolaa kam nicht aus Island, sondern aus Finnland. Und das hörte man ihrem Schwedisch auch an. Göran Lindholm fand den Akzent ziemlich süß. Allerdings konnte das auch an Raitolaas Äußerem liegen. Hultin fand den finnischen Akzent überhaupt nicht süß, um genau zu sein, regte er sie sogar auf. Dass so viele finnischstämmige Menschen in Schweden lebten, musste man wohl hinnehmen, schließlich waren die Schicksale der beiden Länder eng miteinander verflochten, obwohl Finnland *eigentlich* einmal eine Provinz von Schweden gewesen war, aber dass eine so exponierte und öffentliche Stelle wie die der Pressereferentin der Stadtbücherei mit jemandem besetzt wurde, der die schöne schwedische Sprache derart ... ja, was eigentlich? Verunglimpfte? Verstümmelte? Verhohnepipelte? Jedenfalls: Wer einen derartig starken ausländischen Akzent hatte, der musste nicht gerade Pressereferentin werden. Und diese Frisur! Dieses finnische Persönchen hatte ihre langen dunklen Zöpfe wie Spiralen um die Ohren gewickelt, wie zwei überdimensionierte Zimtschnecken sahen die aus! Oder, nein, jetzt hatte sie's! Wie Prinzessin Leia aus *Star Wars*! Und so was empfing hier die Leute!

Raitolaa bat die beiden Polizisten, auf einem schmalen Rattansofa Platz zu nehmen, das ihrem unaufgeräumten Schreibtisch gegenüberstand. Das Sofa war im Grunde viel zu eng für zwei Personen, Lindholms und Hultins Oberschenkel klemmten aneinander. Das Büro war überheizt, und Hultin bereute nach wenigen Augenblicken, dass sie ihre Daunenjacke nicht ausgezogen hatte. Lindholms Jacke lag auf seinem Schoß, was ihm allerdings erschwerte, an seinen Notizblock zu gelangen, der sich in der Umhängetasche befand, die er sich zwischen seine Füße geklemmt hatte. Hultin versuchte, ihr Diktiergerät hervorzukramen, das sie in der Innentasche ihrer Jacke verwahrte; angesichts der Sitzsituation ein äußerst umständliches Unterfangen, das sie nach mehreren Versuchen abbrach. Unterdessen plauderte Raitolaa munter drauflos.

»Mit Balthasar Frost hatte ich häufiger zu tun in den vergangenen Jahren. Ein so gebildeter Mann! Er hat bei uns häufiger Vorträge gehalten. Und nicht nur hier, auch in Alvesta, Ljungby und Tingsryd. Er ist sogar in das berühmte Schmetterlingshaus in Stockholm eingeladen worden, kein Wunder, er hat ja viel über Schmetterlinge gewusst. Über Schmetterlinge, Insekten, Zierpflanzen, Gartenbau, eigentlich über sehr vieles, was mit Natur zu tun hatte. Besonders im Linné-Jahr gab es eine riesige Nachfrage, wie ihr euch denken könnt.«

Raitolaa schenkte den Polizisten Kaffee ein. Lindholm hatte es mittlerweile geschafft, seinen Block aus der Tasche zu ziehen, nun suchte er seinen Kugelschreiber. Hultin sah abwechselnd auf Raitolaas Frisur und die Zimtschnecken, die sie auf den Tisch gestellt hatte.

»Aber er war auch ein regelmäßiger Besucher der politischen Diskussionsabende. Ich kann mich an zwei Abende erinnern, an denen er richtig flammende Reden gehalten hat. Einmal hat sogar der ganze Saal Beifall geklatscht.«

»Was waren das für Diskussionen? Worum ging es dabei?«

»Das eine Mal ging es um die Müllverbrennungsanlage, ihr wisst schon, Växjö, die grünste Stadt Europas und so. Jetzt ist die Anlage in Ljungby gebaut worden.«

Raitolaa trank einen Schluck von ihrem Kaffee.

»Und das andere Mal ging es um den Nahostkonflikt. Vor einigen Jahren, als es den Krieg im Gazastreifen gab.«

»War das der Abend, an dem er den Beifall bekommen hat?«, fragte Lindholm. Er hatte jetzt seinen Kuli in der Hand, aber aus irgendeinem Grund funktionierte die Mine nicht.

»Nein, im Gegenteil.«

»Wieso im Gegenteil?«

»Na, den Beifall hatte er an dem Abend mit der Müllverbrennungsanlage bekommen. Weil er sich für noch mehr erneuerbare Energien ausgesprochen hatte: Windkraft, Fernwärme und so weiter. Dass unsere Stadt noch viel nachhaltiger werden müsse. Und energieeffizienter. An dem Abend dann, als es um den Nahostkonflikt ging, also um die Invasion der israelischen Armee in den Gaza-streifen, da passierte das Gegenteil.«

»Inwiefern?«

»Na, da haben ihn einige ausgepfiffen. Und schließlich kam es sogar zu einem kleinen Tumult. Frost hat sehr vehement seine Meinung vertreten.«

»Was war denn Frosts Meinung?«

»Er war hundert Prozent Pro-Israel. Und die meisten Leute sahen das anders. Es war ein sehr emotionaler Abend, es ist ja auch ein sehr emotionalisierendes Thema. Schließlich ist dieser Verrückte dann ausgerastet.«

»Frost?«

»Nein! Doch nicht Frost! Dieser Österreicher, der im Wald wohnt!«

»Haber? Der Tierrechtsaktivist?«

»Genau der! Aufgesprungen ist er und wollte dem alten Frost an die Gurgel. Wir mussten den Sicherheitsdienst rufen, und die haben ihn schließlich hinausbefördert. Gebrüllt hat der! ›Zionist‹ hat er gerufen und ›Kindermörder‹. Frost war völlig aufgewühlt und am Ende. Es war schließlich nur eine Diskussion, ein Meinungsaustausch. Aber dieser Haber ist völlig ausgeflippt! Am Ende hat er sogar geschrien, dass er Frost umbringen werde da draußen im Wald.«

Liisa Raitolaa nahm eine Zimtschnecke in die Hand. Eine der echten, nicht die aus ihrem Haar. Sie schien über etwas nachzudenken. Dann sah sie abwechselnd zu den beiden Polizisten auf dem Sofa herüber.

»Aber sagt mal, ist irgendetwas Schlimmes passiert, oder warum wollt ihr das alles überhaupt wissen?«

5

Da waren Schmerzen. Und dahinter Bäume, auf manchen lag noch immer Schnee. Darüber Felsen, graue Buckel, verwundete, zerklüftete Walrücken, über die der Wind pfiff. Er konnte es hören, bis hierhin, wo er lag, bis in die Hütte, die ihm Schutz gab vor der Kälte, vor den Tieren. Er versuchte sich umzudrehen, vorsichtig, weg von dem gleißenden Licht, das ihn durch das schmutzige Fenster hindurch in die Augen stach, weg von den Erinnerungen: auffliegende Schmetterlinge, die Jagd, der Unfall. Aber das Stechen in seinen Augen war nichts gegen den Schmerz, der jetzt durch seine Seite fuhr, als triebe man ihm Haken ins Fleisch. Er heulte auf, doch das feuchte Holz der Decke und die klammen Teppiche auf den groben Bohlen schluckten seine Laute. Er hielt in der Bewegung inne, es schien unmöglich, die Position seines wunden Körpers auf der Pritsche zu verändern. Wimmernd gab er dem Schmerz nach. Er schloss die Augen, sehnte den Schlaf herbei. Als das Fieber zurückkam und mit ihm die alten Dämonen, war es eine Erlösung. Dankbar ließ er sich in den Abgrund fallen, und alles verschwand, die Schmerzen, die Bäume, die Felsen mit ihren buckligen Zinnen.

6

Am späten Vormittag standen Ingrid Nyström und Stina Forss vor dem Haus von Frederik Axelsson im Pepparvägen. Der Bungalow stand neben Dutzenden von ähnlichen Häusern in einem Wohngebiet. Erstaunt nahm Forss zur Kenntnis, dass ungeachtet der unwirtlichen Jahreszeit in vielen Vorgärten Trampoline standen. Nyström bemerkte ihre Verwunderung.

»Die Trampoline waren im letzten Jahr der Sommerhit bei Familien mit Kindern. Jetzt, im Winter, bemerken die Leute, dass sie in ihren Garagen gar keinen Platz für die Dinger haben. Im Mai werden die verrosteten Ungetüme dann zum Müllplatz gefahren, und es gibt eine neue Marotte, die einen Sommer lang anhält, so viel zum Thema Wegwerfgesellschaft!«

Nyström gehörte zu den Menschen, die ihren Müll trennten, das war sicher, dachte Forss. Frederik Axelsson öffnete ihnen die Tür und bat sie herein. Nyström zog sich an der Garderobe ihre robusten Schuhe aus, und Forss tat es ihr nach. Sie dachte an die türkischen Haushalte, in die sie ihr Dienst in Kreuzberg und Neukölln geführt hatte, auch dort betrat man die Wohnung nicht mit Schuhen. Sie folgten Axelsson durch einen kurzen Flur in das Wohnzimmer. Er ging stark nach vorne gebeugt und stützte sich beim Gehen auf einen Stock. Es fiel Forss schwer, sich den Alten hinter dem Steuer eines Autos oder mit ruhiger Hand beim Bemalen von Seide vorzustellen, aber als Axelsson am Wohnzimmertisch saß und sprach, änderte sich ihr Eindruck, denn der Blick und die Stimme des alten Mannes waren fest und bestimmt. Er bot ihnen Kaffee an, den sie dankbar annahmen.

Axelsson zog sich an seinem Stock hoch und verschwand in der Küche. Sie sahen sich im Raum um. Hier fanden sich ebenfalls großformatige Kalligrafien an den Wänden, wenn auch nicht so aufwendig und teuer gerahmt wie bei Frost. Mehr Parallelen gab es allerdings nicht. In Axelssons Wohnzimmer war alles deutlich einfacher und billiger. Nyström schien Ähnliches zu denken.

»Das sind alles Ikeamöbel aus den Siebzigerjahren. Siehst du die Anrichte dort? Die Gleiche haben mein Mann und ich uns damals für unsere erste Wohnung gekauft.«

Axelsson war ein groß gewachsener Mann mit müdem Gesicht und braunen, klugen Augen. Sein Haar war dunkel, dicht und sorgfältig frisiert. Forss fragte sich, ob er eine Haartönung benutzte. Während Nyström Fragen stellte, beobachtete Forss die Hände des Alten. Sie zeigten eine Spannung, als stünden sie unter Strom, sie zuckten, wenn er nach der Kaffeetasse griff, wenn er seine Haare glatt strich, wenn er sich im Gesicht berührte. Der Mann war wie eine Gewitterwolke, die sich auflud. Wann würde sie sich entladen?

In dem Augenblick begann Axelsson zu weinen. Tränen liefen über sein Gesicht, sein Körper bebte. Nyström griff nach der Hand des alten Mannes und sprach beruhigend auf ihn ein. Langsam ging das Beben seines Körpers in ein Wiegen über. Er erinnerte Forss jetzt trotz seiner imposanten Körpergröße an ein Kind. Nyström setzte ihre Befragung fort, aber der Alte antwortete einsilbig. Man konnte hören, dass seine Nase verstopft war. Wieder flossen Tränen. Abrupt stand Forss auf. Sie konnte das nicht. Sie konnte den Gefühlsausbruch des Alten nicht aushalten. Sie murmelte etwas von der Toilette und verließ das Wohnzimmer. Eine Tür weiter fand sie das Bad. Sie drehte den Wasserhahn auf, bückte sich und wusch sich das Gesicht. Dann richtete sie sich wieder auf. Sie atmete tief durch, lauschte ihren Atemzügen, wie sie kamen und gingen. Wie Wellen am Strand. So hatte es ihr der Therapeut beigebracht. Einatmen. Ausatmen. Auf die Wellen hören. Und wieder einatmen.

Nach einer Minute hatte sie sich wieder im Griff. Verdammt, sie würde lernen müssen, mit solchen Situationen besser umzugehen. Sie massierte sich die Schläfen, nahm einen Schluck Wasser aus dem Hahn. Schließlich verließ sie das Bad.

Im Flur warf sie rasch einen Blick in die anderen Räume. Neben der Küche gab es noch ein karg eingerichtetes Gästezimmer. Die Bettwäsche hatte ein Muster aus Orangen und

Zitronen. Hinter der letzten Tür befand sich eine Art Hobbyraum. Hier mussten Axelsson und Frost gesessen und gemalt haben. In einer Ecke standen Holzrahmen, auf die ein schimmernder, heller Stoff gespannt war. Forss nahm an, dass es Seide war. Auf einem Regal befanden sich Gläschen mit Farben und Pinsel in verschiedenen Größen. Ein Seniorentelefon mit großen Tasten stand auf einem niedrigen Tisch. Dieses Zimmer war ebenfalls mit Postern und Fotografien geschmückt. Die Aufnahmen zeigten Landschaftsmotive mit jungen, unbekleideten Menschen. Sie hatte solche Bilder schon einmal irgendwo gesehen, aber sie erinnerte sich nicht mehr daran, wo das gewesen war. Sie schloss die Tür und ging wieder zurück ins Wohnzimmer.

Axelsson weinte jetzt nicht mehr, auch wenn sein Gesicht noch ganz feucht war. Er war mit Nyström ins Gespräch vertieft und sah nicht einmal auf, als sie in das Zimmer trat und neben Nyström Platz nahm. Seine Stimme klang jetzt wieder fester, und er hatte sich in der Zwischenzeit die Nase geputzt. Forss trank von ihrem kalt gewordenen Kaffee. Irgendwann verebbte das Gespräch. Axelsson starrte mit seinen feuchten Augen aus dem Fenster in den Garten, in dem kahle Apfelbäume standen, das Holz der Äste glänzte schwarz vor Nässe. Es hatte wieder zu regnen begonnen.

Nyström sah zu Forss herüber, dann zur Tür, und Forss verstand. Sie standen auf und verabschiedeten sich. Nyström berührte den alten Mann noch einmal an der Schulter, dann gingen sie hinaus.

Erst als sie im Auto saßen, begann Nyström zu sprechen.

»Ist alles in Ordnung mit dir?«

»Ja, es ist nichts. Ich ... Es war nur der Schlafmangel und die Umstellung. Ich brauche ein bisschen Zeit, um wirklich hier anzukommen.« Sie log und sie glaubte zu spüren, dass es Nyström auffiel.

Nyström sah sie lange an. »Sag Bescheid, wenn ich dir irgendwie helfen kann.«

»Danke.«

Forss brachte ihr schiefes Lächeln zustande, Nyström lächelte ebenfalls. Dann betätigte sie die Zündung des kleinen Toyotas.

»Du hast es ja gemerkt, Frederik Axelsson war völlig aufgelöst. Er stand noch immer unter Schock. Frost ist sein bester Freund gewesen. Trotz des Alters haben sie sich regelmäßig getroffen. Oder vielleicht gerade deswegen. Ich glaube, sie hatten nur einander. Und ihr gemeinsames Hobby.«

»Wie lange kannten sie sich?«

»Schon einige Jahre. Sie haben sich auf einer Kunsthandwerksmesse kennengelernt. Frost hat ihn für die Kalligrafie begeistert. Dafür war es Axelsson, der Frost auf die Idee gebracht hat, Seidenspinner zu züchten und die Seide selber herzustellen. Er hatte wohl vorher bereits Schmetterlinge, aber nur tropische Arten. Die, die wir auch in dem Glashaus gefunden haben.«

»Und hatte er irgendeine Idee, warum jemand seinen Freund getötet hat?«

»Nein. Überhaupt nicht. Er sagte, er könne sich nicht vorstellen, dass Frost irgendwelche Feinde gehabt habe. Er sei ein unglaublich gütiger Mann gewesen.«

»Glaubst du ihm?«

»Du hast ihn ja erlebt. Frederik Axelsson ist ein weicher Mensch. Er war sehr, wie sagt man, emotional. Ich glaube, es war auf jeden Fall seine Sicht der Dinge. Ich habe ihn natürlich auch nach einer ehemaligen Lebensgefährtin oder Freundin gefragt. Davon wusste er nichts. Er wirkte überrascht, Frost habe ihm gegenüber nie eine Partnerin erwähnt. Aus dem Alter seien sie beide raus gewesen, so hat er es ausgedrückt.«

»Vielleicht wollte Frost sie vergessen.«

»Vielleicht ist es wirklich schon lange her.«

»Hast du Axelsson noch einmal darauf angesprochen, wie es war, als er Frost gefunden hat?«

»Natürlich. Aber darüber zu reden fiel ihm schwer. Das meiste ging in Tränen unter. Alles, was ich verstanden habe, deckte sich mit dem, was er schon gestern Morgen zu Protokoll gegeben hat. Ich glaube, er braucht Zeit, um das Geschehene zu verarbeiten. Diese Zeit sollten wir ihm geben.«

Nyström machte eine kurze Pause, dann sprach sie weiter.

»Am Ende ist er doch noch mit etwas Interessantem rausgerückt. Es gab da wohl einen Mann, der ihm mehrmals öffentlich gedroht hat, einmal war Axelsson sogar dabei, bei einem seiner Vorträge über Schmetterlinge. Ein gewisser Joachim Haber.«

»Klingt deutsch.«

»Er kommt aus Österreich, aus Tirol, glaube ich. Ein Aussteiger, der hier hängen geblieben ist. Er war früher mal Lehrer, jetzt hat er sich dem Naturschutz verschrieben. Oder dem, was er dafür hält.«

»Kennst du ihn denn?«

»Den kennt hier jeder. Ein radikaler Tierschützer, der sich im Landkreis nicht gerade viele Freunde gemacht hat.«

»Wieso?«

»Kronoberg hat seit Jahren ein riesiges Wildschweinproblem. Das klingt lustig, ist aber sehr ernst. Vor Jahren sind Wildschweine aus Zuchten ausgebrochen und haben sich rasant vermehrt. Die Bedingungen in den Wäldern sind ideal, und sie haben keine natürlichen Feinde. Eine Sau bekommt mehrmals im Jahr Junge. Es gibt meines Wissens inzwischen über 30000 im Bezirk. Sie verwüsten die Forstwirtschaft, die Schäden gehen in die Millionen. Es hat auch schon Unfälle mit Menschen gegeben.«

Nyström stockte für einen Moment. Dann fuhr sie fort.

»Jedenfalls werden die Jäger der Plage nicht mehr Herr, sie sind sehr schwer zu jagen. Und dieser Haber läuft in der Gegend herum und ruft laut nach Artenschutz. Er hat sogar eine Sitzblockade vor dem Rathaus veranstaltet. Na ja, sagen wir lieber, er hat es versucht. Für die Zeitung war das natürlich ein gefundenes Fressen. Und vergangenes Jahr haben ihn Jäger dabei erwischt, wie er einen Hochsitz umsägen wollte. Die haben ihn grün und blau geschlagen.«

»Und dieser komische Vogel hat Frost bedroht?«

»Sagt Axelsson. Wegen der Zucht seiner exotischen Falter. Das sei Tierquälerei. Du kannst es dir vorstellen.«

»Klingt so, als sollten wir uns mit ihm unterhalten.«

»Das sehe ich auch so. Ich lasse ihn einsammeln.«

»Einsammeln?«

»Haber zeltet in den Wäldern. Das ganze Jahr über. Aber tagsüber protestiert er meistens vor einem McDonald's gegen Fleischverzehr und Massentierhaltung.«

7

Hugo Delgado kam nicht hinein: Er hatte geklingelt und geklopft, und er war außen herumgelaufen, um einen Hintereingang zu finden, aber es hatte alles nichts genützt – er kam nicht hinein. Er fühlte sich wie in einem Kafka-Roman, er wurde von hier nach da geschickt und von dort nach hier, und am Ende stand er wieder genau da, wo er vor Stunden gestanden hatte. Formulare hatte er ausgefüllt und dann noch mehr Formulare. Schließlich hatte er begriffen, dass es

Antragsformulare waren, mit denen man wiederum andere Formulare beantragte. Am frühen Nachmittag war es so weit: Er war kurz davor, seinen Laptop gegen die Wand zu schleudern. Frustriert hatte er schließlich zum Telefonhörer gegriffen, endlose Nummern gewählt, nur um dann ein ums andere Mal in endlosen Warteschleifen zu landen. Die einzige Erkenntnis, die er dabei gewann, bestand darin, dass die Verwaltung der britischen Armee ihre Warteschleifen mit *Kylie Minogue* unterlegte. Dabei wollte Hugo Delgado doch nichts weiter als eine kleine Auskunft.

Im Grunde hatte seine Recherche ganz vielversprechend begonnen. Den Archiven der britischen Einwohnermeldeämter zufolge hatte es in den vergangenen hundert Jahren in Großbritannien lediglich drei Menschen mit dem Namen Balthasar Melchior Frost gegeben, von denen einer genau genommen Caspar Balthasar Melchior Frost hieß. Was im Grunde ja nur konsequent war, wenn man einmal genauer darüber nachdachte. Der überkandidelten Religiosität entsprechend, die der Name implizierte, ein Katholik, ein Ire, der 1875 in Wicklow, in der Nähe von Dublin, geboren und 1938 in ebendiesem Wicklow auch wieder verstorben war. Der schied also aus.

Der zweite Namensträger, ein schottischer Kommunalpolitiker von der Isle of Skye, hatte vor elf Jahren das Zeitliche gesegnet. Delgado fand über Google sogar Fotos von seiner Beerdigung. Da stapften tatsächlich Männer mit Dudelsäcken und karierten Röcken hinter dem Sarg durch den Regen. So viel zu Klischees, dachte Delgado.

Und schließlich gab es da noch den dritten Kandidaten. Volltreffer, hatte Delgado gedacht, als er den Geburtsort des Mannes las. Der dritte Balthasar Melchior Frost war am 30.01.1918 in Hull, in der Region mit dem klangvollen Namen Yorkshire and the Humber geboren. Hull, genau wie es im Auszug des schwedischen Registers stand. Doch dann war Delgado stutzig geworden. Er hatte ein gutes Gedächtnis für Zahlen und Daten, und irgendetwas stimmte hier nicht. Er öffnete die Akte, die er über Frost angelegt hatte. Sein Gefühl hatte ihn nicht getrogen. Der Geburtsort Hull war identisch, aber das Geburtsdatum im schwedischen Register und in Frosts Personalausweis und in allen seinen Unterlagen wich von dem Datum ab, das in England eingetragen war. Nach den schwedischen Belegen war Frost am 28.08.1926 geboren. Achteinhalb Jahre später also. Delgado war irritiert. Konnte das sein? Konnte es sein, dass es zwei Männer mit dem gleichen extravaganten Namen gab, die in einem Zeitraum von weniger als zehn Jahren in derselben Stadt geboren worden waren?

Ja, das konnte sein.

War es wahrscheinlich?

Nein, war es nicht. Es war vollkommen unwahrscheinlich.

Denn wenn es einen zweiten Balthasar Melchior Frost aus Hull, England gab, warum stand er dann nicht im Archiv? Delgado entschied, dass es sich um einen Fehler handeln musste. Nur welchen Grund sollte es für Frost geben, jahrzehntelang mit fehlerhaften Papieren herumzulaufen?

Die Spuren, die Balthasar Melchior Frost ansonsten in den Registern seines Heimatlandes hinterlassen hatte, waren dünn. Er hatte vor dem Krieg als Hilfsarbeiter in Nottingham gearbeitet. Seine Eltern waren während des Zweiten Weltkrieges gestorben, 1940 und 1943. Er hatte zwei Schwestern gehabt, beide unverheiratet. Die eine war 1967 gestorben, die andere 1982. Frost selbst war zu Beginn des Zweiten Weltkrieges, 1939, in die Armee gegangen. Und genau da war die Tür zu. Und Delgado kam nicht herein. Und wenn er sich auf den Kopf stellte.

8

Anette Hultin brummte der Kopf, außerdem schmerzte ihr Rücken. Sechs Stunden saß sie jetzt über das Material gebeugt, Umzugskartons voller Aktenordner, eine akribische Buchführung über vierzig Jahre Wertpapierhandel und sonstige Ein- und Ausgaben, von 1950 bis Ende der Achtzigerjahre. In eigenwilliger, schwer entzifferbarer Handschrift verfasst. Ihr taten die Augen weh.

Sie war chronologisch vorgegangen. Es gab Hunderte Rechnungen, es gab Honorare für Artikel in biologischen Fachzeitschriften und anderen Journalen, es gab Ausgaben für Versicherungen und Reisen, aber vor allem gab es Aktien: mittelgroße Investitionssummen, kleines Risiko, niedrige, aber kalkulierbare Gewinnspannen. Holzhandel, Sägewerke, Papierfabriken, später auch Fischfang und Fischverarbeitung. Heringe in Gläsern, wie spannend! Ausnahmslos schwedische Aktiengesellschaften, ein durch und durch konservatives Anlageverhalten; abgewickelt worden waren die Geschäfte über verschiedene kleinere Stockholmer Banken. Dann, Ende der Sechzigerjahre, hatte sich Frosts Geschäftsverhalten leicht zu verändern begonnen, allmählich waren die Transaktionen internationaler geworden und hatten sich von Holz und Fisch auf Metall verlagert: Kupfer, Zinn, Silber, Gold.

Frost hatte mit Anteilen an Minen in Bolivien, Peru, Chile, USA, Kanada und auch in Afrika, vor allem im Kongo, gehandelt. Sein Vermögen war dabei langsam, aber kontinuierlich gewachsen, ohne dass er sein risikoarmes Vorgehen jemals geändert hatte; Frost war nie ein Zocker gewesen.

Dann kamen die Siebzigerjahre. Ein Jahrzehnt, das Hultin eigentlich nur aus der Retroecke bei H&M und aus Musikrevuen kannte, obwohl sie in dem Jahrzehnt geboren war. ABBA fiel ihr ein, natürlich. Agnetha und Frida in den unmöglichen Stiefeln. Vielleicht noch Nationalteatern oder Blå Tåget. Und *Zusammen*, der lustige Film von Lukas Moodysson über die Hippiekommune. Träumer und Spinner, dachte sie, Gott sei Dank war deren Zeit vorbei. Beim Durchblättern von Frosts Aufzeichnungen machte sich Hultin zum ersten Mal bewusst, dass ihr Bild von den Siebzigern sehr wenig mit dem normalen Leben der Menschen damals zu tun hatte. Disco, *Dancing Queen* und violette Satin-Plateaustiefel? Was hatte sie da eigentlich für ein blödes Bild im Kopf? So hatte doch kein Schwein gelebt, damals. Essen, Schlafen und Arbeiten, so sah die Welt doch aus! Oder, wie in Frosts Fall: Zahlenkolonnen, kaufen und verkaufen, genau wie heute, bloß in Schlaghosen. Sie blätterte weiter: 1976, Januar, Februar, März. Kleine Investitionen, kleine Gewinne, mal ein Verlust, aber nie tragisch. Dann Mai, Juni, Juli. Ob es ein warmer Sommer gewesen war in diesem Jahr? Ein schöner Mittsommerabend? August. September.

Zuerst dachte sie, es müsste sich um einen Kommafehler handeln. Dann las sie den Betrag auf der Überweisung ausgeschrieben. Vierhunderttausend Kronen! Frost hatte für vierhunderttausend Kronen Anteile an einer afrikanischen Goldmine gekauft. Damals musste das eine ganz schön große Menge Geld gewesen sein. Und die Summe war mehr als fünfmal so hoch wie alle anderen Investitionen, die bisher aufgeführt worden waren. Schnell blätterte sie weiter, überflog die Bilanzen, Summen, Kontoauszüge. Weiter, weiter, der Goldpreis stieg und stieg und stieg. Und plötzlich verkaufte Frost. Und kurz danach fiel der Preis für Gold in den Keller. 1982 war das gewesen. Sie pfiff lautlos durch die Zähne. Balthasar Frost hatte sein Vermögen innerhalb weniger Jahre vervierfacht. Er hatte das Geld in die Hand genommen und Bauland gekauft, Ufergrundstücke am Helgasee. Dort, wo heute die großen Villen standen. Manche Leute haben es einfach raus, dachte Hultin. Auf einmal hatte sie wieder das grässlich zugerichtete Gesicht des alten Mannes vor Augen. Es schüttelte sie. Eine Zweizimmer-Etagenwohnung in Teleborg tat es vielleicht auch.

9

Als er wieder erwachte, waren Stunden vergangen, drei vielleicht oder fünf oder sieben. Das Licht, das durch das Fenster drang, war schwächer geworden, aber was bedeutete das schon zu dieser Jahreszeit? Die Schmerzen waren noch da, anders als vorher, wie ein Schwarm Motten, dachte er, schwarze Schmetterlinge, flatterndes Getier, das oberhalb seines Beckens, das neben seiner Wirbelsäule von seinem Fleisch zehrte. Er tastete nach der Wasserflasche auf der Anrichte. Seine Fingerspitzen berührten den Kunststoff, er konnte ihn fühlen, aber zugreifen konnte er nicht. Mit einem Ploppen landete die Flasche Ramlösa auf dem Holzboden, Ramlösa mit Birnengeschmack, ging es ihm durch den Kopf, und die bruchstückhafte Erinnerung an den Moment, an dem er das aromatisierte Getränk im 7-Eleven in der Bahnhofshalle gekauft hatte, fühlte sich so blass an wie an einen Geburtstag seiner Kindheit, ein Bild von einem verschwitzten Nachmittag und Tischtennisturnieren im Cola-Rausch. Und genauso weit weg war es auch. Alles, was im Leben geschah, rückte zusammen, wenn man es vom Ende aus betrachtete. Denn genau das war die Situation, in der er sich befand, so viel war ihm bewusst, das begriff er trotz des Fiebers, trotz der schwirrenden Tiere in seinem Leib. Hier, wo er war, wo er lag, in einer feuchten, zugigen Jagdhütte in einem beschissen großen, verfluchten Wald, war das Ende.

Er fiel wieder in einen gottlosen Schlaf.

10

Nyström sah aus dem Fenster. Es war erst früher Montagnachmittag, und dennoch hatte bereits die Dämmerung eingesetzt. Über dem Imbiss und dem Parkplatz kreisten die Krähen. Dann flogen sie über das Dach des Kinos hinweg Richtung Norden, schnell hatte der graue Himmel sie geschluckt.

Für sechzehn Uhr hatte sie eine Besprechung angesetzt, sie wollte zusammentragen, was sie seit gestern herausgefunden hatten. Sie stellte sich vor ihr Flipchart. In die Mitte des großformatigen Papiers zeichnete sie mit dem Marker einen Schmetterling. Unter den Falter schrieb sie den Namen des Toten, das Alter des Opfers und den von Ann-Vivika Kimsel ermittelten Todeszeitpunkt. Im Zentrum von allem stand ein Mann, der Schmetterlinge gezüchtet hatte und Frost hieß. Er stammte aus England, aber er lebte seit fünfzig Jahren in Schweden. Sie zog eine Linie von der Mitte zum linken Rand des Papiers. An das Ende dieses Strichs schrieb sie das Wort *Vergangenheit*, dahinter machte sie ein Fragezeichen. Weitere Striche widmete sie den Personen, die bis jetzt in der Ermittlung aufgetaucht waren.

Frederik Axelsson, ein guter Freund des Toten, gleichzeitig derjenige, der Frost gefunden hatte.

Mona Wedén, die Chefin von *Veteranen*.

Marianne Wettergreen, die Pflegekraft, die *Agentin*, die sich oft um Frost gekümmert hatte.

Melin Dohuk, ein Taxifahrer, der sich zum Zeitpunkt der Tat in der Nähe des Hauses aufgehalten hatte.

Die Erlandssons, die Nachbarn, die das Taxi bestellt hatten.

Helga Engblom, die verwirrte Nachbarin, die Lars Knutsson die Tür vor der Nase zugeschlagen hatte.

Joachim Haber, der Frost bei mehreren öffentlichen Veranstaltungen bedroht hatte.

Eine weitere Linie zeichnete Nyström für die Freundin in Frosts Leben, von der sie überzeugt war, dass es sie gab oder gegeben hatte, von der aber bis jetzt jede Spur fehlte. Hinter das Wort *Freundin* malte sie drei Fragezeichen. Weitere Striche bekamen die Punkte: *Finanzen, Familie, Freunde, Feinde* und *Modus Operandi*. Jedes der Wörter wurde mit einem Fragezeichen versehen. Hinter den letzten Begriff schrieb sie in einer anderen Farbe *Grausamkeit, Augen, Finger* und *Rache???*. Dann legte sie den Marker beiseite und betrachtete das Resultat ihrer Bemühungen. Zufrieden klappte sie das dreibeinige Flipchart zusammen und trug es in den Konferenzraum.

11

Bo Örkenrud, der Leiter der Kriminaltechnik, lehnte seinen mächtigen Körper weit in den Stuhl zurück und verschränkte die Arme hinter seinem Kopf. Das Holz ächzte. Lautstark gähnte er und ließ sich krachend wieder nach vorne fallen.

»Das war eine anstrengende Nacht, die wir da draußen hatten«, sagte er. »Anstrengend und interessant. Und ein langer Tag im Labor. Aber wem sage ich das?«

Nyström wusste, dass der Kriminaltechniker mit den Leuten seines Teams seit Sonntagmorgen durchgearbeitet hatte. Örkenrud stand auf und trat nach vorne neben das Flipchart, auf das er einen Grundriss des Glashauses heftete. Er sah in die Runde der versammelten Ermittler.

»Zunächst einmal haben wir den Tathergang untersucht, wobei sich unsere ersten Annahmen weitgehend bestätigt haben. Im Tropenhaus hat ein Kampf stattgefunden, und zwar hier, wenige Meter hinter dem Fischbassin.«

Er deutete mit einem Zeigestock auf die Grundrisszeichnung.

»Wie ihr euch vielleicht erinnert, gab es Blutspuren an einem Pfeiler, und zwar in Kopfhöhe, wo das Opfer eine Platzwunde hatte. Von dort wurde Frost zwei, drei Schritte weitergedrängt, zu den Beeten mit Setzlingen. In diese ist er gefallen oder geschubst worden. Und dann ist das Gerangel an der Wand weitergegangen, fatalerweise dort, wo die Bottiche und Säcke mit dem Pflanzendünger gelagert sind, unter anderem ein Trog mit Calciumoxid. Dort hat ihn der Täter kopfüber hineingepresst, in etwa so, wie man jemanden mit dem Kopf unter Wasser drücken würde. Der Effekt ist im Grunde der Gleiche, nur dass es mit Calciumoxid ungleich schmerzhafter für das Opfer ist. Da der Branntkalk mit Feuchtigkeit reagiert, waren die Augen und Schleimhäute natürlich am stärksten betroffen. Das Resultat dieser Verätzung habt ihr ja alle gesehen.«

»Habt ihr eine Erklärung für die nassen Sachen des Toten gefunden?«, fragte Delgado.

»Dazu wollte ich gerade kommen. Es gibt einige offene Fragen: Warum ist der Tote nass? Und wer hat in dem Tropenhaus geschossen?«

»Geschossen?«

»Genau. In dem Glashaus wurde geschossen, mindestens einmal. In der Rückwand, neben der Tür des hinteren Ausgangs, haben wir ein Schussloch in einer der Plexiglasscheiben gefunden.«

Örkenrud machte eine kurze Pause und ließ seine Worte wirken. Er sah in die Runde der versammelten Ermittler, aber niemand nutzte die Pause für eine Zwischenfrage, alle waren darauf gespannt, was der Techniker weiter zu berichten hatte.

»Was wir zweifelsfrei feststellen konnten, ist, dass das Wasser in den Kleidern und Haaren des Toten aus dem Koibassin stammt. Wir haben auf ihm Fischschuppen gefunden und Pflanzenreste sowie die typischen Mikroorganismen.«

»Hat ihn der Täter dort hineingeworfen?«, fragte Lars Knutsson.

»Nein, wir glauben, dass der Täter einen Eimer Bassin-Wasser über dem Leichnam ausgekippt hat. So seltsam sich das anhört. Es lag ein umgekippter Eimer mit den entsprechenden Wasserspuren ein Stück hinter dem Toten, und wir konnten nachweisen, dass das Wasser in dem Eimer etwa zur gleichen Zeit aus dem Becken geschöpft wurde, in dem das Wasser in die Kleider des Opfers gelangt ist.«

»Aber was sollte es für einen Sinn ergeben, Wasser über einem Toten auszuschütten?«, fragte Anette Hultin.

»Darüber habe ich lange nachgedacht. Und ich habe dafür nur eine Erklärung gefunden. Jemand wollte noch zusätzlich Öl ins Feuer gießen.«

»Moment, das verstehe ich nicht«, unterbrach ihn Knutsson.

Nyström ergriff das Wort.

»Er meint das metaphorisch. Stell dir Frost während des Handgemenges vor. Der Täter hat ihn in den Branntkalk gedrückt. Er ist über und über mit dem weißen Staub bedeckt. Der Kopf, der Oberkörper. Er hustet und spuckt und schreit. Er kämpft um sein Leben. Dann gießt der Täter Wasser über den Kalk, die chemische Reaktion wird immens beschleunigt. Es ist, als würde man Öl in ein Feuer gießen.«

Örkenrud nickte zu Nyström herüber.

»Danke, genau das wollte ich damit sagen. Seine Schmerzen müssen in dem Moment gewaltig gewesen sein.«

»Das ist Folter«, sagte Anette Hultin, »er wurde zu Tode gefoltert. Warum tut man jemandem so etwas an?«

Niemand beantwortete die Frage der jungen Frau. Für einen Moment hatte Nyström das Gefühl, sie könne die Bedrückung, die im Raum stand, mit Händen greifen. Örkenrud fuhr fort.

»Das zweite Rätsel sind die Schüsse, die in dem Glashaus abgefeuert worden sind. Wir haben zwei Patronenhülsen gefunden, und zwar einige Meter vor dem Bassin, vom Haupteingang aus gesehen, aber wir haben bis jetzt nur ein Projektil sichergestellt: im Stamm eines Maulbeerbaums hinter dem Gewächshaus. Es ist also quer durch den Raum geschossen worden. Ein Loch in einer Kunststoffscheibe in der Rückwand neben der Hintertür zeigt genau an, wo die eine Kugel ausgetreten ist. Ein zweites Loch haben wir nicht gefunden, deshalb ist es denkbar, dass die andere Kugel sich im Körper des Täters befindet.«

»Aber das würde ja heißen, dass Frost auf den Täter geschossen hat!«, warf Hultin ein.

»Genau. Eine andere Erklärung kann ich nicht liefern. Bis jetzt jedenfalls. Und es würde zu den Blutspuren passen, die wir an der Hintertür und im Garten gefunden haben. Auch wenn die Ergebnisse von dem Vergleichstest noch nicht da sind, können wir ausschließen, dass dieses Blut von Frost stammt. Sein Körper hat gar keine Verletzung, die zu den Spuren passen würde. Des Weiteren gibt es Fingerabdrücke im Glashaus, die nicht vom Opfer selbst stammen. Wir haben sie durch die Datenbanken laufen lassen, allerdings ergebnislos. Ebenso konnten wir Haare am Tatort sichern, die nicht zu Frost gehören. Dann ist da dieser Papierwürfel, den ihr in dem Traktor im Wald gefunden habt. Ein Parkschein aus dem Automaten am Bahnhof. Vorgestern gelöst, also am Tag der Tat. 15 Kronen für 45 Minuten. Verwertbare Fingerabdrücke sind keine darauf, im ganzen Traktor nicht. Im Garten haben wir Fußabdrücke gefunden, die sind nach dem vielen Regen aber nicht sehr aussagekräftig.«

Örkenrud drückte seinen Teleskop-Zeigestock auf Bleistiftlänge zusammen und ging zu seinem Platz zurück. Dort nahm er seine Lederjacke von der Stuhllehne und warf sie sich über die Schulter. Dann sah er noch einmal in die Runde.

»Bevor ich meinen Schlaf nachhole: Ingrid hat von einer Frau gesprochen, die ebenfalls in dem Haus gelebt haben soll. Also, wir haben in der gesamten oberen Etage nur eine Sorte Fingerabdrücke gefunden. Und die stammen von Frost selbst.«

Er nickte der Runde zu und verließ den Raum.

»Mir will sie nicht aus dem Kopf«, nahm Nyström den Faden auf. »Warum weiß niemand, wer das ist?«

»Ich weiß nicht«, sagte Hultin. »Meinst du nicht, dass wir

uns erst einmal auf das konzentrieren sollten, was da ist, anstatt auf etwas zu achten, was nicht da ist? Die Techniker haben doch einen ganzen Haufen Spuren gefunden. Das sind konkrete Anhaltspunkte. Außerdem scheint Frost jemand gewesen zu sein, der mitunter angeeckt ist. Auch wenn ihn jetzt schon mehrere Menschen, die ihn kannten, als nett und großherzig beschrieben haben. Vielleicht lohnt es sich zu untersuchen, ob er häufiger bei öffentlichen Veranstaltungen Leute gegen sich aufgebracht hat.«

»Bis jetzt wissen wir nur von diesem Joachim Haber«, wandte Delgado ein. »Und der hat gar kein Auto, das er am Bahnhof hätte parken können.«

»Trotzdem macht mir der Fall Angst, Hugo. Die Art und Weise, wie Frost gestorben ist. Wer macht so etwas Grausames? Ich verstehe das nicht.« Hultin rutschte tiefer in ihren Rollkragenpullover.

»Ich glaube, ich weiß, was du meinst.« Knutssons Stimme war wie immer ein Brummen. »Der Fall hat etwas Merkwürdiges. Allein, wie die Nachbarn über ihn gesprochen haben, irgendwie seltsam, so als würden sie ihn gar nicht kennen. Oder kennen wollen.«

Der massige Mann hatte die Arme vor der Brust verschränkt und wippte in seinem Stuhl.

»Die Frage, die sich mir aufdrängt, ist die nach dem Motiv«, sagte Delgado. »Warum wird ein alter Mann in Småland zu Tode gefoltert? Warum verätzt man ihm die Augen, schneidet ihm den Finger ab? Ich finde, das hat eine Symbolik, die wir nicht ignorieren können. Jemand will Frost für etwas bestrafen. Hat er etwas gesehen, was er nicht hätte sehen dürfen? Hat er etwas berührt, was er nicht hätte berühren dürfen? Ich finde, die Tat zeugt von Rache, von Strafe.«

Göran Lindholm klang aufgekratzt: »Vielleicht ist der abgeschnittene Finger eine Warnung an jemand anderen. Vielleicht teilt er mit jemandem eine gemeinsame Vergangenheit. Ich meine, wir wissen eigentlich kaum etwas über sein Leben. Achtzig Jahre sind eine lange Zeit. Diese verschwundene Frau, seine Zeit in England, die Jahre in der Armee. Seine Zeit als Wertpapierhändler.«

Nyström sah hinüber zu Forss. Sie sah konzentriert aus, als sie sprach.

»Hugo hat von Rache und Strafe gesprochen, das finde ich nachvollziehbar. Aber es gibt da noch dieses Element der Kontrolle. Nur so kann die starke Symbolik entstehen. Es wirkt auf mich sehr inszeniert, komponiert. Mich hat der Leichnam am Tatort an eine antike Statue erinnert. Oder an ein Renaissancegemälde. Bei aller Grausamkeit hatte das Szenario fast eine ästhetische Qualität. Auch wenn sich das abartig anhört. Seht euch mal Bilder von Caravaggio an.«

»Wer ist Caravaggio?«, fragte Hultin.

»Ein Renaissancemaler«, sagte Lindholm.

»Da gibt es einen Zusammenhang. Er ist für mich nur noch nicht greifbar.«

Nyström musste an Ann-Vivika Kimsels Worte denken. Dass die Position des Leichnams arrangiert aussah. Angerichtet wie ein Blumenstrauß, hatte sie gesagt.

Für einen Moment war es still im Raum, lediglich das Prasseln des Regens gegen die dunkle Panoramascheibe war zu hören. Dann ergriff Knutsson das Wort.

»Vielleicht hat Stina recht und der Mörder ist ein Maler. Van Gogh zum Beispiel hat sich schließlich auch den Finger abgeschnitten.«

Delgado stöhnte auf.

Hultin kicherte.

»Das Ohr, Lasse«, sagte Nyström, »bei van Gogh war es das Ohr.«

12

Ingrid Nyström wohnte in Ör, einem Dorf, das knapp zwanzig Kilometer außerhalb der Stadt lag. Die Ortschaft hatte sich trotz Stadtflucht und Landreformen durch die Jahrhunderte hindurch eine intakte Kirchengemeinde bewahrt, auch wenn sie vor einigen Jahren mit der Nachbargemeinde Ormesberga zusammengelegt worden war und Anders abwechselnd jedes zweite Wochenende den Gottesdienst im Nachbarort abhielt. Als Kriminalbeamtin und als Ehefrau eines Landpfarrers war sie es natürlich gewöhnt, in einem anderen Wochenrhythmus als die typische Familie Svensson zu leben, aber dennoch bemerkte sie am späten Montagabend, dass ihr die Ruhe und Kraft fehlten, die sie normalerweise aus dem Wochenende mitnahm. Deshalb schob sie es auf ihre Müdigkeit, dass sie später nicht mehr genau den Moment bestimmen konnte, in dem sich der Gedanke endgültig festgesetzt hatte. War es während des Gesprächs mit Anders gewesen, der ihr vom Anruf ihrer Tochter Anna und den Ergebnissen der letzten Kirchenratssitzung erzählt hatte, oder als sie den Gefrierbeutel mit dem Gemüseeintopf von letzter Woche aus der Eistruhe im Keller genommen hatte? Sie spürte, dass sich die Entspannung, die sie sonst nach Feierabend empfand, nicht einstellte. Sie erkannte dieses Gefühl wieder, sie hatte es schon häufiger erlebt, wenn sie am Anfang eines anstrengenden Falls stand, deshalb wusste sie auch, dass es wenig Sinn ergeben würde, sich neben ihren Mann ins Bett zu legen und auf Schlaf zu warten, der nicht kommen würde.

Warum war die obere Etage in Frosts Haus tabu, warum wollte der alte Mann die Frau in seinem Leben verstecken?

Nyström seufzte. Ein Seufzen, das sowohl das knackende Kaminfeuer im Wohnzimmer als auch die neue Surround-Anlage des Fernsehers übertönte, die sich Anders zu seinem sechzigsten Geburtstag im Januar gegönnt hatte und die gerade eine der unzähligen neuen Mankell-Verfilmungen in Kinolautstärke herauspolterte. Wenn überhaupt, dann mochte Nyström die alten Filme, in denen Rolf Lassgård mitspielte. In ihrer Vorstellung war die Figur des Kurt Wallander ein schwerer, müder Schone und kein gut aussehender Brite. Ihr Mann liebte Krimis, aber er kannte seine Frau gut genug, um dieses Seufzen zu deuten. Er nahm eine der vier Fernbedienungen, die sich auf der breiten Armlehne seines Sessels angesammelt hatten, und stellte den Ton ab. Ihr war es ein Rätsel, woher er wusste, welche Fernbedienung zu welchem der vielen Geräte gehörte, die sich mittlerweile in der Anrichte unter dem Fernseher befanden. Von allen Pfarrern Schwedens habe ich den wahrscheinlich einzigen abbekommen, der sich für Unterhaltungselektronik begeistert, dachte sie manchmal.

»Nun fahr schon. Du hast sonst doch keine Ruhe«, sagte Anders und sah zu ihr hinüber. »Aber nimm den Deutschen, es soll glatt werden heute Nacht.«

Sie verstand nicht.

»Was meinst du?«

»Ich meine, nimm den Audi. Und apropos, wie ist sie denn, deine deutsche Kommissarin?«

»Sie ist keine Deutsche, sie ist Schwedin. Eigentlich.«

»Meine ich ja.«

Ingrid Nyström überlegte einen Moment.

»Schlau ist sie«, sagte sie dann, »und eigenartig. Ich weiß nicht, wie ich es sonst beschreiben soll. Sie ist ein bisschen eigenartig. Das Erste, wonach sie mich gefragt hat, war eine Schusswaffe. Apropos ...«

Sie stemmte ihren langen Körper aus der Wärme des Sofas und gab ihrem Mann einen Kuss auf den Kopf. Dann tauschte sie ihren Bademantel gegen Jeans und Pullover und einen Daunenmantel, nahm wie immer, wenn sie im Dienst war, ihre Waffe aus dem verschließbaren Metallschrank und steckte sie in ihr Schulterholster.

Der Niederschlag war im Laufe des Abends in Schneeregen übergegangen. Sie fuhr zügig und war froh, statt ihres Toyotas Anders' mit neuester Technik ausgestattetes Fahrzeug genommen zu haben. Im Radio liefen Schlager. Sie mochte das, obwohl sie selbst meistens geistliche Musik machte. Und sie fuhr gerne nachts Auto, auch bei diesem Wetter. Sie summte die eingängigen Lieder mit und merkte, dass sie Lust bekam, mal wieder tanzen zu gehen. Einen ganzen Abend Bug tanzen, sobald diese Ermittlung ihr Zeit ließ.

Warum wollte der Mann diese Frau verstecken?

Sie musste auf diese Frage eine Antwort finden, noch in dieser Nacht. Die Zufahrtsstraße lag in der Dunkelheit. Auch in den Wohnhäusern der Bauernhöfe, die sie passierte, schien niemand mehr wach zu sein, die Einsamkeit auf dem kurvigen Schotterweg durch den Wald kam ihr absolut vor. Sie nahm die letzte Kehre zu dem Haus. Dann sah sie, dass sie sich geirrt hatte. Hier herrschte keine Einsamkeit, in dem Haus brannte Licht. Davor stand ein Taxi mit laufendem Motor. Sie dachte sofort an Melin Dohuk. Verwundert bremste sie und brachte ihr Auto zum Stehen. Sie stieg aus, zog ihren Mantel über und trat auf das Taxi zu. Doch in dem Auto saß nicht Melin Dohuk, sondern eine rauchende Frau mittleren Alters, die eine Daunenweste trug. Sie ließ die Scheibe herab und sah Nyström fragend an. Das Autoradio spielte *The Final Countdown*. Nyström zeigte ihre Polizeimarke.

»Was machst du denn mit dem Taxi um die Uhrzeit hier draußen, um Gottes willen?«

Die Frau verdrehte die Augen. »Anscheinend weiß bei euch die rechte Hand nicht, was die linke gerade tut.«

13

Stina Forss schlenderte durch die menschenleere Fußgängerzone. Sie war hungrig und bereute es, dass sie Majs Einladung zum Abendessen ausgeschlagen hatte, aber die Fahrt hinaus nach Moheda und dann wieder zurück war ihr zu umständlich erschienen, schließlich hatten Maj und Mathias sicherlich Besseres zu tun, als für sie den Shuttleservice zu spielen. Es wurde Zeit, sich um ein eigenes Auto zu kümmern. Und wenn sie ehrlich war, musste sie sich eingestehen, dass sie sich davor fürchtete, dass Maj nach ihrem Vater fragen würde. Jetzt war sie seit über einer Woche hier und hatte ihn noch immer nicht besucht. Eine Woche, in der der Tumor ein Stück gewachsen war. Er verändert sich, hatte Maj gesagt. Machte ihn die Krankheit auch zu einem besseren Menschen?

Eine Windböe fegte ihr Schnee ins Gesicht. Forss sah auf. Am Ende der Einkaufsstraße ragte die von Scheinwerfern angeleuchtete Doppelspitze des Doms wie eine Fleischgabel in den wolkenlosen Nachthimmel. Es schneite nicht, der Wind musste den Schnee auf einem Dachfirst gefunden haben. Sie stand jetzt vor dem Pub, in dem sie schon einmal gewesen war. Dann also noch mal *Sunday, Bloody Sunday*. Wenigstens gab es hier etwas zu essen und alkoholische Getränke.

Sie bestellte sich ein Hacksteak und dazu ein Bier und einen Jägermeister. Es war deutlich weniger los als am vergangenen Samstagabend. Am Tresen waren drei Barhocker besetzt, und an einem Tisch in der Ecke saß ein Paar in Trekkingkleidung, deutsche Touristen, sie witterte es quer durch den Raum. Der Schnaps entspannte sie. Sie lehnte sich zurück und ließ ihren Blick über die viktorianische Gemütlichkeit gleiten. Sie zählte die Kupferkannen, die an den Dachbalken glänzten. Die Streifen auf der Textiltapete. Die gerahmten Fotos und Postkarten aus vergangenen Zeiten, die wahrscheinlich irgendjemand einmal auf einem Flohmarkt in Bristol, Brighton oder Birmingham gekauft hatte. Sie nippte an ihrem Bier. Dann blieb ihr Blick auf einem der alten Fotos hängen. Die bräunliche Fotografie mit dem Wellenschnitt zeigte ein Soldatenkorps der britischen Armee. Ernst und streng sahen die salutierenden Männer in die Kamera, als ob sie ahnten, was an Leid und Entbehrungen im Zweiten Weltkrieg auf sie zukommen würde. Sie musste an Balthasar Frost denken. Auch der alte Mann hatte einmal so oder so ähnlich mit seinen Kameraden posiert, bis ihn das Schicksal nach Schweden geführt hatte. Sie nahm einen weiteren Schluck von dem Bier, schloss die Augen und massierte ihre Nasenwurzel. Ein zarter Duft stieg ihr in die Nase, ein letzter Rest von dem Parfüm, das sie sich gestern in Frosts Schlafzimmer auf ihr Handgelenk gesprüht hatte. Und dann bekam sie eine Gänsehaut.

Chanel.

Die Frau, die sie nicht finden konnten.

Plötzlich wusste sie, wo sie die Poster in Frederik Axelssons Hobbyzimmer schon einmal gesehen hatte.

Im Taxi hinaus zu Frosts Anwesen musste sie an einen Spruch ihres ehemaligen Ausbilders Lehmann denken:

Menschen sind berechenbarer als das kleine Einmaleins. Jeder Zweite hat seine Geheimnisse im Schreibtisch versteckt.

Sie war sich allerdings nicht sicher, ob diese Statistik noch stimmte. Ihrer Erfahrung nach waren die Menschen gerade dabei, ihr Innerstes ins Internet zu verlagern. Für die Eingangstür brauchte sie keine Minute. Zufrieden nahm sie zur Kenntnis, dass ihre Dietriche auch an schwedischen Schlössern ihren Dienst taten. Oder kamen Schlösser heutzutage sowieso alle aus China?

Sie ging direkt in das Arbeitszimmer. Der Trick mit der zweigeteilten Schublade war banal, man musste sie einfach weit genug herausziehen. Die Regel ihres alten Ausbilders hatte sich bestätigt, es war ihr peinlich, dass sie nicht gleich darauf gekommen war. Sie fand das Fotoalbum in der zweiten Schublade von oben. Nachdem sie wenige Seiten geblättert hatte, wusste sie, dass sie recht gehabt hatte.

Es war im Grunde ganz simpel.

14

Nyström fragte nicht einmal, warum Forss gekommen war, ihr eigenes Erscheinen war Antwort genug. Sie fand sie in einem Sessel im Wohnzimmer sitzend, vor ihr auf dem Tisch lag ein aufgeschlagenes Fotoalbum.

»Warum will ein Mann die Frau in seinem Leben verstecken?«

»Die Frage ist falsch gestellt. Es muss heißen: Warum will ein Mann das Weibliche in seinem Leben verstecken?«

»Wo ist da der Unterschied?«

Forss reichte ihr das Album. Nyström gab sich Mühe, ihre Neugier zu verstecken, blätterte mit Ruhe und Bedachtheit, doch das Glühen ihrer Augen verriet sie.

»Du meinst …?«

»Ja.«

»Die Frau …«

»… war keine Frau.« Forss blätterte, dann hielt sie Nyström eine Seite hin.

»Die *Wunderbar*!«, sagte sie auf Deutsch.

»Was ist *wunderbar*?«

»Nicht *wunderbar,* sondern die *Wunderbar*. Eine der schwulsten Bars Deutschlands. Ist in Hamburg. Auf dem Foto stehen sie Schulter an Schulter davor, grinsend wie die Honigkuchenpferde. Muss lange her sein, die Aufnahme. Schau dir mal die Krawatte von dem Kerl an! Und Frosts Perücke! Und dann diese Aufnahme, das ist auch Frost. In dem Kleid, das oben im Schrank hängt. Und hier. Und hier auch. Die beiden haben das Leben eines Ehepaares gelebt. Über Jahrzehnte.«

Nyström war für einen Augenblick sprachlos. Forss fuhr fort.

»Das erklärt vieles. Dass nur Männer auf den Fotos in den anderen Alben sind. Dass du kaum Frauen in seinem Adressbuch gefunden hast. Dass er keine Familie hatte, keine Kinder. Die Frau, die wir gesucht haben, gibt es nicht. Frost selbst war sozusagen die Frau. Denk an die fehlenden Fingerabdrücke. Die merkwürdige Betretenheit der Nachbarn, von der Lars erzählt hat. Die müssen es gewusst haben, oder zumindest geahnt, kein Wunder nach fünfzig Jahren Nachbarschaft. Ein überraschender Besuch, ein neugieriger Blick durchs Fenster, was weiß ich … Dann die Reaktion von Axelsson. Denk daran, was du selbst gesagt hast. ›Er ist ein weicher Mann.‹ Axelsson ist auch schwul. Er hat homoerotische Fotoposter in seinem Hobbyraum, Wilhelm von Gloeden, eine Ikone der Schwulenfotografie! Sie sind schwul, Ingrid, das ist das ganze kleine Geheimnis.«

Nyström sagte nichts. Irgendetwas in ihr sperrte sich dagegen, Forss zu folgen, obwohl ihr Verstand längst einsah, dass sie recht haben musste. Ihr war die Situation unangenehm, sie war es nicht gewohnt, über Sexualität zu sprechen. Vor allem nicht mit einer beinahe Fremden.

»Sie wollen, dass man sie Homosexuelle nennt«, sagte sie schließlich leise.

Sie wusste, dass es stimmte, was Forss sagte. Frost war schwul gewesen. Mit einem Hang zum Transvestitismus. Sie musste an diesen grausamen Film denken, *Das Schweigen der Lämmer*. Und doch war es vollkommen anders. Sie würden keinen geheimen Keller finden, keinen Schacht, in dem ein Entführungsopfer kauerte, keine gehäuteten Frauen. So etwas gab es nur im Kino. Hier war der Transvestit das Opfer eines Gewaltverbrechens. Ein Opfer, das Schmetterlinge gezüchtet hatte, ein Opfer, das jahrelang seine Beziehung zu einem Mann versteckt hatte. Und das im liberalen Schweden.

Sie spürte, dass es notwendig war, ihre eigene Schamgrenze zu überwinden, und ahnte, dass es solche Schamgefühle und Ängste waren, die dazu führten, dass eine Gesellschaft Menschen mit einer anderen sexuellen Orientierung in Verstecke trieb. In die Ecken und an die Ränder. Auf einmal fühlte sie sich sehr müde und traurig.

»Es wirft ein neues Licht auf die Sache«, sagte Forss.

»Es wirft ein völlig neues Licht auf die Sache. Vielleicht handelt es sich um einen Milieumord. Sagt man das so? Milieu?«

»Komischer Ausdruck. Aber, ja, es ist eine Möglichkeit.«

»Ich denke, unser nächster Schritt muss sein, seinen Partner zu identifizieren. Wer war dieser Mann, mit dem Frost jahrzehntelang zusammengelebt hat? Frederik Axelsson? Kann er sich so verändert haben im Alter?«

»Daran hatte ich zuerst auch gedacht. Dann habe ich allerdings das hier gefunden.«

Forss blätterte erneut in dem Album, schlug eine bestimmte Seite auf und hielt sie Nyström hin. Sie betrachtete das Foto eingehend. Auf dem Bild waren Frost und Axelsson zu erkennen. Beide waren ein ganzes Stück jünger, trugen Gärtnerhüte und grob karierte Hemden und stützten sich auf Spaten. Axelsson lachte in die Kamera, Frost schien sich um ein Lächeln zu bemühen.

»Siehst du den Teich hinter dem Haus? Das ist die heute mit Schilf zugewachsene Senke. Und das sind die Maulbeerbäume aus dem Garten, die sie da pflanzen. Dem Stempel auf der Rückseite zufolge ist die Aufnahme von 1999. Das deckt sich mit Axelssons Aussagen, dass sie sich vor etwas mehr als zehn Jahren kennengelernt haben und dass Frost erst durch ihn zu den Seidenspinnern gekommen ist. Und dann sieh dir das Foto eine Seite davor an. Es ist einige Jahre früher entwickelt worden.«

Nyström blätterte zurück. Auf dem Bild sah man den unbekannten Mann, der Frosts Lebenspartner gewesen sein musste. Er lag in Decken gewickelt in einem Liegestuhl auf der Terrasse eines Hotels, sein Gesicht wirkte fahl und eingefallen. Es waren eindeutig andere Gesichtszüge als die Axelssons.

»Es ist die letzte Aufnahme von ihm in dem Album.«

»Auf jeden Fall müssen wir seine Identität klären. Aber das ist keine Aufgabe, die wir heute Nacht noch lösen können.«

15

Maria fuhr viele Stunden, immer weiter Richtung Norden. Die Landschaft kam ihr deprimierend und eintönig vor, und sie war froh, als der endlos erscheinende Nadelwald rechts und links der Straßen am Nachmittag endlich von der Dämmerung verschluckt wurde. Einmal hielt sie, um zu tanken und eine Kleinigkeit zu essen. Sie spürte, dass ihre Kräfte schwanden. In der Toilette des Rasthofs kontrollierte sie ihren Verband. Die Wunde an ihrer Schulter sah nicht gut aus. Bevor sie weiterfuhr, nahm sie Medikamente, die das Fieber senkten und die Entzündung hemmten. Am Abend erreichte sie Stockholm. Ohne Love war das Haus still und dunkel. Im Arztkoffer ihrer Freundin fand sie Skalpell, Pinzetten, Verbände. Auch wenn es Jahrzehnte her war, versuchte sie sich an das zu erinnern, was sie in den Ausbildungslagern gelernt hatte, und versorgte die Wunde, so gut es ging. Schließlich nahm sie ein Antibiotikum und legte sich ins Bett. Bevor sie einschlief, hörte sie vom nahen Wasser das Tuten der großen Schiffe.

DIENSTAG

1

Sie bekam einen Strafzettel über 10000 Kronen, von einem Polizisten, der wie Kurt Wallander aussah. Also wie der Schauspieler, der Wallander in den alten Filmen darstellte, Rolf Lassgård. Nur, dass er englisch sprach statt schwedisch. Oder deutsch? Nein, zuerst englisch und dann deutsch. Und schließlich doch wieder schwedisch, denn zum Schluss war der Polizist mit dem Parkticket nicht mehr Kurt Wallander, also Rolf Lassgård, sondern Lars Knutsson. Und der ganze Ärger nur, weil ihr Parkschein abgelaufen war. Nein, weil die Zeit abgelaufen war. Und sie kam zu spät. Viel zu spät. Mein Gott, sie beeilte sich doch so! Aber sie kam viel zu spät ...

Als Ingrid Nyström aufwachte, zeigten die roten Leuchtziffern des Radioweckers neben dem Bett 5.23 Uhr. Ein böiger Nordostwind drückte auf das Fenster. Das Gefühl des Traums war noch in ihr, körperlich, Zeitdruck. Sie hatte vier Stunden geschlafen, und das musste reichen. Behutsam, ohne Anders zu wecken, rollte sie sich aus dem Bett und ging nach unten in die Küche. Dort setzte sie Haferbrei auf und Wasser für den Tee.

Während sie frühstückte, legte sie sich die Partituren zurecht, die ihr der Küster aus Linköping geschickt hatte. J. S. Bach, der Mathematiker des Geistlichen. In seiner Musik ist Gott eine Formel. Sie biss sich auf die Lippe, so durfte man nicht denken, vor allem nicht als Frau eines Pfarrers. Bis zu dem Auftritt im Dom von Linköping waren es weniger als zwei Wochen.

Bald klappte sie die Notenmappe resigniert zusammen. Sie merkte, dass sie sich nicht vollständig auf die Musik konzentrieren konnte, dass sie Bach und dem Göttlichen nicht gerecht wurde. Sie musste an das Fotoalbum denken, das Stina Forss in Frosts Schreibtisch gefunden hatte. Dann fasste sie einen Entschluss. Sie räumte das Geschirr in die Spülmaschine, setzte für Anders eine halbe Kanne Kaffee auf und machte sich auf den Weg zu Frederik Axelsson.

Bei ihrer Ankunft vor dem Haus im Pepparvägen war es kurz nach sieben, und sie registrierte, dass bereits einige Fenster erleuchtet waren. Wie viele ältere Menschen schien auch Axelsson ein Frühaufsteher zu sein. Sie parkte den Wagen in der Einfahrt neben dem Bungalow.

Als er ihr die Tür öffnete, war er schon vollständig angekleidet, er trug ein Jackett mit Einstecktuch. Sie fragte sich, ob der alte Mann gerade dabei war aufzubrechen, doch Frederik Axelsson bat sie herein. Dieses Mal führte er sie nicht in das Wohnzimmer, sondern in den Hobbyraum. An der Wand, neben Regalen voller Farbtöpfchen und Pinseln entdeckte sie die Poster, von denen Forss gesprochen hatte. Sie zeigten Schwarz-Weiß-Fotografien von halb bekleideten Jünglingen, die in südländischen Landschaften posierten. Die Aufnahmen erinnerten sie an Bilder von griechischen Statuen. Sie hatte sich etwas ganz anderes vorgestellt, etwas Anrüchiges. Pornografie. Das Wort mochte sie nicht. Es tat ihr weh, es überhaupt zu denken. Ein wenig erleichtert nahm sie Platz. Axelsson schlurfte in die Küche, um Tee zu holen. Auf dem Tisch vor ihr waren bereits Tassen gedeckt. Kurz musste sie an das Teeservice in Frosts Wohnzimmer denken. Trotz der Uhrzeit hatte sie den Eindruck, dass Axelsson auf jemanden gewartet hatte, wahrscheinlich auf sie. Neben den Teetassen lag eine begonnene kalligrafische Arbeit. Sie bewunderte die fremden Schriftzeichen, die mit geschickter Hand auf das feste, bräunliche Papier gemalt worden waren.

»Das ist Japanisch. Es bedeutet in etwa *Ruhe sanft, mein starker Prinz.*«

Axelsson stand mit der Teekanne im Türrahmen.

»Ich kann leider kein Japanisch, aber es gibt Tabellen, die die Zeichen übersetzen. Diese Arbeit hier soll die Vorlage für Balthasars Grabstein werden. Siehst du das Papier? Das haben wir gemeinsam hergestellt aus den Maulbeerfasern in seinem Garten. Man nennt es Kouzo, eine traditionelle japanische Technik. Man zerschneidet die Rinde des Baumes nicht, sondern klopft die Fasern weich, dabei entsteht die besondere Struktur des Papiers, hier, siehst du, wie es sich verändert, wenn man es gegen das Licht hält?«

Der große, alte Mann hatte den Bogen genommen und hielt ihn unter das bläuliche Licht einer Halogenschreibtischlampe. Langsam bewegte er das Papier hin und her und legte es schließlich wieder zurück auf den Tisch. Seine Bewegungen waren vorsichtig, fast zärtlich.

»Ich möchte einen Bildhauer finden, der dieses Muster auf Stein übertragen kann. Das hätte Balthasar gefallen.«

Axelsson griff nach der Kanne und goss ihnen ein. Dann setzte er sich zu Nyström an den Tisch. Im Sitzen sah er viel kleiner aus. Er sah aus dem Fenster in die Dunkelheit, in der irgendwo die Apfelbäume standen. Er sinkt in sich zusammen, dachte Nyström.

»Probier deinen Tee, der ist aus Maulbeerblüten gemacht. Er schmeckt ein wenig unkonventionell, aber er erfrischt und soll gut für die Schleimhäute sein, sagt man. Überhaupt ist die Maulbeere eine völlig unterschätzte Frucht hierzulande. Das ist im Fernen Osten anders. Man kann aus den Beeren sogar Marmelade kochen.«

Er sah sie nicht an, während er sprach. Er war bei seinen Maulbeerblüten oder draußen, bei den Apfelbäumen.

Nyström trank von dem Tee. Er schmeckte säuerlich, aber gut. Sie wartete ab. Sie spürte, dass Axelsson zu erzählen beginnen würde. Der alte Mann sah weiter aus dem Fenster, feiner Regen sprühte immer neue Punkte auf die Scheibe, dennoch schien ihre Zahl nie zuzunehmen.

»Ihr habt es natürlich herausgefunden«, sagte er schließlich.

2

Göran Lindholm nahm das schwere, in Leder gebundene Fotoalbum, das Nyström und Forss in der vergangenen Nacht bei Frost gefunden hatten, und blätterte es Seite für Seite durch. Auf den ersten Seiten fanden sich relativ kleinformatige Schwarz-Weiß-Abzüge, manche sogar mit Wellenanschnitt. Diese Bilder hatten noch keinen industriellen Datumsstempel auf der Rückseite, aber aus der Kleidung der Menschen schloss Lindholm, dass sie in den Fünfzigerjahren aufgenommen worden waren. Neben zwei Porträtaufnahmen von Frost und dem unbekannten Mann dokumentierten die meisten anderen Fotos Feiern und Zusammenkünfte in kleinerem Kreis. Außer Frost und seinem Freund waren selten mehr als zwei, drei andere Männer auf den Bildern zu sehen. Auf einem Foto trugen alle Anwesenden kleine Papierhütchen mit aufgedruckten Krebsen und Hummern, auf einem anderen zeugte ein geschmückter Tannenbaum von einer Weihnachtsfeier. Die darauffolgenden Fotos waren bunter und die Männer älter. Schnurrbärte, Kinnbärte, Koteletten kamen und gingen, Krawatten wurden schmaler, dann wieder breiter, dann wieder schmal. Sämtliche Fotos hatten den Charakter von Schnappschüssen. Es gab Urlaubsfotos aus Hawaii und Hamburg, Rio de Janeiro und Amsterdam, New York und Tel Aviv. Geburtstagsfeiern, Silvesterabende, auch eine Beerdigung war dabei. Lindholm hatte ein Familienalbum vor sich, nur dass die Frauen und Kinder fehlten. Er klappte das Album zu. Wie in dem ganzen Haus wies nichts darauf hin, wer Frosts Lebenspartner gewesen sein könnte. Ein ewig lächelnder Mann mit dunklem Teint und breitem Brustkorb. Hugo Delgado kam in den Besprechungsraum, in der Hand hielt er eine Tasse Kaffee.

»Puh.«

»Was?«

»Hab verpennt.«

»Mmh. Party gemacht?«

»Nee, *WOW*.«

»Was?«

»*World Of Warcraft*.«

»Ach so. Zauberer?«

»Nee, Ork. Verdammter Zeitfresser, das Spiel. Wird mich eines Tages noch umbringen. Kommst du dann zu meiner Beerdigung und legst einen Kranz nieder?«

»Guck mal hier.«

Lindholm hatte wieder nach dem Album gegriffen. Delgado stellte seinen Kaffee zur Seite. Er trat näher und sah Lindholm über die Schulter. Er begriff schnell.

»Schwul also.«

»Mmh.«

»Erklärt einiges, die Kleider und so.«

»Als würden alle Schwulen Kleider tragen.«

»Nein. Also ja. Also Frost jedenfalls. Früher, auf den Fotos da. Eine Transe, sieht man doch.«

»Transvestitismus heißt das. Und ist völlig unabhängig von der sexuellen Orientierung. Du kommst aus einer Machokultur, Hugo.«

»Wenn, dann kommen meine Eltern aus einer Machokultur.«

»Das vererbt sich. Aber hast du als Kind nie Mamas Pumps anprobiert? Oder einen BH?«

»Bin ich schwul, oder was?«

»Als Osterhexe verkleidet und bei den Nachbarn vorgesungen, um Süßigkeiten einzusacken?«

»Ja, aber ...«

»Siehst du. Selbst 'ne Transe! Mit Hang zum Exhibitionismus.«

»Osterhexe, das ist was anderes, das macht doch jedes Kind. Das ist kulturell eingebunden und so.«

»Na dann. Sicher, dass du in deinem *World Of Warcraft* ein Ork bist? Oder eine Elfe? Hugo, die Elfe.«

Lindholm lachte, Delgado ebenfalls. Auch wenn sich seine Gesichtsfarbe etwas verändert hatte.

Lindholm blätterte weiter in dem Album, bis er eine bestimmte Seite gefunden hatte.

»Hier, daran musste ich denken, als du gerade von deiner Beerdigung gesprochen hast.«

Sie betrachteten gemeinsam das ausgeblichene Farbfoto. Eine kleine Gruppe von Menschen stand auf einem Friedhof. Der Fotograf hatte bei der Aufnahme etwa zehn Meter von den Trauernden entfernt gestanden und die Anwesenden von hinten abgelichtet, sodass man eigentlich nur eine Ansammlung von dunklen Mänteln, Trenchcoats, Hüten und Kopftüchern erkennen konnte. Hinter ihnen deuteten Kränze die Lage des Grabes an, noch weiter hinten stand eine Gruppe von hohen Kiefern.

»Das Foto muss eine Bedeutung für Frost oder seinen Partner gehabt haben, sonst wäre es nicht in dem Album. Es muss eine Verbindung zu dem Toten geben. Ein naher Freund oder ein Familienmitglied. Und wenn wir wüssten, wer dort begraben wird, bekämen wir ein neues Puzzlestück dazu, vielleicht sogar einen Hinweis auf die Identität von Frosts Freund. Aber man kann den Grabstein nicht sehen und die Inschriften auf den Gräbern daneben auch nicht, es kann irgendein Grab auf irgendeinem Friedhof in Schweden sein. Oder ganz woanders. Fuck!«

Lindholm klappte das Album zu.

»Warte mal! Mach es wieder auf!« Delgados Stimme klang jetzt aufgekratzt. Lindholm blätterte.

»Stopp! Da ist es. Siehst du? Hier. Dieser Obelisk zwischen den Kiefern! Diese spitze Betonnadel da! Siehst du?«

»Was ist damit?«

»Die kenne ich. Wenn ich mich nicht irre. Warte kurz. Vielleicht ...«

Delgado griff nach seinem Rucksack, zog sein kleines Notebook heraus und ließ den Rechner hochfahren.

»Schulausflug, elfte Klasse, nach Stockholm, Besichtigung des Nordfriedhofs. Alfred Nobel liegt dort, Ingrid Bergman und Vilhelm Moberg. Was weiß ich, jeder halbwegs berühmte Schwede. Auch die drei Teilnehmer von Andrées Polarexpedition. Die wollten mit einem Wasserstoffballon zum Nordpol, 1897 oder so, ist aber gründlich in die Hose gegangen. Auf jeden Fall gibt es für die drei toten Forscher dieses Monument, diesen Obelisken auf dem Nordfriedhof. Sven Svensson ...«

»Sven Svensson?«

»Ja, der heißt wirklich so, Sven Svensson musste ein Referat darüber halten, damals, auf dem Ausflug in der elften Klasse. Es war grauenhaft langweilig, wenn ich mich richtig erinnere. Aber hier, sieh selbst.«

Delgado hatte auf dem Computer eine Wikipedia-Seite geöffnet. Er drehte den Bildschirm so, dass auch Lindholm etwas sehen konnte. Sie betrachteten das Foto des mehrere Meter hohen Obelisken. Sahen wieder zu dem Bild im Album. Es gab eine große Ähnlichkeit, obwohl der markante Sockel des Obelisken auf dem Beerdigungsfoto durch die Köpfe der Trauernden abgeschnitten war.

»Was meinst du?«

»Es könnte schon sein. Aber was sollen wir jetzt tun? Nach Stockholm fahren? Einen Lageplan des Friedhofs anfordern? Das dauert doch ewig!«

Lindholm sah zu Delgado, der seine Kaffeetasse in der Hand umherdrehte.

»Warte, ich habe eine Idee.«

Delgado nahm sein Handy aus der Hosentasche und drückte eine Nummer. Während er auf das Zustandekommen der Verbindung wartete, sah er zuversichtlich zu Lindholm herüber. Dann begann er sehr schnell auf Spanisch zu sprechen, zwischendurch lachte er. Nach wenigen Minuten war das Gespräch vorüber, und er legte das Handy vor sich auf den Tisch. Zufrieden grinste er Lindholm an.

»Das war mein Cousin Frederico. Er studiert in Stockholm. Und rate mal, was für einen Nebenjob er hat.«

»Friedhofsgärtner?«

»Er ist Fahrradkurier. Einer von diesen Wahnsinnigen ohne Bremse am Rad. Er macht mir einen Sonderpreis. Und in einer Stunde ruft er uns vom Nordfriedhof an.«

3

»Es war ja nur eine Frage der Zeit«, sagte Frederik Axelsson, »das ganze Haus war voll von seinen Sachen. Den Kleidern und Perücken. Vielleicht hat er es am Ende sogar so gewollt. Er wusste, dass er alt war, dass es irgendwann zu Ende gehen würde. Wenn natürlich auch nicht auf diese furchtbare Weise. Und trotzdem hat er diese Dinge behalten. Ich habe darüber nachgedacht, wahrscheinlich konnte er sich nicht von ihnen trennen. Sie waren ein natürlicher Teil von ihm.«

Axelssons Blick löste sich von der Dunkelheit des Gartens. Er hatte nach der Tischkante gegriffen, und Ingrid Nyström sah, dass eine Ader auf seinem Handrücken pochte. Seine Augen glänzten wie gewaschene Kirschen, aber dieses Mal weinte er nicht.

»Du wirst dich gefragt haben, was das Versteckspiel soll, Balthasars und meins. Nach außen eine Lüge zu leben, lebenslang. Nie zu zeigen, wer man ist. Nie zu zeigen, was man ist. Ausreden zu suchen, Rechtfertigungen ... Du bist jung. Du weißt nicht, was es für eine Zeit war, hier in Schweden, nach dem Krieg. Als ich, als wir entdeckten, wer wir waren, was wir begehrten, wie wir leben wollten. Damals war Schweden anders als heute. Die Leute haben über uns gesprochen, als wären wir Kranke, Aussätzige, vor denen man sich fürchten muss, weil sie ihre Krankheit übertragen. Vor denen man die Gesellschaft schützen muss.«

Axelsson trank von seinem Tee. Dann sprach er weiter.

»Ich war damals ein junger Mann, der Lehrer werden wollte. Meine Gefühle auszuleben war für mich völlig undenkbar. Ich habe mich versteckt, wie die meisten von uns. Das ging so weit, dass ich mir eine Zeit lang sogar eine Freundin zugelegt hatte, Marlene, ein liebes Mädchen, aber Herrgott, was wollte ich von ihr? Bevor ich in den Albtraum einer verlogenen Ehe gerutscht bin, hat sie zum Glück die Notbremse gezogen und später jemand anderen geheiratet. Heute ist sie eine glückliche alte Frau mit acht oder neun Enkelkindern. Und ich? Ich bin alleine geblieben, über all die Jahre, kannst du dir das vorstellen? Ein Leben lang alleine? Ich bin ein Homosexueller am Ende seines Lebens, und ich habe nicht ein einziges Mal bei einem anderen Mann gelegen. Weißt du, was das heißt? Kannst du die Entbehrung begreifen, die Sinnlosigkeit eines solchen Lebens? Alles, was ich mich getraut habe, waren diese Poster an der Wand!« Seine Hand fuhr unwirsch nach hinten, eine unvermutete Wut flackerte auf, alter, verborgener Zorn. Und verlosch wieder. Axelsson schluckte. Sein Blick glitt zurück ins Unbestimmte.

»Und Frost?«, fragte Nyström nach einer Weile vorsichtig.

»Frost? – Balthasar war das Beste, was mir in meinem Leben passiert ist. Die intensivste Nähe, die ich zu einem Menschen erleben durfte. Es war nichts Körperliches zwischen uns, weißt du, wir waren schon alte Männer, als wir uns begegnet sind, aber seine Freundschaft hat mir unheimlich viel gegeben. Kraft, Nähe, Verständnis. Hier, in diesem Zimmer, habe ich mit ihm die wertvollsten Stunden meines Lebens verbracht. Auch wenn wir nur gesessen und gemalt haben, hat mir das eine Ahnung vermittelt vom Leben, das mir verwehrt geblieben ist.

Ich weiß, dass es für Balthasar nicht diese Bedeutung hatte, und das habe ich respektiert. Er hat die Liebe seines Lebens gelebt; vor meiner Zeit. Er hatte den Mut, es zu tun, zwar in einem Versteck, aber er hat es getan. Dafür habe ich ihn bewundert.«

Wieder war es lange still.

»Hast du seinen Partner kennengelernt?«

Axelsson antwortete schnell. »Nein. Als ich Balthasar kennenlernte, war Johan ein Jahr vorher von ihm gegangen. Nach einer langen Krankheit. Er war in großer Trauer, als wir uns trafen. Im Grunde war er das noch bis zum Ende.«

»Johan? Weißt du mehr von ihm? Einen Nachnamen?«

»Nein. Balthasar hat selten von ihm gesprochen. Das tat ihm zu weh. Aber ich habe Johans Anwesenheit gespürt, in Balthasars Herzen. Ich weiß nicht, wie er mit Nachnamen hieß, wo sie sich kennengelernt haben, was er gearbeitet hat, das war für mich überhaupt nicht wichtig. Für mich war nur wichtig, dass Balthasar da war, dass er die Leere füllte.«

Frederik Axelsson hatte jetzt doch zu weinen begonnen, auch wenn es dieses Mal kein impulsiver Ausbruch war, sondern ein lautloses Laufenlassen. Nyström konnte den Schmerz und die Einsamkeit ahnen, die in dem alten Mann herrschen mussten. Intuitiv machte sie eine Bewegung auf ihn zu, doch er hob abwehrend die Hand, die bis dahin auf der farbbekleckten Tischkante geruht hatte.

»Bitte …«, sagte er leise.

Sie blieb noch eine Minute sitzen, dann klappte sie bedächtig ihren Notizblock zu und erhob sich langsam. Es gab noch viele Fragen, die sie stellen musste, aber sie verstand, dass Axelsson im Moment nicht mehr konnte. Sanft zog sie hinter sich die Tür ins Schloss und trat in die feuchte Morgendämmerung. Der Nordostwind trieb den Sprühregen waagerecht vor sich her, die Temperatur lag um den Gefrierpunkt, und der Verkehrsfunk hatte für den Tag überfrierende Nässe angekündigt. Als sie im Auto saß und den Wagen startete, sah sie, dass sich Axelssons Haustür wieder öffnete. Die Gestalt des alten Mannes erschien im honigfarbenen Licht, das aus dem Flur fiel. Er winkte sie zurück ins Haus.

4

Lindholm und Delgado gingen in den Kopierraum, scannten das Foto aus dem Album ein und schickten die Datei dem Fahrradkurier Frederico aufs Handy. Dann sahen sie sich selbst die vergrößerte Aufnahme auf einem 19-Zoll-Monitor an und stellten Delgados Notebook mit dem Wikipedia-Foto des Grab-Monuments daneben.

»Das Grab, das wir suchen, muss sich hinter dem Denkmal befinden. Siehst du die Kiefern dort? Die sind auf dem alten Foto allerdings noch viel niedriger.«

»Stimmt. Es müsste die zweite oder dritte Reihe hinter dem Nordpolmonument sein. Schau mal, der Grabstein, der auf dem Frost-Bild links neben der Trauergemeinde steht. Ein Engel mit einer Taube in der Hand und daneben das Kreuz aus hellem Stein. Das müsste dein Cousin eigentlich wiedererkennen.«

Delgados Handy meldete sich. Wieder redete er spanisch. Diesmal dauerte das Gespräch länger. Lindholm verstand nur so viel, dass Delgado seinen Verwandten auf dem Friedhof herumdirigierte. Und das abschließende *Gracias*!

»Er meint, er hat die Stelle von dem Foto gefunden. Er macht mit seinem Handy ein Foto von dem Grab und schickt es mir.«

Kurz darauf brummte Delgados Mobiltelefon auf der Schreibtischplatte. Die MMS war eingetroffen. Mit einem Kabel aus seiner Schreibtischschublade verband er das Handy mit seinem Computer, wenige Sekunden später hatten die Ermittler eine Viermillionen-Pixel-Fotografie eines eindrucksvollen Grabsteins vor sich. Geschmiedete und vergoldete Lettern in Fraktur-Schrifttype kündeten auf schwarzem Marmor von der letzten Ruhestätte eines Ehepaares.

Adolphius und Vilhelmina Lönn.

Der Inschrift zufolge war der Mann am 04.03.1893 geboren und am 22.03.1971 gestorben. Die Frau war am 16.04.1903 geboren und am 14.06.1988 verstorben.

»Das Foto muss die Beerdigung des Mannes zeigen, sieh dir mal die Mode der Mäntel und Hüte an, eindeutig die Siebziger. Und die Jahreszeit sieht nicht nach Sommer aus.«

»Dann wissen wir also das. Adolphius Lönn. Ich schlage vor, ich schau mal in den Registern nach, ob ich was zu dem Namen finde. Und du versuchst es mit Google.«

Die Männer hackten zwanzig Minuten konzentriert auf ihre Tastaturen ein. Schließlich stand Delgado auf und holte zwei Tassen mit frischem Kaffee. Als er wiederkam, hatte auch Lindholm seine Recherche beendet.

»Du zuerst!«

»Okay. Lönn. Ehemaliger Stadtadel mit guten Kontakten zum Königshaus. Viel Macht, viel Geld. Das nahm gegen Ende des 19. Jahrhunderts natürlich wie überall ab, heute ist die Familie so gut wie ausgestorben. Es gibt nur wenige Nachfahren aus dem Lönn-Clan, eine Frau in Stockholm habe ich gefunden, heißt heute allerdings anders. Hildegard Hedingks, steinalt, aber immer noch einflussreich, wenn man glaubt, was die Klatschblätter so schreiben.«

Delgado trank von seinem Kaffee.

»Außerdem: Adolphius und Vilhelmina Lönn hatten zwei Kinder, einen Jungen und ein Mädchen. Das Mädchen dürfte heute die alte Dame sein, die du erwähnt hast. Das letzte Blatt am Familienstammbaum.«

»Und der Junge?«

»Wurde von der Familie als vermisst gemeldet, im März 1949. Da war er 19 Jahre alt. Die Akten wurden dreißig Jahre als vertrauliches Material unter Verschluss gehalten und sind erst in den Siebzigern für das zentrale Polizeiregister freigegeben worden.«

»Er ist 1949 verschwunden?«

»Genau. Das war das Jahr, in dem Frost in Schweden aufgetaucht ist!«

»Und wie hieß der junge Mann?«

»Johan Lönn.«

5

Der alte Mann saß an seinem Küchentisch und sagte nichts, aber Ingrid Nyström verstand es auch so. Sie sah es daran, wie sich das Weiße in seinen Augen um eine Nuance einzutrüben, stumpfer zu werden begann. Wie sich die feinen Härchen unter seiner Nase bewegten. Für einen Moment glaubte sie sogar, dass sich der Geruch des Mannes veränderte. Aber das bildete sie sich möglicherweise nur ein. Sie hörte, wie der Ofen knackte. Er backt heute Brot, dachte sie. So wie ihre Großmutter es getan hatte. Ein starkes Gefühl der Zuneigung für den alten Mann durchfuhr sie. Seine gefalteten Hände ruhten auf der dottergelben Wachstuchtischdecke. Dort, wo die Kanne mit dem Maulbeerblütentee gestanden hatte, befand sich ein rundes Muster.

Sie fasste erneut nach Axelssons Händen. Dieses Mal wehrte er sie nicht ab, er erwiderte den Druck ihrer Hand, aber er sagte noch immer nichts. Sein Blick ging aus dem Fenster in den Garten, in dem die nassen Apfelbäume standen. Für eine lange Zeit war es sehr leise im Raum, und nur das unregelmäßige Knacken des Backofens durchbrach die Stille. Schließlich begann Axelsson zu sprechen.

»Heute ist alles anders. Heute ist Schweden eines der liberalsten Länder der Welt. Wir dürfen heiraten, sogar in Kirchen, und Menschen, die gegen uns hetzen, werden ins Gefängnis geworfen.«

Seine Stimme war rau, heiser.

»Das war nicht immer so, Ingrid. Auch wenn Homosexualität offiziell seit 1944 nicht mehr strafbar war. In Wirklichkeit war die Situation für uns in den Fünfzigerjahren sogar noch schlimmer als vorher. Hast du schon einmal von der Kejne-Affäre gehört?«

Sie schüttelte den Kopf. Axelsson griff nach seinem Tee, trank einen Schluck und hielt die Tasse fest in seiner Hand.

»Karl-Erik Kejne war ein Pastor in Stockholm, der mit männlichen Obdachlosen, Sträflingen und gefährdeten Jugendlichen arbeitete. Stricher waren wohl auch dabei. Heute würde man sagen: ein Streetworker. Dieser Pastor Kejne trat 1950 mit dem Vorwurf an die Öffentlichkeit, dass die Polizei und Justiz in Stockholm allen Delikten, die irgendwie mit Homosexualität zu tun hätten, ungenügend nachgingen. Die Presse nahm die Vorwürfe dankbar auf und malte das grelle Bild eines einflussreichen, homosexuellen Netzwerks, in dem Richter, Verwaltungs- und Polizeibeamte Straftaten vertuschen, um ihre sogenannten *schwulen Machenschaften* zu verbergen, sogar von vertuschten Morden war die Rede. Es kam zu wilden Anschuldigungen und Gegenanschuldigungen. Vilhelm Moberg, unser berühmter Schriftsteller, schlug sich auf Kejnes Seite und wurde einer der einflussreichsten Wortführer dieser Bewegung gegen die *Fäulnis des Rechtswesens*.«

»Den Begriff habe ich schon einmal gehört.«

»So nannte Moberg es. Es stand in allen Zeitungen. Er behauptete sogar, von einem Mordversuch an Kejne zu wissen. Ein Quecksilbermord! Kommissionen wurden eingesetzt und Verfahren eröffnet. Schließlich trat ein Minister zurück. Einiges wurde nie aufgeklärt, vieles verlief im Sande. Die monatelange Aufregung und öffentliche Debatte gingen schließlich nahtlos in den Wirbel um die Haijby-Affäre über.«

Die Falten an seinem Hals zitterten. Wut, über Jahrzehnte geronnen. Als er seine Tasse wieder abstellte, schwappte etwas von dem Tee auf die Wachstuchtischdecke und über seine Hand, aber er schien es nicht zu bemerken oder es kümmerte ihn nicht.

»Wieder war es unser großer Vilhelm Moberg, der die Geschichte an die Öffentlichkeit brachte. Dieser Kurt Haijby war ein Krimineller, der viele Male im Gefängnis gesessen hatte. Nach dem Verbüßen seiner Haftstrafen eröffnete er ein Restaurant, bekam aber als ehemaliger Straftäter keine Schanklizenz. Haijby protestierte dagegen. Irgendwie gelang es ihm, eine Audienz beim König zu bekommen und seinen Fall vorzutragen. Während dieser Audienz soll es dann angeblich zu einer Verführung seitens des Königs gekommen sein. Haijby behauptete später, zwischen 1936 und

1947 der Liebhaber unseres Königs Gustaf V. gewesen zu sein. Ob das wahr ist, weiß ich nicht. Es stimmt aber, dass es Gerüchte um den König gab. Und es stimmt wohl auch, dass Haijby Zahlungen vom Königshaus erhalten hat. Die Zahl 170000 Kronen machte die Runde. 1938 wurde Haijby wegen sexuellen Missbrauchs von Kindern verhaftet und in ein Irrenhaus gesteckt. Kurz darauf wurde er allerdings wieder entlassen, ohne vor ein Gericht gestellt zu werden, stattdessen zwang man ihn, nach Nazi-Deutschland zu emigrieren, wo er in einem Gestapo-Gefängnis verschwand.«

Nyström sah ihn an. Sie spürte, dass sie ihn jetzt reden lassen musste.

»Noch während des Krieges schoben ihn die Deutschen wieder nach Schweden ab, wo er nach Kriegsende einen autobiografischen Roman veröffentlichte. Interessanterweise wurde die komplette erste Auflage vom schwedischen Königshaus aufgekauft und zerstört. Übrigens umsonst, denn später gab es eine zweite Auflage. Dort im Regal steht ein Exemplar, ein krudes Machwerk, aber geschichtlich gesehen nicht uninteressant. Auf politischen Druck hin wurde Haijby schließlich erneut in ein Hospital für psychisch Kranke eingewiesen. Irgendwann zeigte er diese Zwangseinweisung beim Generalstaatsanwalt an. Vilhelm Moberg gelang es dann, diese Dokumente aus dem Büro des Staatsanwalts herauszuschmuggeln. Es kam zu einem Prozess, und Haijby wurde wegen Erpressung zu acht Jahren Zwangsarbeit verurteilt. Einige Jahre später beging er dann Suizid. Moberg übrigens auch, obwohl das eine andere Geschichte ist.«

Für einen Moment meinte Nyström, in seinem Gesicht eine Art von Genugtuung zu lesen.

»Aber was für ein Bild entstand von uns in der Öffentlichkeit? Dass Schweden von Homosexuellen kontrolliert wird. Dass sogar der König seine Macht missbraucht, um dunkle, um schwule Machenschaften zu vertuschen. Angestachelt von Kejne und Moberg begannen die Boulevardblätter eine Hexenjagd, und wir wurden in die Ecken getrieben, in die Verstecke. Das gesellschaftliche Klima war Anfang der Fünfziger derartig vergiftet, dass es unmöglich war, offen homosexuell zu sein. Wir wurden als Gefahr für die Gesellschaft gesehen. Ich habe dir von meinem Leben erzählt, von der Angst und den Lügen, vom Versteckspiel. Und das Gleiche muss Balthasar in sein Versteck getrieben haben: Angst. Das ist der einzige Grund, den ich mir denken kann. Er muss eine unglaubliche Angst gehabt haben.«

Axelsson hielt seine Teetasse mit beiden Händen umklammert, so als wollte er sich daran festhalten. Seine Augen waren jetzt nicht mehr trübe. Er sah Nyström an.

»Weißt du, dass auch er erpresst wurde?«

Nyström schüttelte den Kopf.

»Es ist nichts, was ich beweisen kann, es ist mehr ein starkes Gefühl. Er hat Andeutungen gemacht, wenn er zu viel getrunken hatte, aber wirklich darüber reden wollte er nicht. Ich bin mir sicher, dass es in der Zeit mit Johan passiert ist. Es gab jemanden, der von ihrem gemeinsamen Leben und ihrer Liebe wusste. Jemand, der dieses Wissen ausgenutzt hat. Ich glaube, dass Balthasar Geld bezahlt hat. Er hat sich das Schweigen eines Mitwissers erkauft, um seine Liebe zu Johan zu schützen. Stell dir das einmal vor: Du musst dafür bezahlen, dass du jemanden liebst.«

»Weißt du, wer? Wer ihn erpresst haben könnte?«, fragte Nyström. Ihre Stimme klang zu schrill, fand sie. Der Backofen begann zu piepen, es war das Signal, dass das Brot fertig gebacken war. Frederik Axelsson stand auf und schlurfte langsam zum Ofen hinüber. Dort nahm er zwei Topflappen und holte die Bleche mit dem Brot heraus. Umständlich drapierte er karierte Trockentücher um die heißen Laibe. Ein starker Geruch von Hefe erfüllte die Küche, als würde man Bier auf einen Saunaofen gießen, dachte Nyström. Axelsson setzte sich wieder hin und schaute sie an.

»Nein. Das weiß ich nicht. Aber es gibt eine Sache, über die ich viel nachgedacht habe.«

»Was?«

Nyström gab sich wenig Mühe, ihre aufkommende Ungeduld zu verbergen.

»Einmal, als wir hier saßen und gemalt und eine Flasche Wacholdergeist geleert haben, da hat er von Tieren gesprochen.«

»Von Tieren? Meinte er seine Schmetterlinge?«

»Nein, nein. Es war wildes, wirres Zeug. Er sprach von einer Schlange mit zwei Gesichtern. Er habe ihr ein goldenes Schloss gebaut. Ich habe es nicht begriffen. Es hatte mit seinem Unglück zu tun, mit einer Erpressung, da bin ich mir vollkommen sicher.«

Nyström dachte einen Moment nach. Sog den Geruch der Hefe ein.

»Eine Schlange mit zwei Gesichtern«, sagte sie schließlich leise. »In einem goldenen Schloss.«

6

In jedem Ende wohnte ein neuer Anfang. Als er wieder erwachte, waren viele Stunden vergangen, das Fieber war verschwunden und mit ihm die Motten in seinem Leib. Was blieb, war ein dumpfer Schmerz oberhalb seines Beckens, dort, wo ihn die Lenksäule am heftigsten getroffen hatte.

Die Kraft war in seinen Körper zurückgekehrt. Er merkte es daran, dass er pinkeln musste. Er zog seinen Oberkörper an dem Metallrahmen der Pritsche hoch, schwang beide Beine von der dünnen Matratze, tastete mit den Zehen nach Halt, fand ihn und wagte es: Mit einem Ruck stand er. Zwar pumpte es in seinen Schläfen, aber er stand. Der Schmerz in seinem Bauch war zu beherrschen. Mit tapsigen Schritten ging er auf die Tür der Hütte zu. Die frische Luft umarmte ihn wie einen alten Bekannten. Nackt wie er war, pieselte er gelbe Chiffren in den Schnee, er machte sich nicht einmal die Mühe, eine Hand zur Hilfe zu nehmen, er ließ es laufen wie ein Tier. Ich bin wiedergeboren, dachte er. Am dritten Tage von den Toten auferstanden.

7

»Wir beide ...«, sagte Hugo Delgado und deutete auf sich und Göran Lindholm.

»... sind die geilsten Ermittler ...«, sagte Lindholm.

»... von ganz Schweden!«

»Denn wir haben herausgefunden ...«, fuhr Lindholm fort.

»... hightechmäßig herausgefunden ...«, unterbrach Delgado.

»... hightechmäßig herausgefunden ...«, wiederholte Lindholm.

»... wer der Lebenspartner von Balthasar Frost war«, brachte Delgado den Satz zu Ende.

Anette Hultins Blick pendelte zwischen den beiden strahlenden Gesichtern hin und her.

»Er heißt Johan Lönn«, sagte sie schließlich und stellte den verstaubten Karton, den sie in den Armen hielt, zwischen den beiden Männern auf den Schreibtisch.

»Seine Papiere und Unterlagen standen kistenweise auf Frosts Dachboden. Man brauchte nichts weiter als eine Taschenlampe. Vollkommen lowtechmäßig.«

8

Joachim Haber war ein Spinner, das war Stina Forss sofort klar. Eigentlich hatte es ihr schon gereicht, dem Mann auf die Füße zu schauen: Der Jahreszeit und dem Wetter zum Trotz trug Haber zerfledderte Kunststoff-Trekkingsandalen, ohne Strümpfe. Sie war sich zwar nicht sicher, ob das traurige Schuhwerk Ausdruck einer radikal veganen Anti-Leder-Einstellung, ein Statement gegen die Wegwerfgesellschaft oder die Zurschaustellung von Temperaturunempfindlichkeit war, am wahrscheinlichsten war wohl eine Kombination aus allen drei Gründen. Aber dass Habers modisches Ausrufezeichen eine psychopathologische Dimension hatte, stand für sie außer Frage. Auch der Rest der Erscheinung bot wenig Argumente, um ihren ersten Eindruck ernsthaft infrage zu stellen; interessant war ihrer Meinung nach viel eher, ob sie der Kategorie *Spinner* das Attribut *harmlos* oder *gefährlich* anhängen musste.

Habers sehniger Körper war in eine Art Toga gewickelt, für deren Farbe Forss keine Worte fand. Der Ausdruck Ex-Weiß kam ihr in den Sinn, dann verwarf sie ihn wieder, weil er nicht annähernd die komplexe Mischung aus erdigen Braun- und Grautönen des ehemals hellen Kleidungsstücks beschrieb. Oder handelte es sich tatsächlich um eine umgenähte Bettdecke? Das Alter des Mannes war schwer zu bestimmen, da sich ein großer Teil seines Gesichts unter einem dichten, fusseligen Bart versteckte. Sein langes, schmutziges Haar franste in aaldicken Dreadlocks aus, deren Farbe sie an Staubmäuse erinnerte. Über der hohen Stirn zeigte sich allerdings schon der Ansatz einer Halbglatze. Forss schätzte ihn auf Mitte vierzig. Sie sah kurz zu Nyström herüber, die neben ihr am Tisch des Verhörraums saß. Sie nickte unmerklich, das Zeichen, dass Forss beginnen konnte.

»Wo warst du vorgestern Abend gegen zwanzig Uhr?«

»Ich lebe dort, wo ich hingehöre. In der Natur. Auch samstagabends.«

Sein Gesicht behielt selbst beim Sprechen einen Ausdruck bei, den Forss nur als höhnisch interpretieren konnte.

»Im Übrigen möchte ich hiermit die behördlichen Instrumente dieses autoritären Willkürstaates zum wiederholten Male darüber informieren, dass ich den Namen Joachim Haber abgelegt habe. Ich bin der *Moonwolf*, und wenn ihr diesen Namen weiter willentlich ignoriert, sehe ich mich gezwungen, den repressiven Maßnahmen mit anwaltlicher Hilfe zu begegnen. Außerdem bestehe ich darauf, dass mir ein gesetzlich zugesichertes Telefonat zusteht!«

Daraufhin war es lange still. Forss registrierte, dass ihre Chefin eine ihrer Augenbrauen hochgezogen hatte. In Habers Gesicht hatte sich zu der ostentativen Verachtung auch der Ausdruck von Triumph gesellt. Sie selber musste sich beherrschen, ernst zu bleiben. Der österreichische Akzent Habers war auch nach vielen Jahren in Schweden deutlich zu hören:

Outoritärer Willkürstoot.

Wenn es nach ihr gegangen wäre, hätten sie das Gespräch an dieser Stelle beenden können; Joachim Haber gehörte zur Kategorie harmloser Spinner, da war sie sich sicher, kein Mörder, kein Erpresser, keine Schlange mit zwei Gesichtern. Dennoch entschied sie sich, die Zügel ein wenig anzuziehen, allein schon um dem komischen Vogel den Hohn und die Selbstgerechtigkeit aus dem Gesicht zu wischen.

»Also, *Moonwolf,* als Erstes möchte ich klarstellen, dass es sich hier nicht um eine Vernehmung handelt, sondern um ein informatives Gespräch. Davor und danach und dazwischen kannst du so viel telefonieren, wie du willst, ob mit einem Anwalt oder mit deinem persönlichen Sonnen-, äh, Entschuldigung, Mondgott, das ist mir völlig egal. Des Weiteren möchte ich dich darüber informieren, dass es diesmal nicht um sabotierte Hochstände oder eine Demonstration vor einem Fast-Food-Laden geht, sondern um einen Mordfall. Verstehst du? Ein Mann wurde getötet, ein Mann, den du vor wenigen Wochen mehrmals öffentlich bedroht hast. Ich zitiere eine Zeugenaussage aus dem Gemeindezentrum in Värnamo: ›Los die Vieacha renna, oda i dre da den Hoals um!‹«

Forss sagte den letzten Satz sehr laut und imitierte dabei so überzogen den österreichischen Akzent, dass ihr ein wenig Spucke aus dem Mund sprühte. Sie konnte spüren, wie Nyström neben ihr zusammenzuckte. Sie ließ ihren Ausbruch einen Moment auf Haber wirken, dann fuhr sie fort.

»Oder bei anderer Gelegenheit in der Stadtbücherei: ›Du Zionistensau, i würg di, bist blau oarennst in deina Drecksfressn!‹«

Wieder spritzte Spucke. Aus den Augenwinkeln nahm sie wahr, wie Nyström sich auf ihrem Stuhl wand. Wieder wartete Forss einen Augenblick.

»Und ebendieser Mann, Balthasar Melchior Frost, ist am

Samstagabend draußen bei Ramnåsa erstickt worden. Ein seltsamer Zufall, oder, *Moonwolf?*«

Jetzt war es Haber, der still war. In seinem Gesicht begann es zu arbeiten, sein Grinsen war einem pulsierenden Zucken in der linken Gesichtshälfte gewichen. Mit Daumen und Zeigefinger seiner rechten Hand begann er, eine Strähne seines langen Bartes zu zwirbeln.

»Das habe ich nicht zu ihm gesagt«, entfuhr es ihm schließlich leise.

»Es gibt einen Videomitschnitt von dem Vortragsabend in der Bibliothek. Da kann man dich eindeutig erkennen und verstehen, was du gerufen hast.«

Das stimmte so nicht. Nyström hatte ihr zwar erzählt, dass manche der kulturellen Veranstaltungen in der Bibliothek auf Video aufgezeichnet wurden, aber sie hatten gar nicht die Zeit gehabt, das betreffende Band zu besorgen und anzuschauen.

»Ich habe es jedenfalls nicht so gemeint.« Habers Stimme wurde immer leiser.

»Rede bitte lauter!« Forss sprach sehr laut und eindringlich.

»Wie hast du es denn gemeint?« Nyströms Stimme war einladend sanft.

»Ich ... Ich war halt wütend. Beide Male. Ich habe an die armen Palästinenser gedacht. All die wehrlosen Menschen, die Frauen, die Kinder, die ganze Gewalt dort. Und er? Er stellt sich auf die Seite des imperialistisch-israelischen Militärkomplexes! Und dann noch die Sache mit seinen Schmetterlingen. Ich fand, er hatte kein Recht, diese Tiere einzusperren. Selbst wenn es nur Schmetterlinge sind. Sie gehören nicht hierher, sondern in die Tropen. Auch Insekten haben ein Recht auf ihren natürlichen Lebensraum. Was er tat, war falsch und unnatürlich. Es war gegen das Leben!«

»Und deswegen sollte er sterben?«

»Nein! Natürlich nicht! Ich habe das nicht so gemeint. Ich war einfach sauer, aufgebracht. Und vielleicht wollte ich ihm etwas Angst einjagen.«

»Tja, das Problem ist, dass deine Drohung wahr geworden ist. Frost ist tot, erstickt, so wie du es vor vielen Zeugen gerufen hast. Zweimal. Und dann noch die Sache in deiner Akte mit den angesägten Jagdständen. Man könnte in deinen Taten ein Muster erkennen, Moonwolf. Ein Muster des Todes!«

Forss' Stimme hatte jetzt einen dramatischen Tonfall angenommen. In Habers Gesicht zuckte es schneller. Nyström machte weiter.

»Es wäre gut für dich, wenn du uns irgendetwas anbieten könntest. Ein Alibi zum Beispiel.«

In Habers Gesicht arbeitete es. Forss setzte noch einen drauf. Sie nahm ihr Telefon aus ihrer Handtasche und schob es langsam über den Tisch.

»Jetzt ist es vielleicht an der Zeit, einen Anwalt anzurufen.«

Haber starrte auf das Gerät. Dann sah er entsetzt zu den Ermittlerinnen hoch. Sein Blick flog von Forss zu Nyström und wieder zurück, fieberhaft schien er nach einem Ausweg zu suchen, das Zucken steigerte sich ins Stakkato. Plötzlich verschwand es. Die Spannung in Habers hagerem Gesicht löste sich in ein Lächeln auf, das schlecht gepflegte Zähne zum Vorschein brachte. Ihm war offensichtlich etwas Wichtiges eingefallen.

»Wann, sagtet ihr, ist dieser Mord passiert?«

»Vorgestern Abend. Am Samstag. Gegen sechs Uhr. Bei Ramnåsa, südlich von Dädesjö.«

Jetzt wurde sein Lächeln wieder zu dem selbstgefälligen Grinsen, das er zu Beginn des Gesprächs zur Schau gestellt hatte.

»Dann kann ich es gar nicht gewesen sein.«

»Und warum nicht, bitte schön?«

»Weil ich am Samstagabend um sechs Uhr ganz woanders war.«

»Und zwar?«

»Auf der anderen Seite von Växjö.«

»Und da hast du was gemacht?«

»Ich war halt essen.«

»Essen?«

»Ja. Beim *Max* im Sambandsväg, mein Zelt steht dort in der Nähe.«

Nyström lachte laut auf. Es platzte geradezu aus ihr heraus. Forss fand, dass sie empört klang.

»Und das gibt es mit Sicherheit auch auf Video, die haben heutzutage doch überall Kameras!«, beeilte sich Haber anzufügen.

Forss sah ihre Kollegin fragend an. Sie hatte das Gefühl, etwas Entscheidendes verpasst zu haben.

»Wer ist dieser Max?«, fragte sie.

»*Max* ist eine Fast-Food-Kette! Unser Moralapostel hier, der ach so vegan lebende Moonwolf, war am Samstagabend Burger essen.«

9

Zum Mittagessen war Stina Forss mit ihrer Cousine Maj in einer Pasta-Bar in der Fußgängerzone verabredet. Nach dem Essen tranken sie Kaffee, Filterkaffee, der Forss überraschenderweise gut schmeckte. In Berlin wäre sie niemals auf die Idee gekommen, gefilterten Kaffee zu bestellen, sie wusste nicht einmal, welcher Laden in Mitte oder in Friedrichshain noch Filterkaffee ausschenkte.

Draußen, hinter der Panoramascheibe, regnete es wieder, der moderne Bau der Stadtbücherei auf der anderen Straßenseite war nur in Schemen zu erkennen. Drinnen, vor den Nudel-Vitrinen, stand schmutziges Wasser auf dem Linoleumboden.

»Du warst immer noch nicht bei ihm, oder?«

Maj streute Zucker in den Kaffee.

»Ich bin ... Ich war ... Kann ich den Zucker mal haben?«

Maj schob den Streuer über den Tisch. Auf dem Birkenfurnier klebten Reste von Tomatensoße und Parmesanflocken.

»Du brauchst dich nicht zu rechtfertigen. Jedenfalls nicht vor mir. Ich kann mir vorstellen, dass es nicht einfach ist.«

Hinten in der Küche klapperte Geschirr. Forss juckte es, sie kratzte ihren Ellenbogen. Warum warst du so, Vater? Wir haben dir doch nichts getan.

»Es ist ... Ich ...«

Sie gab es auf, die Worte waren weg, die schwedischen und alle anderen auch.

Maj griff nach ihrer Tasse.

»Trotzdem braucht er dich jetzt, Stina. Wirklich.«

Am Nachmittag ließ sie das Seminar an der Hochschule ausfallen. Das Letzte, was sie in ihrer Stimmung gebrauchen konnte, war eine Horde aufgekratzter Spätpubertierender, die ihre Partygeschichten vom Wochenende austauschten. Wenn sie es nicht längst auf Facebook getan hatten. Stattdessen führte sie einige Telefonate und rief sich ein Taxi.

Am Mörners Väg reihten sich die Autohändler aneinander. Forss hatte in ihrem Leben noch kein Auto gekauft oder besessen. Sie hatte eine vage Vorstellung von einem Leasingvertrag und einem mittelgroßen Wagen, es gab da so eine

Werbung, die ihr gefiel, mit einer amerikanischen Schauspielerin, die sie mochte, aber sie konnte sich nicht an die Marke erinnern, geschweige denn an das Modell.

Anderthalb Stunden später war sie in drei Autohäusern gewesen und hatte einen Stapel Prospekte unter dem Arm. Ratloser als vorher stand sie im Regen. Auf der anderen Seite der Straße flatterte eine blauweiße Girlande aus Aluminiumpapier im Wind, das internationale Symbol für Gebrauchtwagenhändler.

Der VW Polo war elf Jahre alt und hatte Ganzjahresreifen. Das war ein schlagendes Kaufargument, fand sie. Zu ihrer Überraschung konnte sie bei dem Händler gleich eine Versicherung abschließen und die Anmeldung regeln. Alles online, man brauchte nichts weiter als seine Personennummer und eine Kreditkarte. Sogar die Nummernschilder blieben am Auto. Das sei in Schweden doch immer so, erklärte der Händler, ein Mensch behalte ja schließlich auch sein Leben lang seinen Namen. Er schaute sie dabei an, als sei sie geistig zurückgeblieben. Bevor sie in ihrem neu erstandenen Wagen vom Hof des Händlers fuhr, riss sie den Duftbaum ab, der am Rückspiegel baumelte, und warf ihn aus dem Fenster.

Um vier Uhr hatte sie einen Termin bei einem Maklerbüro. Der junge Mitarbeiter sah aus wie ein Model. Er war jung, gut aussehend, hatte kurzes blondes Haar und weiße Zähne. Er lächelte einnehmend und ausdauernd, so als wolle er H&M bewerben oder Ikea oder Schweden als Austragungsort für die nächste Fußball-Weltmeisterschaft. Sie hätte sie ihm gegeben, die WM, auch wenn sie beim Anblick seiner muskulösen Schultern einen Stich verspürte. Aber diesem Gefühl konnte sie nicht nachgehen. Es würde sie an einen Ort zurückführen, der hinter ihr lag, oder liegen sollte.

Sie stiegen in einen riesigen Saab mit Ledersitzen und fuhren im Zickzackkurs durch Växjö, von einem Objekt, wie es in seiner Maklersprache hieß, zum nächsten. Olaf, wie er sich vorgestellt hatte und wie es auf dem Metallschildchen auf dem Revers seines Jacketts graviert stand, lachte über ihre Witze und summte mit, als im Autoradio Coldplay gespielt wurde. Forss wurde zum ersten Mal klar, nach welchen Prinzipien ein Escort-Service funktionierte: In der Gegenwart eines schönen Menschen fühlte man sich einfach wohler.

Die Zweizimmerwohnungen, die sie besichtigen konnte, waren in Ordnung, aber die Mieten waren deutlich höher, als sie erwartet hatte und aus Berlin-Friedrichshain gewöhnt war.

»Växjö wächst«, sagte Olaf und zuckte mit seinen breiten Schultern, ein Spruch, den sie schon auf einem Aufkleber auf den Seitentüren des Saabs gelesen hatte, augenscheinlich das Motto von Bingström Makler AB. Am Wochenende würde es weitere Wohnungen zur Besichtigung geben, sie vereinbarten, wieder miteinander zu telefonieren.

10

Am Abend klopfte es an Nyströms Bürotür. Es war Bo Örkenrud, der Leiter der Spurensicherung, und für einen kurzen Moment flammte in ihr die Hoffnung auf, dass es gute Neuigkeiten geben könnte, neue Spuren, einen Durchbruch. Dann sah sie seinen Gesichtsausdruck.

»Können wir kurz reden?«

Sie nickte. Örkenrud trat herein.

»Es ist mir ein bisschen unangenehm. Aber es geht um Lars Knutsson. Er hat Mist gebaut.«

11

Er hatte Dosen mit Essen gefunden und auf dem Gaskocher erwärmt. Mit den Bohnen und der Fischsuppe war das Leben in seinen Körper zurückgekehrt, jetzt trank er Pulverkaffee und dachte nach. Die letzten drei Tage waren so diffus wie der Nebel, der draußen zwischen den Bäumen in den Senken stand, an den Weg hinaus zu der Hütte hier konnte er sich kaum erinnern. Und davor?

Er hatte einen Plan gehabt, einen guten, einen durchdachten Plan. Ein Raubzug, um seine Beute zu sichern, um das, was ihm zustand, zu holen. Wie minutiös er vorausgeplant hatte! Das Einkreisen des Opfers, die enger werdenden Ellipsen, die er ziehen würde. Und es hatte so gut begonnen. Ja, der Alte hatte ihn erkannt, dort, wo er es am wenigsten erwartet hatte, wo alles seinen Anfang genommen hatte, ein symbolischer Ort, er hatte ihn mit Bedacht gewählt. Es war eine Freude, seine Reaktion zu sehen. Der Schock, die Angst in dem dummen, verwelkten Gesicht. Er war ins Stocken gekommen, der Alte, ins Taumeln, und wäre nicht das Publikum da gewesen, die Gaffer und Lauscher, dann wäre der Alte umgekippt wie eine gefällte Espe. Und genau das hatte er ja gewollt. Der Alte sollte stehen bleiben, zitternd wie dürres Laub im Wind, er sollte begreifen, wie ernst es ihm war. Und er hatte begriffen! Bis dahin war noch alles nach

Plan verlaufen, ein Heimspiel. Das große Durcheinander war erst mit dem dunklen Dschinn hereingebrochen.

12

Als Stina Forss in ihr Hotel zurückkehrte, dämmerte es. Sie aß eine Kleinigkeit im Hotelrestaurant und ging anschließend in ihr Zimmer. In der Tiefe ihres Koffers, zwischen Strümpfen und Unterwäsche, lag ein gefalteter Zettel, auf dem sie eine Telefonnummer notiert hatte, deren Beschaffung sie die Einforderung alter Gefallen gekostet hatte. Der Mann, der das Gespräch annahm, sprach ein kantiges, schnarrendes Schwedisch, und bald hatten sie die Rahmenbedingungen geklärt. Er hatte vorgeschlagen, dass sie sich noch am selben Abend in Hässleholm auf einem Rastplatz treffen könnten, das lag südlich von Växjö auf halber Strecke Richtung Malmö, die Fahrzeit betrug Google Maps zufolge weniger als zwei Stunden.

Forss genoss die Fahrt in ihrem neu gekauften Auto. Vom Schnee des vergangenen Tages war kaum noch etwas zu sehen, die Straße glänzte lakritzfarben im Scheinwerferlicht. Zwischen Älmhult und Osby überquerten mehrere Rehe die Fahrbahn. Sie dachte an die Wildschweine und die Unfälle, von denen Nyström erzählt hatte. Ihr Vorgänger lag immer noch im Krankenhaus. In den CD-Spieler des Autoradios hatte sie Motorpsycho eingelegt, eine norwegische Band, die in den Neunzigerjahren den Begriff Rock zertrümmert und neu zusammengesetzt hatte. Ein wenig so fühlte sie sich heute. Sie drehte die Musik ein Stück lauter.

Der Parkplatz neben der Bundesstraße war leicht zu finden. Drei Bogenlaternen warfen Zelte aus gelbem Licht auf den Asphalt. Zwischen zwei der Lichtinseln parkte ein BMW mit laufendem Motor. Forss hielt in zehn Metern Abstand und stieg aus. Auch die Tür des BMW wurde geöffnet, ein kräftiger Mann in Lederjacke und Schal schälte sich aus dem tiefen Sitz und trat auf sie zu, sie gaben sich die Hand. Forss musterte ihr Gegenüber: Der Mann hatte sehr kurz rasiertes Haar und einen Blick, dessen Härte seinem Händedruck in nichts nachstand. Forss begriff, dass sie einen Mann mit einer ausgeprägten rechtsextremen Haltung vor sich hatte. Ein Schauer der Abscheu durchlief sie. Gleichzeitig verstand sie, dass dies nicht der Ort und nicht die Situation war, um Weltbilder zu diskutieren, nicht mit dieser Muskelmaschine vor ihr. Der Abschluss des Geschäfts dauerte keine zwei Minuten. Der Mann reichte ihr ein flaches Mäppchen, in dem sich die Waffe und ausreichend Munition befanden. Routiniert kontrollierte Forss die SIG Sauer. Die Waffe machte einen gepflegten Eindruck, ausprobieren musste sie sie woanders. Sie reichte dem Kurzhaarigen den vereinbarten Geldbetrag. Der Mann zählte nach, nickte knapp, dann fuhren sie in entgegengesetzte Richtungen davon. So als hätte das Treffen nie stattgefunden.

13

Als sich die Ermittlungsgruppe zusammensetzte, war es schon wieder dunkel geworden. Das Thermometer war auf zwei Grad unter null gefallen und der Regen in Schneefall übergegangen. Die überfrierende Nässe sorgte für katastrophale Straßenverhältnisse, und die Streifenwagen verließen beinahe im Minutentakt das Gelände des Polizeipräsidiums. Der pulsierende Schein des Blaulichts drang bis in das Besprechungszimmer im dritten Stock und tauchte Ingrid Nyströms Zeichnung auf dem Flipchart für Momente in Discolicht.

Sie begannen damit, die Bedeutung der neuen Ermittlungserkenntnisse zu diskutieren. Balthasar Melchior Frost und Johan Lönn hatten offensichtlich über mehr als vierzig Jahre lang eine heimliche Lebensgemeinschaft gebildet. Das einsam gelegene Haus, weit draußen bei Dädesjö, bot für ihr verborgenes Leben die ideale Voraussetzung. Frost hatte außerdem einen Beruf, den er weitgehend zu Hause ausüben konnte und der ihm und seinem Partner finanzielle Unabhängigkeit garantierte. Ihr soziales Leben hatte dem Fotoalbum zufolge in einem kleinen, funktionierenden Netzwerk stattgefunden. Man fuhr gemeinsam in Urlaub, traf sich zu Festen, besuchte bekannte Treffpunkte in Großstädten wie Stockholm, Hamburg oder New York. Der Plan, ihre homosexuelle Liebe vor der Welt geheim zu halten, hatte ein Leben lang funktioniert. Zwei Leben und zwei Tage lang.

»Aber warum nur tut man sich so etwas an? Warum dieses unwürdige Leben im Versteck?«, fragte Delgado.

»Aus Angst vor Bloßstellung, Diffamierung, Verfolgung. Und das in Schweden, in einem Land, in dem wir uns so viel auf unsere Liberalität einbilden!«

Nyström dachte an das, was ihr der alte Axelsson über das schwulenfeindliche Klima in den Fünfzigerjahren erzählt hatte, an Kejne, Haijby und Vilhelm Moberg.

»Ist Hass auf Homosexuelle das Motiv, nach dem wir suchen?«, fragte Delgado weiter. »Haben wir es mit einem Schwulenfeind zu tun, mit einem religiösen Eiferer?«

»Ich weiß es nicht«, sagte Anette Hultin. »Vielleicht ist alles viel banaler, vielleicht laden wir Dinge mit Bedeutung auf, die sie nicht haben. Ob Caravaggio, wie Stina meinte, oder auch dieser Origami-Würfel – möglicherweise haben wir einfach schon zu viele Filme gesehen. Vielleicht sollten wir für den Moment einmal alle Dinge, die uns jetzt so merkwürdig erscheinen, die irgendwie nach Symbolgehalt oder Ritual aussehen, ausklammern und uns auf den Kern konzentrieren: das Motiv. Und meines Erachtens ist bis jetzt nur eine Person in der Ermittlung aufgetaucht, die einen triftigen Grund gehabt haben könnte, Frost zu töten: der Erpresser, von dem Axelsson gesprochen hat. Ich verstehe Frosts vage Anspielungen von dieser Schlange mit den zwei Gesichtern so, dass ihn jemand belogen hat. Belogen und erpresst, um eine hohe Geldsumme, das goldene Schloss. Was, wenn Frost sich nun entschieden hat, am Ende seines Lebens reinen Tisch zu machen, den Erpresser anzuzeigen? Nach Johan Lönns Tod gab es für Frost nur noch einen Grund, nicht zur Polizei zu gehen: seine eigene Scham. Möglicherweise hatte er die nach all den Jahren überwunden, oder der Erpresser hatte Grund zu glauben, dass Frost sie überwunden haben könnte. Und da hat er zugeschlagen, bevor Frost den Mund aufmachen konnte. Die Schlange beschützt ihr goldenes Schloss.«

»Zwei Theorien«, sagte Nyström. »Und beiden müssen wir mit der gleichen Sorgfalt nachgehen, auch wenn ich im Moment eher geneigt bin, Anettes Überlegungen zu folgen.«

Delgado grunzte, Hultin grinste, Lindholm gähnte, und Knutsson sagte nichts, er schmollte noch.

14

Als Nyström später in ihrem Büro saß, waren ihre Kollegen längst nach Hause gegangen. Ihre Gedanken kreisten um Johan Lönn, um den Erpresser, um den seltsam gefalteten Parkschein. Und um Lars Knutsson, der in seiner Hornochsigkeit mit seinen Riesenfüßen im Garten herumgetrampelt war, bevor die Spurensicherung den Bereich freigegeben hatte. Und das mit mehr als dreißig Jahren Diensterfahrung! Ein Hornochse, wirklich ... Das war auch das Wort, das sie hatte verwenden wollen, als sie ihrer Wut schließlich freien Lauf gelassen und ihn zusammengefaltet hatte. Lasse, du Hornochse! Benutzt hatte sie allerdings ein anderes Wort, *Vollidiot,* hatte sie in ihrer Wut gesagt, und das tat ihr jetzt leid. Lars war bisweilen etwas trottelig, aber er war kein Schwachkopf, und selbst wenn er einer gewesen wäre, hätte es ihr als Chefin nicht das Recht gegeben, ihn als Vollidioten zu bezeichnen. Das war entwürdigend, für sie beide, außerdem sollte sie ein Vorbild sein, als Chefin, und das war sie wohl kaum, wenn sie ihre Mitarbeiter bei Fehlern nach Strich und Faden herunterputzte. Vielleicht sollte sie sich entschuldigen. Anderseits ... Sie seufzte. Sie spürte ihre Müdigkeit. Und sie musste dringend aufs Klo.

Als sie von der Toilette kam, begegnete ihr im Flur ihr Vorgesetzter Erik Edman. Förmlich nickte er ihr zu. Für einen Augenblick fragte sie sich, was ihr Chef um diese Uhrzeit noch im Polizeipräsidium machte. Sie nickte zurück. In seinem schimmernden Anzug sah Edman nicht aus wie ein Polizist, sondern wie jemand, der Finanzen verwaltete. An seinem Schlips klemmte eine goldene, golfschlägerförmige Krawattennadel. Sie würde die Faszination, die Golf auf gut betuchte Männer in mittlerem Alter ausübte, nie begreifen.

Ihre Freundin Ann-Vivika Kimsel hatte dazu ihre ganz eigene Theorie, in der den Wörtern *Schläger* und *Schwanzersatz* zentrale Bedeutung zukam, aber wie sie selbst sagte, Küchenpsychologie und Frauenzeitschriften ergaben gefährliches Halbwissen. Dann musste Nyström an ihre Nichte Sanna denken, die spielte auch Golf und war 14 Jahre alt. Ihre Vorurteile waren also Quatsch. Das Rattern des vorsintflutlichen Faxgeräts, das aus ihrer offenen Bürotür klang, riss sie aus den Gedanken. Das Fax kam aus Stockholm, genauer gesagt von der Insel Lidingö, der Absender war Hildegard Hedingks, Johan Lönns Schwester, und es war eine Antwort auf die Anfrage, die Nyström vor zwei Stunden nach Stockholm gefaxt hatte. Zuvor hatte sie mehrmals versucht, die Freifrau oder Baronin oder was auch immer Hildegard Hedingks genau war, ans Telefon zu bekommen. Hängen geblieben war sie jedes Mal an einem Hausmädchen, das ihr in breitestem Dalarna-Akzent mitteilte, dass die *Dame des Hauses* momentan nicht abkömmlich sei. Nyström hatte überlegt, wann sie zum letzten Mal diesen Ausdruck gehört hatte. Wahrscheinlich in einer Rosamunde-Pilcher-Verfilmung. Schließlich hatte sie genervt zu Papier und Stift gegriffen und eine Anfrage formuliert, ob Hildegard Hedingks im Rahmen einer polizeilichen Ermittlung Auskunft über ihren Bruder oder über Balthasar Frost geben könnte.

Liebe Kommissarin Nyström,
wie du mit ein bisschen mehr Eigeninitiative zweifelsohne hättest feststellen können, ist mein Bruder Johan seit sechzig Jahren als polizeilich vermisst gemeldet. Seitdem habe ich ihn nicht mehr gesehen und auch nichts von ihm gehört. Ebenso wenig ist mir der Name Balthasar Melchior Frost bekannt.
Hildegard Hedingks

Nyström verzog das Gesicht. Aua. Das hätte man durchaus netter formulieren können. Entschuldigung, dass ich meine Arbeit mache, dachte sie. Sei's drum. Sie nahm das Papier, lochte es und heftete es zu den anderen Untersuchungsunterlagen. Das war die letzte Aktion für heute, entschied sie und klappte den Aktendeckel zu. Eine halbe Stunde von hier entfernt wartete Anders mit einem Abendessen auf sie. Wenn sie dafür nicht längst zu spät dran war. Sie sah auf ihre Armbanduhr. Vermutlich blieb ihr nur die Mikrowelle. Dann stutzte sie. Sie klappte den Aktendeckel wieder auf, holte das Faxpapier heraus und las es noch einmal. Ja, genau. Da stand es schwarz auf weiß.

Ebenso wenig ist mir der Name Balthasar Melchior Frost bekannt.

In der anderen Hand hielt sie das Fax, das sie nach Lidingö geschickt hatte. Merkwürdig, in ihrem Anschreiben hatte sie Frosts zweiten Vornamen, *Melchior,* überhaupt nicht erwähnt.

15

Die Landstraße von Hässleholm nach Ljungby führte über Osby und Älmhult. Irgendwo links der Straße, in der Dunkelheit eines kleinstädtischen Industriegebiets, stand das allererste Ikea-Kaufhaus.

In Ljungby fand sie den Parkplatz des Seniorenpflegestifts ohne Mühe. In einigen Fenstern des zweigeschossigen, gelb verklinkerten Zweckgebäudes brannte Licht. Die Digitaluhr auf dem Display des Autoradios zeigte an, dass es kurz vor acht war, das Thermometer stand auf drei Grad unter null. Die Kiefern, die den Parkplatz umgaben, neigten sich in einem leichten Wind, der jetzt von Südosten kam. Forss ließ das Fenster der Fahrertür hinunter, feuchte Nachtluft drückte in das Auto, in ihre Lunge.

Einatmen, ausatmen.

Wie Wellen an einem Strand, hatte der Therapeut gesagt.

Die Kiefern knackten. Irgendwo wurde ein Auto angelassen. Eines der beleuchteten Fenster in der Fassade erlosch. Bist du das, Vater? Hast du das Licht gelöscht? Findest du Schlaf, jetzt, wo du krank bist? Oder kommen nachts die Erinnerungen zurück? Das Brüllen, die Schläge, die weinende Mama? Und wo bin ich in deiner Erinnerung?

Lange blieb sie so sitzen, sah auf das kubistische Spiel der Schatten, die vom Licht der Parkplatzbeleuchtung auf die Klinker geworfen wurden. Sie atmete ein und atmete aus. Wellen am Strand von Ljungby, in einer kalten Nacht im Februar. Schließlich startete sie den Wagen und fuhr in die Dunkelheit davon.

16

Maria verschlief große Teile des Tages. Ihr Körper und ihre Seele waren erschöpft, zollten den Kraft raubenden Geschehnissen der letzten Tage Tribut. Wenn sie aufwachte, trank sie Wasser oder Tee. Das Fieber kam und ging. Ihre Träume vermischten sich mit den Motiven der gerahmten Fotos an der Schlafzimmerwand: Love in ihrem weißen Kittel, umringt von Kindern mit schwarzer, brauner, gelber

Haut. Kinderlachen und unfassbar dünne Gliedmaßen. Love mit einer Spritze in der Hand. Love, die behutsam ihren Verband wechselt. Ihr Unterbewusstsein rief nach Heilung. Aber da waren noch andere Elemente in ihren Träumen: grobe Hände, die nach ihr griffen, die sie packten, die sich auf ihren Mund und um ihren Hals legten. Hände, die sie ersticken wollten. Schreiend wachte sie auf. Die Gefühle von Angst und von Schuld waren da, in ihr, ganz real, körperlich. Es war, als habe sie den Schock mit dem Fieber ausgeschwitzt. Nun begann sie zu begreifen, was sie getan hatte, an dem Abend in dem dunklen Wald.

Und was ihr angetan worden war.

MITTWOCH

1

Stina Forss trank eine Cola, die sie im Bordrestaurant des Zugs gekauft hatte. Ihr gegenüber saß Ingrid Nyström und schenkte sich einen Tee aus einer altmodisch aussehenden Kunststoffthermoskanne ein; auf dem Tisch vor ihr standen Plastikbehälter mit Gemüseschnitzen und Obst. Forss sah aus dem Fenster. Der X2000 raste mit hoher Geschwindigkeit nordwärts. In der Morgendämmerung kauerten Tannenwälder, duckten sich Senken unter einer löchrigen Schneedecke, schimmerten schiefergraue Seen. Forss musste an den verlassenen Traktor im Wald denken, an den merkwürdigen Würfel, den der Täter hinterlassen hatte. Origami, Kouzo-Papier, Kalligrafie, Seidenspinnerraupen: Frost und seinen Tod umgab eine fernöstliche Aura. Sie hatte diese Kombination schon einmal irgendwo gesehen, in einem Film. Da waren es Tiere aus Papier, gefaltete Einhörner und Kraniche. Jetzt fiel es ihr wieder ein. In *Blade Runner* gab es diesen Mann, der Origami-Tiere faltete und an den Tatorten hinterließ.

War es das?

Galt das auch für den Täter, den sie suchten?

Hatte er das Gebilde hinterlassen, damit die Polizei es fand?

War es ein Hinweis auf etwas?

Ein Kommentar?

Eine Warnung?

Und was sollte ein Würfel aussagen oder symbolisieren? Glück? Zufall? Schicksal?

Alea iacta est, die Würfel sind gefallen. Das kannte Forss noch aus ihren Asterix-Heften. Für Frost waren die Würfel in der Tat gefallen.

Oder ging es einfach um den Parkschein, um die Informationen, die auf ihm standen?

Wollte der Täter ihnen mitteilen, dass er am selben Tag für zwanzig Minuten am Bahnhof geparkt hatte, um ... ja, wozu eigentlich? Um sich cin Würstchen am Kiosk zu kaufen? Eine Tageszeitung? Eine Zugfahrkarte?

Aber warum sollte er gerade etwas so Banales, Beiläufiges betonen, wo doch der Tatort eine ganz andere Sprache sprach? Forss dachte an das, was die Kollegen gesagt hatten.

Es muss ein Gefühl gewesen sein, als sei er von innen verbrannt.

Jemand wollte Öl ins Feuer gießen.

Das ist Folter. Jemand hat ihn zu Tode gefoltert.

Brennen, Feuer, Folter. Das war die Sprache von Hass, aber es gab auch ein Element von Kontrolle: Der Täter beobachtet Frost, bevor er zuschlägt. Er sitzt in dem alten Traktor und faltet einen Würfel. Dann nähert er sich ihm behutsam, wie ein Raubtier, das seine Beute einkreist. Dann sind sie im Glashaus, und der Täter weiß genau, welche Waffe, welches Werkzeug dort auf ihn wartet. Er weiß von dem Branntkalk, er weiß von der Gartenschere. Er hat Kontrolle über die Situation. Dann geschieht etwas. Schüsse fallen. Einer. Zwei. Für einen Moment gerät alles durcheinander. Chaos bricht herein. Schmetterlinge fliegen aufgeregt durcheinander. Schmerzen. Blut fließt. Dann ein Handgemenge. Kraft. Der Täter setzt seine Kraft ein. Er drückt Frost in den Branntkalk. Er hat die Kontrolle wieder zurückgewonnen. Er drückt weiter und weiter. Wie es sein Plan war. Dann nimmt er den Eimer mit Wasser und gießt ihn über dem zuckenden, bebenden Körper aus. Frost schreit auf, nein, er röchelt, seine Lunge, sein Hals sind voll von Feuer, und jetzt lodert es auf, seine Haut, seine Augen, alles scheint in Flammen zu stehen, zu verbrennen.

Schließlich nimmt der Täter eine Gartenschere und trennt Frost den Finger ab.

Forss kaute auf ihrer Lippe. Irgendetwas war in dem Glashaus passiert, was der Täter nicht geplant hatte, was ihn die Kontrolle verlieren ließ. Aber was konnte das sein?

2

Lars Knutsson hatte schlecht geschlafen, und das kam nicht oft vor. Er schlief normalerweise wie ein Bär. Zum letzten Mal hatte er so schlecht geschlafen, als der Orkan Gudrun über Südschweden getobt war und dabei mehr als 150000 Hektar Wald flachgelegt hatte. Das war vor fünf Jahren gewesen. Die Katastrophe hatte siebzehn Menschenleben gekostet, und ganze Gemeinden, darunter auch sein gemütliches Haus an der Nordspitze des Helgasees, waren zweieinhalb Wochen von der Stromversorgung abgeschnitten gewesen.

Doch der Wirbelsturm, der Knutsson heute zu schaffen machte, war ausschließlich seelischer Natur. Er hatte einen wirklich dummen Fehler gemacht, einen echten Anfängerfehler, und das, obwohl er der dienstälteste Polizist im Team war. Wenn es dem jungen Göran passiert wäre oder Stina, der Neuen aus Deutschland, dann wäre es nicht so schlimm gewesen. Aber ihm, dem Urgestein? Er hatte selbst keine Erklärung dafür, wie das hatte geschehen können.

Ingrid war zu Recht sauer auf ihn. Das war ja das eigentliche Drama. Zum ersten Mal, seit er sie kannte, war sie richtig wütend geworden. Er rechnete ihr hoch an, dass sie so viel Zurückhaltung und Anstand bewiesen hatte, mit ihm unter vier Augen darüber zu sprechen, statt vor den anderen auszuflippen. Sie war einfach eine tolle Frau. Die bemerkenswerteste, die er kannte. Von seiner eigenen Frau Lisa vielleicht einmal abgesehen. Das eine, unkontrollierte Wort, das ihr herausgerutscht war, hatte sich deshalb wie ein Schatten auf sein Herz gelegt. »Vollidiot«, hatte sie gesagt, »manchmal bist du ein richtiger Vollidiot, Lasse!«

Es war dieses Wort, an dem er sich die ganze Nacht festgebissen hatte, das ihn kaum hatte schlafen lassen.

3

Der Zug erreichte Stockholm trotz des dichten Schneefalls ohne Verspätung um kurz vor zehn. Vor dem Bahnhof stiegen Nyström und Forss in ein Taxi um. Hildegard Hedingks wohnte in dem Villenvorort Lidingö, eine Insel, die nordöstlich des Stadtzentrums lag. Die verschneite Hauptstadt mit ihren Gewässern, den vielen Brücken und Schiffen und den stolzen klassizistischen Bauten entfaltete einen Zauber, dem sich Forss nicht entziehen konnte. In der Winterluft lag ein blauer Schimmer, als würde die Stadt aus sich heraus leuchten. Hier sieht es aus wie an der Alster in Hamburg, dachte sie. Nur schöner. Die Fahrt nach Lidingö dauerte eine gute halbe Stunde.

Der Familiensitz der Lönns, in dem die verwitwete Hildegard Hedingks wohnte, war eine stattliche dreistöckige Sandsteinvilla aus dem 19. Jahrhundert mit Blick auf den Lilla Värtan, den schmalen Sund, der die Insel von Stockholm trennte. Als Nyström über das mattgraue Wasser schaute, sah sie im Schneetreiben eine der großen, weißen Fähren nach Talinn, Riga oder Helsinki vorüberziehen. Ein Schiff wie ein Eisberg, dachte sie.

Trotz ihres Daunenmantels fröstelte sie, sobald sie aus dem Taxi gestiegen waren. Ein eindrucksvolles gusseisernes Tor verschloss die breite Einfahrt zu dem Anwesen. An einem der mannshohen Torpfeiler befanden sich eine Klingel und eine moderne Gegensprechanlage sowie das Emblem einer bekannten Wachgesellschaft. Irgendwann werden uns die privaten Securitydienste ablösen, ging es ihr durch den Kopf. Sie klingelte, lächelte und hielt ihre Polizeimarke in das Objektiv der Videokamera. Wenigstens hatten sie das Überraschungsmoment auf ihrer Seite. Unerwartet laut rumpelte das Tor zur Seite.

»Könnte ein Tröpfchen Öl vertragen«, murmelte Forss.

Sie gingen auf dem knirschenden Kies zum Haus. Eine breite, neunstufige Treppe führte zu einer doppelflügeligen Tür. Erneut betätigten sie eine Klingel. Tief im Inneren des

Hauses war das gedämpfte Läuten einer schweren Glocke zu hören. Kurz darauf wurde die Tür geöffnet. Vor ihnen stand ein uniformiertes Dienstmädchen in schwarzem Rock und weißer Schürze. Das junge Mädchen war sehr klein, sein dunkler Scheitel ging Nyström gerade einmal bis zur Brust, und sie hätte die junge Frau als Filipina eingeordnet, aber als sie sprach, dröhnte ihr breiter Dalarna-Dialekt in der marmornen Eingangshalle. Es war also das Mädchen, mit dem sie bereits telefoniert hatte.

»Sie wünschen, bitte?«

Ihre weit aufgerissenen Augen flackerten.

»Wir sind von der Polizei. Wir möchten gerne mit Hildegard Hedingks sprechen«, sagte Nyström bestimmt.

»Ich weiß nicht, ob die Dame des Hauses abkömmlich ...«

»Du kannst dir sicher sein, sie ist es. Wenn du uns jetzt bitte zu ihr führen könntest.«

»Dann kommen Sie herein.«

Siezen, dachte Nyström, Dame des Hauses, abkömmlich sein. Na dann.

Verunsichert lächelte das Mädchen. Nyström schätzte es auf höchstens siebzehn Jahre. Forss verkniff sich ein Grinsen. Sie hatte eine Ahnung, was da in den Augen der Teenagerin geflackert hatte, denn der Geruch, der das Mädchen umgab, war schwach, aber unverwechselbar.

Sie folgten der jungen Asiatin durch eine Art Galerie und mehrere weitläufige, hohe Räume. Die Sohlen von Forss' Winterstiefeln quietschten so unangenehm auf dem gewienerten Parkettboden, dass es Nyström in den Ohren schmerzte. Die Kleine führte sie in einen Wintergarten, der mit Korbmöbeln eingerichtet und Kakteen dekoriert war. In einem der Sessel saß Hildegard Hedingks.

Ihr gesellschaftlicher Stand umgab die Frau wie eine Corona auf einem mittelalterlichen Heiligengemälde; ihre

Sitzhaltung war makellos, der Schwung ihrer schmalen Lippen verriet Führungsstärke oder zumindest eine sehr gute Kosmetikerin. Falls sie vom Besuch der Polizistinnen überrascht war, so ließ sie es sich nicht anmerken, ihr Blick war der einer Frau, die es gewohnt war, ihren Willen durchzusetzen. Mit einem kaum merklichen Nicken forderte sie die Kommissarinnen auf, Platz zu nehmen. Das Dienstmädchen nahm Nyströms Daunen- und Forss' Lodenmantel in Empfang und verschwand damit. Die Frauen setzten sich.

»Eine Polizistin aus Småland macht sich auf den weiten Weg in die große Stadt Stockholm, um eine alte Frau zu besuchen. Was verschafft mir diese Ehre?«

Die Begrüßung war mit wohlkalkulierter Herablassung formuliert. Hedingks' dünne Lippen verzogen sich zu einem feinen Lächeln, das ihre grauen Augen nicht erreichte.

4

Hugo Delgado hatte nie eine besondere Abneigung gegen Kylie Minogue gehabt, aber das begann sich gerade zu ändern. Er hatte in den letzten zwei Tagen einfach zu viele Stunden in der Telefonwarteschleife des britischen Ministry Of Defence gehangen. Dieses *Can't get you out of my head* bekam er einfach nicht mehr aus dem Kopf. Dabei kam Kylie gar nicht aus England, sondern aus Australien.

Als Evert Johansson, der stellvertretende Vorsitzende des Verbandes der südschwedischen Schmetterlingsfreunde, im Polizeipräsidium eintraf, war Delgado dankbar, für eine

Weile von seinem Computer und dem Telefon loszukommen. Er empfing den Mann im Besprechungszimmer.

Wie Anette Hultin ihm mitgeteilt hatte, war Johansson ein Pensionär aus Jönköping, und genauso sah er auch aus. Er trug einen sandfarbenen Campinghut und über seinem karierten Flanellhemd eine Art Anglerweste in derselben Farbe. Am Revers seines Hemdes war ein dünnes, silbernes Kreuz befestigt. Jönköping war die Hauptstadt des schwedischen *bible belt*. Ich wette zehn zu eins, dass er einen dieser Fischaufkleber am Auto hat, dachte Delgado, nicht weil er ein Angler wäre, sondern weil er die Botschaft Jesu Christi in die Welt hinaustragen möchte. Mit einem Fisch über der Stoßstange.

Fünf Minuten später schämte sich Delgado für seinen Sarkasmus. Evert Johansson erwies sich als freundlich und auskunftsbereit, und, was noch besser war, er hatte selbst gebackene Brötchen mit Sahnefüllung mitgebracht. Es gibt sie also doch noch, die traditionelle schwedische Küche, dachte Delgado.

Johansson zeigte sich sehr betroffen von Frosts Tod. »Unbegreiflich« war das Wort, das er mehrmals benutzte. »Es ist für uns alle unbegreiflich.« Delgado nahm an, dass mit »uns alle« die südschwedischen Schmetterlingsfreunde gemeint waren.

»Sein Tod ist ein schwerer Verlust, Balthasar war etwas Besonderes. Als Mensch und als Schmetterlingsfreund, weißt du? Was er geschaffen hat, sein Schmetterlingshaus da draußen im Wald, das ist etwas wirklich Spezielles.«

»Inwiefern? Weil das Glashaus so groß ist?«

»Die Größe des Tropenhauses spielt natürlich auch eine bestimmte Rolle, denn sie schafft die Voraussetzungen. Aber wirklich beeindruckend ist die Artenvielfalt, mit der Balthasar gearbeitet hat. Und dass er wirklich exotische Falter gezüchtet hat, mitten im Småland! Um die Möglichkeiten, die er da hatte, haben ihn viele beneidet, und natürlich um die Preise, die er damit gewonnen hat. Er hat drei Jahre in Folge den Admiral eingeheimst.«

»Den Admiral?«

»Ja, erstaunlich, nicht wahr?«

»Nein, ich meine, was ist der Admiral?«

»Ach so, natürlich, woher sollst du das wissen? Der Admiral ist die höchste Auszeichnung, die in Skandinavien für Schmetterlingszuchterfolge verliehen wird.«

Delgado nahm sich eine zweite Sahnesemmel. Sie waren wirklich hervorragend. Was für ein Unterschied zu den Dingern aus dem Supermarkt!

»Und das mit dem Neid, wie tief ging das denn?«

Evert Johansson sah jetzt ein wenig erschrocken aus.

»Was für Neid?«

»Du hast eben gesagt, dass er von vielen beneidet wurde. Wegen seiner guten Voraussetzungen und den Erfolgen, die er hatte.«

»Aber ... Nein! Das war doch nur so eine Redensart.«

Johansson zögerte.

»Und Neid heißt auch nicht gleich Mord, oder? Ich meine, sicher gibt es den ein oder anderen, der gerne Balthasars Möglichkeiten gehabt hätte. Aber deshalb ... Nein, das kann ich mir beim besten Willen nicht vorstellen. Weißt du, wir Schmetterlingsfreunde sind eine große, friedliebende Familie. Deshalb interessieren wir uns ja für Schmetterlinge. Wenn wir aggressiv wären, dann hätten wir doch Jäger oder Boxer oder Eishockeyspieler werden können, oder?«

»Er hatte also keine Feinde innerhalb eurer Community?«

»Community?«

»Unter euch Schmetterlingsfreunden, meine ich.«

»Nein, nicht dass ich wüsste. Wir nennen uns ja auch Schmetterlings*freunde* und nicht Schmetterlings*feinde*.«

Johansson grinste. Offensichtlich fand er sein Wortspiel gelungen.

Delgado grinste auch. Aber nur, weil er fand, dass er Johansson etwas für die Sahnesemmeln schuldig war.

»Hat er dir gegenüber jemals erwähnt, dass er erpresst wurde?«

5

Nyström setzte ihr einnehmendes Lächeln auf und stellte sich und Forss umständlich vor. Sie gab sich keine Mühe, ihr Småländisch zu verbergen, im Gegenteil. Sie entschuldigte sich für das unangemeldete Auftauchen und lobte das beeindruckende Haus und das geschmackvolle Ambiente. Dann schob sie der alten Frau mit einer langsamen Bewegung das Foto von der Beerdigung ihres Vaters über die Glasplatte des Tischs. Hildegard Hedingks griff nach dem Foto und sah es sich an.

»Was macht ein Bild eures Familiengrabs im Fotoalbum eines ermordeten homosexuellen Schmetterlingszüchters? Das ist die Frage, die uns auf unserem Acker in Småland keine Ruhe lässt.«

Wenn es etwas in Hedingks auslöste, zeigte sie es nicht. Die einzige Bewegung, die Nyström wahrnahm, war eine pulsierende Ader an ihrem langen Hals. Die Frau mit den stahlgrauen Augen sah sie an. Ein Eisberg.

»Ich habe nicht die leiseste Ahnung, wovon Sie sprechen.

Mit Homosexuellen pflege ich im Allgemeinen keinen Umgang, und ich kann Ihnen auch nicht sagen, welche Paparazzi sich auf der Beerdigung meines Vaters herumgetrieben haben, das ist beinahe vierzig Jahre her. Wir sind eine Familie, die im öffentlichen Interesse steht und immer gestanden hat. Die führenden Zeitungen des Landes haben über den Tod meines Vaters berichtet. Er war ein großer Mann. Das Foto kann also von überall und nirgends her stammen. Falls dieses Bild überhaupt während der Beerdigung meines Vaters aufgenommen wurde. Ich erkenne hierauf nämlich, ehrlich gesagt, gar nichts.«

Hildegard Hedingks schob das Foto auf dem Korbtisch mit der Glasplatte zurück. Forss hatte sie bis jetzt mit keinem Blick gewürdigt.

Nyströms Stimme war ruhig, und sie ignorierte die ungewöhnliche, formale Anredeform, die Hedingks benutzte: »Dieses Foto ist im Zusammenhang mit einer Mordermittlung aufgetaucht. Das Opfer heißt Balthasar Frost, genau genommen Balthasar Melchior Frost, wie du mich gestern Abend in deinem Schreiben belehrt hast. Woher kennst du seinen zweiten Namen? In meinem Fax stand er nicht.«

Die schmalen Lippen der alten Frau verzogen sich um einen Deut, ihr Kinn hob sich um Millimeter. Nyström war sich nicht sicher, ob es ein Lächeln darstellen sollte.

»Balthasar Melchior Frost. Was für ein Name! Prätentiös. Albern beinahe. Man könnte meinen, ein Komiker hieße so. Und sollte ich wirklich dem *Balthasar* ein *Melchior* angefügt haben? Ach, da muss wohl ein Gaul mit mir durchgegangen sein, freie Assoziation, sozusagen, da fehlt nur noch der Caspar, um dem Ganzen die Krone aufzusetzen, ob das an meinen Medikamenten liegt?«

Sie lächelte jetzt breiter. Aufgesetzt, fand Nyström. Sie

fühlte den Spott, der ihr entgegenschlug. Doch sie spürte, dass es hinter dem Spott und der Herablassung eine Mauer gab, und sie musste wissen, was sich hinter dieser Mauer befand. Der größte Teil eines Eisbergs, der gefährliche Teil, befindet sich unter der Wasseroberfläche. Da, wo man ihn nicht sehen kann.

»Was kannst du uns über deinen Bruder erzählen?«

Hildegard Hedingks zögerte einen Moment, bevor sie antwortete. Sie befeuchtete sich die Lippen mit der Spitze ihrer Zunge.

»Meine liebe Kommissarin Nyström, wie ich Ihnen gestern bereits dargelegt habe, gehe ich davon aus, dass selbst Sie auf Ihrem – wie Sie es formulieren – südschwedischen Acker Zugang zu landesweiten Polizeiarchiven haben. Sie wissen demnach genauso gut wie ich, dass mein Bruder Johan seit beinahe sechzig Jahren vermisst wird, ein Verlust, der die Familie und insbesondere mich, seine jüngere Schwester, sehr schwer getroffen hat. Und ich verstehe beim besten Willen nicht, warum Sie mein Schreiben nicht ernst genommen haben und mit Ihrer Assistentin quer durch Schweden fahren und mich alles noch einmal wiederholen lassen! Dass ich einen Namen, der mir vorher noch nie begegnet ist, falsch geschrieben habe, mag wohl kaum als Rechtfertigung ausreichen!«

Hedingks' Unterlippe zitterte. Erst Herablassung, dann Spott, jetzt also Empörung. Nach der Attacke folgte der Rückzug, aber das durfte Nyström nicht zulassen. Sie brauchte einen neuen Haken, eine längere Leiter. Dass Forss neben ihr aufstand und etwas von Toiletten nuschelte, bekam sie nur am Rande mit. Sie musste über die Mauer, hinter der sich die alte Frau versteckte.

»Nichts liegt mir ferner, als deine Gefühle zu verletzen oder in alten Wunden herumzustochern. Und ich wünschte, ich hätte nicht drei Stunden Zug fahren müssen, um dich mit Schatten aus der Vergangenheit zu bedrängen. Leider bringt es mein Beruf mitunter mit sich, dass ich mit Menschen über sehr private Dinge sprechen muss, manchmal auch über Dinge, die wehtun. Dieser Mordfall, in dem wir ermitteln, ist sehr rätselhaft und verwirrend. Wir haben Indizien dafür gefunden, wo und wie dein Bruder in den vergangenen sechzig Jahren gelebt hat. Nachdem er verschwunden ist. Und natürlich hast du recht, ich kenne die Akten. Die Frage, die uns zu dir geführt hat, ist im Grunde ganz einfach.«

Nyström war jetzt eine einfühlsame Polizeibeamtin. Sie sprach sanft zu der alten Dame, von Frau zu Frau.

»Hast du nach seinem Verschwinden im Jahr 1949 Kontakt zu deinem Bruder gehabt?«

Sie sah in die grauen Augen, versuchte durch die Oberfläche zu dringen. Endlich geschah etwas im Gesicht von Hildegard Hedingks. Eine Bewegung. Etwas in ihr taute auf. Die Stimme der Frau war nun anders, weicher.

6

Jeder Schritt war eine Qual, trotzdem zwang er sich weiterzugehen. Von Baum zu Baum, von Stein zu Stein. Er fand seinen Weg durch den Wald, wie ein Tier seinen Weg findet. Irgendwann stieß er auf einen breiteren Pfad, dann auf einen Forstweg. Schließlich folgte er zwei Kilometer einer geschotterten Straße, bis er schließlich ein Haus sah, mit einem qualmenden Kamin. Er schlich vorbei. Es dämmerte, niemand beachtete seine gedrungene, wankende Gestalt.

Kurz darauf wurde die Straße besser, Asphalt schimmerte durch die Laubschicht. Sie wand sich durch nasse Tannen und Fichten, bog schließlich auf eine Bundesstraße ab. Er brauchte keine zehn Minuten mehr, dann hatte er gefunden, wonach er gesucht hatte. Eine Stunde kauerte er im Nieselregen an der Bushaltestelle, bis der Überlandbus kam und ihn in sein altes Leben zurückbrachte.

7

»Als Johan ging, legte sich ein Schatten auf die Familie. Ich war damals ein kleines Mädchen, neun Jahre alt. Johan war mein Ein und Alles: mein Vorbild, mein großer Bruder, mein bester Freund. Und eines Tages war er einfach weg, für immer gegangen. Ich habe es nicht verstanden, wie sollte ich auch, ich war doch noch ein kleines Kind. Ich habe auf ihn gewartet, jahrzehntelang, umsonst.«

Sie unterbrach sich, tupfte sich umständlich mit einem Taschentuch in den Augenwinkeln. Nyström wartete.

»Weißt du, dass ich erst spät einen Mann hatte?«

Hedingks hatte nun die förmliche Anredeform fallen gelassen.

»Es mag in deinen Ohren seltsam klingen, aber mein Herz war besetzt mit Schmerz und Trauer um Johan. Dort war lange kein Platz für jemand anderen.«

Sie trocknete sich erneut die Augen.

»Geheiratet habe ich schließlich einen Norweger. Erik Hedingks war ein Militär, ein loyaler Monarchist, aber er war ein unglücklicher Mann. Im Krieg ist er im Widerstand gegen die deutschen Besetzer gewesen, einer der Aufrechten. Er wurde bald von der Gestapo verhaftet. Die schlimme Zeit in den Gefangenenlagern hat er nie verkraftet. Im Grunde war er schon ein gebrochener Mann, als wir uns kennenlernten, und so stand unsere Ehe von Anfang an unter keinem guten Stern. Er hat sich dann erfolglos als Geschäftsmann versucht, das hat unsere Familie finanziell endgültig in den Abgrund gerissen. Am Ende hat er den Freitod gewählt, so viel Ehre hatte er im Leib. Zurückgeblieben bin ich in diesem Haus und mit mir unser kleiner Walter. Du siehst den Niedergang einer stolzen Familie. Und angefangen hat alles mit Johans Verschwinden.«

Sie schnäuzte sich in das Taschentuch.

Nyström sah die Frau vor ihr lange an. Von der geraden Haltung war jetzt ebenso wenig zu sehen wie von dem herrischen Schwung des Lippenstifts. Vor ihr saß eine aufgelöste, alte Frau.

8

Der Perückenmacher aus Alvesta nannte sich Gino, war Ende fünfzig, trug einen blauen Trainingsanzug und hatte einen eisernen Händedruck. Neben dem Stuhl im Besprechungszimmer, auf dem er Platz genommen hatte, stand eine große Sporttasche. Hultin hatte sich einen Perückenmacher glamouröser vorgestellt, aber das hätte sie natürlich niemals zugegeben. Lindholm fragte sich, warum ein Perückenmacher selbst einen militärisch anmutenden Bürstenhaarschnitt trug.

»Ob ich Frosty kannte, den alten Fuchs? Na und ob!«

Gino zwinkerte Lindholm zu.

Überraschenderweise hatte seine Stimme den launigen Tonfall eines angeschickerten Onkels, der zotige Witze erzählt, obwohl noch Kinder im Raum sind.

»Ja, ja, der gute, alte Frosty. Eine echte Granate war er damals. Das Heißeste, was das Empire zu bieten hatte. Ein echter Exportschlager, der alte Kamerad. Und ich stand damals auf reifere Kerle. Wenn er nur nicht so treu gewesen wäre, der Gute, eine echte Verschwendung, schade ist es um ihn, wirklich schade. Er war ja nicht mehr der Jüngste, aber dass es ihn so treffen musste. So ... gewaltsam. Das hat er nicht verdient! Er war doch so ein lieber Kerl. Er mochte seine Schmetterlinge, der alte Narr. Wer braucht schon ein Glashaus voller Schmetterlinge? Schmetterlinge gehören in den Bauch. Wenn ihr beiden versteht, was der alte Gino meint! Übrigens, eine heiße Brille hast du da, mein Jungchen.« Er zwinkerte Lindholm erneut zu.

»Schwarz kommt dieses Jahr ganz groß raus, glaub mir das. Lila ist durch, Lila ist tot. Lila ist toter als tot! Schwarz ist das neue Schwarz. Und es passt hervorragend zu deinem Teint! Nicht wie die blasse Madame Bitterschnute neben dir.«

Lindholm sah schnell zu Hultin hinüber. Sie sah wirklich blasser aus als sonst, auch wenn sie gerade einige hektische, rote Flecken im Gesicht hatte.

»Also Frosty-Rosty. Es ist wirklich schade um ihn. Ein treuer Hund, ein treuer Kunde. Der mir über all die Jahre die Stange gehalten hat ...«

Gino hielt sich in gespielter Empörung die Hand vor den Mund.

»Tja, gesehen haben wir uns nicht mehr so oft in den letzten Jahren. Ein bisschen eingerostet ist er draußen bei seinen Schmetterlingen. In den Clubs in Malmö und Stockholm ist er ewig nicht mehr gewesen. Seit E-wig-kei-ten nicht. Ich meine, Gino ist ja nun auch nicht mehr der Jüngste, aber gelegentlich ... So ein kleines Rendezvous, ein kleines Tête-à-Tête ... Rrrrrrrrrr, da sagt der alte Gino nicht nein.«

Jetzt sah er direkt zu Hultin.

»Du, Tante Teiggesicht. Ich hab eine prima Idee: Geh du doch mal raus, uns einen Schnaps suchen, und ich kümmere mich hier so lange um den netten jungen Mann.«

Gleich erschießt sie ihn, dachte Lindholm. Gleich holt sie keinen Schnaps, sondern ihre Dienstwaffe. Und dann erschießt sie ihn einfach.

Aber Anette Hultin beherrschte sich. Sie holte nicht ihre Waffe, sie stellte eine Frage.

»Frost ist mit seiner Homosexualität erpresst worden. Weißt du darüber etwas?«

9

»Erpresst?«

Augenscheinlich war Evert Johansson von der Frage völlig überrascht. Er fasste sich an seinen Anglerhut.

»Balthasar? Um Gottes willen! Aber warum denn? Nein, er hat nie ...«

»Es war nur eine Routinefrage.«

»Aber ...«

»Routine«, sagte Delgado mit Nachdruck. Er sah auf seine Notizen. Er hatte alle Fragen gestellt, die er sich vorher aufgeschrieben hatte. Weitergebracht hatte es sie eigentlich nicht. Denn dass jemand wegen des Admirals zum Mörder wurde, konnte er sich nicht vorstellen. Beim besten Willen nicht. Er blickte zu Johansson, der noch immer erschrocken aussah. Es war an der Zeit, dass er den Mann wieder loswurde und zurück an seinen Computer kam. Aber der Rentner sah nicht so aus, als habe er schon vor, zurück in seine Gemeinde nach Jönköping zu fahren. Erneut blieb Delgados Blick an dem silbernen Kreuz hängen, das Johansson am Revers trug. Und dann fiel ihm eine Frage ein, die nicht auf seinem Notizblock stand.

»War Frost eigentlich religiös?«

Irgendetwas in Johansson reagierte auf Delgados Frage. Er sah jetzt sehr konzentriert aus. Es dauerte mehrere Augenblicke, bevor er antwortete.

»Interessant, dass du das fragst. Genau darüber habe ich häufiger nachgedacht, wenn ich ihm begegnet bin. Versteh das nicht falsch, ich fühle mich nicht als Missionar oder so etwas, aber als ehemaliger Diakon interessiere ich mich natürlich für den Glauben. Und für Religionen. Als ich bei Balthasar zu Hause war, bin ich irgendwie immer davon ausgegangen, dass er sich dem Buddhismus zugehörig fühlte, nicht, dass er etwas in der Richtung erwähnt hätte, ich glaube, es war einfach die Atmosphäre in seiner Wohnung, die mich darauf gebracht hat. Diese ganzen fernöstlichen Schriftzeichen, die Seidenkissen, vielleicht hatte sein ganzes Wesen etwas von Zen, jedenfalls hatte ich ihn innerlich immer als Buddhisten verbucht. Aber das war nur meine subjektive Assoziation, ein Vorurteil, nichts weiter.

Es muss jetzt einige Wochen her sein, dass wir das Gespräch hatten. Auf einer Autofahrt nach Stockholm. Aber was heißt schon Gespräch? Im Grunde war es nur eine Frage, die er gestellt hat.«

»Was hat er dich denn gefragt?«

Johansson sah Delgado an.

»Er hat mich gefragt, ob ein Protestant bei einem katholischen Priester die Beichte ablegen darf.«

10

Der Mann mit dem Bürstenhaarschnitt starrte Anette Hultin und Göran Lindholm lange an, bevor er antwortete. Als Gino schließlich sprach, war seine Stimme nicht mehr dieselbe wie vorher, sie hatte ihre Likörlaune und jeden Schwung verloren.

»Nein, von einer Erpressung weiß ich nichts. Aber wundern tut es mich nicht. In einer Gesellschaft, die uns lange Zeit wie Dreck behandelt hat, wäre es doch merkwürdig, wenn ausgerechnet Kriminelle die Ausnahme bilden würden.«

Er griff nach seiner Sporttasche. Dann sah er die Ermittler an.

»War das alles? Es gibt hier nämlich noch Menschen, die ein Fußballtraining zu leiten haben.«

11

Dass Bo Örkenrud am vierten Tag der Ermittlung überhaupt zum Tatort zurückgekehrt war, war allein seiner Gewissenhaftigkeit zu verdanken. Normalerweise kam die Spurensicherung einmal, machte ihre Arbeit und übergab dann die Ergebnisse an das Ermittlungsteam. Aber dieser Fall war anders, in vielerlei Hinsicht. In dem Schmetterlingshaus war etwas geschehen, was Örkenrud keine Ruhe ließ, und das hatte mit den Schüssen zu tun, die dort abgegeben worden waren. Zwei Schüsse, aber nur ein Projektil. Sollte die fehlende Kugel tatsächlich im Körper des Täters stecken, oder hatten sie etwas Wesentliches übersehen? Örkenrud war sich unsicher. Und bevor er seinen abschließenden Bericht fertigstellte, wollte er zu hundert Prozent ausschließen, dass jemand aus seinem Team gepatzt hatte. Gerade die jüngere Kriminalgeschichte war voll mahnender Beispiele, wie forensische Missgeschicke ganze Ermittlungen an die Wand gefahren hatten. In ihrer Fortschrittsgläubigkeit neigten Techniker gelegentlich dazu, ihr eigenes Hirn abzuschalten, dachte Örkenrud. Deshalb war er noch einmal hergekommen, um ein bisschen gute, alte polizeiliche Handarbeit auf allen vieren zu verrichten, sein Rücken würde es ihm danken. Dieses Mal hatte er sich besser auf die Hitze und hohe Luftfeuchtigkeit im Schmetterlingshaus vorbereitet: Er kletterte in Unterhose in seinen weißen Kunststoffoverall – wer sollte ihn hier draußen schon sehen? –, und in seinem Arbeitskoffer warteten drei eisgekühlte Flaschen Spendrups darauf, hervorgeholt zu werden, alkoholfreie natürlich.

Örkenrud arbeitete konzentriert mit seinen Gerätschaften, skizzierte Bewegungsabläufe, rekonstruierte die Schussbahnen, maß Abstände und Winkel. Zu neuen Erkenntnissen kam er jedoch nicht. Er fand im Glashaus keine weitere Einschussstelle, das zweite Projektil blieb verschwunden. Nach gut zwei Stunden entschied er, Feierabend zu machen. Er war keineswegs unzufrieden, bewies seine ergebnislose Suche doch, dass sein Team beim ersten Mal ordentlich gearbeitet hatte. Verschwitzt trat er aus dem Tropenhaus, um sich abzukühlen, und trank in langen Zügen ein Spendrups. Nach der anstrengenden Arbeit in der feuchten Wärme tat die frische Luft gut. Spontan entschied er, als Letztes noch einmal alle Seiten des Glashauses von außen in Augenschein zu nehmen, besonders an den Stellen, an denen ihm innen das dichte Blattwerk der Pflanzen die Sicht erschwert hatte. Örkenrud arbeitete sich zunächst an der dem Wohnhaus zugewandten Längsseite entlang, dann an der kurzen Rückseite des Glashauses, an dem die Generatoren vor sich hin brummten. Plötzlich sah er, dass etwas nicht stimmte. Was seine Tatorte anging, hatte er ein Gedächnis wie ein Kind beim Memoryspiel. Vor ihm, wo der Boden wegen der Wärmeabgabe der Generatoren nicht gefroren war, waren Abdrücke, faustgroße Mulden, zwei an der Zahl, direkt nebeneinander, tief in die Erde gedrückt: Knieabdrücke. Örkenrud spürte Wut in sich aufsteigen. Welcher Idiot aus seinem Team hatte ...? Doch dann verstand er: Da war niemand unachtsam gewesen, da hatte kein Kollege Mist gebaut. Es war jemand hier gewesen, zweifelsfrei, beim Schmetterlingshaus, und hatte sich vor die Glaswand gekniet. Und zwar *nachdem* sie am ersten Tag den Tatort gesichert hatten. Örkenrud spürte den Plastikoverall an seiner nackten Haut kleben, und sein Hals war trocken. Den Koffer mit den Instrumenten hatte er neben sich abgestellt. Er beugte sich tief über die Abdrücke. Da, wo sich das linke Knie in den Boden gedrückt hatte, schimmerte etwas durch die dunkle, feuchte Erde. Ein Kieselstein? Das zweite Projektil? Sofort hatte Örkenrud die lange Pinzette zur Hand. Trotz der kühlen Luft lief ihm Schweiß über das Gesicht, sein Körper schwamm in dem Kunststoffanzug, jede Bewegung quietschte. Es war kein Kieselstein, den er da aus der Erde zog, und auch kein Projektil. Das, was er vor sich hatte, war ein abgeschnittener Finger.

12

Forss ging den Weg zurück, den sie gekommen waren, bis sie wieder in dem langen, hohen Flur angelangt war. Wenn sie irgendetwas von Interesse finden wollte, dann musste sie die Bühne, auf der Hildegard Hedingks' Schauspiel stattfand, verlassen. Wahllos öffnete sie Türen, die von der Galerie abgingen. Hinter der ersten Tür fand sie die Garderobe. Neben ihrem Loden- und Nyströms Daunenmantel hingen diverse Pelz- und Wollmäntel. Sie machte die Tür wieder zu. Hinter der nächsten Tür befand sich die Gästetoilette. Von einer flachen Glasschale voller getrockneter Blüten ging ein starker Geruch aus. Aber das war nicht das, was sie vorhin gerochen hatte. Sie schloss die Tür wieder. Die dritte Tür, eine breite Flügeltür, war verschlossen. Hinter der vierten Tür war die Küche, ein riesiger gekachelter Raum voller moderner Gerätschaften. Auf der anderen Seite der Küche ging noch eine Tür ab, schmaler und niedriger als die anderen. Mit wenigen Schritten durchmaß Forss den Raum. Es war der Vorratsraum. Zwischen Regalen voller Lebensmittel, zwischen Einmachgläsern und Dosen und Müslischachteln saß auf einem Schemel die kleine Asiatin und sah sie mit großen Augen an. In ihren Mundwinkeln klebten Sahne und Schokoladensoße. Forss lächelte, dann streckte sie die Hand aus.

»Verdammter Fress-Flash«, sagte sie. »Ich will das Gras und den Schlüssel für die Tür im Flur.«

13

Während eines langen Moments war Nyström geneigt, Hildegard Hedingks zu glauben. Ein verschollener Bruder, ein depressiver Ehemann, der sich von Kriegstraumata gezeichnet das Leben genommen hatte, der finanzielle Abstieg der Familie. Das ganze Leben eine einzige, offene Wunde.

Doch dieser Moment war schnell vorüber. Sie dachte an Frederik Axelsson und den Schmerz, den der alte Mann empfunden hatte. Das war echt gewesen, wahrhaftig. Das, was Hildegard Hedingks hier aufführte, war dagegen eine Posse. So tragisch ihre Lebensgeschichte sein mochte, sie hatte nichts mit dem zu tun, was sich hinter der Mauer wirklich verbarg. Mit einem Gefühl von Resignation stand sie auf. Draußen, vor dem Fenster, im Sund, fuhr wieder ein großes Schiff vorbei.

14

Hinter der Doppeltür war eine Art Lesezimmer. Neben hohen Bücherregalen standen Ledersessel und niedrige Tische, die Stirnseite des Raumes wurde von einem Kamin eingenommen, der aus demselben Sandstein gemauert war wie die Fassade des Hauses. Ein breites Fenster gab den Blick auf den Sund frei, an der gegenüberliegenden Wand hingen zwei düstere, expressionistische Ölgemälde von jemandem, der so ähnlich malte wie Munch, dachte sie, vielleicht waren es auch Originale, wer konnte das schon wissen, in diesem merkwürdigen Haushalt schien ihr mittlerweile vieles möglich. Sie ging durch den Raum auf den Kamin zu. Auf dem breiten Sims stand ein gutes Dutzend gerahmter Fotos, verblichene Porträts von Menschen aus vergangenen Zeiten. Forss musterte die Fotos, aber sie erkannte weder Balthasar Frost noch Johan Lönn. Dafür Männer in Uniformen, Frauen in langen Sommerkleidern, irgendwo stand eine jüngere Version von Hildegard Hedingks neben einem vielleicht zehnjährigen Jungen. Ihr Sohn? Der Kleine hielt einen Pokal und ein Spielbrett in der Hand und lachte in die Kamera. Dann fiel ihr Blick auf die Seitenwände des breiten Kaminschornsteins. In hellen Holzrahmen und kleinen Schaukästen hingen getrocknete Farne und Feldblumen, fossile Fundstücke, versteinerte Schneckenhäuser und Muscheln, glitzernde Quarzbrocken und honiggelbe Bernsteine. Am obersten Rand der Sammlung hing ein flaches Kästchen, dessen Inhalt sie wegen der Reflexion auf der Glasscheibe beinahe übersehen hätte. Doch als sie ihren Kopf ein Stück zur Seite neigte, um den Blickwinkel zu ändern, waren die beiden aufgespießten mottenartigen Falter gut zu sehen. *Bombyx Mori,* war darunter mit schwarzer Tinte auf ein ausgeblichenes Etikett geschrieben.

Maulbeerspinner.

Forss erkannte die zackige, an Sütterlin erinnernde Handschrift wieder, es war dieselbe Schrift, die sie in den Buchführungsunterlagen von Balthasar Melchior Frost gesehen hatte. Zufrieden zog sie die kleine metallene Haschpfeife aus der Tasche, die sie dem Hausmädchen abgenommen hatte, warf einen kurzen Blick auf den gefüllten Pfeifenkopf, griff ein Feuerzeug vom Kaminsims, entzündete die Mischung aus Marihuana und Tabak und nahm einen tiefen Zug, den sie lange in der Lunge behielt.

Unten in der Galerie traf Forss auf Nyström. Von irgendwoher tauchte das Dienstmädchen auf und reichte ihnen die Mäntel.

»Ich vermute, die Kleine hat emotionale Probleme«, flüsterte Forss.

Nyström sah sie verständnislos an. Hinter ihnen fiel die Doppeltür aus Eichenholz schwer ins Schloss.

15

Während der Fahrt zurück nach Växjö diskutierten sie über Hildegard Hedingks. Welchen Grund hatte die alte Frau, zu lügen und die Ermittlung zu behindern, was wollte sie verbergen? Die aufgespießten Schmetterlinge in ihrem Haus waren ein Beweis, dass sie in Kontakt zu Frost gestanden hatte, sie wusste also vom versteckten Leben ihres Bruders. Die Frage war nur, seit wann? Und wenn sie über Johans Leben mit Balthasar Frost Bescheid wusste, warum hatte sie dann nie die Vermisstenanzeige zurückgezogen? Wollte sie Johan schützen? Oder den Ruf ihrer Familie? War es denkbar, dass sie etwas über den Mord an Frost wusste, oder kam sie gar als Täterin infrage? Nyström und Forss waren sich unsicher, wie sie Hedingks bewerten sollten, aber Nyström hatte das vage Gefühl, dass sie nicht zum letzten Mal in dem herrschaftlichen Haus am Sund gewesen waren.

Als sie den Parkplatz vor dem Polizeigebäude erreichten, war es bereits kurz vor fünf. Der Ausflug nach Stockholm hatte sie beinahe einen ganzen Ermittlungstag gekostet. Vor dem benachbarten Kino und im Foyer stand eine Traube Menschen, die auf den Beginn der frühen Abendvorstellung wartete, Jugendliche bewarfen einander mit Popcorn, ein junges Mädchen mit hohen Stiefeln und kurzem Rock kreischte laut auf. Forss verabschiedete sich und ging in ihr Hotel hinüber, Nyström wollte noch in ihr Büro, um die Ermittlungsergebnisse des Tages zu verschriftlichen und die Nachrichten durchzugehen, die sich im Laufe des Tages auf ihrem Schreibtisch und in ihrem E-Mail-Account angesammelt hatten.

Unten in der Rezeption hatte Per Rydberg Dienst. Sie nickte dem jungen Polizisten zu. Im Herbst hatte sie in der Kantine ein Gespräch zwischen Delgado und Knutsson mitbekommen, in dem sich die beiden mit gedämpften Stimmen über Rydbergs vermeintliche Homosexualität unterhalten hatten.

»Dass er schwul ist, sagt er jedem, der es wissen will«, hatte Delgado geflüstert.

»Oder auch nicht wissen will!«, hatte Knutsson mit vollem Mund geantwortet.

Dann hatten beide gelacht, ein dämliches, pubertierendes Lachen, wie Nyström gefunden hatte. Normalerweise bemühte sie sich, das Getratsche der Kollegen und die Gerüchteküche des Reviers zu ignorieren, aber dieses Gespräch war bei ihr hängen geblieben. Rydberg winkte sie zu sich. Sie betrachtete den Mann genauer. Er hatte eine moderne Kurzhaarfrisur und einen gepflegten Bart, wie er im Moment Mode war. Er sah aus wie die anderen jungen Männer auf der Wache auch. Sie wusste nicht, was sie erwartet hatte. Nagellack? Lippenstift? Sie schämte sich für ihre blöden Vorurteile.

»Es gab diverse Anrufe für dich.«

Der junge Mann reichte ihr einen Zettel mit Notizen. »Danke, Per.«

»Nichts zu danken.«

Der junge Mann lächelte. Sie lächelte zurück. Sie gab sich einen Ruck.

»Ach, da ist noch etwas, was ich dir sagen möchte.«

Rydberg sah sie fragend an.

»Ich will dir nur mal sagen, dass ich es sehr mutig von dir finde, dass du ... dass du zu deiner Homosexualität offen stehst. Gerade hier, gerade als Polizist. Ich finde es gut. Dass du schwul bist.«

Es war ihr unangenehm, wie holperig ihr die Wörter über die Lippen kamen. So, als stolperten sie. Rydberg sah sie einen Moment an. Er lächelte jetzt nicht mehr.

»Ich weiß nicht, ob es gut ist. Für mich ist es eher *normal*. Vielleicht ist das der richtigere Ausdruck.«

Nyström biss sich auf die Unterlippe. Dann drehte sie sich verlegen um und verließ das Gebäude. Draußen atmete sie tief durch und beschloss, dass es vielleicht das Beste sei, einfach nach Hause zu fahren und sich die Decke über den Kopf zu ziehen.

16

Maria lag in dem abgedunkelten Haus und lauschte den Geräuschen der Nacht. Dem Kratzen der Mäuse auf dem Dachboden und dem Rascheln des Windes in den blattlosen Zweigen. Manchmal tutete das Horn der großen Schiffe in den Schären. Sie sehnte sich nach Simone und ihren weichen

Umarmungen, nach Amsterdam und dem vertrauten Brackgeruch der Grachten. Doch noch war sie für die Heimreise viel zu schwach, an einen Aufbruch war nicht zu denken. Die Wunde brannte, die Fieberschübe und die Schwere ihrer Schuld drückten sie tief in das Bett. Und dann war da die Angst. Wer war der Mann, der wie aus dem Nichts im Schmetterlingshaus aufgetaucht war? Wer war der Irre, der auf sie geschossen hatte?

DONNERSTAG

1

Fünf Stunden Schlaf gestand sich Nyström zu. Dann klingelte der Wecker. Sie kämpfte sich aus dem Bett, aus der warmen Mulde, in der sich Anders' Körper hob und senkte. Er ist beständig wie Ebbe und Flut, dachte sie. Ein Gefühl von Zärtlichkeit brandete durch ihren Körper. Sie deckte den frei liegenden Rücken ihres Mannes zu und ging aus dem Schlafzimmer, die Treppe hinab in die Küche. Jeder Schritt weg von ihrem Bett fühlte sich schwer an und falsch.

In der Küche setzte sie Griesbrei auf und Wasser für den Tee. Dann entschied sie sich anders. Sie tat etwas, was sie lange nicht mehr getan hatte, sie machte sich einen Kaffee.

Der Schnee, der gefallen war, taute bereits wieder und türmte sich an den Rändern der Landstraße nach Växjö zu braunem Matsch. Die Temperatur war auf vier Grad über null gestiegen, und es fiel ein feiner Regen. Als sie den Wagen vor dem Polizeipräsidium abstellte, brannte in dem Gebäude erst wenig Licht; es war kurz vor sieben, und obwohl es dunkel war und sie die Krähen nicht sehen konnte, wusste sie, dass die schwarzen Tiere hoch über ihrem Kopf ihre Runden drehten.

Auf ihrem Schreibtisch stapelten sich Mitteilungen und Notizen. Anette Hultin war bei dem zuständigen Notar gewesen und hatte Einblick in das Testament von Frost genommen. Der alte Mann vermachte seinen gesamten Besitz dem Kinderhilfswerk der Vereinten Nationen. Nyström kritzelte ein weiteres Fragezeichen in ihre Unterlagen. Ausnahmen bildeten das Tropenhaus und die Falterzucht, die an den Verband der Schmetterlingsfreunde gehen sollten, sowie eine Armbanduhr, mit der Frederik Axelsson bedacht worden war. Vielleicht ist ihm das eine würdige Erinnerung, dachte Nyström. Ihre vage Hoffnung, dass Frosts Testament einen Hinweis auf ein Motiv für seine Ermordung liefern könnte, hatte sich allerdings zerschlagen.

Auch Hultins Bemühungen, Frosts und Lönns Unterlagen vom Dachboden durchzugehen, hatten nichts Interessantes ans Tageslicht gebracht, sondern lediglich die Hauptbuchführung des alten Mannes ergänzt, die sie in seinem Schreibtisch gefunden hatten. Offensichtlich hatte Lönn nicht gearbeitet, zumindest nicht für Geld. Frosts Aktiengeschäfte und das daraus resultierende Vermögen waren das einzige Einkommen des Paares gewesen. Es gab darüber hinaus keine regelmäßigen Abbuchungen, keine Summe, die irgendwie auf eine Erpressung hingewiesen hätte. Die Grundstücke am Helgasee, die Frost Anfang der Achtzigerjahre gekauft hatte, waren wenige Jahre später zu einem ähnlich niedrigen Preis wieder verkauft worden. Viel zu früh, hatte Hultin gedacht, seit der Liberalisierung der Baugesetze in den letzten Jahrzehnten war der Wert der Grundstücke bis heute um ein Vielfaches gestiegen.

Dann hatten sich Hultin und Lindholm mit dem Perückenmacher Gino unterhalten. Lindholms Protokoll zufolge war das Gespräch ergebnislos geblieben, seltsamerweise hatte Anette Hultin handschriftlich hinzugefügt, dass sie über eine Anzeige wegen Beamtenbeleidigung nachdenke. Nyström heftete den Bogen mit hochgezogenen Augenbrauen in die Ermittlungsakte. Auch die weiteren Telefonnummern aus Frosts Adressbuch hatten bisher zu keinen neuen Erkenntnissen geführt. Darüber hinaus hatten Hultin und Lindholm Kontakt mit den Krankenhäusern und Notarztpraxen im Landkreis Kronoberg und in ganz Småland aufgenommen, jedoch hatte es nirgendwo eine Versorgung von Schussverletzungen gegeben. Ebenso ergebnislos waren bis jetzt Delgados Versuche verlaufen, Frosts Vergangenheit zu beleuchten. Er wartete noch immer auf Informationen vom britischen Verteidigungsministerium. Die Stockholmer Banken, mit denen Frost zusammengearbeitet hatte, hielten sich ebenfalls mit der Weitergabe von Informationen zurück.

Wirklich rätselhaft war der Bericht, den Bo Örkenrud geschickt hatte: Er hatte Frosts Finger gefunden, er war hinter dem Glashaus verscharrt gewesen. Der Täter war tatsächlich an den Tatort zurückgekehrt und hatte ihn begraben. Und das Tage nach der Tat. Örkenrud hatte von gleichmäßigen Knieabdrücken vor der Fundstelle geschrieben. Was bedeutete das? War der Finger beerdigt worden? Ein Ritual? Wie verworren der Fall wurde, wie krank! So vieles fühlte sich unnatürlich an, so vieles, zu dem sie keinen Zugang hatte. Was würde Gunnar Berg an ihrer Stelle tun?

Der Laborbefund war eine weitere Enttäuschung. Weder

auf dem Finger noch auf dem Parkschein hatten sich verwertbare Spuren gefunden. Die Gartenschere blieb ebenso verschwunden wie die Waffe, mit der im Glashaus geschossen worden war. Noch eine Sackgasse, dachte Nyström. Es schien der Tag der Sackgassen zu sein.

Um kurz nach acht kam Stig Olsson von der Parallelschicht zu ihr ins Büro. Wortlos legte er einen Schwung Boulevardzeitungen auf ihren Tisch. Vier Tage lang war es gelungen, die Umstände des Mordes aus der Presse zu halten, doch heute war der grausame Tod von Frost der große Aufmacher. Sie musste an Edman und seine Profilierungssucht denken. Hatte ihr Chef etwas durchsickern lassen? Doch im Grunde war es auch egal, wer es verbockt hatte. Irgendwo las sie die Überschrift: *YouTube-Opa zerhackt!* Sie musste schlucken. Mit einem Mal fühlte sie sich alt und sehr müde. Der ungewohnte Morgenkaffee machte sie nicht wach, sondern unruhig.

2

Knutsson hatte etwas mehr als einen Tag benötigt, um einen Plan zu fassen, mit dem er Ingrid Nyströms Achtung wiedergewinnen konnte. Er musste ihr imponieren, und das ging am besten durch Arbeit, er musste dazu beitragen, den Frost-Fall zu lösen, oder, noch besser, er musste den Frost-Fall im Alleingang lösen, eine komplizierte Ermittlung in einem mysteriösen Mordfall, der landesweit in allen Zeitungen steht. Das wäre etwas, das sie honorieren würde.

Lars Knutsson ist mein wertvollster Mitarbeiter; ein Polizist, den ich nur bewundern kann und vor dem ich absolute Hochachtung habe.

Vor seinem inneren Auge sah er schon, wie sie im Blitzlichtgewitter der Fotografen eine Pressekonferenz gab, die Lösung des Falls verkündete und ihn mit warmen Worten lobte.

Der Plan war gut, er enthielt nur ein einziges Problem: Wie sollte ausgerechnet er den Fall lösen? Er saß an seinem Schreibtisch, hatte seine Lesebrille aufgesetzt, einen Bleistift hinter sein Ohr geklemmt und grübelte. Hultin nannte das seine *Denkerpose,* Delgado meinte, dass er aussehe wie Homer Simpson in einem *think tank*. Aber die Sprüche seiner Kollegen ließen ihn kalt. Er merkte, dass er sich nicht auf seine tägliche Routinearbeit konzentrieren konnte; die Akten der Einbruchserie in den nördlichen Stadtteilen Växjös stapelten sich auf dem Material über die Lkw-Fahrer, die auf Raststättenparkplätzen illegal Wein und Spirituosen an Jugendliche verkauften. Außerdem hatte er Informationen zu dem ausgebrannten, herrenlosen Autowrack erhalten, bei dem die Schachfiguren gelegen hatten. Der Fahrzeughalter wohnte irgendwo in Mittelschweden. Er leitete die E-Mail weiter. Sollten sich doch die Kollegen vor Ort drum kümmern. Dann hatten sich zwei Zeugen wegen der Einbruchserie in Araby gemeldet. Aber sollte er sich jetzt wirklich mit jedem Mist befassen? Er entschied, dass der ganze Kleinkram warten müsse. Es war Zeit, an seinem Plan zu feilen, und nichts beflügelte seine Gedanken besser als zwei oder drei Zimtschnecken und eine halbe Kanne frisch gekochter Kaffee.

3

Die Nacht in seinem Bett, in der warmen Wohnung, hatte ihm gutgetan. Er hatte fest geschlafen. Als er aufwachte, waren die Schmerzen schwächer als noch am Vortag, sein Körper fühlte sich kräftiger an. Er duschte lange, dann bereitete er sich ein Frühstück aus Speck und den acht Eiern, die er im Kühlschrank fand. Der Rest der Lasagne war verdorben, er hatte nicht geplant, fünf Tage wegzubleiben, auch das Brot war vertrocknet, was ihn maßlos ärgerte, das gute Vollkornbrot für 45 Kronen, aber wenigstens hatte er noch Knäckebrot im Schrank. Als er sich satt gegessen hatte, putzte er die Wohnung. Der Staub von fünf Tagen machte ihn schwindelig und schläfrig. Er legte sich erneut ins Bett. Diesmal schlief er bis weit in den Nachmittag hinein. Als er aufwachte, war er wieder hungrig. Er zog sich an und entschied, den Bus zum WILLY:S zu nehmen, das würde zwar ewig dauern, war aber angenehmer, als durch den Regen zu radeln. Außerdem hatte das Fahrrad seit dem Herbst einen Platten, um den er sich noch immer nicht gekümmert hatte. Im Flur, auf dem Weg nach draußen, fiel sein Blick auf die Zeitungen, die sich auf dem Boden angesammelt hatten, seit er am Samstagvormittag aus dem Haus gegangen war. Kurz überlegte er, die Blätter nach dem Vorfall durchzusehen. Vielleicht stand ja etwas darin, etwas über den Dschinn, der dort gewesen war, im Glashaus bei den Schmetterlingen. Der wusste, was er getan hatte. Dann entschied er sich dagegen. Bevor er über das Chaos nachdenken konnte, das die Frau ausgelöst hatte, brauchte er etwas Richtiges zu essen. Bei einer warmen Mahlzeit kam er wahrscheinlich viel schneller darauf, wer es war, den er im Glashaus gesehen hatte. Er hatte sie nämlich schon einmal getroffen.

Die Frage war nur, wann und wo.
Und er musste sie wieder treffen.
Er musste sich seine Beute zurückholen, um jeden Preis.

4

Stina Forss' Laune hatte sich im Laufe des Tages unaufhaltsam verdüstert. Am Morgen war sie durch den Nieselregen rund um den Växjösee zum Campus gejoggt und hatte anschließend in der Sporthalle geduscht, um dann festzustellen, dass sie in ihrem Spind nichts Sauberes zum Anziehen hatte. Der Rucksack mit der frischen Jeans, der Bluse und der Unterwäsche stand wohl in ihrem anderen Spind, im Präsidium. So saß sie in ihrem klammen, verschwitzten Trainingsanzug zwischen ihren gestylten Kommilitonen, die in der Vorlesung den langatmigen Ausführungen des Rechtswissenschaftlers zuhörten und Notizen in ihre Netbooks hackten. Auf die Vorlesung folgten ein trauriges Krabbenbrötchen und ein Apfelsaft im Uni-Café. Eine Mensa, wie Forss sie aus Deutschland kannte, gab es nicht, die meisten Studenten machten sich ihr mitgebrachtes Essen in den Mikrowellen warm, die überall herumstanden, auch in der Kantine des Präsidiums, sogar bei McDonald's. Nach der Mittagspause langweilte sie sich in einem Forensikseminar mit anschließender Diskussionsrunde, an der sie sich nur widerwillig beteiligte. Sie hatte das Gefühl, dass es nach jedem ihrer Wortbeiträge still im Raum wurde, aber vielleicht bildete sie sich das auch nur ein. Nach der Veranstaltung trat der Seminarleiter auf sie zu und fasste sie an die Schulter, eine Berührung, die sie zusammenzucken ließ. Der schmächtige Mann mit Brille war ungefähr in ihrem Alter und betonte, wie interessant er ihre Ausführungen gefunden habe, Berufspraxis in einer ausländischen Großstadt und dann noch Berlin, vielleicht könne man sich ja einmal länger bei einem Kaffee austauschen. Ja, vielleicht, antwortete sie lächelnd und dachte: wahrscheinlich aber eher nicht.

Sie überlegte, ob sie direkt ins Präsidium gehen sollte, entschied sich aber dagegen, denn sie brauchte dringend eine heiße Dusche und etwas Frisches zum Anziehen. In der Lobby des Hotels wäre sie fast an ihm vorbeigegangen. So als weigerte sich ihr Bewusstsein, ihn wahrzunehmen. Die maximale Verdrängung. Aber eben nur beinahe. Er stand vor ihr. Sebastian.

Geliebter Sebastian.

»Was machst du denn hier?«

»Stina, ich konnte nicht anders.«

Sie gingen auf ihr Zimmer, schnell, wortlos. Später rauchte Sebastian Zigaretten und sie auch, in dem Nichtraucherzimmer, dessen Boden mit den feuchten Joggingklamotten und ihrer beider Unterwäsche bedeckt war, aber das war egal, wie alles andere, und der Rauchmelder blieb stumm.

Es verging noch mehr Zeit, und sie rauchten und schliefen ein zweites Mal miteinander und tranken den Wodka, den sie auf der Fähre gekauft hatte, beinahe zwei Wochen war das her, ihre bis ins letzte Detail geplante Flucht, zurück in das Land ihrer Kindheit, in das Land ihres Vaters.

»Komm zurück zu mir. Komm nach Hause«, sagte er, als die Flasche zur Hälfte geleert war.

»Ich kann nicht«, sagte sie.

»Warum, Stina?«

Die Traurigkeit in seiner Stimme hallte in ihr wider. Sie sah ihn lange an. Die kantigen Schultern, seinen Mund, den sie so mochte, seine Augen, die wie feuchte, dunkle Steine im Restlicht des Zimmers schimmerten.

»Ich weiß es nicht«, flüsterte sie in die Haare auf seiner Brust.

Aber das war gelogen.

5

Ingrid Nyström saß allein in dem Besprechungszimmer und starrte auf das Flipchart, bis ihr die eigene Schrift vor den Augen verschwamm. Sie hatte die Grafik auf den neuen Ermittlungsstand gebracht, aber auch das hatte keinen Erkenntnisgewinn gebracht. Ahnungslos blieb ahnungslos, auch wenn man die Ahnungslosigkeit visualisierte, dachte sie. Lustlos kaute sie auf einer Möhre herum. Sie schmeckte nach nichts, aber sie wusste, dass das nicht an der Möhre lag. Der trübe Nachmittag hatte eine weitere Enttäuschung gebracht. Sie hatten endlich die Nachbarin von Frost erreicht, die am frühen Sonntagmorgen in einen Kurzurlaub gefahren war. Doch Karin Engblom, die für ein paar Tage bei einer Freundin in Oskarshamn gewesen war, hatte zum Zeitpunkt der Tat am Samstagabend genau wie ihre alte, demente Mutter weder etwas Ungewöhnliches gesehen noch gehört.

Dazu kam, dass Nyström den ganzen Tag über immer wieder von Journalisten angerufen worden war, die über die neuesten Erkenntnisse unterrichtet werden wollten. Wenn das Medieninteresse weiter so konstant blieb, würde sie gezwungen sein, eine Pressekonferenz abzuhalten, und das war das Letzte, worauf sie momentan Lust hatte. Sie konnte nur beten, dass Frosts Homosexualität möglichst lange vor den Journalisten verborgen blieb, sie wollte sich gar nicht erst ausmalen, wie die Boulevardblätter damit umgehen würden.

Dann dachte sie an Hildegard Hedingks. Sie hatte nach wie vor keine Vorstellung davon, was die Lügen der alten Dame zu bedeuten hatten. Was verschwieg sie? Und warum? Aus Angst? Scham? Sie musste an das Gespräch mit Frederik Axelsson denken. Schämte sich Hildegard Hedingks wirklich immer noch für ihren schwulen Bruder, der vor vielen Jahren gestorben war, oder steckte etwas ganz anderes dahinter?

Sie wusste keine Antwort. Und ihr fehlte eine Strategie. Sie hatte nichts weiter als vage Theorien. Es fehlte ein Plan, irgendetwas, das die festgefahrene Ermittlung endlich in Bewegung brachte. Im Grunde brauchte sie ein Wunder.

Um die Müdigkeit zu vertreiben, ging sie hinunter in die Kantine und kaufte sich eine Flasche Orangensaft. Dort war kaum etwas los. Emma, die Frau an der Kasse, las ein Buch, *Dein Augenblick*, ein Roman von Vilhelm Moberg, den Nyström selbst schon einmal gelesen hatte. Auf dem Weg zurück in ihr Büro dachte sie über das nach, was Frederik Axelsson ihr über Moberg und die Homosexuellen erzählt hatte. Es war ein unschöner Teil der schwedischen Geschichte, von dem sie vorher noch nie gehört hatte. Eine Geschichte der Marginalisierten, Ausgegrenzten. Und Moberg, der beliebte und anerkannte Schriftsteller? Von ihm hatte sie eigentlich ein ganz anderes Bild gehabt. Er war doch ein Mann gewesen, der in schwierigen Zeiten Courage gefordert hatte, als die meisten Schweden die böse, gefährliche Welt fernhalten wollten und nur das eigene Wohl im Auge hatten. Im Zweiten Weltkrieg, als sich die schwedische Regierung nicht traute, sich Hitlerdeutschland zum Feind zu machen, und die Nachbarländer im Stich ließ, war Moberg einer der lautesten Kritiker gewesen. Ein Kämpfer für das Gute, ein Antifaschist. Dafür hatte Nyström ihn bewundert und respektiert. Für sie war er auch ein Mann, der die einfachen Menschen beachtet hatte. Sie dachte an seinen Roman *Die Auswanderer*, in dem er das Schicksal armer und verzweifelter Menschen schilderte, die im 19. Jahrhundert Småland verlassen hatten, um im fremden Amerika eine Zukunft zu suchen. Ihr fiel ein, wie sie beim Lesen mit den Protagonisten gefühlt und gebangt hatte. Aber Axelsson zufolge hatte Moberg auch eine andere Seite. Sie dachte an den Schwulenhass. Das passte nicht richtig zusammen. Sie trank von dem Orangensaft, schaltete den Computer an und suchte im Internet nach einem Porträt Mobergs. Auf ihrem Bildschirm sah sie ein ernster Mann von seinem Schreibtisch an. Sie arbeitete sich durch den dazugehörigen Text. Seine Kritik an der schwedischen Außenpolitik während des Zweiten Weltkrieges wurde mehrmals erwähnt, auch dass er ein Gegner des schwedischen Königshauses gewesen war, aber viel mehr war über sein politisches Wirken nicht zu erfahren. Nyström schüttelte innerlich den Kopf, der Text war genauso lückenhaft wie ihr eigenes Bild von dem Mann. Das führte sie nicht weiter. Sie schaltete den Computer wieder aus, nahm ihren Mantel und verließ das Büro. Wenn sie wirklich was über Moberg in Erfahrung bringen wollte, musste sie woanders suchen. Sie wusste auch wo. Außerdem konnte sie etwas frische Luft gebrauchen.

Obwohl es immer noch regnete, ging Nyström zu Fuß. Das Auswanderermuseum lag fünf Minuten vom Polizeipräsidium entfernt auf der anderen Seite des Bahnhofs. Sie nahm die Brücke über die Gleise und bog danach in einen kleinen Park ein. Der moderne Bau mit der ungewöhnlichen Naturholzfassade war architektonisch gelungen und eins der interessantesten Gebäude der Stadt, fand sie. Eigentlich war es komisch, dass Växjö ein wenig damit prahlte, eine Auswandererstadt zu sein. Warum sollte man stolz darauf sein, dass die Menschen im 19. Jahrhundert in Strömen aus Växjö und Småland weggezogen waren? Nicht nur, dass das Auswandererhaus eine der größten Attraktionen der Stadt war, im Sommer wurden auch jedes Jahr die Karl-Oskar-Tage gefeiert, ein Stadtspektakel, dessen Name auf den nach Amerika ausgewanderten Protagonisten in Mobergs Roman zurückging. Auswandern, in ihren Ohren klang das Wort beinahe nostalgisch, hatte einen Hauch von längst vergangenen Zeiten, dabei war doch Auswandern immer noch ein aktuelles Thema, nur dass es schon seit Jahrzehnten umgekehrt war: Nach Växjö kamen Einwanderer, die woanders ausgewandert waren, in den Siebzigern Chilenen, wie einst die Eltern von Hugo Delgado, oder später die Bosnier, Iraker oder Somalier.

In der Eingangshalle des Museums war es ruhig, abgesehen von der Frau hinter der Rezeption war niemand zu sehen. Nyström erinnerte sich an die Schlagzeilen aus der Lokalzeitung über die angespannte Finanzlage des Hauses, deshalb ließ sie ihren Dienstausweis in der Tasche stecken und bezahlte den Eintritt. Das Moberg-Zimmer lag ganz hinten, erfuhr sie und machte sich auf den Weg durch die Ausstellung. Hinter einer Glasscheibe war Mobergs Arbeitszimmer nachgestellt, mit seinem Schreibtisch, so wie er in Stockholm gestanden hatte. Da hatte der sonst so liberale Schriftsteller und Journalist also seine konspirativen Texte gegen Homosexuelle geschrieben. Nyström wusste noch immer nicht so recht, was sie hier suchte, aber es fühlte sich richtig an, hier zu sein. Es war etwas anderes als im Internet, es war real, oder wenigstens eine nachgestellte Realität. Sie fing an, die Zeitungsartikel an den Wänden zu lesen: Rezensionen, Berichte, Porträts. Meistens ging es um die Amerikaauswanderer. Über die Kejne- oder die Haijby-Affäre fand sie nichts. Schwulenhetze war kein Thema für das Auswanderermuseum.

Als sie die Tür ihres Büros öffnete, rief ihr Chef an. Dass Erik Edman nach sechs Uhr noch im Präsidium war, war ungewöhnlich. Hatte sie ihn nicht schon vorgestern so spät noch durch die Flure geistern sehen? Der einzige Grund, den sie sich vorstellen konnte, warum Edman am späten Abend ein Gespräch mit ihr wünschte, war, dass er von ihr eine persönliche Einschätzung des Ermittlungsstandes im Fall Frost hören wollte. Sie ging hinüber zu seinem Büro am anderen Ende des Flurs.

Überraschenderweise war Erik Edman nicht alleine. Auf einem der drei eleganten Stahlrohrsessel vor seinem Schreibtisch saß ein ihr unbekannter Mann, der ungefähr in ihrem Alter war. Er trug einen perlgrauen Anzug, der Nyström, die eigentlich kein Auge für solche Dinge hatte, teuer erschien. Beide Männer nickten ihr sachlich zu, Edman bat sie, Platz zu nehmen. Den Mann stellte er als Dr. Kennet Iverus aus Stockholm vor. Mit einem merkwürdigen Gefühl der Beklemmung setzte sie sich in den Sessel, der am weitesten von Iverus entfernt war. Edman bot ihr Wasser an, sie lehnte ab. Dann räusperte er sich vernehmlich und begann zu sprechen.

»Wie du dir sicher denken kannst, geht es um den Fall Frost, an dem ihr, an dem wir alle hier, seit Sonntag arbeiten.«

Nyström merkte, dass ihre Hände feucht waren.

»Du warst gestern in unserer schönen Hauptstadt und hast Hildegard Hedingks einen Besuch abgestattet?«

Nyström sah prüfend in Edmans flaches, ausdrucksloses Gesicht. Sie bekam eine böse Ahnung, worauf dieses Gespräch hinauslaufen könnte.

»Das ist richtig. Wie du vielleicht in den Akten gelesen hast, gibt es eine sehr konkrete Spur, die Hildegard Hedingks mit unserem Mordopfer in Verbindung bringt. Um es deutlicher zu sagen: Wir gehen davon aus, dass Hedingks die Schwester von Frosts Geliebtem ist, Johan Lönn, ein Mann, der interessanterweise 1949 von seiner Familie als vermisst gemeldet wurde und danach nie wieder in irgendeinem behördlichen Zusammenhang aufgetaucht ist. Und da die gesamte Ermittlung im Fall Frost, wie du sicherlich weißt, bis jetzt ein einziges Rätsel ist, bin ich für alles dankbar, was in irgendeiner Weise etwas Licht ins Dunkel bringen kann. Und nach allem, was mir der gesunde Menschenverstand sagt, ist Hedingks eine dieser Lichtquellen, oder vielmehr sie könnte es sein, wenn sie offen mit uns reden würde, anstatt uns Theater vorzuspielen!«

Sie funkelte Edman an. Sie spürte, wie in ihr eine Wut Form annahm, die weit über das hinausging, was der bedauernswerte Lasse Knutsson zu spüren bekommen hatte.

»Nun, liebe Ingrid, ich kann dir versichern, dass du dich irrst.«

Jetzt war es Iverus, der sprach. Ihm gelang es zu lächeln und gleichzeitig zu reden.

»Entschuldigung, aber wer bist du überhaupt, wenn ich das einmal so fragen darf?«

Der Mann lächelte weiter. Edman antwortete an seiner statt.

»Dr. Iverus ist ein ranghoher Beamter aus Stockholm.«

»Ich kann dir versichern, liebe Ingrid, dass du dich auf dem falschen Pfad befindest. Hildegard Hedingks hat heute Morgen in Stockholm eine eidesstattliche Erklärung abgegeben, dass sie mit eurem Fall hier in Småland nichts zu tun hat. Weder ist ihr der Name Frost bekannt, noch hatte sie jemals mehr Kontakt zu ihrem Bruder, der bedauernswerterweise in so jungen Jahren verstorben ist. Das ist nämlich das Ermittlungsergebnis, zu dem die Sondereinheit der Polizei damals vor sechzig Jahren gekommen ist, auch wenn dir diese Akten nicht vorliegen mögen. Johan Lönn ist als junger Mann verschieden, darauf deutete alles hin, und selbst wenn es jetzt, in eurem Fall, Hinweise darauf gibt, dass sich damals die Ermittler geirrt haben könnten und Johan Lönn tatsächlich in einem Winkel im småländischen Wald weitergelebt haben sollte, dann hat es trotzdem nichts mit Hildegard Hedingks zu tun. Deshalb appelliere ich an deinen gesunden Menschenverstand: Wie ich deinen Akten entnehmen konnte, bist du eine begabte Ermittlerin und eine gute Führungspersönlichkeit, Ingrid. Lass die Toten ruhen und einer alten Frau ihren Frieden. Sie hat ihre Aussage gemacht, mit Anwalt und Notar. Belassen wir es also dabei!«

Er lächelte immer noch. Edman verzog sein Gesicht ebenfalls zu einer Fratze, die wohl freundlich gemeint sein und gleichzeitig ein »Es ist für alle besser so« zum Ausdruck bringen sollte. Nyström spürte das Blut in ihren Ohren rauschen. Jetzt sprach Edman, aber sie hörte ihn nicht. Sie sah nur, wie sich sein Mund bewegte. Wie ein Fisch in einem Aquarium. Oder ein Koikarpfen in einem Bassin, dachte sie.

Sie nickte vage, stand auf und verließ den Raum.

Viel später, als sie ihre Worte wiedergefunden hatte und lange Gespräche mit Anders und Gunnar Berg darüber geführt hatte, wurde ihr klar, dass sie in dieser Stunde nach der Unterhaltung mit Edman und Iverus, in der sie auf dem Parkplatz zwischen den Schneeresten in ihrem Toyota gesessen hatte, kurz davor gewesen war, die Ermittlung hinzuwerfen oder den ganzen Job. Sie starrte lange ihr verschwommenes Spiegelbild in der Scheibe der Fahrertür an und dachte über das nach, was sie eben zu hören bekommen hatte. Über ihr Selbstverständnis als Polizistin, über ihren Anspruch, der Gerechtigkeit zu dienen, Unrecht aufzuklären, mitzuhelfen, die schwedische Demokratie zu gestalten. Aus irgendeinem Grund hallten die Worte des verrückten Österreichers Joachim Haber in ihrem Kopf.

Willkürstoot.

Hatten seine obskuren politischen Phrasen vielleicht doch einen wahren Kern? Gab es in Schweden Menschen, die sich nicht wie alle anderen ans Recht halten mussten? Die Macht und Einfluss hatten, rechtsstaatliche Vorgänge, polizeiliche Ermittlungen zu ihren Gunsten zu manipulieren? Sie drückte ihre Stirn an die kühle Scheibe und schloss die Augen.

6

Sie gingen gemeinsam zum Bahnhof, ohne dass ein Wort fiel. Es fühlte sich gut an, neben ihm zu gehen, im Gleichschritt, aber es war diese Art von Wohlgefühl, das man hatte, wenn man Fotos aus glücklichen Tagen anschaute. Sie blieb allein, wie sie es beschlossen hatte, eine Entscheidung, gegen die Sebastians Einwände nichts ausrichten konnten. Auch wenn sie sein Besuch berührte. Zum Abschied legte sie ihre Hände auf sein Gesicht, als könne das den Schmerz betäuben. Sebastian weinte lautlos. Dann machte er sich von ihr los und stieg ein. Die Türen schlossen sich knarrend. Der Zug fuhr an, nahm Fahrt auf und verschwand in der Nacht.

7

Nyström kam wieder zu sich, als jemand fest gegen die Scheibe klopfte. Hinter dem Glas erkannte sie Forss' Gesicht. Sie deutete mit dem Kopf auf die Beifahrertür. Ihre Kollegin ging um das Auto herum und stieg auf der anderen Seite ein. Nyström schlug der Geruch von Alkohol entgegen. Forss nahm ihre Mütze vom Kopf.

»Ist alles in Ordnung?«

»Mmh. Und mit dir?« Forss' Worte klangen weich, abgerundet an den Kanten.

Nyström überlegte einen langen Augenblick. Schließlich erzählte sie ihr, was in Edmans Büro vorgefallen war. Forss sah sie lange an. Nyström fragte sich, ob sie betrunken war. Der Alkoholgeruch war stark. Und sie roch noch etwas anderes, etwas sehr Körperliches.

»Wow«, sagte Forss endlich.

»Ist das alles, was dir dazu einfällt?«

»Ich weiß nicht. Hast du vor, dich zu beugen?«

»Nein! Natürlich nicht! Was glaubst du denn?«, rief Nyström empört. Der Körpergeruch, der von Forss ausging, erfüllte jetzt den ganzen Wagen.

»Dann scheißen wir darauf«, sagte Forss. Nachdem sie sich ihre Pudelmütze über die widerspenstigen dunklen Locken gezogen hatte, klopfte sie Nyström noch einmal auf die

Schulter, öffnete die Wagentür und stieg aus. Hinter ihr fiel die Tür ins Schloss.

Nyström wiederholte die Worte langsam und leise.

»Dann scheißen wir darauf.«

8

Maria wachte auf. Es war dunkel in Loves großem, leerem Haus. Love war noch immer fort, auf einer Fortbildung für Ärzte irgendwo im Norden des Landes. Die Geräusche der Nacht nahmen Gestalt an, rüsteten sich, schlichen durch die Winkel des Schlafzimmers. Draußen, im Sund, tutete ein Tanker oder eine der Fähren nach Finnland. Sie zitterte unter der Daunendecke, unter der drückenden Schwere ihrer Schuld, vielleicht war es auch noch der späte Schock oder die Angst. Trotzdem zwang sie sich dazu, zurückzudenken, in das Glashaus zu den Schmetterlingen. Sie fühlte, dass es notwendig war, selbst wenn Schuld und Angst ihre Erinnerung trübten. Sie musste zu dem Moment zurück, sie musste sich zwingen, sich zu erinnern, durch den Schmerz hindurch. Nur so konnte sie hoffen, die Ursache für die Todesangst zu finden, die seit Tagen in ihr wuchs.

FREITAG

1

Ihr Schwiegersohn Johnny war ein Idiot, so viel war klar. Daran konnte sie heute genauso wenig ändern wie vor fünfunddreißig Jahren, als Britt den unseligen Trottel geheiratet hatte. Ach, Britt ... Aber schließlich war es das Leben ihrer Tochter, und die musste ihre Entscheidungen selbst treffen. Und wenn Svea Holmgren etwas in ihrem einundachtzigjährigen Leben gelernt hatte, dann war es die Einsicht, dass man den unveränderlichen Dingen im Leben ihren Lauf lassen musste.

Dinge, auf die man dagegen Einfluss hatte, galt es sehr wohl in die Hand zu nehmen. Und das hatte Svea Holmgren gestern auch getan, nachdem sie das Bild in der Zeitung erkannt hatte. Sie war sich vollkommen sicher gewesen, sofort, egal wie lange es her war. Und trotzdem hatte sie das alte Schuljahrbuch aus der braunen Eichentruhe im Flur geholt und nachgesehen. Die Ähnlichkeit war in der Tat verblüffend. Eigentlich war das kein Wunder, denn es war ja keine *Ähnlichkeit*. Es war schlicht und einfach *derselbe* Mensch.

Sie hatte das Jahrbuch zugeklappt, abgestaubt, denn sie wollte keinen verlotterten Eindruck machen, es in Papier eingeschlagen und war mit ihrem Paket im Bus zur Polizeistation in Uppsala gefahren. Dort hatte sie eine Nummer aus dem Apparat an der Wand gezogen, gewartet, bis sie an der Reihe war, und einer Beamtin ihr Anliegen geschildert, lang und breit. Die Polizistin hatte freundlich genickt und gelächelt, ebenfalls lang und breit, und irgendwann damit begonnen, jede halbe Minute auf ihre Armbanduhr zu sehen. Gemacht hatte sie nichts. Sie werde sich dann melden, hatte sie gesagt. Aber wann war *dann*? Und wieso *melden*? Die Beamtin hatte sie überhaupt nicht ernst genommen. Sie hatte ihr Anliegen überhaupt nicht verstanden, die dumme Gans! Als wäre ich eine verkalkte Greisin, dachte Svea Holmgren. Verärgert war sie mit dem Bus nach Hause gefahren, hatte sich einen Kaffee gemacht und dazu ein Schälchen mit eingemachten Birnen gegessen. Dann hatte sie ihre Tasche gepackt, denn morgen würde sie zur Taufe ihres Urenkels nach Schonen fahren, nach Baskemölla bei Simrishamn. Eine achtstündige Fahrt, hatte Johnny gesagt, da brauchen wir einiges an Sitzfleisch. Was für ein blöder Ausdruck, Sitzfleisch! Er war und blieb einfach ein Idiot!

Jetzt saß er vorne am Steuer neben Britt, und sie saß hinten im Fond des Autos und hatte ihre Handtasche auf dem Schoß, und in dieser Handtasche war ihr Paket. Sie hatte einen Plan gefasst. Wenn sie schon mit dem Auto bis nach Südschweden fuhren und sie wahrscheinlich eine Thrombose vom stundenlangen Sitzen bekam, konnten sie genauso gut einen kleinen Abstecher riskieren. Und mehr als eine Stunde würde es nicht dauern. Sie hatte sich die Karte in dem alten Motormännen-Atlas ihres verstorbenen Gustav genau angesehen. Und was war schon eine Stunde? Sie fand, das war sie Henrik schuldig. Auch wenn das alles Ewigkeiten her war.

In Nyköping sprach sie zum ersten Mal von der Möglichkeit, einen kleinen Umweg zu machen, und als sie Norrköping passierten, griff sie es wieder auf. In Linköping sprach sie wilde Drohungen aus. Und in Jönköping knickte Johnny schließlich ein. Svea Holmgren war eine beharrliche Frau.

2

Auch in dieser Nacht hatte Nyström nicht länger als fünf Stunden geschlafen. Sie spürte, dass Resignation an ihr fraß wie Säure. Sie dachte an den Branntkalk in Frosts Gesicht und in seiner Lunge. An das, was die Säure mit seinen Augen und seinen Atemwegen gemacht hatte. Dann schluckte sie und schenkte sich einen Tee ein. Sie wollte nicht von innen zerfressen werden. Weder von Säure noch von ihrer Frustration, dagegen würde sie ankämpfen, auch wenn das bedeutete, noch einmal ganz von vorne zu beginnen. Auf keinen Fall würde sie sich von den Drohungen dieses Iverus einschüchtern lassen. Und erst Edman, diese rückgratlose Laus! Ob er es gewagt hätte, sich Gunnar Berg in den Weg zu stellen? Sie hatte da so ihre Zweifel.

Im Büro stapelte sie die gesamten Ermittlungsunterlagen

vor sich auf der Schreibtischablage und ging das Material Seite für Seite durch. Sie schrieb eine Liste, notierte alle Namen, die bisher in der Ermittlung aufgetaucht waren.

FREDERIK AXELSSON
MONA WEDÉN
MARIANNE WETTERGREEN
GUDRUN UND HOLGER ERLANDSSON
MELIN DOHUK
JOACHIM HABER
JOHAN LÖNN
HILDEGARD HEDINGKS
BENNY CARLSSON ALIAS GINO
EVERT JOHANSSON
KARIN UND HELGA ENGBLOM

Mit all diesen Menschen würden sie sich noch einmal unterhalten müssen, und zwar in einem Verhörzimmer und in einem anderen Ton. Vor allem mit Hildegard Hedingks, ganz egal, was Edman und Iverus dazu meinten. Dann stand sie auf und rief ihre Mitarbeiter zusammen. Es stand ihnen ein Wochenende mit einer Menge Überstunden, viel Kaffee und noch mehr schlechter Laune bevor.

3

Die zündende Idee war Lars Knutsson schließlich am Abend gekommen. Nach dem Abendessen hatte er sich aufs Sofa gelegt und zwei Folgen seiner Lieblings-TV-Serie geschaut.

Es ging um einen Spezialagenten, der einen Anschlag auf den amerikanischen Präsidentschaftskandidaten verhindern musste, während die Attentäter seine Frau und seine Tochter entführten. Die einzige Person, der er trauen konnte, schien seine attraktive Arbeitskollegin zu sein.

Vor dem Einschlafen hatte sich Knutsson vorgestellt, er wäre kein Polizist in Schweden, sondern der amerikanische Spezialagent. Er wäre richtig geschickt mit dem Computer und hätte diese ganzen Satellitenbilder zur Verfügung und würde alle naselang Telefongespräche zurückverfolgen und Verdächtige verhaften. Er würde Passwörter knacken und Codes dechiffrieren und Quadranten überwachen. *Quadranten*. Allein der Klang des Wortes war schon vielversprechend. Und da hatte er die Idee. Auch wenn er nicht alles genau begriff, was in der Serie an technischem Kram passierte, so hatte er doch genug verstanden, um zu erfahren, dass es mit der entsprechenden Legitimation möglich war, bei Mobilfunknetzbetreibern herauszufinden, wer zu einer bestimmten Uhrzeit in einem bestimmten Gebiet, einem sogenannten Quadranten, ein Handy benutzt hatte. Natürlich hatten sie die Verbindungen von Frosts Festnetzanschluss überprüft und herausgefunden, dass es keine auffälligen Telefonate gegeben hatte. In der Woche vor seinem Tod hatte der alte Mann lediglich mit seinem Freund Axelsson, dem Pflegedienst und einem Schmetterlingszentrum in Stockholm gesprochen. Aber was, wenn der Täter kurz vor oder nach der Tat telefoniert hätte, von einem Handy aus? Er hätte einen Komplizen anrufen können oder ein Taxi oder weiß der Himmel wen. Heutzutage telefonierte doch jeder wild durch die Gegend, zu jeder Tag- und Nachtzeit. Warum also nicht auch der Mörder? Je länger er darüber nachdachte, desto plausibler erschien ihm seine Theorie. Und warum sollte er nicht einmal ein bisschen Glück haben? Vielleicht hatte der Täter wirklich den einen, alles entscheidenden Fehler gemacht! Und er, Lars Knutsson, der Mann, der Probleme damit hatte, einen E-Mail-Anhang zu öffnen, würde ihm auf die Schliche kommen, durch List und technisches Know-how! Wie ein Spezialagent.

4

Im Laufe des Nachmittags war es Nyström gelungen, ihren Aktionismus auf die Ermittlungsgruppe zu übertragen. Das Team war zwar von der Aussicht genervt, das ganze Wochenende zu arbeiten, aber ihre aus der Not heraus geborene Überlegung, sämtliche Personen, die bisher in der Untersuchung aufgetaucht waren, noch einmal zu verhören, sorgte auch für eine spürbar positive Energie, besonders Delgado und Hultin schienen froh zu sein, sich mit etwas Konkreterem als Internetrecherche oder Aktendurchsicht beschäftigen zu dürfen. Als zusätzliche Motivierungsmaßnahme hatte sie eine gemeinsame Filmvorführung organisiert: Sie sahen sich eine Videoaufzeichnung von Frost an, die im Stockholmer Schmetterlingshaus wenige Tage vor seiner Ermordung aufgenommen und Nyström heute zugeschickt worden war. Wie sie von Frederik Axelsson erfahren hatten, hatte Frost in Stockholm regelmäßig Vorträge gehalten. Der Film besaß eine gewisse Morbidität. Der Mann, dessen grausamen Tod sie seit fast einer Woche untersuchten, sprach aus der Vergangenheit zu ihnen. Trotzdem konnte es nicht schaden, wenn sie sich alle ein vollständigeres Bild von Frost machten.

Wie hatte er ausgesehen?

Wie hatte er gesprochen?

Wie hatte er sich bewegt?

Nyström fand, dass der Mann trotz seines fortgeschrittenen Alters einen vitalen, ja kräftigen Eindruck machte. Er hielt sich zwar während des einstündigen Vortrags an seinem Stehpult fest, aber immerhin stand er ohne Pause und sprach, ohne auf seine Notizen sehen zu müssen, mit fester, klarer Stimme. Auch wenn das Thema sehr speziell war, war seine Vorlesung unterhaltsam und pointiert, Melchior Balthasar Frost war ein Mann mit Witz und Geisteskraft gewesen. Sie wusste nicht, warum, aber es fiel ihr schwer, sich ihn mit Perücke und Kleid vorzustellen. Sie verdrängte den Gedanken, obwohl sie wusste, dass das vielleicht falsch war, dass sie wegen dieses Abwehrreflexes vielleicht etwas Wesentliches übersah. Von einem englischen Akzent fiel ihr nichts auf. Frosts Schwedisch war ausgezeichnet, es hatte sogar eine regionale Färbung.

Es war merkwürdig, sollte sie später denken, dass es ausgerechnet dieser Moment war, in dem die ganze Ermittlung kippte und in eine völlig andere Richtung taumelte, genau dieser Moment, in dem sie über Frosts Sprachmelodie und Klang nachdachte.

Die Tür öffnete sich, und Per Rydberg, der junge Beamte vom Empfang, trat in das Besprechungszimmer, gefolgt von einer sorgfältig frisierten älteren Frau. Er stellte sie als Svea Holmgren vor und betonte, dass er den Eindruck habe, die Dame könne etwas Wichtiges zum Fall Frost beitragen. Dann war Rydberg wieder weg. Nyström war über die Unterbrechung verärgert, Delgado hatte den Film gestoppt. Alle starrten die kleine, alte Frau an, die etwas verloren im Raum stand. Schließlich besann sich Nyström auf ihre Höflichkeit. Sie stand auf und gab Svea Holmgren die Hand.

»Ich bin Ingrid Nyström und leite die Ermittlung. Am besten, wir gehen in mein Büro.«

Nyström bot ihr einen Platz und eine Tasse Tee an, Holmgren setzte sich, behielt aber ihren Mantel an und ihre Handtasche auf dem Schoß, sie wirkte wie jemand, der es eilig hat und der gleich zur Sache kommen will.

»Ich habe gestern in der Zeitung von dem seltsamen Mordfall hier in Växjö gelesen, vom Tod des Schmetterlingszüchters. Und da bin ich gleich bei uns zur Polizei in Uppsala gegangen, aber man wollte mir nicht glauben. Ich hoffe, du hast ein offeneres Ohr. Denn ihr macht einen entscheidenden Fehler!«

»Was wollten sie dir bei der Polizei in Uppsala nicht glauben? Was machen wir für einen Fehler?«, fragte Nyström.

»Nun, in der Zeitung stand, dass der Ermordete Balthasar Frost heißt und aus England stammt. Aber das ist falsch. Der Mann heißt Henrik Larsson und kommt aus Uppsala.«

Nyström sah die alte Frau vor ihr lange an. Sie wirkte nicht wie eine Irre. Und sie schien ernsthaft an das zu glauben, was sie sagte.

»So. Henrik Larsson. Aus Uppsala. Und wie kommst du darauf?«

»Na, weil ich ihn auf dem Foto in der Zeitung erkannt habe!«, antwortete Holmgren mit Bestimmtheit.

»Henrik Larsson aus Uppsala?«

»Genau, Henrik Larsson aus Uppsala. Wir sind gemeinsam zur Schule gegangen, auf das Gymnasium. Er war ein Ass im Biologieunterricht und damals schon sehr an Insekten interessiert. Die Mädchen haben ihn manchmal Heuschrecken-Henke genannt. Aus Spaß natürlich, er konnte gut mit uns Mädchen.«

»Ach so. Und du bist dir vollkommen sicher, dass unser toter Schmetterlingsforscher dein Heuschrecken-Henke ist?

Dass wir alle uns irren? Die Behörden, die Polizei, die Freunde von Frost?«

Nyström ließ ihre Worte einen Moment lang wirken, dann fuhr sie fort.

»Sag mal, wie lange hast du denn deinen Henrik vom Gymnasium eigentlich nicht gesehen?«

Die kleine Frau überlegte nicht lange.

»Das kann ich dir genau sagen. Er ist 1944 aus Uppsala weggezogen, kurz nach seinem Schulabschluss, weil er zum Studieren nach Stockholm gegangen ist. Ökonomie und Politik, trotz seines Interesses an Biologie. Damit kann man keine müde Mark verdienen, hat er gesagt. Im selben Jahr sind seine Eltern bei einem Hausbrand ums Leben gekommen. Ich war bei der Beerdigung damals, es war eine fürchterliche Tragödie. Das war das letzte Mal, dass ich ihn gesehen habe. Im Winter 1944 war das.«

»Aha. Im Winter 1944.«

Nyström rechnete nach.

»Vor mehr als 65 Jahren also. Und du glaubst nicht, dass sich dein Henrik in dieser langen Zeit verändert haben kann? Überleg mal, das ist mehr als ein halbes Jahrhundert her! Du warst damals ein junges Mädchen!«

»Oh ja, das war ich in der Tat.« Svea Holmgren lachte auf, dann wurde sie wieder ernst.

»Aber was sein Aussehen angeht, da bin ich mir sicher. Sie haben ja ein altes Foto abgedruckt in der Zeitung. Und hier, sieh mal, ich habe ein Jahrbuch von unserer Schule mitgebracht. Schau dir das Foto einmal an.«

Sie reichte Nyström ein in Leder gebundenes, großformatiges Buch über den Schreibtisch.

»Schlag es dort auf, wo das Lesezeichen steckt.«

Nyström blätterte die vergilbten Seiten um. Das Papier roch nach Keller. Der junge Mann, der ihr von der Porträtaufnahme einnehmend und selbstsicher entgegenlächelte, hatte in der Tat eine gewisse Ähnlichkeit mit den älteren Fotos von Balthasar Melchior Frost in dem Album, das Forss in der Schreibtischschublade des Toten gefunden hatte. Doch was hatte das zu bedeuten? Eine vage äußerliche Übereinstimmung mit einem Mitschüler, der vor langer Zeit weggezogen war? Die Erinnerung einer sehr alten Frau an eine gute Note in Biologie oder an ein Referat über Heuschrecken?

Unter seinem Foto im Jahrbuch stand sein Name: Henrik Larsson. Und ein Zitat von Charles Darwin:

Es geht aus dem Kampf der Natur, aus Hunger und Not, unmittelbar die Lösung des höchsten Problems hervor, das wir zu fassen vermögen, die Erzeugung immer höherer, vollkommener Wesen.

Eine ungewöhnliche Zitatauswahl für einen Schüler, ging Nyström durch den Kopf. Sie dachte einen Moment nach, dann sah sie wieder zu Svea Holmgren hinüber.

»Weißt du denn, was aus deinem Henrik geworden ist, nachdem du ihn bei der Beerdigung seiner Eltern zum letzten Mal gesehen hast?«

»Na, er ist nach Stockholm zurückgefahren, zum Studieren nehme ich an.«

»Und dann?«

Ihr Blick hatte sich verändert. Man sah ihr an, dass sie auf eine ferne Erinnerung gestoßen war.

»Das war das Letzte, was ich von ihm gehört habe.«

»Kanntest du ihn näher?«, fragte Nyström.

»Ich war drei Jahre lang unsterblich in ihn verliebt! Meinst du, ich hätte ihn sonst in der Zeitung wiedererkannt? Nach fünfundsechzig Jahren?«

Nyström musste schmunzeln.

»Und, war es eine glückliche Jugendliebe mit euch beiden?«

»Ach, wo denkst du hin, natürlich nicht! Bei Henrik konnte keins von uns Mädchen landen. Auch wenn er es damals vielleicht selbst noch nicht wusste, aber er war – wie sagt man heute? – vom anderen Ufer. Das war uns allen so klar wie Kloßbrühe!«

5

Der Dschinn hatte ein Gesicht wie aus *Tausendundeiner Nacht*, ein schönes, ein arabisches Gesicht. Schön, aber böse. Er kannte es, da war er sich sicher. Nur wo hatte er es schon einmal gesehen?

Er saß lange an seinem Computer in der Nacht, es gab Arbeit aufzuholen. Drei Arbeitstage hatte er verpasst, das war nichts, was ihn finanziell ruinierte, aber er würde es am Ende des Monats merken, die Versicherungsbranche war ein undankbarer Beruf. Andererseits, wer viel tat, kassierte auch viel. Und man konnte zu Hause arbeiten, am Rechner, am Telefon. Ohne Kollegen, ohne jemanden *berühren* zu müssen.

Doch viel empfindlicher als die drei fehlenden Arbeitstage traf ihn das, was er nicht bekommen hatte, das, was er nicht gefunden hatte und was ihm doch zustand.

Was würden die Leute bei der *WFCC* denken? Was würde aus seinem *Titel*?

Er saß über seine Zahlen und Buchstaben gebeugt und schwitzte. Vielleicht war es das Fieber, das zurückkam, auch wenn er nur noch einen schwachen Schmerz in seinem Bauch spüren konnte. Zahlen und Buchstaben, immer wieder, alles drehte sich darum. Wieder musste er an das dunkle Gesicht denken. Die Zeitungen hatten nur von dem toten Alten geschrieben. Das dumme Schwein, er war ja selber schuld! Warum hatte er nicht einfach gehorcht, wie all die Jahre zuvor? Warum hatte er sich mit einem Male verweigert? Also geschah es ihm recht. Die Frage war, was die Frau bei der alten Tunte gewollt hatte.

Woher war sie so plötzlich gekommen?

Und wo war sie jetzt?

Mit einem plötzlichen Aufschrei wischte er die Tastatur des Computers an die Wand. Polternd fiel sie zu Boden. Ihm standen Tränen in den Augen. Vater, dachte er, wo bist du, wenn ich dich brauche?

6

Henrik Larsson. Ein junger, homosexueller Student, der sich für Insekten interessierte. Der Politik und Wirtschaft studierte. Sie betrachteten das Foto in dem Jahrbuch. War Balthasar Frost in Wirklichkeit ein anderer Mann? Ein Henrik Larsson aus Uppsala? Jemand, der hieß wie der berühmteste Fußballer Schwedens? Nyström dachte daran, dass Frost nicht den Hauch eines englischen Akzents gehabt hatte, und daran, dass sie seine Sprachmelodie und Aussprache an etwas erinnert hatten. Jetzt wusste sie, woran: an ihre Freundin Kerstin. Kerstin war in Knivsta aufgewachsen. Das lag bei Uppsala.

»Und erinnert ihr euch noch daran, was ich über Frosts Beginn seiner Karriere als Aktienspekulant erzählt habe?«, fragte Hultin. »In den ersten Jahren hat er nur in Holz und Sägewerke und solche Dinge investiert. Das waren ausschließlich schwedische Unternehmen, das hätte damals doch kein junger Engländer getan, der gerade erst ins Land gekommen ist und überhaupt keine Ahnung von diesen Unternehmen hat.«

Delgado erinnerte sich an die Abweichungen bei Frosts Geburtsdatum, das im schwedischen Register ein anderes gewesen war als in England. Sie sahen nach. In der Tat stimmte das Datum aus Frosts Personalausweis mit den Angaben aus Holmgrens altem Jahrbuch überein. Das war ein Zufall zu viel.

Nyström sprach es aus: »Ich glaube, wir müssen uns mit dem Gedanken anfreunden, dass Frost, also, dass dieser Larsson alle geleimt hat, mehr als sechzig Jahre lang. Er muss irgendwann zwischen seinem Verschwinden nach Stockholm und seinem Auftauchen in Karlskrona 1949 seinen Namen geändert und eine neue Identität angenommen haben, die Identität eines Mannes, den es nach den Auskünften der britischen Behörden ja wirklich gegeben hat.«

»Balthasar Melchior Frost.«

»Was Larsson behalten hatte, war sein richtiges Geburtsdatum. Wir können nur annehmen, dass das einer Sentimentalität zu verdanken ist.«

»Vielleicht wollte er irgendetwas von seinem alten Leben behalten?«, mutmaßte Hultin.

»Irgendwo muss Larsson zwischen 1945 und 1949 an die Ausweispapiere des Briten gekommen sein, um sich dann mit diesen Papieren ein neues Leben aufzubauen. Warum auch immer.«

»Waren wir so blind?«, fragte Nyström. »Hat es die ganze Zeit vor uns gelegen, und wir waren zu blöd, es zu bemerken?«

»Nein, Ingrid! Wenn er es geschafft hat, über sechzig Jahre lang sämtliche Behörden zu täuschen und sogar sein Geburtsdatum zu manipulieren, kann niemand erwarten, dass wir ihm sofort auf die Schliche kommen«, sagte Knutsson.

»Er hat seine Spuren perfekt verwischt, und hätte es nicht den Mord gegeben und diese hartnäckige Jugendfreundin, dann wäre Larssons Geheimnis wohl nie entdeckt worden.«

»Ich weiß nicht, ich kann das irgendwie alles noch nicht glauben«, meinte Hultin.

Delgado sagte: »Für mich stellt sich die Frage nach dem Warum! Warum setzt ein Mann so viel daran, seine Identität auszulöschen und als jemand anderes weiterzuleben?«

»Weil er nicht gefunden werden will«, sagte Forss schließlich. »Das muss der Grund sein. Er versteckt sich.«

»Aber was kann ...«, setzte Delgado an. Doch er brachte seine Frage nicht zu Ende. Die Tür des Besprechungsraumes ging auf. Göran Lindholm kam herein, in der Hand hielt er ein Blatt Papier.

»Ich habe den Ausdruck aus dem Register. Irgendwo gab es Probleme mit dem Server, deswegen hatte ich nicht sofort Zugriff.« Er atmete schnell, so als sei er die Treppe hochgerannt.

»Ein Henrik Larsson kommt am 28. August 1926 als einziges Kind von Erik und Anna Larsson, geborene Bachman, in Uppsala zur Welt. Der Vater ist Bankangestellter, die Mutter Krankenschwester. Sie kommen 1944 ums Leben. Im selben Jahr macht Henrik seinen Schulabschluss und schreibt sich in Stockholm zum Studium ein.«

»Politik und Ökonomie?«

»Keine Ahnung, steht hier nicht. Aber jetzt kommt's: Nach den offiziellen Angaben verstirbt unser Henrik Larsson am 17. September 1948.«

»In Stockholm?«

»Nein.« Göran Lindholm sah in die Runde. »In Jerusalem.«

7

Benny Carlsson war in einer merkwürdigen Stimmung, daran änderte auch das dritte Glas Gin Tonic nichts. Im Gegenteil, die Schwermütigkeit, die sich seit der Nachricht von Frosts Tod auf sein Herz gelegt hatte, drückte ihn zunehmend. Verdammt, was hatte er den alten Narren gerne gemocht, und das, obwohl zwischen ihnen nie etwas gelaufen war, wenn man mal von diesem einen verschwitzten, betrunkenen Kuss in der Garderobe im Varieté-Theater in Malmö absah. Silvester 1976 war das gewesen – wie die Zeit verging. Da war er zwanzig gewesen, heute war er mit Abstand der älteste Spieler des Altherrenteams von Östers IF. Und Frost? Er war seinem Johan so unglaublich treu gewesen. Was für eine Verschwendung! Und jetzt war er tot, ermordet, wahrscheinlich von irgendeinem Schwule hassenden Schwein! Und das, obwohl er sich sein Leben lang versteckt hatte. Wie bitter und wie ungerecht. Benny Carlsson mischte sich einen vierten Gin Tonic. Prost, auf Frosty!

Aber neben seiner Trauer und Wut und Sentimentalität war da noch etwas. Benny Carlsson war nicht nur schwermütig, sondern gleichzeitig aufgekratzt und unruhig. Und das hatte begonnen, als er vorgestern bei der Polizei gewesen war. Etwas ganz hinten in seinem Kopf alarmierte ihn. Aber er kam nicht darauf, was es war.

8

Ingrid Nyström fiel es schwer, sich an diesem Abend auf das Essen zu konzentrieren. Ihr gingen andere Dinge durch den Kopf. Frost war offensichtlich nicht Frost, sondern ein Henrik Larsson aus Uppsala. Obwohl Henrik Larsson vor mehr als sechzig Jahren gestorben war. Wie passte das zusammen?

Ein junger Mann zieht nach seinem Schulabschluss 1944 von Uppsala nach Stockholm und beginnt ein Studium. Seine Eltern sterben, er bricht alle Kontakte ab. Vier Jahre später kommt er in Jerusalem ums Leben. Und einige Monate nach seinem Tod taucht er in Karlskrona wieder auf, als Balthasar Melchior Frost. Er beginnt ein neues Leben. Mit seinem Freund Johan Lönn, einem jungen, schwulen Mann aus besten Stockholmer Kreisen. Ein homosexuelles Paar, das gemeinsam alt wird. Bis Johan in den Neunzigerjahren stirbt. Und Henrik Larsson gefoltert und ermordet wird, in Småland, in einem Glashaus voller Schmetterlinge.

»Oma hat Zaziki am Kinn!«

Der kleine Marcus lachte und zeigte mit dem Finger auf sie. Jetzt lachten auch seine Geschwister, Elise und Thea. Und Jonna, die Cousine. Und Hampus, Jonnas Brüderchen. Dabei hatte Hampus selbst Essen im Gesicht, aber das zählte nicht, denn Hampus war erst ein Jahr alt. Jonna war drei, Elise und Thea, die Zwillinge, waren vier, und Marcus war seit heute sechs. Und das war der Grund, warum sich die ganze Familie im *Akropolis* versammelt hatte. Nyströms Mutter Gullan, ihr Mann Anders, die Töchter Marie, Anna und Sophie und die fünf Enkel. Sie hatten für Marcus Geburtstagslieder gesungen, und es hatte Geschenke gegeben: einen Hockeyschläger und einen Hockeytorwarthelm, einen *Spiderman*-Schlafanzug und eine DVD, *Ice Age 3*. Nicht zu vergessen die selbst gemalten Bilder der Zwillinge.

»Na, Marcus, also bitte!«, sagte seine Mutter Marie.

»Man zeigt nicht mit dem nackten Finger auf angezogene Leute«, krähte Elise.

»Aber er hat ja recht«, sagte Ingrid, »ich esse wie ein Ferkel.«

Die Mädchen kicherten.

»Außerdem ist heute sein Geburtstag, da darf man auch mal mit dem Finger auf Leute zeigen, vor allem, wenn sie Essen im Gesicht haben. Oder, Marcus?«

Marcus nickte heftig. Marie warf ihr einen genervten Blick zu. Misch dich nicht in meine Erziehung ein, sollte das heißen. Und damit hatte sie im Grunde recht. Aber ihr tat Marcus leid. Es war jetzt der sechste Geburtstag, den sie miteinander feierten, und es war das sechste Mal, dass sein Vater nicht dabei war. Leif war Ingenieur und arbeitete auf einer Bohrinsel in Norwegen. Was nicht automatisch bedeutete, dass er zu Hause war, wenn er nicht arbeiten musste. Das war allerdings ein ganz anderes Thema und gehörte mit Sicherheit nicht an den Geburtstagstisch von Marcus. Obwohl es auffällig war. Denn es war nicht nur Leif, der fehlte. Sophies Mann, also Sophies Exmann, Erik, war schon Monate vor Jonnas Geburt aus dem Blickfeld der Familie verschwunden und hatte Sophie außer einer ungeborenen Tochter nur seinen Nachnamen und ein halb fertig gebautes Haus in Hovshaga hinterlassen. Und Hampus' Vater ... aber das war nun wirklich ein anderes Thema.

Ja, und dann war da Anna, ihre jüngste Tochter. Anna würde im Sommer zwanzig werden und hatte überhaupt noch keinen Freund gehabt. Jedenfalls soweit Ingrid das wusste. Warum eigentlich nicht? Anna war doch hübsch mit ihrem fein geschnittenen Gesicht und dem sportlichen Körper. Intelligent und kontaktfreudig war sie auch, das hatte sie von Anders. Nur ihre Haare! Wenn sie endlich einmal diese fürchterliche Frisur ändern würde!

Drei Töchter hatte sie. Und keine hatte eine funktionierende Beziehung. Es war auffällig. Aber woran lag es? Anders war ein guter Vater gewesen, war es immer noch. Er liebte seine Töchter, und seine Töchter liebten ihn. Er war jederzeit da gewesen, wenn sie ihn brauchten, soweit das sein Amt als Pastor zugelassen hatte, jedenfalls. Gut, sie hatten keine geregelten Wochenenden gehabt wie andere Familien und keine drei Wochen Badeurlaub an der Costa Brava, aber sie hatten als Familie funktioniert und zusammengehalten.

Oder lag es daran, dass sie selbst zu wenig zu Hause gewesen war in all den Jahren? War es ein Fehler gewesen, dass sie sich für einen so zeitaufwendigen Beruf entschieden hatte, wenn schon ihr Mann eine Sechzigstundenwoche hatte? Hätte sie sich damals nicht um die Aufnahme an der Polizeihochschule bewerben sollen, wo sie doch bereits wusste, dass sie Kinder haben wollte? Hätte sie vielleicht lieber als Bürokraft arbeiten sollen, oder als Kindergärtnerin mit einer halben Stelle? Aber was hätte das für ihr eigenes Glück bedeutet, für die Verwirklichung ihrer Lebensziele?

»Darf es bei euch noch etwas sein?«

Lächelnd war die Kellnerin an ihren Tisch getreten. Marcus wollte eine Cola, was Marie nicht erlaubte, Geburtstag hin oder her. Sie einigten sich auf Fanta. Natürlich wollten die Zwillinge jetzt auch Fanta. Marie zog die Stirn in Falten. Wenn die Kinder abends noch so viel Zucker bekamen, würde es wieder die halbe Nacht Remmidemmi geben. Jonna wollte nichts mehr trinken, Anna und Sophie blieben bei ihrem Wasser. Anders bestellte noch ein alkoholfreies Bier.

»Ich nehme einen Ouzo, bitte«, sagte Ingrid Nyström.

9

Im Hotel hielt Forss es nicht aus. Er war noch da, der Schmerz, in den Laken und Kissen, auf den Innenseiten ihrer Oberschenkel, in ihren Händen. Sie dachte an die Wohnung in Friedrichshain, die jetzt nur noch seine Wohnung war. Die Abende in der russischen Bar um die Ecke. Wenn sie zusammen getrunken hatten, war alles gut gewesen, eine Weste ohne Flecken, ihre Seele brauchte das. Die Russen hatten volles Verständnis, sie hatten das Leben begriffen, deswegen mochte sie diese Bar. Dass sie nicht mehr dort war, dass Sebastian für immer weg war, das hinterließ ein Loch in ihr, dessen Tiefe sie zwar begriff, aber nicht fühlte, denn wie sollte sie sich jemals trauen, das Fühlen zulassen, wenn schon das Begreifen so schmerzhaft war?

Sie nahm noch einen Schluck aus der Wodkaflasche, dann stellte sie sich unter die Dusche. Hinterher zog sie sich an und schminkte sich. Bevor sie Delgado im *Café de Luxe* traf, ging sie spazieren. Aus dem Hotel heraus über den Oxtorget, am Imbiss vorbei und an der Polizeistation. Die rote Laterne vom Poliskontor schaukelte im Abendwind. Mild, dachte Forss, ein milder Wind streicht mir mit seinen sanften Fingern durch das Gesicht. Es fühlte sich wirklich so an. Personifikation heißt das, dachte sie. Ich personifiziere meine Sinneseindrücke. Das liegt am Wodka.

Sie bog ab in die Sandgärdsgatan, ging zunächst Richtung Dom und dann rechts, unter der Eisenbahnbrücke durch, auf den Växjösee zu. An der Uferpromenade, beim Vereinshaus der Antialkoholiker, blieb sie stehen und sah über das schwarze Wasser, das in der Dunkelheit funkelte. Irgendwo weit hinten, am anderen Ufer konnte man Schloss Teleborg erahnen und auch die Gebäude der Universität. Forss ging weiter, hielt sich links am Seeufer, passierte das Schwimmbad, dann die Psychiatrische Klinik. Der Weg führte immer weiter am Ufer entlang, umrundete den See schließlich. Vier Kilometer, zeigte ein Schild an. Obwohl es noch früh am Abend war, waren wenig Menschen zu Fuß unterwegs. Gelegentlich kamen ihr Jogger entgegen oder überholten sie, oder Spaziergänger mit Hunden. Einmal raste eine Traube Fahrradfahrer an ihr vorbei, junge Leute, die aus Richtung der Uni und der Studentenwohnheime kamen und in die Stadt fuhren. Auf Höhe der Tennisplätze verließ Forss die Promenade und bog in die Värendsgatan, dann links in die Södra Järnvägsgatan. Irgendwo dort musste sie auf die Fußgängerüberführung stoßen, die über die Gleise führte in Richtung Innenstadt. Beim Smålands Museum bog sie links ab, ging dann eine Treppe hinunter auf die Gleise zu. Das war falsch, denn nun stand sie auf dem Parkplatz eines Restaurants. Hier ging es nicht über die Gleise, der Übergang war dreißig Meter weiter östlich, sie hätte beim Museum rechts abbiegen müssen. Sie wandte sich um und ging wieder hinauf. Dort, wo die lange Treppe eine Biegung machte, blieb sie stehen und sah auf den Eingang des griechischen Restaurants. Moussaka hatte sie ewig nicht gegessen, ging ihr durch den Kopf. Die Tür des Restaurants ging auf, und eine Horde Kinder platzte heraus. Das größte von ihnen führte die Truppe an, es trug einen Eishockeyhelm und hatte einen entsprechenden Schläger in der Hand, mit dem es auf die leeren Blumenrabatten vor dem Restaurant einzudreschen begann. TONK! TONK! TONK! dröhnte es über den Parkplatz. Die Kleinen grölten. Die Tür ging erneut auf, und eine Gruppe Erwachsener trat in die Lichtkegel der Außenbeleuchtung. Zu ihrer Verwunderung erkannte Forss, dass Ingrid Nyström eine der fünf Personen war. Neben ihr stand ein großer Mann in einem Wollmantel, das musste wohl ihr Mann sein. Und die beiden Frauen um die dreißig, das waren vermutlich zwei ihrer Töchter. An ihre Namen erinnerte sich Forss nicht. Außerdem war noch eine alte Frau mit einem Rollator dabei. Die Gruppe der Erwachsenen stand jetzt neben dem Eingang. Forss hörte Lachen und Satzfetzen. Die Kinder jagten sich über den Parkplatz des Restaurants. Dann ging die Tür des Restaurants ein drittes Mal auf. Eine junge Frau in einer auffälligen, violett schimmernden Collegejacke trat zu den anderen. Sie hatte ihre hellen Haare zu zwei Zöpfen gebunden, deren Enden violett gefärbt waren. Wie ihre Jacke. Forss erkannte sie sofort: Es war die lesbische Punkerin, die sie vor einigen Tagen abends in dem englischen Pub am Nebentisch gesehen hatte. Die mit der Irokesen-Freundin, die Knutscherin.

Jetzt verabschiedete sich die Gruppe vor dem Restaurant mit vielen Umarmungen. Das Ende eines Familienabends. Für einen Moment sah Forss die Punkfrau noch einmal im Profil. Sie hatte ganz eindeutig Nyströms Züge: die lange, gerade Nase, die schmalen Lippen, die vollen Wangen. Dann drehte sie sich um, und die Gruppe zerfiel in drei Teile, die auf drei verschiedene Autos zusteuerten.

10

»Nimmst du noch eins?«, fragte Hugo Delgado.

Forss nickte. Delgados Rücken verschwand in einer Menschentraube vor dem Tresen. Der Laden war gefüllt, die Musik war laut: Velvet Underground, Ramones, Stooges. Klassiker. Freitagabendstimmung.

Delgado kam mit zwei Gläsern Bier zurück an den Tisch. Er hatte einen rot-blauen Schal um den Hals. Växjös Fußballmannschaft, hatte er erklärt, Östers IF. Klang wie ein Molkereiprodukt, fand sie, irgendetwas zwischen Milch und Käse. Aber das behielt sie für sich.

»Kann ich dich mal was fragen?«

»Klar.«

»Du und Anette ...«

»Alte Geschichte. Kurze Geschichte. War ein Fehler. Haben wir beide schnell eingesehen.«

»Und jetzt beharkt ihr euch?«

»Rückzugsgefechte. Außerdem ist sie politisch Rechtsausleger, auch wenn sie es anders formulieren würde. Ich bin in ihren Augen ein Einwanderer, auch wenn ich hier geboren bin. Dass sie überhaupt etwas mit mir angefangen hat, habe ich wohl schierer Verzweiflung zu verdanken. Ich glaube, sie hat Angst, als der letzte Single Växjös alt zu werden. Kinderlosigkeit passt nicht gerade in das Selbstbild der Leute hier und in ihres erst recht nicht. Jetzt läuft ihr die Zeit davon.«

Delgado grinste kurz.

»Bevor sie zur Polizei ging, war sie bei der Armee und in einer Leistungssporteinheit. Da war sie mit einem Offizier zusammen, der gleichzeitig ihr Trainer war. Der hat sie dann wegen einer anderen sitzen lassen, einer Bosnierin oder so was. Seitdem wählt sie die *Schwedischen Demokraten*. Lies dir mal durch, was die so zum Thema Einwanderung und Arbeitslosigkeit schreiben. Das sind Rechte, glasklar.«

»Deswegen dein *Sieg Heil*?«

»Ich ziehe sie auf. Sie ist ja kein Nazi, aber tendenziell xenophob. Prost!«

»Skål!«

Sie stießen miteinander an.

»Und du?«

»Ich was?«

»Du weißt schon, Beziehung und so. Gibt es da jemanden in Berlin?«

Stina Forss sah ihr Bier an. Wie die Kohlensäurebläschen in Ketten aufstiegen.

»Netter Laden hier, dieses *Café de Luxe*«, sagte sie.

Delgado räusperte sich.

»Nicht wahr? Oft sind unten im Keller Konzerte. Mando Diao haben hier gespielt. Und Isolation Years. Schwedenbands. Kennst du die?«

»Mando Diao, ja. Die anderen nicht.«

Dann fiel ihr etwas ein.

»Also ist das hier ein echter *Swedish Pub*.«

»Irgendwie schon. Nicht besonders traditionell, aber retro«, sagte Delgado.

Ja, retro, das passte. Die Fototapete mit dem Palmenbild war Siebziger-, die Tische und die Stühle Fünfzigerjahre. Wie in Frosts Wohnzimmer, dachte Forss.

»Frost«, sagte sie nach einer Weile, »Frost, der alte Fuchs. Er hat uns alle gelinkt.«

»Ja. Die Geschichte wird immer verworrener. Weißt du, was mir nicht aus dem Kopf geht?«

»Was?«

»Wenn Frost gar nicht Frost ist, sondern Henrik Larsson, was ist dann mit dem echten Frost passiert?«

Darüber hatte sie noch gar nicht nachgedacht. Was war mit dem echten Frost passiert, wenn Larsson seine Identität, seine Papiere übernommen hatte? Hätte er nach seiner Armeezeit sein Leben normal in England weitergelebt, dann hätten sie etwas über ihn in den britischen Registern finden müssen. Eine Adresse, ein Todesdatum, irgendetwas. Aber alles hörte mit seinem Eintritt in die Truppe auf. Und vom britischen Verteidigungsministerium hatten sie noch immer keine Antwort erhalten. Es gab ein Loch in seiner Biografie: den Zweiten Weltkrieg und die Jahre danach. Irgendwo in diesem Loch war der echte Balthasar Melchior Frost verschwunden, und irgendwie war Henrik Larsson aus diesem Loch herausgekrochen. Wie aus einem Fuchsbau.

»Sie müssen sich begegnet sein. Während des Kriegs. Oder kurz danach«, sagte Forss.

»In Schweden?«

»Vielleicht in Israel.«

»Warte mal, gab es da überhaupt schon Israel? Als Staat meine ich?«

»Seit 1948, glaube ich. Bis dahin war Palästina unter britischem Mandat.«

»Britisch?«

»Ja.«

»Sicher?«

»Ja.«

11

Anette Hultin trainierte wie jeden zweiten Abend in der Woche: Kondition, Intervallläufe, Weitsprung. Schließlich feilte sie noch eine Dreiviertelstunde an den Bewegungsabläufen fürs Speerwerfen. Am Sonntag standen Krafttraining und Kugelstoßen auf dem Programm, am Dienstag Hürdenlauf und dann wieder Sprints.

Das war das Problem, wenn man Siebenkämpferin war: Sobald sie in einer Disziplin an Boden gewann, verlor sie an anderer Stelle wieder wichtige Zentimeter oder Sekundenbruchteile. Im Grunde wusste sie bereits seit Wochen, dass es dieses Jahr wieder nicht reichen würde für die Qualifikation für die Landespolizeimeisterschaft. So wie im vergangenen Jahr und im Jahr davor. Aber nie war sie so knapp davor gewesen wie in dieser Saison. Sie hatte richtig Gas gegeben, über Monate hinweg. Sie hatte das Trainingssystem umgestellt und ihre Ernährung. Sie hatte die Laufschuhe gewechselt und sich sogar verdammt noch mal die Haare kurz geschnitten! Und dann hatte der Bänderriss im November alles über den Haufen geworfen, wofür sie so lange geackert und gekämpft hatte. Bums, aus, vorbei. Weil irgendein Schwachkopf seine Wasserflasche auf der Tartanbahn hatte liegen lassen! Sie war ausgerutscht und umgeknickt und Schluss im Karton! Seit Wochen versuchte sie den Trainingsrückstand aufzuholen, aber die Zeit lief ihr einfach davon, das zeigte ihr dieser Abend sehr deutlich. Im Speerwurf fehlten ihr noch mehrere Meter von ihrer Novemberform, im Weitsprung fünfzehn Zentimeter. Auf dem Niveau, auf dem sie Leichtathletik machte, waren das Welten. Damit konnte sie vielleicht bei den beknackten Regionalmeisterschaften teilnehmen, aber für die Landespolizeimeisterschaft sah sie schwarz.

Als sie zu Hause war, stellte sie sich lange unter die Dusche. Das heiße Wasser spülte einen Teil der Frustration weg. In der Küche widerstand sie der Verlockung einer Tiefkühlpizza. Delgados Lästereien über schwedisches Essen klangen immer noch nach. So ein Idiot! Stattdessen machte sie sich einen Salat aus Wirsingkohl und Äpfeln. Mit dem Teller auf dem Schoß setzte sie sich vor ihren Laptop. Sie loggte sich bei der Partnerschaftsseite ein und ging die Mails durch, die sie bekommen hatte:

Ein voll verrückter Verwaltungsangestellter aus Värnamo.

Der ein bisschen verrückte Industriemechaniker aus Jönköping, der sich letzte Woche schon einmal gemeldet hatte.

Ein *crazyboy79* aus Växjö, Installateur.

Warum legten eigentlich alle in ihren Selbstdarstellungen so großen Wert darauf, für verrückt gehalten zu werden? Normalerweise war man doch um das Gegenteil bemüht. Wenn man sich in einer Bar oder beim Bowling kennenlernte, dann stellte man sich schließlich auch nicht vor mit *Hallo, ich bin Sven, ich habe psychische Probleme*.

Nein, mit ihrem *total verrückt* wollten die Kontaktanzeigler betonen, dass sie um Gottes willen keine durchschnittlichen Langweiler waren. Hultin sah auf das Foto von *crazyboy79*. Auf das ärmellose T-Shirt mit dem *Bad-Motherfucker*-Aufdruck, auf die Sonnenbrille mit dem neongelben Rand, auf die Schirmmütze mit den Bierdosenhaltern an der Seite. Ach *crazyboy*, dachte sie, du bist ja ein ganz verrückter Hund. Dann loggte sie sich wieder aus. Sie aß von ihrem Salat. Irgendwie fehlte etwas. Wie in ihrem Liebesleben. Nüsse, dachte sie, ich habe die Nüsse vergessen. Lustlos kaute sie auf dem Wirsing und auf den Apfelstücken herum, aus Langeweile klickte sie sich durch ihre Favoritenliste.

Bei *Dagens Nyheter* las sie die Schlagzeilen, bei TV4 das Fernsehprogramm, bei einem Internetauktionshaus gab sie *Wohnzimmertisch* ein, fand aber alle angezeigten Treffer zu hässlich oder zu teuer.

Bei *YouTube* sah sie sich einen Film an, in dem ein Kanarienvogel zu Technomusik tanzte. Dann gab sie in die Suchleiste das Stichwort *Smålandflieger* ein. Dreimal sah sie sich an, wie das Kleinflugzeug in den Växjöer Dom krachte, dreimal hörte sie Frost dabei zu, wie er über das Flugverhalten von Schmetterlingen referierte. Frost, der jetzt tot war und der wahrscheinlich gar nicht Frost war, sondern ein Schwede aus Uppsala. Henrik Larsson.

»Wer warst du, Henrik Larsson?«, fragte sie den Mann auf dem Bildschirm. Warst du ein guter Mensch? Hattest du ein gutes Leben?

Warum musstest du so grausam zugerichtet sterben, da draußen im Wald?

Warum steht im Register der Behörden, dass du 1948 in Jerusalem gestorben bist?

Anette Hultin sah lange auf das verzerrte, grob gepixelte Gesicht des alten Mannes. Dann hatte sie eine Idee. In das Google-Fenster am oberen, rechten Bildschirmrand gab sie das offizielle Todesdatum von Henrik Larsson ein. 17.09.1948. Sie drückte auf Enter. Der Rechner zeigte 32900 Treffer an, die ersten drei waren irgendwelche Wetteraufzeichnungen. Das war nichts. Sie klickte erneut in das Suchfenster. Jetzt fügte sie dem Datum den Namen hinzu: Henrik Larsson. Enter.

Ergebnis: Am 17.09.1948 bekam ein Henrik Larsson aus Skövde einen Preis der Molkereigenossenschaft überreicht. Auch die anderen Treffer waren Quatsch. Eine Sackgasse. Sie löschte den Namen wieder und kombinierte stattdessen das Datum mit einem Ort: Jerusalem. Enter.

96 Treffer. Und in den ersten zwölf stand immer derselbe Name: Carl Wennerberg. Sie las: *Am 17. September wird der schwedische UN-Vermittler Graf Carl Wennerberg von Mitgliedern einer Terrorgruppe in seinem Wagen erschossen. Mit ihm ums Leben kamen der französische Offizier P. Maugan und der Fahrer F. Leussoux. Nicht ganz unumstritten ist bis heute das Schicksal von Wennerbergs Sekretär Larsson, der sich während des Attentats ebenfalls im Wagen befand.*

Sie las weiter. Sie kaute lange auf ihrem Wirsingblatt herum. Dann schluckte sie es herunter.

12

Maria war weiterhin unruhig, schon beim Aufwachen hatte sie die starke Anspannung gespürt, die im Laufe des Tages noch weiter zunahm. Nach den untätigen Tagen im Bett kam ihr Loves Haus allmählich wie ein Gefängnis vor.

Aber wenigstens fühlte sie sich kräftiger als am Vortag. Sie ging mit Tempo die Treppe hinunter ins Erdgeschoss und wieder hinauf, dreimal hintereinander. Danach war sie schweißgebadet, und die verletzte Schulter pochte. Sie musste einsehen, dass ihr Körper noch nicht weit genug war, um das Haus zu verlassen.

Sie machte sich ein Tiefkühlgericht warm, aß und legte sich wieder aufs Bett. Sie machte Übungen zur Muskelentspannung und kontrollierte ihre Atmung. Wieder und wieder ging sie die Geschehnisse im Glashaus durch, versuchte, sich dem Gefühl der Panik zu nähern, das seit Tagen in ihr wuchs. War diese Unruhe ein Weg, mit ihrer Schuld umzugehen? Lag es an dem, was sie zu verantworten hatte? Sollte sie nicht eher niedergeschlagen sein, depressiv? Oder litt sie unter posttraumatischem Stress? Reagierten ihre Seele und ihr Körper auf die Verletzung? Fürchtete sie noch immer den fremden Mann? Aber sie hatte doch viele Hundert Kilometer hinter sich gebracht! Der Fremde konnte unter keinen Umständen wissen, wer sie war und wo sie sich aufhielt. Nur warum hatte sie dann solche Angst?

SAMSTAG

1

Als Benny Carlsson aufwachte, fühlte er sich elend. Ihm war schlecht, und sein Kopf dröhnte wie die Hauptglocke vom Växjöer Dom. Teufel, er sollte nicht mehr so viel saufen, nicht in seinem Alter. Irgendwie gelang es ihm, aus dem Bett zu kriechen und ins Badezimmer zu stolpern. Nachdem er sich mehrmals übergeben hatte, kehrte er mit einem nassen Lappen auf der Stirn ins Bett zurück. Danach ging es ihm etwas besser. Er justierte den Waschlappen auf seinem Gesicht. Hinter den Augen tat es am meisten weh, aber die Kälte tat gut. Er drehte sich auf die Seite, und dann, während eines wirren Gedankenstroms, kurz vor dem Einschlafen, fiel es ihm wieder ein. Frosts Veränderung war die verblasste Erinnerung gewesen, die in seinem Kopf langsam wieder Konturen angenommen hatte, die Veränderung von Frosts

Gemüt, seine Verwandlung eines nachdenklichen, sensiblen, aber im Grunde heiteren Menschen in ein angespanntes, gehetzt wirkendes Wesen. Anfang der Achtzigerjahre musste das gewesen sein. Und er hatte sich auch später wieder gefangen. Aber es hatte diese Jahre gegeben, in denen so etwas wie ein Schatten auf Frost gelegen hatte. Natürlich hatte er nachgefragt, was los sei. Ob es gesundheitliche Probleme gebe oder berufliche Schwierigkeiten. Oder ob mit Johan alles gut liefe. Aber Frost hatte immer nur ausweichend geantwortet, alles auf seine Laune oder das Wetter geschoben. So häufig hatten sie sich auch nicht gesehen damals. Drei-, viermal im Jahr vielleicht. Dann war irgendwann Johan gestorben, und Frost war ganz und gar in der Rolle des trauernden Witwers aufgegangen. Benny Carlsson hatte Frosts plötzliche Veränderung nie ergründen können. Er erinnerte sich genau daran, wie Frost in seinem Geschäft in Alvesta gestanden hatte und triefnasse, völlig ruinierte Perücken auf seinen Tresen geklatscht hatte.

»Einmal Reparatur bitte!«, hatte er gesagt und gelacht und Witze über den verdammten Wasserschaden gemacht, der ihn die gesamte Garderobe und die halbe Einrichtung gekostet hatte. Da war er noch der alte Frost gewesen, der jeden Schicksalsschlag mit heiterem Gemüt bewältigte.

Drei Wochen später, als er seine wiederhergestellten Perücken abholte, dann das genaue Gegenteil. Blass, gereizt, wortkarg, ein Schatten seiner selbst. Kein Hallo, kein Danke, kein gar nichts. Schatten-Frost hatte einen verdutzten Gino zurückgelassen. Die Veränderung war eingetreten.

Und dreißig Jahre später wusste Benny Carlsson endlich, warum, auch wenn er drei Tage und einen ausgewachsenen Kater gebraucht hatte, um es zu begreifen: Balthasar Frost war tatsächlich erpresst worden, damals, nachdem er in seinem Haus den Wasserschaden gehabt hatte.

2

Delgado und Hultin frühstückten im Besprechungszimmer. Anette Hultin hatte sich belegte Brote mitgebracht, Hugo Delgado tunkte Knäckebrotstücke in ein Glas mit Heringen in Senfsoße. Interessiert betrachtete er das Etikett des Glases.

»Glaubst du, ABBA hat sich nach der Fischfirma *Abba* benannt?«, fragte er.

»Quatsch, ABBA steht für Agnetha, Benny, Björn und Anni-Frid. Das weiß doch jedes Kind, jedes schwedische jedenfalls. Außerdem hast du gelbe Soße am Mundwinkel«, sagte Hultin.

Delgado wischte sich mit dem Handrücken über den Mund. Dann grinste er Hultin feixend an.

»Besser?«

Sie nickte.

»Ekelig bist du trotzdem. Das ganze Zimmer stinkt nach deinem Abba-Fisch!«

»Der ist gut gegen den Kater. Hast du gestern auch getrunken, oder warum bist du so blass?«, fragte Delgado.

Hultin lachte empört auf.

»Ich war die halbe Nacht lang am Computer, du Witzbold!«

»Ein heißer Chat? SexyAnette77?«

»Blödsinn, du Idiot, ich habe gearbeitet. Im Gegensatz zu dir. Weißt du, wer Graf Carl Wennerberg war?«

»Ein Politiker während des Zweiten Weltkriegs?«

»Schwedische Geschichte: vier minus! Diplomat wäre richtig gewesen. Er war einer der ersten Vermittler in der Geschichte der UNO. Jetzt rate mal, wo er eingesetzt worden ist.«

»Sag schon.«

»In Israel, 1948. Er war für die Vermittlung zwischen den israelischen und palästinensischen Interessen zuständig. Aushandlung der Grenzverläufe, Verhandlungen über Gebiete, Ausgleichszahlungen, so ein Zeug halt. Ein heikler Auftrag, eine heikle Position. Kann man sich ja vorstellen. Auf jeden Fall hat er sich durch seine Vermittlertätigkeit den Zorn von Radikalen zugezogen. Im September '48 gab es in Jerusalem einen Terroranschlag auf einen UN-Konvoi, bei dem mindestens drei Menschen erschossen wurden: unser Graf Wennerberg, ein französischer Offizier, der mit ihm im selben Wagen saß, und der Fahrer.«

»Und warum *mindestens* drei Menschen?«

»Weil es noch einen vierten Mann gab.«

Delgado stellte sein Fischglas zur Seite.

»Einen vierten Mann?«

»Einen vierten Mann.«

»Im September 1948 in Jerusalem?«

»Jep.«

»Unser Henrik Larsson?«

»Jep.«

»Wow!«

»Nicht wahr?«

»Ja. Aber erklär mir das einmal genauer, Fräulein Geschichtslehrerin. Wie kann Larsson tot sein, bei diesem Attentat erschossen, oder was weiß ich, und dann doch nicht tot sein?«

»Er ist ja tot. Also seit einer Woche.«

»Das meine ich nicht. Ich meine damals, in Jerusalem.«

»Genau an der Stelle wird es interessant. Die Quellen widersprechen sich. Was ich mir nach und nach zusammengereimt habe, ist Folgendes: Henrik Larsson, er war 22, begleitete Wennerberg Anfang 1948 in das UN-Quartier nach

Jerusalem. Sehr provisorisch war das damals, die UNO saß in irgendeinem Hotel in der Innenstadt, glaube ich. Wennerberg hatte einen Vermittlungsauftrag zwischen den Palästinensern und den Israelis, wobei Israel gerade erst im Entstehen begriffen war. Wennerberg war ein internationaler Beobachter und Vermittler mit weitgehenden Kompetenzen. Einer radikalen Gruppierung gingen seine Vorstellungen aber gegen den Strich. Sie haben diesen Überfall geplant und ihn mitsamt seinen Begleitern in seinem Wagen erschossen. Larsson hat das Attentat überlebt. Irgendwie ist es ihm gelungen, aus dem Auto zu kommen und zu Fuß zu fliehen, auch wenn das in dem Chaos, das durch den Tod des Diplomaten ausgelöst worden war, erst Stunden später auffiel.«

»Wie konnte das passieren?«

»Nun ja, es war eine andere Zeit als heute, und Jerusalem war damals ein chaotischer Ort. Und Larsson war schließlich in der ganzen UN-Entourage nur ein kleines Licht. Als man die Suche nach ihm einleitete, war es bereits dunkel. Man fand Blutspuren in der Nähe, aber Larsson selbst war verschwunden.«

»Und wie kam man darauf, dass er tot sei?«

»Eine ausgeplünderte Leiche wurde gefunden, allerdings erst drei Tage danach. In einem Park in der Nähe. Der Leichnam war böse zugerichtet und im Grunde kaum identifizierbar. Nach allem, was ich gelesen habe, war es wohl der Druck der Behörden, der zu einer Identifizierung geführt hat. Man brauchte einen schnellen Erfolg. Außerdem haben das Drama vom politischen Mord an Graf Wennerberg und die Suche nach den Attentätern alles andere überschattet. Unser Larsson war nur ein kleines Licht.«

»Ein Kollateralschaden der Weltgeschichte«, murmelte Delgado und tunkte sein letztes Stück Brot in die Abba-Soße.

»Diese radikalen Palästinenser, hat man die geschnappt?«, fragte er.

»Welche Palästinenser?«

»Na, diese Attentäter. Die Mörder von Wennerberg.«

»Das waren keine Palästinenser, im Gegenteil, das waren zionistische Ultras. Und, nein, geschnappt worden sind die Attentäter nie.«

3

Als Nyström in die Stadt fuhr, hatte sie vor Müdigkeit Kopfschmerzen, trotzdem stellte sie das Radio an, ein Sender aus Jönköping spielte Händel, das war immer eine Offenbarung, auch mit pochenden Schläfen. Links neben der Fahrbahn auf der Eisfläche des Helgasees standen erste dunkle Lachen, dennoch würde das Wasser vor Ostern nicht eisfrei sein. Balthasar Frost hieß in Wirklichkeit Henrik Larsson. Ein zurückgezogen lebender Aktienhändler, der mit seiner Homosexualität erpresst worden war. Oder war das Druckmittel ein ganz anderes? Gab es jemanden, der über seine wahre Identität Bescheid wusste? Jemanden, der ihn als Henrik Larsson aus Uppsala erkannt hatte und drohte, seinen falschen Namen, sein geborgtes Leben auffliegen zu lassen? Wenn sie diesen Perückenmacher Gino am Telefon richtig verstanden hatte, glaubte er, dass alles mit einem Wasserschaden begonnen hatte. 1983. Da war sie noch nicht einmal richtige Polizistin gewesen, sondern hatte gerade Sophie zur Welt gebracht. Sie merkte, dass sie unkonzentriert fuhr. Am Mörners Väg hatte sie beinahe einem heranrauschenden

Wagen die Vorfahrt genommen. Dann kam sie an der Domkirche vorbei und bog in dem Kreisverkehr vor der Eisenbahnbrücke rechts ab, Richtung Polizeistation. Neben dem Kreisel vor dem Auswanderermuseum stand die Büste von Vilhelm Moberg, an der sie schon Tausende Male vorbeigefahren war. Sein ausdrucksstarker Metallschädel ruhte auf einer Säule aus hellem Granit und trug eine Mütze aus Schnee.

Ihr Handy, das auf dem Armaturenbrett lag, klingelte. Sie warf einen Blick aufs Display. Es war Anna, ihre Tochter. Sie drückte den Anruf weg. Jetzt ging es nicht, sie fuhr ja. Sie würde zurückrufen, wenn sie vor dem Präsidium geparkt hätte.

Vor dem Zebrastreifen beim Bahnhof stieg sie hart auf die Bremse. Ein Vater mit Kinderwagen überquerte die Straße. Der Mann in dem hellen Mantel sah sie empört an. An dem Reißverschluss des Mantels baumelte ein Reflektor, der die Form eines Teddybären hatte. Aus dem Kinderwagen ragten zwei Händchen und schüttelten eine Trinkflasche. Wasser spritzte, auf dem Mantel des Mannes entstand ein dunkler Fleck. Noch ein Wasserschaden, dachte sie. Plötzlich fiel ihr etwas ein. Etwas, das Lasse Knutsson vor einigen Tagen gesagt hatte.

4

Am sechsten Tag schuf Gott das Elchgulasch, dachte Knutsson, als er die dicke, braune Soße zum letzten Mal abschmeckte. Dann musste er an das denken, was die dumme, alte Hexe ihm neulich bei der Zeugenbefragung zugezischt hatte. Das mit dem Dicksein und dem Himmelreich. Vielleicht sollte er doch ein bisschen vorsichtiger sein. Mit dem Gulasch und mit der Blasphemie. Aber nicht heute! Zumindest nicht mit dem Essen, denn heute kochte Le Chef persönlich! Noch eine Prise Cayennepfeffer, einen winzigen Spritzer Zitrone und einen guten Schuss von der Sahne und es war perfekt. Er rupfte einige Nadeln Rosmarin aus dem Blumenkasten, der im Küchenfenster stand, und warf sie auf den dickblasigen, wohlriechenden Sud, der im Topf vor sich hin blubberte. Die ganze verrückte Arbeitswoche mit dem Toten, der ein anderer war, als sie gedacht hatten, mit dem seltsamen Papierwürfel, mit seinem raffinierten Plan der Quadrantenüberwachung, mit dem merkwürdigen Finger, der hinter dem Glashaus wieder aufgetaucht war; all das war in diesem Moment sehr weit weg. Sehr nah und sehr konkret waren dagegen der gedeckte Tisch, sein Enkelsohn Oskar, der vergnügt im Wohnzimmer vor sich hin gurrte, und eben sein frisch gekochtes Elchgulasch. Nach dem Essen würden sie Oskar in seinen Wagen legen und am See spazieren gehen. Danach würde es Kaffee geben und Apfelkuchen und später eine Skilanglaufübertragung im Fernsehen. So stellte man sich doch einen gelungenen Samstag vor.

»Essen ist fertig!«, dröhnte sein Bass durch das Haus. Zufrieden mit sich selbst und voller Vorfreude auf das gute Fleisch griff er nach den Topflappen und hob den schweren, gusseisernen Topf an. Der Geruch, der ihm in die Nase strömte, war so gut, dass ihm fast schwindelig wurde. Das ist ein Samstagsessen, das sogar einem Sonntagshunger würdig ist, dachte er. Dann klingelte das Telefon.

5

Vierzig Minuten später saß Ingrid Nyström einem sehr kleinlauten und sehr hungrigen Knutsson gegenüber.

»Ich dachte, es reicht, wenn ich heute später komme, wo doch Samstag ist«, murmelte der schwere Mann in seinen Bart. Nyström entschied, ihren Ärger herunterzuschlucken und darüber hinwegzugehen. Eine zweite Standpauke innerhalb weniger Tage wollte sie Knutsson nicht zumuten.

»Häng deine Stunden einfach hinten dran, sonst fühlen sich die anderen ungerecht behandelt«, sagte sie. Dann kam sie auf das zu sprechen, was sie seit einer Stunde bewegte. Sie berichtete Knutsson von dem Gespräch, das sie mit Benny Carlsson geführt hatte.

»Mit einem Wasserschaden hat seiner Meinung nach alles begonnen. Und dazu ist mir etwas eingefallen, das du gesagt hast, Lasse.«

»Ich?«

»Ja. Vor einer Woche, als wir über das Notizbuch gesprochen haben. Frosts Adressbuch, also Larssons Notizbuch.«

Sie klopfte zur Bekräftigung auf das abgegriffene Adressbuch, das vor ihr auf dem Schreibtisch lag.

»Du hast einen Namen erwähnt, einen Spitznamen, glaube ich, aber ich komme nicht mehr darauf, welchen, obwohl ich das Ding jetzt zweimal durchgelesen habe.«

»Einen Spitznamen?«

»Ja, genau. Ich habe nur eine vage Erinnerung. Die hat irgendetwas in mir zum Klingen gebracht. Stichwort Wasserschaden.«

»Ein Wasserschaden?«

Knutsson dachte nach. Nyström sah es daran, dass er einen Daumen zum Mund schob und an der Haut neben dem Nagel herumknabberte. Als ob er immer Hunger hätte, dachte sie.

»Jan-Åke Bingström«, sagte Knutsson schließlich. »Über den haben wir gesprochen. Abfluss-Åke.«

»Bingström«, sagte Nyström und nickte langsam. »Bingo.«

6

Växjö wächst. Das war der Slogan von Bingström Immobilien AB, und Jan-Åke Bingström verstand sich als Motor, Keilriemen und Lenkrad dieses Wachstums. Zweifellos war er ein nicht zu ignorierender Teil des finanziellen, politischen und sozialen Lebens in Växjö. Der Immobilienmakler führte ein Büro mit vierundzwanzig Angestellten, hatte private Anteile an verschiedenen Büro- und Geschäftsgebäuden in der Innenstadt, besaß eine Ferienhausanlage in bester Lage und vermittelte Objekte von Teleborg bis zur Costa del Sol, dem Florida für småländische Rentner mit dem entsprechenden Kleingeld. Bingström saß als Parteiloser im Stadtrat, war aber für seine kompromisslos neoliberale Haltung gewählt worden. Sein Vorstoß, alle kommunalen Kindergärten zu privatisieren, war zwar etwas über das Ziel hinausgeschossen und hatte eine Flut von empörten Leserbriefen in *Smålands Posten* ausgelöst, aber dennoch hatte er beim letztjährigen Treffen der EU-Agrarminister in Växjö in der ersten Reihe der Honoratioren gestanden und eine Menge prominenter Hände schütteln dürfen. Obwohl selbst sportlich wenig ambitioniert, hatte es Bingström zum Vorstand des Golf- und des Bootsclubs gebracht, und das jährliche Krebsessen, zu dem er jeden August in seine dreistöckige Villa in Evedal einlud, war eines der größten gesellschaftlichen Ereignisse im Kalendarium der Stadt. Im vergangenen Herbst, zu seinem sechzigsten Geburtstag, hatte es ein Feuerwerk über dem Helgasee gegeben, für das er einen Raketenmeister aus Japan hatte einfliegen lassen. Bingström war kein Mann für Understatement.

Jetzt saß der Geschäftsmann mit der Skiurlaubsbräune im Verhörraum Nummer 2 des Växjöer Polizeipräsidiums und klopfte mit den Fingern einen Sambarhythmus auf die Tischplatte.

Ingrid Nyström war angespannt. Sie hatte einen der mächtigsten Männer der Stadt zum Verhör geladen, eine Figur des öffentlichen Lebens, wie es so schön hieß, einen Sympathieträger. Wenn das hier schiefgeht, dachte sie, dann wird es nicht gerade einfacher für mich. Das Dumme war, dass sie im Grunde kaum etwas in der Hand hatte. Einen Namen in einem zerfledderten Notizbuch, die Erinnerung eines Perückenmachers, einen verjährten Grundstücksdeal. Und eine Theorie.

Laut Benny Carlsson hatte die Erpressung von Larsson begonnen, nachdem er einen Wasserschaden in seinem Haus gehabt hatte. Und wen rief man bei einem Wasserschaden? Richtig, den Klempner. Oder Abfluss-Åke, wie Bingströms Einmannunternehmen in den Achtzigerjahren geheißen hatte, damals, bevor er mit Immobilien ganz groß rausgekommen war. Und Åke war draußen im Haus im Wald bei Larsson und Lönn gewesen, das hatten sie schwarz auf weiß; zehn Arbeitstage im Frühjahr 1983. Hultin hatte während einer der ersten Besprechungen von umfangreichen Ausbesserungsarbeiten am Haus berichtet. Dann hatten sie genauer nachgesehen und die Rechnung in Larssons Unterlagen gefunden, von Åke, dem Klempner: Reparatur eines Wasserschadens und andere Sanitärarbeiten, 8500 Kronen.

So weit nichts Ungewöhnliches. Ungewöhnlich war dagegen, dass von dem Moment an jeden Monat 10000 Kronen von Larssons Konto geflossen waren, und das über einen Zeitraum von sechs Jahren hinweg. 10000 mal zwölf mal sechs. Das machte eine Gesamtsumme von mehr als 700000 Kronen. Larsson hatte die monatlichen Beträge in seiner Buchführung als Raten einer Lebensversicherung angegeben, und deshalb war Hultin bei der Durchsicht der Unterlagen zunächst nichts Ungewöhnliches aufgefallen. Der Witz war nur, dass es überhaupt keine Lebensversicherung gegeben hatte beziehungsweise dass das, wofür Larsson im Laufe der Jahre ein Vermögen gezahlt hatte, wahrscheinlich eine Lebensversicherung der ganz anderen Art gewesen war: Mit seinen Zahlungen sicherte er sich ein Schweigen, um weiter das Leben führen zu können, das er sich ausgesucht hatte, das Leben im Versteck. Ende der Achtzigerjahre hörten die Zahlungen abrupt auf. Dafür geschah etwas anderes: Larsson verkaufte seine Baugrundstücke am Helgasee an eine kleine Immobilienfirma mit Sitz in Åby. Inhaberin war eine Sophie Malmgren. Diese Sophie hieß allerdings seit mehr als zwanzig Jahren Bingström und war Jan-Åkes Ehefrau. Der Verkaufspreis für die Grundstücke hatte 720000 Kronen betragen, etwa so viel, wie Larsson einige Jahre zuvor dafür bezahlt hatte, zu einem Zeitpunkt, wo jedes halbwegs helle Köpfchen schon die zu erwartende Wertsteigerung absehen konnte. Darüber hinaus entsprach der Verkaufspreis an Sophie Malmgren in etwa genau der Summe, die Larsson über die Jahre in seine sogenannte Lebensversicherung eingezahlt hatte. Bingström hatte also Larsson erpresst, bis er genügend zusammenhatte, um sein schmutziges Geld rentabel zu investieren: in Larssons Grundstücke am Helgasee, deren Wert in den folgenden Jahren in den Himmel schoss. Mehr als zwanzig Jahre später musste etwas vorgefallen sein, das Bingström dazu gebracht hatte, das Opfer und den Zeugen dieser unglaublichen Erpressung für immer mundtot zu machen.

So weit die Theorie. Was sie allerdings in Hinblick auf die Praxis brauchten, war ein belastbarer Beweis: die Übereinstimmung eines Fingerabdrucks vom Tatort, eines Haars, der Blutprobe. Oder noch besser, Bingströms Geständnis.

7

Er war schon den ganzen Tag über unruhig gewesen. Draußen vor dem Fenster fiel lautloser Regen. Der Stamm der Kiefer in seinem Garten glänzte wie Bronze. Der Schmerz in seinem Inneren war nur mehr ein dumpfes Brummen, eigentlich fühlte es sich gar nicht mehr wie ein Schmerz an, eher wie ein Loch. Kurz überlegte er, ob er seine Mutter anrufen sollte. Dann entschied er sich dagegen, obwohl er wusste, dass sie darauf wartete. Mehrfach hatte das Telefon geläutet in den letzten Tagen, aber er hatte nicht abgenommen, weil er keine Lust gehabt hatte, mit ihr zu sprechen. Er trank von dem Wasser, das vor ihm auf dem Tisch stand. Es schmeckte abgestanden, alt und nach Verzweiflung.

Was sollte jetzt werden? Wie sollte er nur an das kommen, was er so dringend brauchte. An das, was er *war.* Was er *werden sollte*.

Der verfluchte Alte war tot, daran war nichts zu ändern. Und da war diese Frau gewesen. Ihr dunkles, schönes Gesicht spukte durch seinen Kopf. Woher nur kannte er sie? Es wollte ihm nicht einfallen. Er goss das Wasser auf den Teppichboden. Im grauen Flor bildete sich ein dunkler Fleck.

Er hatte nicht damit gerechnet, dass sie zu ihm finden würden. Nicht so schnell jedenfalls. Die Polizisten musterten ihn lange, prüften ihn, wie er fand, aber was sollten sie schon wissen? Er war hart wie Fels, sicher wie eine Festung. Ein Habicht, der hoch oben im Gebirge sein uneinnehmbares Nest gebaut hat. Sollten sie es versuchen, sollten sie doch kommen. Sie hatten nicht den Hauch einer Ahnung. Der eine Bulle saß ihm gegenüber, er schien der Schlauere zu sein, der Boss. Der andere hielt sich im Hintergrund. Also lenkte er seine Konzentration auf den Schlauen am Tisch. Auf das Glitzern in seinen Augen. Wusste er vielleicht etwas? Hatte er einen Fehler gemacht? Etwas, woran er nicht gedacht hatte? Oder, und diese Möglichkeit durchfuhr ihn wie ein Stromschlag, hatte es etwas mit dem Dschinn zu tun? Hatte die schwarzhaarige Teufelin die Bullen auf ihn gehetzt?

»Was kann ich für euch tun?« Er lächelte.

»Nach unseren Unterlagen bist du der Halter eines Volvo V40 mit dem amtlichen Kennzeichen LGR-386. Ist das richtig?«

»Ja?«

»Dieser Wagen wurde letzte Woche an der L31 Richtung Vetlanda auf dem Seitenstreifen sichergestellt. Vollkommen ausgebrannt.«

»Ausgebrannt? Vetlanda?«

»Das liegt in Småland.«

Jetzt trat der andere Uniformierte nach vorne.

»Du spielst nicht zufällig Schach, oder?«

Der Polizist sagte es mit einem Feixen, als habe er gerade einen Witz gemacht.

8

Ingrid Nyström und Lars Knutsson betraten das Verhörzimmer. Sie nahm gegenüber von Bingström Platz, Knutsson stellte sich mit vor der Brust verschränkten Armen an die Wand neben die Tür. Eine Videokamera an der Decke sorgte für die Aufzeichnung des Gesprächs. Im Nebenzimmer standen Anette Hultin und Hugo Delgado vor einem Bildschirm und sahen zu. Bingström hatte sich weit in seinem Stuhl zurückgelehnt und die Arme vor sich auf den Tisch gelegt. Sein Hemd spannte über seinem Brustkorb, und die Ärmel waren so weit hochgerutscht, dass sie den Blick auf eine überproportional große, kupferfarbene Armbanduhr freigaben. Alles an seiner Körperhaltung sollte Entspanntheit und Souveränität signalisieren. Er grinste, ein Grinsen, das Furchen in sein Gesicht riss. Seine gebräunte Haut erinnerte Nyström an einen Lederball, der viele Winter über im Garten gelegen hat.

Nyström räusperte sich, dann begann sie zu sprechen.

»Jan-Åke, kannst du mir davon erzählen, was deine erste berufliche Laufbahn war? Bevor du Makler geworden bist?«

Bingström sah sie an, musterte sie, beinahe ein bisschen neugierig. Sein Grinsen war jetzt ein Schmunzeln.

»Deswegen hast du mich hergeholt? Der Indianer, der mich abgeholt hat, hat irgendetwas von Mordermittlung gefaselt. So ein Wichtigtuer! Das hättet ihr einfacher haben können, meinen Werdegang kennt doch jeder. Den kannst du sogar bei Wikipedia nachlesen oder auf meiner Website. Aber gut, wo ich schon mal hier bin: Ich war im Sanitärbereich tätig. Versorgung und Entsorgung. Ein krisenfestes Einkommen war das. Kacken müssen die Leute immer, oder?«

Bingström lachte über seinen Spruch. Dennoch hatte Nyström das Gefühl, dass er genau registrierte, dass sie bei seinem Fäkal-Ausdruck zusammengezuckt war. Verdammt, dachte sie, Gunnar Berg, du hättest nicht gezuckt.

»Ja, ja, Kacken ist krisenfest, aber Wohnen auch. Und die Gewinnspanne ist deutlich höher. Deswegen bin ich dann ins Immobiliengewerbe gewechselt. Das Resultat kennt wohl jeder. Ich habe inzwischen das größte Maklerbüro zwischen Malmö und Kalmar, wenn ich das einmal so sagen darf.«

Bingström nahm die Hände vom Tisch und verschränkte sie hinter seinem bulligen Kopf. Der Blick, den er Ingrid Nyström zuwarf, hatte etwas, das gleichzeitig abschätzend, belustigt und herausfordernd war.

»Das ist genau der Punkt, der mich interessiert: dein Wechsel in die Maklerbranche. Vom Klempner, vom Abfluss-Åke zum Immobilienfürsten. Wie hast du das gemacht? Ich meine, dazu braucht man viel Geld, ein ordentliches Startkapital. Und das bekommt man doch wohl kaum zusammen, indem man bei anderen Leuten die Klos montiert oder Haare aus dem Abfluss pult, oder?«

Bingström hörte auf zu schmunzeln. Sein Ledergesicht wurde hart, seine Stimme verlor den launigen Tonfall. Er nahm seine Arme wieder nach vorne, schüttelte das Handgelenk, an dem er seine riesige Uhr trug.

»Es war gute, ehrliche Arbeit damals. Und ich weiß nicht, ob es dir gut zu Gesicht steht, einen ganzen Berufsstand zu diskremitieren. Denk mal über deine Worte nach, wenn du das nächste Mal einen Klempner brauchst, weil dein Keller unter Wasser steht oder die Scheiße dir dein Klo verstopft!«

Nyström sagte:

»Es heißt *diskriminieren*. Oder *diskreditieren*. Aber du wolltest gerade von deinem Startkapital erzählen? 720000 Kronen.«

Jetzt lehnte sich Nyström zurück. Sie beobachtete Bingström. Luft wurde in den braunen Ball gepumpt. Der Mann war selbstgefällig und vulgär, und jetzt wurde er wütend. Das hatte sie so nicht geplant, da hatte sie ihr Instinkt hingeführt. Vielleicht war das gut, vielleicht musste sie den Klempner unter der sonnengebräunten Hülle zu fassen bekommen. Ohne zusammenzuzucken.

»Meine Frau und ich haben gespart, gut gewirtschaftet. Ein paar Spekulationsgewinne und Glück beim Pferderennen, dazu ein Kredit und ein kleines Erbe. Ein bisschen hier, ein bisschen da, es läpperte sich so zusammen.«

Er sah ihr fest in die Augen.

»Aber was, bitte schön, hat das alles mit eurem Mordfall zu tun? Wenn du etwas über erfolgreiche Unternehmensgründung hören willst, dann besuch ein Seminar, statt mir auf die Eier zu gehen! Ich bin ein ehrlicher Geschäftsmann und nicht euer Sündenbock! Nur weil ihr nicht imstande seid, den Mörder dieses Schmetterlingsfuzzis zu finden!«

»Bei dem du immerhin gearbeitet hast!«

»Das ist doch fast dreißig Jahre her! Und außerdem habe ich früher bei Hunderten von Leuten die Rohre repariert, vielleicht bei Tausenden, das macht mich ja wohl kaum zu einem Mörder!«

»Ich rede überhaupt nicht von Mord, noch nicht jedenfalls. Ich rede von Erpressung, Jan-Åke. Ich rede von einem kleinen Klempner, der zwei Wochen im Haushalt eines Homosexuellen ein und aus geht. Der irgendwann etwas sieht, was er nicht sehen soll, und daraus Kapital schlägt. Der droht, den Schwulen zu verpetzen, sein Geheimnis auszuplaudern. Jemand, der sich sein Schweigen teuer bezahlen lässt, jemand, der die Angst anderer ausnutzt, der sie dafür richtig bluten lässt. Der mehr als eine halbe Million Kronen kassiert, um sich ein tolles Leben aufzubauen. Jemand, der sein eigenes Klempnerleben satthat und so gern jemand anderes wäre, ein Makler zum Beispiel, ein Stadtrat, der Vorsitzende des Golfvereins, der King von Växjö!«

»Blödsinn!«, schrie Bingström.

Dann war es lange still.

»Ihr habt nichts gegen mich in der Hand!«, sagte er schließlich leise.

»8500 Kronen, Åke«, fuhr Nyström fort. »Die Rechnung für einen Wasserschaden. Nur dass du sie nicht einmal ausgestellt hast, sondern jeden Monat, sechs lange Jahre lang. Bis du genug zusammenhattest, um Larsson auch noch seine Altersvorsorge abzuknöpfen, zu einem Dumpingpreis. Ganz legal, versteht sich, ein sauberer Deal. Vom Abfluss-Åke zum Immobilien-Bingström.«

»Alles vollkommen legal!« Bingströms Augen glühten.

»Du bist ein Erpresser, Åke, und schließlich bist du sogar zum Mörder geworden. Wahrscheinlich wollte Frost reinen Tisch machen auf seine alten Tage. Vielleicht wollte er altes Unrecht begleichen und melden, was du ihm angetan hast über all die Jahre, er hatte ja nichts mehr zu verlieren. Vielleicht hat er dir mit einer Anzeige gedroht, und du hast Angst bekommen. Frost hatte die Macht, dir alles wieder zu nehmen, Åke: deine Golfschläger, deine Firma, dein Feuerwerk über dem See. Alles aus und weg und vorbei. Ein Mann in seinen besten Jahren wandert ins Gefängnis. War es nicht so? Hat es sich nicht so zugetragen? Und du hast nur einen

Ausweg gesehen, eine einzige Möglichkeit, das alles zu behalten. Frost musste zum Schweigen gebracht werden, am besten für immer. Du bist rausgefahren nach Ramnåsa in den Wald. Vielleicht wolltest du zuerst nur mit ihm reden, ihn zur Vernunft bringen oder drohen, denn damit kennst du dich ja aus. Nur wollte Frost nicht auf dich hören. Und dann bist du ausgeflippt.

War es nicht so, Åke?

Ist es nicht genauso passiert?

Ein Streit?

Frost zieht plötzlich eine Pistole, schießt um sich, und du wehrst dich, ringst ihn nieder, und da steht der Bottich mit dem Kalk, und du drückst ihn hinein, immer weiter hinein, und irgendwann ist alles still und aus und vorbei, oder, Åke?«

Bingströms Miene gab keine innere Regung preis. Eine Minute lang war es vollkommen still im Raum. Schließlich beugte Bingström sich vor. Er lächelte ein seltsames Lächeln.

Sie wollte es ihm leicht machen. Sie wollte Vertrauen suggerieren. Eben war sie die harte Polizistin gewesen, jetzt konnte sie die verständnisvolle Mutter sein, bereit, die Beichte des reumütigen Kindes entgegenzunehmen. Deshalb beugte sie sich ebenfalls vor, weit über den Tisch. Sie sah in die Augen seines regungslosen Gesichts. Sein Mund war jetzt direkt neben ihrem Ohr.

»Ich mach dich fertig, du dumme Fotze!«

Sie hatten ihn schließlich gehen lassen müssen. Bingström hatte recht, sie hatten nichts gegen ihn in der Hand. Dennoch war sich Ingrid Nyström nach dem Verhör vollkommen sicher, dass Bingström ihr Mann war. Sie hatten ihm eine Haarprobe entnommen und die Fingerabdrücke, darauf konnten sie hoffen, denn Bingström hatte gelogen, das hatte sie gespürt, ebenso wie die Gewalttätigkeit, die ihn umgeben hatte wie ein Gravitationsfeld. Seine Drohung hallte in ihrem Kopf wider, wurde beinahe schmerzlich spürbar. Es schüttelte sie. Aber sie wusste auch, dass man vor einem solchen Menschen keine Angst haben durfte, denn davon ernährten sich Leute wie Bingström, von der Furcht anderer Menschen. Larsson und Lönn hatten das zu spüren bekommen, Bingström hatte sich auf dem Fundament ihrer Angst eine Karriere aufgebaut.

Sie musste versuchen, das Gute an der Sache zu sehen. Ihnen war ein Durchbruch gelungen, sie hatten endlich einen dringend Tatverdächtigen mit einem konkreten Motiv. Bingström war eine doppelköpfige Schlange, und er wohnte in einem goldenen Schloss. Es passte alles.

Die ganze verworrene Geschichte um Frost und Larsson, um die lügende Frau Hedingks und ihren Versuch der Einflussnahme auf die Ermittlung, um Jerusalem und irgendwelche Attentäter, um den abgetrennten Finger und den zu einem Papierwürfel gefalteten Parkschein, das alles war auf einmal ganz weit weg und spielte keine Rolle mehr. Es drehte sich um eine einfache Erpressung durch einen vulgären Charakter. Das Böse konnte so banal sein. Jetzt mussten sie ihn nur noch festnageln.

Um sechs machten sie Feierabend. Sie hatten gemeinsam entschieden, die Ermittlung vorläufig allein auf Bingström zu konzentrieren, und die anderen geplanten Verhöre bis auf Weiteres verschoben. Hildegard Hedingks wird sich freuen, dachte Nyström, ihr bleibt die lange Anreise aus Stockholm vorerst erspart. Alle waren sich darin einig, dass der Stadtrat unter starkem Tatverdacht stand, nur Forss hatte sich nicht geäußert. Nyström hatte registriert, dass sie mit ihrem Kaffeebecher in einer Ecke gesessen und wie so oft auf ihrer schiefen Unterlippe herumgekaut hatte.

Sie würden am nächsten Morgen noch einmal zu Larssons Haus hinausfahren und alles auf den Kopf stellen, um nach irgendetwas zu suchen, das die Erpressung durch Bingström belegen könnte. Die Chancen, einen Beweis zu finden, waren wahrscheinlich minimal, aber sie durften nichts unversucht lassen. Dann würden sie Bingström zu einem weiteren Verhör auf das Revier bestellen und einen neuen Versuch unternehmen, ihn zum Reden zu bringen oder ihn wenigstens in Widersprüche zu verwickeln. Örkenrud und seine Leute machten bereits Überstunden im Labor.

Als Nyström schließlich das Polizeigebäude verließ, war es längst dunkel geworden. Hultin begleitete sie hinaus. Vor dem Haupteingang verabschiedeten sie sich, Hultin hatte am Morgen das Glück gehabt, einen der wenigen Dienstparkplätze hinter dem Revier zu ergattern. Nyström ging die zweihundert Meter weiter Richtung Storängsgatan und Eisenbahnschienen, wo ihr Toyota auf dem gebührenpflichtigen Kommunalparkplatz stand. Da die Geschäfte in der nahe liegenden Fußgängerzone bereits am Nachmittag geschlossen hatten, war der Parkplatz menschenleer und im trüben, orangefarbenen Licht der drei Laternen, die den Platz beleuchteten, standen nur wenige Wagen.

Sie sah den Angreifer weder kommen, noch hatte sie irgendwas gehört. Der schwarze Schatten war plötzlich neben, vor, über ihr. Sie registrierte den Schmerz in ihrer linken Brust, bevor sie überhaupt begriff, was geschah. Sie spürte, wie sie hart herumgerissen wurde und wie etwas auf, nein, in ihrem Gesicht zertrümmerte. Dann verlor sie das Bewusstsein.

Woran sie sich später erinnerte, waren die Schemen von Knutsson und dem Streifenpolizisten, die auf sie einredeten. Die leuchtenden Plastikclogs der Ärztin im Krankenhaus. An Anette Hultin, in deren Armen sie lag. Alles, alles tat ihr weh. Ihre Nase, die gebrochen und geschwollen war. Ihre linke Brust, auf der sich mittlerweile ein faustgroßes Hämatom gebildet hatte. Ihr müder, bis an die Grenze belasteter Körper. Sie spürte die tiefe Demütigung durch den Übergriff, die Scham und Verzweiflung, dass sie sich nicht hatte wehren können. Bingströms widerliche Drohung aus dem Verhörraum. Die Unfähigkeit ihres Chefs Edman und die Einschüchterungsversuche des undurchsichtigen Dr. Iverus. Die ganze verdammte Ermittlung. Sie krallte sich in Hultins Sweatshirt und weinte, bis sie jedes Zeitgefühl verlor.

9

Nachdem Hultin und Knutsson sie nach Hause gefahren hatten, hatte sie geduscht, so lange, bis nur noch kaltes Wasser aus dem Duschkopf an der Wand gekommen war. Dann hatte sie ein Feuer im Kamin gemacht, sich in eine Wolldecke gewickelt und auf das Sofa vor den Kamin gesetzt und darauf gewartet, dass Anders nach Hause kam. Gefroren hatte sie trotz des Feuers und trotz der Decke. Ihre Brust schmerzte noch immer. Obwohl es nur eine Quetschung war, fühlte es sich an wie eine offene Wunde. Lange Zeit saß sie still da und sah zu, wie das Feuer herunterbrannte, bis es nur noch ein Häufchen qualmender, glühender Asche war. Ihr Körper schüttelte sich, als wäre er Frost ausgesetzt, dabei waren es in dem Wohnzimmer weit über zwanzig Grad. Mein Körper reagiert, dachte sie. Er reagiert auf den Angriff. Ein Körper hat ein Gedächtnis und ein Bewusstsein, und das wurde verletzt von diesem Schwein. Ich wünschte, jemand würde ihm wehtun, dachte sie. Ich wünschte, jemand würde ihm richtig wehtun.

Als Anders schließlich nach Hause kam, saß sie noch immer in ihre Decke gewickelt auf dem Sofa. Sie hatte ihn nicht anrufen wollen. Das, was ihr passiert war, war nichts, was sie am Telefon besprechen wollte. Anders Nyström kannte seine Frau gut genug, um sofort zu spüren, dass etwas passiert war.

»Komm bitte her«, sagte sie.

Anders las ihren Blick und verstand. Er tat etwas, was er seit dreißig Jahren nicht mehr gemacht hatte. Er ging zum Sofa und hob seine Frau vorsichtig hoch. Einen Arm legte er unter ihren Rücken, den anderen unter ihre Kniekehlen. Ingrid Nyström war eine große Frau, aber Anders war auch ein großer, kräftiger Mann. Er trug seine Frau aus dem Wohnzimmer hinaus und die Treppe hinauf in das Schlafzimmer. Sachte legte er sie auf den Holzfußboden mit der warmen Maserung, vor das Bett. Dann schob er ihren Körper behutsam unter das Bett. Er selber rutschte in die dunkle Höhle hinterher. Dort, verborgen hinter den langen Schößen der Tagesdecke, im Staub bei den Wollmäusen lagen sie lange wortlos beieinander, hörten auf ihre Atemzüge und wärmten einander in kindlicher Geborgenheit.

10

»Wo wohnt er?«, fragte Forss.

»Warum? Was hast du vor?«, wollte Delgado wissen. Ihm

war nicht wohl bei der Sache. Die Deutsche sah anders aus als sonst. Entschlossener.

»Ergebnisse besorgen«, antwortete Forss.

Eine Frau mittleren Alters hatte die Tür geöffnet und sie verwundert gemustert. Dann ließ sie sie in das riesige Haus eintreten und deutete auf die Tür zur Rechten des Flurs.

»Mein Mann arbeitet. Bist du mit ihm verabredet?«

Aber da war Forss schon an ihr vorbei. Sie durchmaß mit wenigen Schritten die überdimensionierte Eingangshalle, riss die Tür des Raumes auf, trat in das Zimmer und warf die Tür wieder hinter sich zu. Bingström, der an einem Schreibtisch vor einem Laptop saß, drehte sich um und glotzte sie an. Forss war mit drei schnellen Schritten bei ihm, gleichzeitig zog sie die Waffe aus dem Holster unter ihrem Mantel. Mit einer weit ausholenden Armbewegung schlug sie die Längsseite der SIG Sauer an Bingströms Schläfe. Bingströms Augen, die eben noch in einem Moment der Erkenntnis aufgerissen waren, schlossen sich in dem Augenblick, in dem die Waffe gegen seinen Schädel knallte. Sein schwerer Körper wurde mitsamt dem Stuhl, auf dem er saß, nach hinten gerissen und kippte über. Mit einem Knall schlug sein Hinterkopf auf den Fußboden. Forss trat den Stuhl beiseite, stieg über den liegenden Körper und sprang mit den Knien voran auf Bingströms Schultern. Bingström schrie vor Schmerz auf. Das war ein Fehler. Forss rammte den Lauf der SIG Sauer tief in Bingströms geöffneten Mund. Seit sie den Raum betreten hatte, waren keine fünf Sekunden vergangen. Mit einem Klicken entsicherte sie die Waffe und drückte sie noch tiefer in Bingströms Rachen.

»Rede mit mir«, sagte sie leise.

Bingströms Kopf bewegte sich. Zitterte. Oder war es ein schwaches Nicken? Forss zog langsam die Pistole aus Bingströms Mund und lockerte den Druck auf seine Schultern. Der Lauf der Waffe war feucht. Bingström hustete blutige Spucke aus und etwas, das wie ein Teil einer Zahnfüllung aussah.

»Okay«, flüsterte er mit heiserer Stimme. »Okay.«

11

Jerusalem, den 18.10.1948

Geliebter Freund!

Ich weiß kaum, mit welchen Worten ich beginnen soll, mein lieber, mein geliebter Johan, denn du musst mich seit vielen Wochen für vermisst, für tot halten. Und so bin ich voller Angst und Sorge, dass dir meine Zeilen wie ein makabrer, böser Scherz oder wie ein geisterhafter Gruß aus dem Reich der Toten vorkommen müssen. Aber, bitte, sei versichert: Dem ist nicht so! Ich lebe, Johan, aller Vernunft und Wahrscheinlichkeit zum Trotz lebe ich. Und wie gerne hätte ich dir diese frohe Botschaft früher überbracht, wenn ich nur gekonnt hätte! Aber wie sollte ich?
Glaub mir, ich bin dem Tod näher gewesen, als ich mir jemals vorstellen konnte. Über Wochen habe ich in einem tiefen Koma gelegen, mein Körper war fiebrig, mein Bewusstsein an einem dunklen Ort. Und hätten die Mönche hier im Armenischen Hospiz nicht Tag und Nacht um meine Lebensflamme gekämpft und hätte der brave Doktor nicht die Kugeln aus meinem Arm und meiner

Schulter entfernen können, dann wäre ich wohl schon auf der anderen Seite. Gott hat mir eine weitere Chance gegeben. Und nicht nur das, er weist mir auch einen Weg zurück zu dir, mein Geliebter, einen Weg zurück aus diesem heiligen und doch unseligen Land, einen Weg, der vielleicht steinig und gefährlich ist, der aber am Ende unser beider Glück bedeuten kann. Denn jetzt, wo der Graf von diesen Fanatikern getötet wurde und mich die ganze Welt ebenso für tot hält, was hält mich hier noch? Ich weiß, dass deine Familie, dass dein Vater alles tun würde, um unser Zusammensein erneut unmöglich zu machen. Deshalb wäre es dumm, wenn ich als der einzige Überlebende des Attentats, wenn ich als der Held Henrik Larsson mit Glanz und Gloria nach Schweden zurückkehren würde. Glaube mir, die Zeitungen würden ein Ereignis daraus machen, es als das Wunder feiern, das es ja vielleicht ist. Aber wir dürfen uns diese Aufmerksamkeit nicht erlauben, mein Geliebter! Nicht solange dein Vater unserer gemeinsamen Zukunft so uneinsichtig und hasserfüllt gegenübersteht.
Es gibt einen anderen Weg, Johan, einen weitaus klügeren. Wie gerne würde ich dir sagen, wie dieser Weg aussieht, aber glaube mir, genau das würde alles gefährden. Denn wie kann ich sicher sein, dass du diese Zeilen als Erster und als Einziger liest? Dein Vater ist ein einflussreicher, misstrauischer Beschützer, und auch wenn er mich für tot hält, so wird er doch weiterhin bemüht sein, alles Verführerische, alles, was er als Bedrohung ansieht, von dir fernzuhalten. Deshalb will ich kein Risiko eingehen und Einzelheiten meines Plans preisgeben. Ich kann dich nur bitten, mir erneut dein Vertrauen zu schenken. Sei gewiss, ich werde in absehbarer Zeit wieder in Schweden sein. Wie und wann genau, das muss vorerst mein Ge-

heimnis bleiben. Nur so viel möchte ich dir verraten: Die Lösung für unser Problem liegt in der Nähe.
Geliebter Johan, vertraue mir und warte auf mich! Ich verzehre mich so sehr nach deinem Anblick, deinen Berührungen, deinen Küssen! Endlich, endlich wieder in deinen starken Armen liegen und dir nah sein, NAH SEIN! Wie sehr ich das brauche. Ein Leben lang!
Ich liebe dich unendlich,

Dein Henrik

12

Immer wieder kehrte Maria in Gedanken zu den Geschehnissen im Glashaus zurück. Der alte Mann, der starb, war ein böser Mensch, ein Mann, der viel Unheil angerichtet hatte in seinem Leben. Und doch: Konnte sie sich wirklich sicher sein, dass es den Richtigen getroffen hatte? An dem Abend, als er den Vortrag im Stockholmer Schmetterlingshaus gehalten und sie mit Love im Publikum gesessen hatte, war sie nicht vollkommen davon überzeugt gewesen. Etwas länger als eine Woche war das jetzt her. Seine Stimme hatte nichts in ihr ausgelöst, aber anderseits hatte er in einer fremden Sprache gesprochen, Schwedisch, und man klingt anders in einer fremden Sprache. Als sie ihm in die Augen gesehen hatte, war nichts geschehen, hatte es kein Erkennen gegeben, wenn Erkennen überhaupt möglich war, wenn es überhaupt so etwas wie negative Gravitation gab, ein dunkles Band zwischen ihnen. Sie war unsicher geworden. Sie hatte gespürt, dass sie näher an ihn heranmusste, ihm Auge in Auge gegenüberstehen, seinen Atem spüren, das Pochen seines Blutes in den Adern fühlen. Aber diese letzte Gegenüberstellung war ihr auf grausame Art und Weise verwehrt worden. Wie konnte sie sich sicher sein?

SONNTAG

1

Ingrid Nyström wachte früh auf. Natürlich war die Nase noch geschwollen und die Quetschung auch, und ihre Brust schmerzte, wenn sie sich bewegte. Sie betrachtete den hässlichen, violetten Fleck auf ihrer Haut lange im Spiegel der Kleiderschranktür. Als sie hörte, dass Anders sich im Bett bewegte, knöpfte sie schnell ihre Bluse zu. Dann klingelte das Telefon.

Eine Stunde später saßen Hugo Delgado und Anette Hultin in ihrem Wohnzimmer. Nyström legte den Brief zur Seite und lehnte sich im Sofa zurück. Dicht neben ihr saß Anders, er hatte einen Arm um die Schultern seiner Frau gelegt. Draußen, in der Dämmerung des Sonntagmorgens, ging ein böiger Wind.

»Ein Brief«, sagte Nyström. »Es war also ein Liebesbrief,

mit dem Bingström die beiden Männer über Jahre erpresst hat. Wie bitter!«

»Er ist ein mieser Erpresser«, sagte Delgado. »Es ist genau so passiert, wie du es vermutet hast. Er hat Larsson und Lönn zusammen ertappt, Anfang der Achtzigerjahre, als er die Reparaturarbeiten in dem Haus im Wald durchgeführt hat. Dann hat er gezielt nach etwas Kompromittierendem gesucht und schließlich den Brief gefunden und gestohlen. Larsson und Lönn sind vor Angst fast verrückt geworden. Obwohl sich die Zeiten längst geändert hatten, obwohl das Schweden der Achtzigerjahre ja nichts mehr mit dem hasserfüllten gesellschaftlichen Klima der frühen Fünfziger zu tun hatte. Obwohl beide inzwischen gestandene, erwachsene Männer waren und Lönns Vater seit Langem tot, hat sie die Vorstellung einer öffentlichen Demaskierung in Panik versetzt, und sie wollten ihr Versteck um jeden Preis bewahren. Auf Larsson wäre wegen seiner falschen Identität obendrein wohl einiges an behördlichem Ärger zugekommen, auch wenn er im Grunde niemandem wirklich geschadet hatte und wahrscheinlich mit einer überschaubaren Strafe davongekommen wäre. Trotzdem hat er an Bingström gezahlt. Er und Lönn konnten sich innerlich nie vom Spuk der Fünfzigerjahre befreien, das ist das wirklich Tragische an der Geschichte.«

»Sie müssen eine Fallhöhe gespürt haben, die es gar nicht mehr gegeben hat«, sagte Nyström.

»Vielleicht wollten sie der feinen Familie Hedingks auch den gesellschaftlichen Skandal ersparen«, fügte Hultin an, »immerhin galt Johan ja seit Jahrzehnten als vermisst. Wenn er dann so plötzlich aus dem Nichts als Schwuler auftaucht, hätte das wohl für einigen Wirbel gesorgt. Die alte Hedingks ist ja anscheinend so sehr um ihren Ruf bemüht, dass sie selbst heute noch versucht, Einfluss auf unsere Ermittlung zu nehmen.«

Nyström nickte zustimmend. Delgado fuhr fort.

»Bingström schwört jedenfalls Mark und Bein, dass er mit Larssons Tod nichts zu tun hat. Ich weiß nicht. Ich glaube ihm eigentlich gar nichts mehr, aber mein Gefühl sagt, dass er nicht der Mörder ist. Die ganzen Umstände passen nicht zu seinem dumpfen Charakter. Die Sache mit dem Finger und dem Würfel, das traue ich ihm nicht zu, wenn ich ehrlich bin.«

»Was sagt Örkenrud?«

»Muss sich jeden Augenblick melden.«

»Hat Bingström ein Alibi?«

»Ein wachsweiches, er hat mit seiner Frau den ganzen Abend ferngesehen. *Melodifestivalen*.«

Nyström strich sich über das Haar. Ihre Stimme war tonlos.

»Ich weiß nicht so recht. Sein Motiv ist stark.«

»Im Gefängnis landet Bingström auf jeden Fall. Er hat bereits das Geständnis unterschrieben«, sagte Delgado. »Und das ist gut so. Immerhin ein Schwein weniger, das frei herumläuft, auch wenn das Gesellschaftsleben von Växjö darunter leiden wird. So schnell wird es hier wohl kein japanisches Feuerwerk mehr geben.«

Nyström wollte sich ein Lächeln abringen, aber es misslang. Das, was Bingström ihr angetan hatte – und dass es Bingström gewesen war, der sie angefallen hatte, stand für sie außer Frage –, war noch viel zu präsent, um über ihn zu lachen. Außerdem waren ihre Gedanken woanders.

»Sagt mal, wie habt ihr Bingström eigentlich zum Sprechen gebracht?«

Sie sah Delgado an.

Und dann Hultin.

»Es war deine Vorarbeit ...«, sagte Delgado.

»Diese Stina kann sehr überzeugend sein«, sagte Hultin. »Sie ist zu ihm nach Hause gefahren.«

»Stina?«

»Ja, er hat danach gesungen wie ein Vögelchen«, sagte Delgado.

Beide hielten ihrem Blick stand. Dennoch war da etwas in ihren Augen, das sie irritierte. Vor allem bei Delgado.

»Habt ihr eigentlich schon gefrühstückt, oder wollt ihr wenigstens etwas trinken?«, fragte Anders Nyström. »Tee oder Kaffee? Wie steht es mit dir, Schatz?«

Der Moment war vorüber.

Nyström schüttelte den Kopf, Hultin auch. Delgado nahm einen Kaffee. Anders Nyström stand auf und ging in die Küche.

Dann klingelte Delgados Mobiltelefon. Es war Örkenrud. Bingströms Blutprobe stimmte nicht mit den Spuren aus dem Schmetterlingshaus überein, ebenso wenig seine Fingerabdrücke. Das Ergebnis der DNA-Analyse des Haares würde erst in einigen Tagen eintreffen. Aber darauf gab bei der Spurensicherung keiner mehr viel, Bingström war aller Wahrscheinlichkeit nach nicht der Mörder von Henrik Larsson. Delgado bedankte sich und legte auf.

»Verdammt«, sagte Nyström.

»Ja«, sagte Delgado. Und: »Der Brief.«

Hultin sagte: »Es ist der endgültige Beweis, dass Svea Holmgren recht hatte. Unser Toter ist nicht Balthasar Melchior Frost aus Hull in England, sondern Henrik Larsson aus Uppsala.«

Delgado nahm den Faden auf: »Es könnte sich so zugetragen haben: Larsson zieht nach seinem Schulabschluss in die Hauptstadt und nimmt dort ein Studium auf. Studieren könnte er auch in Uppsala, aber womöglich erscheint ihm eine Großstadt der geeignetere Ort, um seine Leidenschaften auszuleben. Im Laufe der folgenden Jahre trifft Larsson Johan Lönn, einen ebenfalls schwulen jungen Mann aus besten Kreisen. Sie verlieben sich und beginnen eine Beziehung, die unter keinem guten Stern steht, denn Adolphius Lönn, Johans einflussreicher Vater, erfährt von der Liebschaft und versucht sie mit allen Mitteln zu verhindern. Eine homosexuelle Beziehung seines Sohnes wäre ein gesellschaftlicher Skandal, den er um jeden Preis vermeiden will. Es reicht schon, dass es Gerüchte um einen schwulen König gibt. Wenn jetzt noch sein eigener Sohn ... Adolphius setzt Hebel in Bewegung. Auf den jungen Henrik Larsson wird Druck ausgeübt. Die beiden Männer sollen voneinander getrennt werden; frei nach dem Motto *aus den Augen, aus dem Sinn*. Die beiden Liebenden weigern sich, Adolphius tobt, droht, bettelt. Alles ohne Erfolg. Schließlich bittet er in seiner Verzweiflung einen alten Freund der Familie um Hilfe: Graf Wennerberg.«

Hultin nahm den Faden auf: »Nach allem, was ich über Wennerberg in der Kürze nachlesen konnte, war er ein kluger und umsichtiger Mann. Es ist kaum vorstellbar, dass er Larsson gegen seinen Willen mit nach Palästina genommen hat. Ich glaube eher, dass er dem jungen Mann eine Perspektive geboten hat. Stellt euch die Situation Larssons vor: ein junger, begabter Mann, der den Halt im Leben verloren hat. Seine Eltern sind bei einem tragischen Unglück gestorben, er beginnt eine leidenschaftliche Liebschaft, die allerdings keinerlei Aussicht auf Erfüllung hat; Johans Vater droht damit, ihnen das Leben zur Hölle zur machen.«

»Und denk daran, was dir Axelsson über Moberg und die Haijby- und Kejne-Affäre erzählt hat!« Delgado ergriff noch mal das Wort: »Eine offene homosexuelle Partnerschaft wäre damals sozialer Selbstmord gewesen. In dieser Situation spricht ihn Graf Wennerberg an. Er bietet Larsson eine Stelle an. Er ist soeben zum UN-Vermittler berufen worden und wird in dieser Funktion nach Jerusalem fahren. Einen jungen, klugen Mann wie Larsson kann er in seiner Entourage gebrauchen; als Sekretär, als persönlichen Assistenten, als Laufburschen, was weiß ich. Larsson fühlt sich wahrscheinlich von dem Angebot geschmeichelt. Der berühmte Graf! Die Vereinten Nationen! Palästina, Israel, Weltpolitik! Es winken Abenteuer, Ruhm und nicht zuletzt ein ordentliches Einkommen. Der Preis dafür wäre, den geliebten Johan zurückzulassen. Larsson denkt nach. Darf er seine Liebe für eine Karriere opfern? Soll er tatsächlich seine Gefühle verraten? Aber andererseits: Was für eine Chance hat die Beziehung zu Johan denn schon? Adolphius Lönn hat mehrfach gedroht, sein Leben zu zerstören.

Und Johan war zu dieser Zeit nicht einmal volljährig. Im Grunde war es strafbar, was er tat. Wollte er wirklich riskieren, ins Gefängnis geworfen zu werden? War es nicht viel klüger, ein oder zwei Jahre zu warten, bis sie wenigstens vor dem Gesetz das Recht hatten, zusammen zu sein? War es nicht viel schlauer, sich zu gedulden und Adolphius in Sicherheit zu wiegen, bis Johan alt genug war? Und vielleicht würde der Vater ja irgendwann seine Haltung aufgeben?«

Hultin und Delgado sahen ihre Chefin an. Die Dinge begannen eine Form anzunehmen. Es war eine Möglichkeit. Nyström sah in das Kaminfeuer, das Anders neu entfacht hatte. Sie sagte nichts.

Delgado fuhr fort.

»Larsson traf eine Entscheidung: Er ging mit Wennerberg in den Nahen Osten. 1948 war das, der Rest ist Geschichte. Am 17. September 1948 verübt ein zionistisches Terrorkommando ein tödliches Attentat auf Wennerberg, mit ihm sterben im Kugelhagel sein schwedischer Sekretär, ein französischer Offizier und der Fahrer, ein Schotte. Wennerbergs und

Larssons sterbliche Überreste werden nach Schweden überführt und feierlich beigesetzt. Zwei schwedische Helden, ein großer und ein kleiner, gestorben im Namen der Gerechtigkeit, so weit schreiben es die Geschichtsbücher. Seit wir den Brief gelesen haben, wissen wir definitiv, dass das nicht stimmt. Larsson stirbt nicht, sondern überlebt schwer verwundet. Statt seiner wird der verstümmelte Leichnam eines Unbekannten, der Tage später in einem Park in der Nähe des Attentatortes gefunden wird, beigesetzt. Larsson muss sich mit letzter Kraft in Sicherheit gebracht haben. Er gelangt irgendwie in das Armenische Hospiz in der Via Dolorosa. Dort liegt er über Wochen in einem fiebrigen Koma, bis er schließlich wieder zu Bewusstsein kommt. Er erholt sich und beginnt, über seine Situation nachzudenken. Vielleicht bekommt er eine englischsprachige Zeitung in die Hände, vielleicht hört er es von anderen Kranken: Graf Wennerberg, dessen Protegé er war, ist ermordet worden. Er ist schockiert. Er liegt vollkommen allein und von allen verlassen in einem kleinen, muffigen Zimmer am Ende der Welt. Was hat ihn dorthin getrieben? Wie konnte er sich in eine solche Situation bringen? Wenn er nur wieder in Schweden sein könnte! Wenn er nur wieder bei Johan sein könnte! Und dann begreift er seine Chance. Die ganze Welt, sogar Johan, muss ihn für tot halten. Was wäre, wenn er nach Schweden zurückkehren würde? Als Toter, als Unsichtbarer oder als jemand anderes.«

»Frost«, sagte Ingrid Nyström. »Er wird zu Balthasar Melchior Frost.«

Anders kam mit dem Kaffee ins Wohnzimmer zurück. Er stellte das Tablett auf den Sofatisch, dann setzte er sich wieder ganz nah neben seine Frau.

»Die Frage ist nur, wie? Wie wird er zu Frost?«, fragte sie.

»In dem Brief schreibt er von einem Geheimnis und von

einer Lösung, die direkt in seiner Nähe ist, im Armenischen Hospiz in der Altstadt von Jerusalem, in der Via Dolorosa«, sagte Delgado.

»Via Dolorosa«, sagte Anders Nyström, »das bedeutet *Die Straße der Schmerzen*. Der Leidensweg, den Jesus Christus mit seinem Kreuz gegangen ist. Es ist der Weg vom Amtssitz des Pontius Pilatus nach Golgatha, der Hinrichtungsstätte, auf der er gekreuzigt wurde.«

»Du Experte«, sagte Ingrid Nyström und strich ihrem Mann über den Kopf.

»Das Armenische Hospiz gibt es noch«, sagte Delgado, »wir haben da angerufen. Die Mönche sprechen selbst heute kaum Englisch. Aber sie betreiben ein Guesthouse für Pilger. Der Mann am Telefon wusste natürlich nichts von einem Henrik Larsson. Aber sie haben ein Archiv, darin lagern sie unter anderem die Krankenakten seit Bestehen des Hospizes. Für Historiker ist es einsehbar, hat mir der Mönch erklärt, eine Art Präsenzbibliothek.«

»Was heißt das?«, fragte Nyström. Sie sah von Delgado zu Hultin. »Und schaut mich nicht so seltsam an. Ihr glaubt doch nicht im Ernst, dass ich jemanden nach Israel schicke?«

Es war schließlich Delgado, der antwortete.

»Ich weiß gar nicht, wie ich es sagen soll, Ingrid, aber das mit dem Losschicken, das ist wohl gar nicht mehr notwendig.«

Nachdem Delgado und Hultin gegangen waren, fragte Anders, ob sie mit zum Gottesdienst wolle. Wenn ihr danach sei, könne sie die Fürbitten vorsingen, die Gemeinde würde sich freuen. Sie überlegte. Die Kirche war ein Ort, an dem sie sich wohlfühlte, ein Platz, an dem sie jeden Sonntag Sicherheit und Ruhe fand. Sie mochte den Geruch der Kerzen und der alten Holzbänke, sie mochte Anders' Stimme, wenn er den Gottesdienst abhielt, und sie mochte den Hall ihrer eigenen Stimme, wenn sie sang. Dann entschied sie sich dagegen, ohne dass sie hätte sagen können, warum.

Als er gegangen war, räumte sie den Tisch ab und stellte die Spülmaschine an. Sie nahm den Staubsauger und saugte die ganze untere Etage. Danach ließ sie sich aufs Sofa fallen. Sie war nass geschwitzt. Sie nahm eine Dusche und zog sich ihren besten Hosenanzug an. Anschließend ging sie noch mal ins Bad und schminkte sich. Das tat sie sonst nur bei Hochzeiten oder anderen außergewöhnlichen Ereignissen.

Anders war trotz des Nieselregens mit dem Fahrrad zur Kirche gefahren, deswegen konnte sie den Audi nehmen, der einen CD-Spieler hatte. Sie entschied sich für Bachs *Johannespassion*.

Erik Edman hatte ein Haus in Evedal, es stand zwar nur in zweiter Reihe zum See und hatte keinen unverbauten Blick aufs Wasser, aber es gehörte trotzdem zu den besten hundert Grundstücken Växjös. In der Auffahrt standen zwei identische, weiß lackierte Volvo-Flaggschiffe der neusten Generation. Wie abwechslungsreich, dachte Nyström. Sie klingelte.

Ein etwa dreijähriges Mädchen öffnete die Tür und sah sie mit großen Augen an.

Dann erschien im Hintergrund eine hübsche, dunkelhaarige Frau, die ein zweites, jüngeres Kind auf dem Arm hatte. Eine weitere Tür ging auf, und Edman machte das Familienglück komplett. Er trug eine Schürze mit dem Aufdruck *Master Of Disaster* und hielt ein Küchenmesser in der Hand, an dessen Klinge Petersilienkrümel klebten.

»Störe ich?«, fragte Nyström.

Seit dem grotesken Gespräch mit Iverus war sie Edman aus dem Weg gegangen, und auch ihr Vorgesetzter hatte wenige Anstalten gemacht, ihre Nähe zu suchen. Sie hatte ihn in knappen Memos über das Ermittlungsgeschehen informiert, und es hatte von seiner Seite keine weiteren Nachfragen gegeben. Ihr Verdacht war, dass er damit zufrieden war, dass Hildegard Hedingks bis auf Weiteres aus der Ermittlung herausgehalten worden war und er offensichtlich keinen weiteren Druck aus Stockholm bekam, denn den hätte er wohl ohne zu zögern an sie weitergeleitet.

»Schön hast du es hier am See, Erik.«

Edman hatte sie in sein Arbeitszimmer gelotst. Es war mit Golfutensilien vollgestopft: Pokalen, Schlägern, einem Regal voller bunter Bälle. Es gab sogar eine Art Plastikbahn auf dem Fußboden, auf der man das Einlochen üben konnte.

»Danke. Du bist doch nicht gekommen, um mir das zu sagen? Und was ist dir eigentlich passiert? Hattest du einen Unfall?«

Edman starrte auf ihre geschwollene Nase, schüttelte die Uhr an seinem Handgelenk und stützte sein Kinn auf die Hand. Seine Beine hatte er übereinandergeschlagen. Er ist um seine Chefhaltung bemüht, um Autorität, dachte sie, aber in seiner bedruckten Schürze, umgeben von diesem ganzen Golfnippes, sieht er einfach nur albern aus.

»Nichts weiter, nur eine Kleinigkeit«, sagte sie. Sie sprach langsam, sah ihm dabei in die hellen, hübschen Augen.

»Und du hast recht. Ich bin nicht gekommen, um dein Haus zu bewundern oder deine sicherlich sehr nette Familie kennenzulernen. Ich bin hier, um dir zwei andere Dinge zu sagen.«

Sie schluckte. Dann fuhr sie fort.

»Erstens: Du bist ein miserabler Chef, Erik. Und das hat nur zum Teil mit deiner mangelnden praktischen Berufserfahrung, deinem fehlenden kriminalistischen Sachverstand oder deiner beschränkten Auffassungsgabe zu tun. Oder mit der Tatsache, dass du morgens der Letzte bist, der kommt, und nachmittags der Erste, der geht. Weißt du eigentlich, wie sie dich hinter deinem Rücken nennen? Halbvier-Erik. Ich finde, damit ist dir noch geschmeichelt, eigentlich müsste es Viertel-vor-drei-Erik heißen.

Mir ist es ein Rätsel, wie du auf diesen Posten gekommen bist. Vielleicht hast du Qualitäten, die mir entgehen. Vielleicht hast du ein Talent, dich zu präsentieren, und ja, es sieht ganz hübsch und vertrauenerweckend aus, wie du in den Hochglanzbroschüren in die Kamera lächelst, vielleicht ist es das, wozu man dich braucht, vielleicht bist du deshalb politisch gewollt. Aber glaub mir, jeder einzelne Polizist in Växjö wünscht sich, dass jemand anderes deinen Posten übernimmt, und das hat einen Grund: Du hast kein bisschen Rückgrat, Erik! Als Chef solltest du dich schützend vor deine Mitarbeiter stellen, anstatt ihnen in den Rücken zu fallen, sobald es ein wenig Gegenwind gibt!«

Edmans Miene war regungslos. Er sah zu dem Regal mit den Golfbällen auf.

»Zweitens: Hildegard Hedingks hat uns belogen. Sie hatte Kontakt zu ihrem Bruder Johan, und sie wusste von seiner Beziehung zu Henrik Larsson. Larssons aufgespießte Schmetterlinge hängen in ihrem Wohnzimmer. Sie verschweigt etwas, und ich will wissen, was es ist. Deshalb werde ich sie gleich morgen zum Verhör hierherbestellen, und wenn ich sie dazu verhaften lassen muss, und dagegen werden weder du noch dieser Iverus noch irgendein Stockholmer Anwalt etwas tun.«

Jetzt bewegte sich etwas in Edmans Gesicht. Sein Mund ging auf. Dann sprach er. Schnell.

»Du machst einen Fehler, Ingrid! Einen Riesenfehler. Du hast ja keine Ahnung, welche Möglichkeiten Iverus hat. Und wer hinter ihm steht. Wenn du Hedingks verhaftest, ist deine Karriere gelaufen, glaub mir, und meine gleich mit. Die drehen das so hin, dass du nie wieder ein Bein auf den Grund bekommst, weder hier in Växjö noch sonst wo.«

Sein Blick flackerte. Darin stand Angst.

»Was willst du damit sagen, Erik? Dass ich, dass wir beide gravierende Dienstvergehen begehen sollen, um unsere Karrieren zu retten?«

»Wenn du es so sehen willst, ja. Ja, das will ich damit sagen. Denk doch mal nach! Wem ist denn damit genützt, wenn du diese Hedingks vorlädst? Niemandem! Larsson ist tot, daran können wir auch nichts mehr ändern. Ob wir seinen Mörder nun finden oder nicht.«

»Und das aus dem Mund eines Polizeichefs«, sagte sie angewidert. Sie stand auf, nahm ihren Mantel von der Stuhllehne und ging zur Tür. Im Türrahmen drehte sie sich um.

»Ach, da ist noch eine Sache. Es hat sich herausgestellt, dass dein Golfkumpel Bingström Henrik Larsson jahrelang erpresst hat. Das Geständnis hat er bereits unterschrieben. Und wenn du weiterhin diese Ermittlung blockierst, zerre ich dich vor Gericht und du kannst mit Bingström gemeinsam in einer Zelle das Putten üben.« Dann drehte sie sich um und ging aus dem Zimmer in den langen Flur.

»Du kannst mir nichts«, rief ihr Edman hinterher. »Gar nichts!«

Bei der Garderobe, wo Nyströms Schuhe standen, spielte das kleine Mädchen mit Autos und einem Spielzeugparkhaus.

»Na, du«, sagte Nyström und strich dem Kind über den Schopf.

»Ich habe Hunger«, sagte das Mädchen.

»Was gibt es denn heute bei euch zu essen?«, fragte Nyström.

»Verbrannten Fisch«, sagte das Mädchen und verdrehte die Augen.

Erst als sie wieder im Auto saß, nahm sie Anders' Mobiltelefon aus der Manteltasche. Er hatte ihr genau erklärt, wie man die Sprachaufnahmefunktion bediente. Sie hörte sich die Aufnahme an. Es war jedes Wort zu verstehen, klar und deutlich. Manchmal hatte es auch Vorteile, einen technikbegeisterten Mann zu haben.

2

Er hatte den ganzen Vormittag geputzt. Normalerweise war das eine Tätigkeit, die ihm eine tiefe Befriedigung verschaffte, doch das vertraute Wohlgefühl stellte sich nicht ein. Er war voll von anderen Gefühlen, von Wut und Verzweiflung. Er brauchte Frosts Schatz so dringend. Was sollte nur werden ohne ihn? Er hatte lange darüber nachgedacht in der Nacht. Sollte er es wagen und zurückfahren zum Haus des Alten? Das Risiko war erheblich. Es hatte einen Toten gegeben, die Polizei würde alles abgesperrt haben. Vielleicht warteten sie nur darauf, dass er sich dort blicken ließ, sein Auto hatten sie immerhin auch schon gefunden. Er musste vorsichtig sein. Außerdem hatten sie wahrscheinlich alles Wichtige aus dem Haus entfernt, Beweismaterial sichergestellt, so hieß es immer in den Krimis im Fernsehen. Nein, zum Haus zurückzufahren wäre dumm. Es musste einen anderen Weg geben. Die Frau, er musste sie finden, sie war der Schlüssel zu allem.

Er stand unbekleidet in der Duschkabine und schrubbte die Fugen der Kacheln mit einem scharfen Reiniger. Das Brennen der Dämpfe in seiner Nase gefiel ihm. Es war, als ob sie ihn innerlich reinigten. Und eine Erinnerung hervorriefen. Das dunkle Gesicht, er wusste wieder, woher er es kannte: Er hatte die Frau im Schmetterlingshaus in Stockholm gesehen. Dort, wo der Alte seinen Vortrag in der schwülwarmen Luft gehalten hatte. Er war hingefahren und hatte sich ins Publikum gesetzt. Der Alte hatte ihn sehen sollen, hatte begreifen sollen, dass er es ernst meinte. Und da war auch die Frau gewesen. An einem der Tische im Hintergrund. Sie war nicht allein gewesen, sondern in Begleitung einer anderen, etwas jüngeren Frau. Er sah jetzt beide Gesichter vor sich, ein dunkles und ein helles. Er erinnerte sich gut. Er hatte es nämlich hübsch gefunden, das helle Gesicht. Er, der aus der Ferne begehrte, hatte es sich eingeprägt. Das blonde Haar, die hohen Wangen, ihre Brüste unter dem weißen T-Shirt. Eine begehrenswerte Frau, auch wenn sie ein zu jugendliches T-Shirt getragen hatte, nach seinem Geschmack. Frauen in ihrem Alter sollten Wert auf anständige Kleidung ...

Das T-Shirt!

Es hatte etwas auf dem T-Shirt gestanden.

Ein Motto. Ein Club. Nein. Eine Organisation. *Ärzte für Palästina* hatte auf dem T-Shirt gestanden.

Er sprang aus der Dusche und eilte zu seinem Computer. Die Tastatur hatte seinen Wutausbruch überlebt. Er tippte und klickte wie ein Wahnsinniger. Google ist ein Gott, dachte er, als er die Suchergebnisse sah.

Ärzte für Palästina war ein Verein, der medizinische Hilfe für den Gazastreifen und die Westbank organisierte. Es gab in Schweden drei Dependancen, in Norrköping, Skellefteå und Stockholm. Die Sektion des Vereins in Stockholm war die einzige, die ein Gruppenfoto ihrer Mitglieder hochgeladen hatte, augenscheinlich von einem Grillfest, Männer und Frauen in Schürzen winkten, schwangen Grillzangen durch die Luft und lachten in die Kamera. *Die Erlöse des jährlichen Augustfestes kommen unseren Schwestern und Brüdern in Gaza zugute.* Stand unter dem Foto. Dann die Namen der Internisten und Zahnärzte, der Proktologen und Chiropraktiker. Er hatte Glück. Sie stand lächelnd in der zweiten Reihe und hatte eine Kochmütze auf. Der Bildunterschrift zufolge war sie Allgemeinmedizinerin und hieß Love Lindgren. Ein hübscher Name, dachte er. Passt zu ihrem hübschen, hellen Gesicht. Alles war so einfach. Er fand ihre Adresse im Online-Telefonbuch. Sie lag in Stockholm-Nacka. Er jaulte auf vor Freude, wie ein junger Schlittenhund. Mit einem gemieteten Wagen konnte er in zweieinhalb Stunden da sein. Wenn man Google Maps glaubte. Aber warum sollte er einem Gott misstrauen?

3

Als Nyström an der anderen Seite des Sees die L30 Richtung Norden fuhr, spürte sie, wie eine Last von ihr abfiel. Das Gespräch mit Edman war wichtig gewesen, eine Befreiung. Sie sah auf die Uhr, bald war es halb zwei, viel war von ihrem Wochenende nicht mehr übrig. Als sie um die Kurve bog, sah sie wieder den eisbedeckten See, dunkel lag er da, wunderschön. Dieser Blick war eine der wenigen positiven Seiten, die der lange Arbeitsweg in die Stadt mit sich brachte. Sie hob die Schultern und atmete tief ein, hielt den Atem lange an, pustete durch. Eigentlich konnte sie jetzt ihre Mutter besuchen, das hatte sie sich vorgestern schon vorgenommen, aber in dem ganzen Schlamassel vergessen. Anders würde bestimmt nicht gerne den Sonntagskaffee alleine trinken, aber sie wäre ja spätestens am Abend wieder zu Hause. Früher hatte ihre Mutter auch auf dem Land gewohnt, nachdem der Vater vor einigen Jahren gestorben war, war sie allerdings in eine kleine Wohnung in der Stadt gezogen. Gullan wollte da sein, wo es lebendig war, wie sie sagte. Vier ihrer Enkelkinder wohnten in Växjö, und Ingrid wusste, dass zumindest Anna die Großmutter mehrmals die Woche besuchte. An der nächsten Wendemöglichkeit drehte sie um. Sie versuchte Anders' Handy aus ihrer Tasche herauszufischen, gab aber schnell auf. Sie beschloss ihn anzurufen, wenn sie auf dem Parkplatz vom ICA-Maxi stand. Dass der Supermarkt auch sonntags aufhatte, war ein Triumph des Kommerzes über den heiligen Ruhetag, und obwohl sie Anders' Kritik daran teilte, fand sie es in verrückten Arbeitswochen wie dieser praktisch. Für ihre Mutter war es sehr mühsam, alleine einzukaufen, und so konnte sie ihr ein paar Lebensmittel mitbringen. Sie freute sich beinahe darauf, eine Weile zwischen den vollen Regalen entlangzuschlendern und alles anzugucken, was sie vielleicht irgendwann gebrauchen könnte. Das war eine Entspannung, die sie jetzt vertragen konnte. Sie fand einen Parkplatz ganz hinten rechts in der Ecke, in der sie zu parken pflegte. Ohne diese Routine hatte sie Angst, nach dem Einkaufen ihren Wagen auf dem riesigen Areal nicht mehr wiederfinden zu können. Einmal war sie beinahe eine halbe Stunde in dem überdimensionierten Carré zwischen dem Supermarkt und den anderen Geschäften hin und her geirrt.

Mehr als eine Stunde später kehrte sie zu ihrem Wagen zurück. Sie rief Anders an und teilte ihm mit, dass sie erst zum Abendessen nach Hause kommen würde. An seiner Stimme hörte sie, dass er sich um den Nachmittag mit ihr beraubt fühlte, er wollte allerdings auch nicht zu ihr und ihrer Mutter in die Stadt fahren. Sie überlegte dann, ob sie ihre Mutter anrufen und sich ankündigen sollte, entschied aber, dass es überflüssig war. Ihre Mutter gehörte einer Generation an, die unter Spontaneität etwas anderes verstand, als sich kurzfristig übers Handy zu verabreden. Sie war immer zu Hause und ihre Tochter jederzeit willkommen.

Als Nyström klingelte und auf die Uhr sah, wurde ihr klar, dass sie ihre Mutter vielleicht aus dem Mittagsschlaf riss. Jetzt war es zu spät. Aber dann wurde die Tür geöffnet. Ihre Mutter hatte nicht geschlafen, sie war vollständig angezogen und schien sich nicht zu wundern, dass ihre Tochter zu Besuch kam, eher war es so, als hätte sie auf sie gewartet. Kurz musste sie an Axelsson denken.

»Aber was ist denn mit deiner Nase passiert?«

Gullan Mathisson sah sie entsetzt an. Ingrid Nyström trat ein und zog sich Mantel und Stiefel aus.

»Ach, nichts Dolles. Gestern Abend war die Einfahrt spiegelglatt, da bin ich ausgerutscht und mit meinem Kopf gegen das Garagentor geknallt.«

»Das sieht ja schlimm aus! Ihr müsst wirklich sorgfältiger streuen, wenn es friert!«

»Ja, ja.«

Nyström folgte der Mutter in die Küche und stellte die Einkaufstüte auf den Küchentisch. Dann setzte sie sich auf einen Stuhl. Der Einkauf hatte sie müde gemacht, außerdem fühlte sie sich immer schlecht, wenn sie log, besonders gegenüber ihrer Mutter.

»Vielleicht solltest du damit morgen einmal zu einem Arzt gehen. Übrigens, Anna war vorher hier, mit dieser Freundin, Madeleine. Sehr nettes Mädchen. Hast du sie mal getroffen?«

Madeleine. Nyström suchte in ihrem Gedächtnis. War das nicht das Mädchen, das bei ihr gewesen war, als Anna ihre Haare geschnitten hatte? Die andere Friseurschülerin? Es war ihr unangenehm, dass sie es nicht mehr genau wusste. Ihre Mutter schien besser Bescheid über die Freunde ihrer Tochter zu wissen als sie. War das ein versteckter Vorwurf, dass sie der Arbeit zu viel Zeit widmete? Vernachlässigte sie ihre Familie zu sehr? Jetzt war sie hier bei ihrer Mutter, und trotzdem fühlte sie sich schuldig, weil sie nicht gleichzeitig bei ihren Kindern, Enkelkindern und ihrem Mann sein konnte. War das wirklich das Schicksal einer, nun ja, *Karrierefrau*? Hatte Berg mit ähnlichen Problemen zu kämpfen gehabt? Sie konnte sich das nicht vorstellen.

»Wie geht es Lars? Lange nichts von ihm gehört.«

Themawechsel, Lars war ihr Bruder. Sie wollte jetzt nicht über ihre Kinder reden.

»Er ist gerade mit Barbro für eine Woche auf Kreta. Sie wollten wohl nicht auf den Sommer warten, aber richtig warm ist es dort angeblich auch nicht um diese Jahreszeit. Ich verstehe nicht, warum Menschen für nur eine Woche von hier nach dort fliegen sollen.«

»Wenigstens sind sie nicht nach Thailand geflogen.«

»Wieso nicht nach Thailand?«

»Nee, ich meine nur, dass viele das machen. Dahin fliegen, meine ich. Ist ja noch weiter.«

Trotzdem spürte sie einen Stich von Neid. Eine Woche Kreta hätte sie in dieser trostlosen Februarkälte auch gut vertragen können. Ihr Bruder bekam so etwas irgendwie immer besser hin als sie.

»Nimmst du ein Stück Sahnetorte zum Kaffee? Die Nilssons waren gestern hier und haben Fotos von ihren Gartenplänen gezeigt, ein wahnsinniges Vorhaben, ganz toll, na ja, daher habe ich noch fast eine halbe Torte im Kühlschrank.«

Nyström schüttelte innerlich den Kopf. Diese Alten, die mit ihren schlechten Herzen und Arthritis zu kämpfen hatten, aßen immer Sahnetorte, Kekse und Kuchen, wenn sie sich trafen, und dann auch die Reste die vier Tage danach. Nyström hatte sich in den letzten Tagen nicht gerade viel bewegt, aber trotzdem hatte sie Lust auf das Stück Kuchen, das ihre Mutter ihr auf dem Teller anrichtete.

»Was wollen die Nilssons mit ihrem Garten machen?«

»Ein asiatischer Teich und ein künstlicher Wasserfall und alles voll mit Blumen, ganz schön wird das werden, du wirst es wohl im Sommer sehen.«

Die Nilssons waren ehemalige Nachbarn. Nachdem die Kinder ausgezogen waren, steckten sie ihre ganze Freizeit in den Garten, ein Projekt nach dem anderen. Nyström fragte sich, ob sie überhaupt einmal Zeit hatten, das alles zu genießen, was sie da geschaffen hatten. Sie tranken den Kaffee und schwiegen. Die Mutter schien ganz woanders zu sein. Plötzlich fiel ihr etwas ein. Eine Frage, die seit gestern in ihr Gestalt angenommen hatte.

»Wie war es eigentlich damals, als es in Papas Bank diesen Überfall gegeben hat und er verletzt worden ist?«

»Was, Papa? Der Überfall? Die Bank? Ach ja, das.« Die alte Frau musste erst ihre Gedanken ordnen. »Ich weiß nicht, wie meinst du das?«

Nyström aß von ihrem Kuchen.

»Na ja, ist er danach ängstlicher geworden? Hat er nachts schlecht geträumt? Hat er seinen Beruf danach immer noch gemocht?«

Ihre Mutter rührte in ihrem Kaffee.

»Komisch, dass du danach fragst. Das ist Ewigkeiten her. Fünfzig Jahre? Aber ... ja, er hat sich von diesem Überfall schon einschüchtern lassen. Er war auch ein paar Tage im Krankenhaus, und die Ärzte haben damals gesagt, dass er wirklich Glück gehabt hatte mit dem Messerstich. Zehn Zentimeter weiter rechts, haben sie gesagt, und es hätte böse enden können. Das ging ihm nicht so schnell aus dem Kopf. Ein Teil seiner Unbekümmertheit ist ihm verloren gegangen, das habe ich schon gemerkt.«

»Woran?«

»Na ja, er hat insgesamt besser aufgepasst, die Haustür immer abgeschlossen, sich Sorgen gemacht, als du und Lars abends unterwegs wart. Er hat wohl seinen Glauben an das Gute im Menschen ein Stück verloren. Sagt man nicht so? Aber wieso fragst du danach?«

»Ach, nur so.«

Nyström wusste, weshalb sie ihre Mutter belogen und den Überfall verschwiegen hatte. Das würde Gullan nur unnötige Sorgen bereiten. Irgendwie hatte sie immer das Gefühl, als wäre ihre Mutter nie ganz mit ihrer Berufswahl zufrieden gewesen, als könnte sie nicht verstehen, warum ausgerechnet ihre Tochter sich mit den Kriminellen dieser Stadt herumschlagen musste.

»Solche Verbrecher sollten jedenfalls nicht ungestört das Leben anderer zerstören können.« Nyström schob ihre Kaffeetasse und ihren Kuchen zur Seite und griff nach der Einkaufstüte. Sie hatte völlig vergessen, den Käse und die Milch in den Kühlschrank einzuräumen.

4

Die Empfangshalle des Ben-Gurion-Flughafens in Tel Aviv sah so aus, wie sich Stina Forss als Kind den Tempel des Königs Salomon vorgestellt hatte: hohe Säulen, weißer Marmor, goldenes Dekor, metergroße Brunnen. Und so geschäftig wie in einem biblischen Tempel ging es auch in der von Kunstlicht durchfluteten Halle zu. Touristen mit bonbonfarbenen Rollkoffern, Backpacker, Geschäftsleute, Soldaten, jüdisch-orthodoxe Großfamilien, arabische Familienclans wirbelten in einem bunten Treiben durcheinander. Sie hörte Sprachfetzen in Englisch, Russisch, Hebräisch, Deutsch. In der Luft hing ein leichter Geruch von Zuckerwatte, und unter der hohen Decke klebten Dutzende silbrig glänzender Heliumballons; Forss konnte Herzen erkennen und Pferdchen und einen erschlaffenden Spiderman. Jetzt bin ich also im Heiligen Land, dachte sie. Es hat hier einen Hauch von Kirmes, nur dass die Fahrgeschäfte fehlen.

»Jüdisch?«, hatte der Beamte am Einreiseschalter gefragt.

»Nein, Touristin«, hatte sie geantwortet.

Was für eine blöde Antwort, dachte sie später.

Als sie durch die gläsernen Schiebetüren ins Freie trat, blies ihr warmer Wind ins Gesicht. Es war acht Uhr am Abend und bereits dunkel. Über ihr standen Sterne und ein heller Dreiviertelmond am wolkenlosen Himmel. Sie schloss für einen Moment die Augen und atmete tief durch. Früher hätte sie in so einem Augenblick eine Zigarette geraucht, aber das tat sie jetzt nicht mehr.

Das Nikotin, auf das Forss vor dem Flughafen verzichtet hatte, wurde ihr im Taxi zugeführt; der Fahrer raste über die Autobahn und rauchte eine Zigarette nach der anderen. Forss verlor sich in dem Geruch des schwarzen, starken Tabaks wie in einer Erinnerung. Sie sah aus dem Fenster in die frühe Nacht, im Mondschein konnte sie rechts und links der Fahrbahn baumlose, kahle Hügel ausmachen. Irgendwo glaubte sie kurz ein Schaf oder eine Ziege oder ein anderes Tier auf der Kuppe eines Hügels zu sehen, sicher war sie sich allerdings nicht. Aus dem Autoradio schepperte arabische Popmusik, die technoide Basslinie des Songs war aufpeitschend, dennoch lag ein ferner Schmerz in dem Lied, den sie nicht verstand. So wenig wie sie das ganze Land begriff, durch das sie gerade fuhr. Oder musste man von zwei Ländern sprechen? Israel. Und das, was einmal Palästina gewesen war oder noch immer war oder eines Tages werden sollte. Was wusste sie schon über Israel und Palästina? Sie schaute Nachrichten, las ab und zu Zeitung. Israel, das wusste sie, war ein Staat, zu dem man eine Meinung haben sollte, oder eine Position. Besser noch eine Haltung. Besonders als Deutsche. Sie fand das schwer, auch als Halbdeutsche. Wie sollte man eine Haltung haben zu einem ganzen Land? Zu all den Menschen, die dort lebten, zu all den Dingen, die dort gleichzeitig passierten, zu fünftausend Jahren Geschichte? Sie hatte sich in Stockholm vor dem Flug einen Reiseführer gekauft. Nachdem sie auf den ersten Seiten zum dritten Mal *Land der Widersprüche* gelesen hatte, hatte sie das Buch wieder zugeklappt und in das Netz vor ihrem Sitz zu der Mappe mit den Instruktionen zur Flugsicherheit und den Werbeheften gelegt. Dort lag es noch immer, nur den Stadtplan von Jerusalem hatte sie herausgenommen. Was war also eine Haltung? Und wer hatte eine Haltung zu Belgien oder den Niederlanden? Oder zu Schweden?

Sie sah weiter aus dem Autofenster in die Mondlandschaft. Die Straße Richtung Jerusalem stieg ständig an, die Luft, die durch das offene Fenster hereinströmte, war jetzt kälter als vorhin.

»Fahren wir gerade durch Israel oder durch palästinensisches Gebiet?«, wandte sie sich von der Rückbank aus an den Fahrer. Das dunkle Augenpaar im Rückspiegel sah sie lange an.

»Weder noch«, antwortete der Fahrer schließlich. »Hier ist nur totes Land.«

Ihr Hotel war ein moderner zehnstöckiger Komplex im Stadtzentrum. Forss warf ihre wenigen Sachen auf das Bett und stieg unter die Dusche. Das Wasser roch stark nach Chlor und trocknete ihre Haut aus. Nachdem sie sich abgetrocknet hatte, fühlte sich ihr Körper wund an. Sie hatte keine Feuchtigkeitslotion dabei, nur Penatencreme. Sie cremte sich damit ein, obwohl ihre Haut dadurch weiß angemalt wurde. Ich sehe aus wie eine Voodoo-Priesterin vor einem Voodoo-Ritual, dachte sie. Sie setzte sich auf die Bettkante und massierte die Creme ein, so gut es ging. Bald würde sie mit ihrer Chefin telefonieren müssen, aber nicht jetzt. Später. Sie dachte an das, was Bingström Ingrid Nyström angetan hatte. Männer, die Frauen schlugen.

Bingström, das Schwein. Und Vater. Dann dachte sie an Sebastian.

Sie ließ sich durch das Geflecht der Straßen in der Innenstadt treiben. Die Straßenlaternen in der Fußgängerzone Ben Jehuda waren alte Jugendstilarbeiten und erinnerten sie an die Eingänge der Pariser Metro. In einer Schaufensterauslage waren Kippot ausgestellt. Zu ihrer Verwunderung gab es die religiösen Kopfbedeckungen auch als gehäkelte Smileys, *Pringles-Chips*-Gesichter und Embleme diverser Fußballmannschaften, von Real Madrid bis zum FC Chelsea. In einer Nebenstraße der King George Street fand sie eine Bar, die Sandwiches servierte, außerdem liefen The Smiths. Forss blieb und aß und trank dazu zwei Flaschen Beck's. Als die CD durchgelaufen war, ging sie aufs Klo. Die gekachelten Wände der Toilette waren mit Stickern vollgeklebt, die für Tanzveranstaltungen und Partys warben, viele waren nicht auf Hebräisch, sondern auf Englisch. Der große Renner schienen Gast-DJs aus Berlin zu sein. Offenbar gab es hier keine sonderlichen Vorbehalte gegen deutschen Kulturexport, zumindest nicht, was Bier und Technomusik anging.

Sie ging in eine weitere Bar. Obwohl Sonntagabend war, herrschte eine sehr ausgelassene Atmosphäre. Neben dem Tresen gab es eine Tanzfläche, auf der sich zwanzig, dreißig junge Menschen drängten. Der DJ spielte Indie-Dancefloor: Arctic Monkeys, Franz Ferdinand, The Hives. Das Publikum schien international zu sein: Israelis, Italienerinnen in Pfadfinderhemden, eine Gruppe Holländer. Neben der Wirtin war sie wahrscheinlich die Älteste in dem ganzen Laden. Sie bestellte mehr Bier. Als Art Brut lief, begann sie zu tanzen. Später stand sie verschwitzt am Tresen. Einer der Holländer sprach sie an. Er war groß, hatte eine spitze Nase und lächelte.

»Woher kommst du?«, fragte er. Er stand so nah vor ihr, dass sein Knie ihr Bein berührte.

»Aus Deutschland«, sagte sie.

»Oh«, sagte er. Dann prostete er ihr kurz mit seiner Bierflasche zu und war auf der Tanzfläche verschwunden.

Sie lief noch eine Weile durch die Stadt, bevor sie zu ihrem Hotel zurückkehrte. Sie genoss den kühlen Nachtwind auf ihren Wangen und trank ein letztes Bier, das sie mit aus der Bar genommen hatte. Irgendwann las sie das Straßenschild *Hapalmach*. Gleich hier, an der Ecke Ben Zion Gini Square, hatte das Terrorkommando die tödlichen Schüsse auf Wennerberg abgegeben. Weiter östlich, in Richtung der Altstadt, fand Forss den kleinen Park, in dem der Leichnam gefunden worden war, den man fälschlicherweise für Henrik Larsson gehalten hatte. Die Grünanlage bestand aus kaum mehr als einem tennisplatzgroßen Stück Rasen, einigen Kiefern, Palmen und Büschen. Nachdem sie sich vergewissert hatte, dass keine Passanten in der Nähe waren, pinkelte sie hinter einen Rhododendronstrauch.

5

Von den Schären her schrien die Möwen. Maria fuhr aus dem Schlaf hoch. In ihren Träumen war sie wieder in dem Glashaus gewesen. Der fremde Mann hatte sie gejagt. Er war hinter ihr her, immer noch, die Angst war real, steckte ganz tief in ihr. Während sie aufwachte, begriff sie: Dieser Mann war kein Fremder. Sie war ihm schon einmal begegnet, im Stockholmer Schmetterlingshaus, als Frost seinen Vortrag gehalten hatte. Der Mann hatte den ganzen Abend zu Love und ihr herübergestarrt. Daher ihre Panik, ihre anhaltende Unruhe. Er musste sie erkannt haben, an dem Abend in dem Glashaus. Und wahrscheinlich war er längst auf der Suche nach ihr.

MONTAG

1

Der einzige dunkle Hosenanzug, der keine Flecken hatte und nicht in der Reinigung war, kniff sie an den Oberschenkeln und am Po, trotzdem zwängte sie sich hinein. Wenigstens war ihr schwarzer Mantel sauber, auch wenn er für die Jahreszeit viel zu dünn war, deshalb wickelte sie sich einen von Anders' grauen Schals um den Hals und fand in der Schublade unter der Garderobe eine schwarze Wollmütze, die einmal Anna gehört hatte, damals, in ihrer Gothic-Phase. Sie hatte es immer noch nicht geschafft, ihre Tochter zurückzurufen, fiel ihr ein, spätestens heute Nachmittag, schwor sie sich. Wenn man die Mütze entsprechend drehte, verschwand der eingestickte Schriftzug *The Cure* im Kragen unter dem Schal, stellte sie vor dem Spiegel fest. Es musste gehen, etwas Angemesseneres würde sie auf die

Schnelle nicht finden, die letzten Beerdigungen, auf denen sie gewesen war, hatten wohl alle im Sommer stattgefunden.

Axelsson war natürlich da und ein Mann, den sie nach Hultins Beschreibung für Benny Carlsson hielt. Marianne Wettergreen, die Pflegekraft von *Veteranen*, und einige Leute, die sie nicht kannte. Zwei Journalisten von *Smålands Posten*. Nach den ersten Sensationsberichten in den überregionalen Boulevardblättern war es in den Zeitungen ziemlich still geworden. Die nichtssagende Andacht hielt Per Lööv, ein Kollege von Anders, den sie nicht sonderlich schätzte. Nachdem der Sarg in die Erde hinabgelassen worden war, begann es zu regnen. Sie schüttelte Hände, eine anschließende Trauerfeier gab es nicht.

2

Forss war früh auf den Beinen, ihr Magen rumorte. Sie war nachts aufgewacht und hatte von dem gechlorten Leitungswasser getrunken, vielleicht lag es daran. Sie ließ das Frühstück aus, trank nur ein Glas Tee, nach dem es ihr besser ging. An der Rezeption erkundigte sie sich, wie sie am besten in die Altstadt gelangen könnte. Der Mann hinter dem Tresen riet ihr, zu Fuß zu gehen oder ein Taxi zu nehmen, vom Bus würde er abraten, wegen der Anschlagsgefahr.

Draußen suchte Forss die nächste Bushaltestelle. Die aushängenden Fahrpläne konnte sie nicht entziffern, deshalb sprach sie einen der Wartenden an. Der Mann erklärte ihr, dass es zwei verschiedene Bussysteme in Jerusalem gebe; eines, das die Juden nähmen, und ein anderes für die Araber. Als Touristin könne sie aber beide benutzen. Dann erklärte ihr der Mann, wie sie am schnellsten in die Altstadt käme. Der Bus gehörte zu der arabischen Linie. Genau genommen war es eher ein langer, umgebauter Mercedes-Transporter. Forss saß eingequetscht zwischen zwei alten Männern mit dunkelbrauner, rissiger Haut. Sie erinnerten sie an türkische Einwanderer der ersten Generation: Jackett, Anzughose, schlichte Schuhe, Schnurrbart.

Am Damaskustor stieg sie aus. Forss sah die meterhohe historische Stadtmauer aus Sandstein, auf dem Autoabgase im Laufe der Jahrzehnte Schlieren in verschieden Graustufen hinterlassen hatten. Alles schien hier aus diesem Stein zu sein. Jerusalem, die Stadt aus gelbem Sand, unter einem grauen Schleier.

Obwohl es noch nicht neun Uhr war, zogen Ströme von Touristen durch das berühmte Tor. Junge Männer mit schwarzem Haar sprachen Passanten an und offerierten geführte Touren und Schnäppchen auf dem Basar. Forss ließ sich vom Sog der Menschen mitziehen. Die breite Gasse wurde an beiden Seiten von Marktständen flankiert. Kleidung gab es hier zu kaufen, Jeans, Pullover, Unterwäsche, Mäntel, aber auch Gewürze, Obst, Gemüse, Tee, Reiseandenken, religiöser Nippes, Motto-T-Shirts. Die Verkäufer buhlten lautstark um die Aufmerksamkeit der Passanten. An einem T-Shirt-Stand betrachtete sie die Motive. Auf einem war ein Kampfflugzeug abgebildet, darunter der Schriftzug *Don't worry USA, Israel is behind you,* auf einem anderen das Gesicht eines bärtigen Mannes und eine Maschinenpistole, darunter stand: *Israel = Guns'N'Moses*.

Das war etwas, was Sebastian witzig gefunden hätte. Sie ließ das T-Shirt liegen und schlenderte weiter, bevor der Verkäufer sie ansprach. Bald war sie an der Stelle, an der die Via Dolorosa von der Gasse abbog. Forss hielt sich links und ging in die unscheinbare Straße hinein. Hier war es deutlich ruhiger, der Strom der Touristen dünnte sich aus. Nach wenigen Metern stand sie vor dem Eingang des Armenischen Hospizes. Es war eine schlichte Tür unter einem Rundbogen in einer hohen Sandsteinmauer. Forss klingelte, die Tür wurde mit einem Summen geöffnet, und sie trat in einen schattigen, begrünten Innenhof, von dem lautstarken Trubel in der Gasse war hier nichts mehr zu spüren. Unter einer Balustrade aus Rund- und Spitzbögen hindurch ging sie in das Hauptgebäude. Ein freundlich blickender Mann in Sandalen empfing sie. Er sprach ein leidliches Englisch und sah bis auf die Sandalen nicht besonders mönchisch aus. Er trug Jeans und ein Nike-Sweatshirt und hatte eine Kurzhaarfrisur. Forss war angemeldet, dennoch musste sie ausführlich ihr Anliegen erklären. Sie zeigte die Papiere, die Delgado ihr mithilfe von Photoshop zusammengebastelt hatte. Angeblich kam sie als Doktorandin der Medizinhistorischen Abteilung einer Berliner Universität. Diese falschen Dokumente waren der heikle Teil ihrer Mission. Nyström wusste nichts davon, und Forss hatte Delgado versprechen müssen, dass das auch so bliebe. Der Sandalenmann schien sich jedoch wenig für ihre Legitimation zu interessieren. Er führte sie durch lange Korridore und erklärte ihr den Aufbau des Archivs. Forss musste ihre Umhängetasche an einer Garderobe abgeben, einen Notizblock und Bleistift durfte sie allerdings mit hineinnehmen. Das Archiv selbst war unspektakulär und kleiner, als sie es sich vorgestellt hatte. Es bestand aus einem fensterlosen Raum mit niedriger Decke, der eine Grundfläche von höchstens fünfundzwanzig Quadratmetern besaß. Alle vier Wände des Raums waren mit brusthohen hölzernen Karteischränken bestellt, in breiten

Schubladen waren die Akten in Hängeregistern eingeordnet. In der Mitte des Raums standen ein schlichter Tisch und ein Aluminiumklappstuhl. Die Leitung des Hospizes hatte Forschern den Zugang zu Akten gewährt, die älter als fünfzig Jahre waren. Aber Forss interessierte sich sowieso nur für einen einzigen Jahrgang.

Die Akten waren nach Jahrzehnten sortiert. Die Register für die Jahre von 1940 bis 1950 nahmen zwei Schränke in Anspruch. Sie wartete, bis sich der Sandalenmann zurückgezogen hatte und sie alleine im Raum war. Ihre Augen gewöhnten sich langsam an die matte Beleuchtung der Vierzigwatt-Birne, die über dem Tisch von der Decke baumelte. Dann begann sie mit der Suche. Die Register waren alphabetisch geordnet und zum Glück auf Englisch. Forss nahm sich den Buchstaben L des Jahres 1948 vor.

LACKBAUM
LA COMBE
LANDAUER
LANGLEY
L'ARIBERE
LASSARE
LE BUSSIER
LESSING
LEVI, DAVID
LEVI, SIMON
LEVIS
LEVON
LEW
LEWIS
LISSE
LOTSCHOW
LUBINSKI

LUBITSCH
LUCHNER
LYNN

Da war kein Larsson. Wo war Larsson? Warum war Larsson nicht dabei? Sie bekam einen Schreck. Was war, wenn Larsson doch nicht hier gewesen war? Wenn er in seinem Brief die Unwahrheit geschrieben hatte? Was, wenn seine Akte im Laufe der Jahrzehnte verloren gegangen war oder wenn er sie damals mitgenommen hatte? Sie ging die Karteireiter erneut durch, vielleicht hatte sie den Namen in dem trüben Licht einfach übersehen. Nein, Larsson war definitiv nicht dabei. Vielleicht war die Akte falsch einsortiert worden? Wo sollte sie dann mit dem Suchen beginnen? Sie konnte kaum alle Register durchsehen, das wäre eine Sisyphusarbeit, die Tage in Anspruch genommen hätte. Sie fluchte laut. Verdammter Mist! Was sollte sie tun?

Aber Larsson *war* hier gewesen, Forss ahnte es, hier in den Mauern des Armenischen Hospizes, in denen Larsson lange Wochen gelegen hatte, hier war sein Geheimnis verborgen, und dieses Geheimnis hatte etwas mit seinem grauenvollen Tod zu tun, davon war sie überzeugt.

Die Lösung für unser Problem liegt in der Nähe.

So hatte es in dem Brief gestanden. Forss setzte sich auf den Stuhl. Sie stützte die Ellenbogen auf den Tisch und massierte ihre Schläfen. Denk nach, befahl sie sich selbst, denk verdammt noch mal nach!

3

Knutsson war aufgedreht, und das schon das ganze Wochenende hindurch. Das lag hauptsächlich an dem Angriff auf Ingrid Nyström. Dieses gottverdammte Schwein Bingström hatte sich an ihr vergriffen. Als er aus dem Krankenhaus gestolpert war, das Bild seiner verletzten, weinenden Chefin vor Augen, wäre er imstande gewesen, einen Mord zu begehen. Aber diese Stina Forss war schneller gewesen. Es war allen unbegreiflich, wie die merkwürdige junge Frau es genau angestellt hatte, denn als er wieder auf die Wache gekommen war, saß Bingström bereits niedergeschlagen im Verhörraum 2 und hatte alles gestanden, bis auf den Mord an Larsson. War dieses geknickte Häuflein Elend derselbe Mann, der wenige Stunden zuvor noch den dicken Macker hatte heraushängen lassen? Es war kaum vorstellbar. Forss hielt sich bedeckt. Auf einmal erschien ihm die kleine Frau mit dem schiefen Mund in der bunten Trainingsjacke in einem ganz neuen Licht. Wer wusste schon, welche Psychotricks bei der deutschen Polizei gelehrt wurden? Was deutsche Polizisten anging, kannte er eigentlich nur Derrick und Schimanski, und Forss hatte mit beiden ganz entschieden keine Ähnlichkeit.

Doch trotz der ganzen wirren Ereignisse um Bingströms Angriff auf Ingrid Nyström war er weiterhin mit seiner Handytheorie beschäftigt, obwohl er dazu eigentlich keine Zeit hatte. Es warteten immer noch die beiden Zeugen wegen der Einbruchsserie in Araby auf ihn. Dann galt es, drei Lkw-Fahrer zu verhören, die wegen illegalen Alkoholverkaufs unter Verdacht standen. Außerdem war sein Computer voll mit nervigem Kleinkram. Die Kollegen aus Örebro hatten den Fahrer des Unfallwagens ermittelt, diesen komischen Schachmann, aber er bekam den Anhang der E-Mail nicht geöffnet. Da sollte sich später Delgado drum kümmern, oder der junge Lindholm mit seiner großen Klappe. Während er sich noch genervt durch seinen Account klickte, begann sein Faxgerät zu summen. Als er den Absender las, wurde er aufgeregt, endlich erhielt er von der Telefongesellschaft die ersehnten Informationen, die er vor Tagen angefragt hatte. Doch das Ergebnis war ernüchternd. In dem Planquadrat, in dem Larssons Haus im Wald lag, war in den Stunden vor und nach dem Tatzeitpunkt nur ein einziges Telefonat geführt worden, die eine Nummer gehörte zu der Prepaid-Telefonkarte eines großen Mobiltelefonunternehmens, wie man sie an jedem Kiosk kaufen konnte, die andere Nummer gehörte zu einem Vertragshandy. Es war auf Melin Dohuk registriert, den Taxifahrer. Verdammter Mist! Seine ganze tolle Theorie war für den Eimer, der Erkenntniswert seiner Anfrage war gleich null. Dass Dohuk zur fraglichen Zeit in der Umgebung von Ramnåsa rumgegurkt war, um diese Erlandssons zu ihrem Familienfest zu fahren, wusste er schließlich schon seit dem ersten Ermittlungstag. Er knüllte das Fax zusammen und warf es in den Papierkorb. Jetzt brauchte er erst mal einen Kaffee und am besten gleich eine Zimtschnecke dazu. Und dann war es höchste Zeit, mit den Lkw-Fahrern weiterzumachen und dem anderen Kram, den er seit letzter Woche liegen gelassen hatte. Sollte doch irgendein anderer Idiot den Frost-Fall lösen.

Er rollte mit seinem Schreibtischstuhl zurück und wuchtete sein Gewicht aus dem Stuhl. Mitten in der Bewegung hielt er inne. Ließ sich wieder in den Sitz plumpsen. Rollte zurück an den Schreibtisch. Mit den Fußspitzen angelte er nach dem Papierkorb, zog ihn an sich heran. Er fischte mit der Hand nach dem zusammengeknüllten Fax. Er strich es glatt und las noch einmal die Auflistung, diesmal genauer. Ein

Telefonat, zwei Nummern. Der Anrufer und der Angerufene. Melin Dohuk hatte mit jemandem gesprochen. Das Merkwürdige war nur, dass Dohuks Nummer zu dem Handy gehörte, das sich während des Gesprächs *außerhalb* des Quadranten befunden hatte. Und zwar in Araby, einem Stadtteil von Växjö, 35 Kilometer vom Tatort entfernt.

4

Er erreichte Nacka im Morgengrauen. Die Nacht hatte Raureif mit sich gebracht, er fuhr durch einen weiß gepuderten Stadtteil. Beinahe war ihm feierlich zumute, so wie Weihnachten, früher. Das Haus der Ärztin lag als vorletztes in einer Sackgasse, es hatte zwei Stockwerke und war aus hellem Stein gebaut. In zwei Fenstern brannte Licht. Er rollte langsam vorüber, wendete am Ende der Straße und brachte den Wagen am Straßenrand zum Stehen. In der Einfahrt stand kein Auto, aber wichtig war, dass Licht brannte. Es war jemand zu Hause.

Er hatte sich einen Plan überlegt. Sobald sie die Tür öffnete, würde er drohen müssen, vielleicht Gewalt anwenden, daran führte kein Weg vorbei. Die Ärztin musste reden. Seine Waffe, Vaters Waffe, würde ihren Dienst tun. Er machte sich keine Sorgen. Vielleicht hatte er sogar großes Glück, und die dunkle Frau befand sich ebenfalls im Haus. Da war etwas gewesen zwischen den beiden, zwischen dem hellen und dem dunklen Gesicht, an dem Abend vor knapp zwei Wochen im Stockholmer Schmetterlingshaus, eine Bande, eine besondere Anziehung, er hatte es gespürt. Kurz fühlte er Eifersucht. Dann dachte er an seine Waffe, an die Macht, die in ihr steckte. Er konnte tun, was er wollte. Er konnte machen, dass sich die Ärztin auszog. Er konnte sie Dinge tun lassen und Fotos davon machen. So würde er sie immer anschauen können, die reife Haut, das Haar, ihre weichen Brüste, an die Glastür einer Duschkabine gepresst. Er merkte, wie er eine flüchtige Erektion bekam, dann war der Moment vorbei.

Er stieg aus dem Wagen, ging zur Tür und klingelte. Nichts regte sich. Er wartete, klingelte erneut. Wieder tat sich nichts im Haus, kein Geräusch, keine Bewegung. Jetzt wurde er ungeduldig. Klingelte noch einmal, zweimal, dreimal. Nichts passierte. Er hörte nur den Nachhall der Klingel in den Tiefen des Hauses. Das machte ihn wütend. Er klingelte Sturm, er läutete wie ein Verrückter, er pochte mit der Faust an die Tür. Plötzlich tat die Stelle in seinem Bauch wieder weh. Er sah sich um. Ein Garten, bedeckt mit weißen Kristallen, führte um das Haus herum. Er ging an Büschen vorbei über winterfestes Heidekraut. Jetzt war er auf der Rückseite des Grundstücks. Über ihm schrie eine Möwe. Er zögerte kurz, dann zerschlug er die Scheibe der Terrassentür, indem er die schwere Pistole wie einen Hammer benutzte. Die Doppelverglasung zerbarst mit einem hellen Geräusch, schon war er im Wohnzimmer, in der Küche, im Flur. An der Wand neben der Treppe nach oben hingen Drucke in Messingrahmen, aber das sah er kaum. Er eilte durch alle Räume, doch das große Haus war verlassen.

5

Forss biss in ihre Hand und knetete ihr Haar, als wringe sie die Gedanken mit Gewalt aus ihrem Kopf.

Larsson entkommt einem politischen Attentat.

Er ist schwer verletzt.

Er bricht zusammen, fällt ins Koma.

Die armenischen Mönche pflegen ihn gesund.

Doch die armenischen Mönche wissen überhaupt nicht, wer er ist. Ein bewusstloser junger Mann ohne Papiere, aber sie behandeln ihn, ihrem Gebot der Barmherzigkeit folgend. Es interessiert sie überhaupt nicht, wer er ist. Und als Larsson aus dem Koma erwacht, hat er kein Interesse daran, seine Identität mitzuteilen, genau das hat er ja in dem Brief beschrieben. Er ist ein Mann ohne Namen. Deshalb gibt es auch keine Akte über ihn. Oder es gibt eine Akte, aber sie trägt einen anderen Namen, John Doe oder Klaus Müller oder Sven Svensson. Aber wie, um Gottes willen, sollte Forss diese Akte finden? Es gab ja überhaupt keinen Ansatzpunkt.

Sie schlug mit der Faust auf den Tisch. Sollte sie diese Reise nach Israel vollkommen umsonst gemacht haben? Sie stand auf und lief um den Tisch herum. Dann setzte sie sich wieder hin. Nein, dachte sie. Nein, nein, nein, nein, nein!

Und plötzlich fiel ihr die Lösung ein. So einfach, so naheliegend. Sie stand wieder auf und ging zu demselben Schrank, in dem sie eben gesucht hatte. Aber diesmal zog sie die obere Schublade auf.

FARCELLI
FATH

FATHI
FAZOUANI
FENDI
FEUERMANN
FRIEDRICHSEN
FROST

FROST, BALTHASAR MELCHIOR.
* 30.01.1918, HULL, ENGLAND.
† 31.10.1948, JERUSALEM, ISR.

Forss schluckte. Das war es also. Frost war hier gewesen, der echte Frost, hier im Hospiz, zur gleichen Zeit wie Larsson. Dann war Frost gestorben, wenige Tage nachdem Larsson den Brief an Johan ins ferne Schweden geschrieben hatte. Und Henrik Larsson hatte sich Frosts Papiere, Frosts Identität bemächtigt und war als Engländer nach Schweden zurückgekehrt.

Sie zog die Akte aus dem Register. Es gab einen Ordner mit Krankenblättern. Die Einträge waren zum größten Teil lateinische Abkürzungen. Außer dem Verlauf der Fieberkurven verstand sie gar nichts. Nur einen Ausdruck erkannte sie wieder. *Lues Venerea*. Sie schnalzte mit der Zunge. Den Begriff kannte sie aus einer der langatmigen Vorlesungen aus der Polizeihochschule, die sie vergangene Woche über sich ergehen lassen hatte, Sittlichkeitsverbrechen. Balthasar Frost war der Krankenakte zufolge an *Lues Venerea* gestorben. Das war der lateinische Name für die Syphilis, auch Franzosenkrankheit genannt. Der arme Hund, eine Geschlechtskrankheit also. Ein natürlicher Tod. Larsson war in seiner Verzweiflung nicht zum Mörder geworden. Aber daran hatte Forss sowieso nicht wirklich geglaubt.

Sie blätterte weiter in den Unterlagen. Nach den Krankenakten, die mehrere Seiten in Anspruch nahmen, war noch ein dicker, DIN-A4-großer Briefumschlag eingeheftet. Sie nahm den Umschlag aus rauem, terrakottafarbenem Papier aus der Klammerung, öffnete ihn und kippte den Inhalt auf die Tischplatte. Heraus kamen weitere Papiere, eine flache, silberne Dose, eine Geldbörse und ein kleines gebundenes Notizbuch.

Als Erstes sah sie sich die Papiere an. Soweit sie die Dokumente verstand, waren es Frosts Armeeunterlagen und Entlassungspapiere. Balthasar Frost war als Soldat im Nahen Osten stationiert gewesen, bis er Ende 1946 aus dem Dienst entlassen wurde. Danach musste er sich auf eigene Faust durchgeschlagen haben, bis sein Leben im Hospiz der armenischen Mönche ein trauriges Ende fand.

Dann sah Forss die Geldbörse durch. Sie enthielt einige alte Pfundnoten und Scheine mit arabischer und mit hebräischer Aufschrift sowie einige Münzen. Außerdem gab es noch zwei Fotos: Das eine war ein sehr gestellt wirkendes Familienporträt, das aussah, als wäre es in den Zwanzigerjahren aufgenommen worden. Der Vater trug einen Anzug, eine Melone auf dem Kopf und hielt ein Buch in der Hand, die Mutter ein langes, weißes Kleid und einen weißen Hut mit breiter Krempe. Beide sahen starr in die Kamera. Vor ihnen waren ihre drei Kinder drapiert, alle jünger als zehn Jahre. Ein Junge in kurzer Hose und Hemd und zwei jüngere Mädchen, die Kleider trugen, die dem ihrer Mutter ähnlich sahen. Keines der Kinder lachte. Forss nahm an, dass der Junge auf dem Bild Balthasar Frost war.

Das zweite Foto war das Porträt einer jungen Frau. Sie war vielleicht sechzehn oder siebzehn Jahre alt und lächelte offen in die Kamera. Forss steckte die Fotos zurück in die Brieftasche. Dann schaute sie sich das Notizbüchlein an. Es war mit einer engen, schwer zu lesenden Handschrift auf Englisch beschrieben, das letzte Drittel der Seiten war leer. Die Einträge waren jeweils mit einem Datum versehen, weshalb sie vermutete, dass es sich um Frosts Tagebuch handelte. Als Letztes öffnete sie das silberne Döschen. Es war leer bis auf einen erbsengroßen, schwarzen Klumpen. Forss nahm das Kügelchen zwischen die Finger, drückte mit dem Nagel in die feste, zähe Substanz, roch daran. Sie musste lächeln. Das, was sie da in der Hand hatte, war sechzig Jahre altes Opium. Sie legte die Kugel zurück in die Dose, schloss den Deckel und ließ die Dose in ihre Hosentasche gleiten. Die Papiere, die Brieftasche und das Tagebuch steckte sie zurück in den Umschlag. Anschließend stopfte sie den Umschlag in ihren Hosenbund und unter ihre Bluse. Die Krankenblätter heftete sie zurück in den Ordner, und den Ordner sortierte sie wieder in das Hängeregister, das sie zurück in die obere Schublade hängte. Zuletzt schloss sie die Schublade mit einem lauten Rums.

Eine halbe Stunde später saß sie in einem Imbiss und aß eine geröstete Fladenbrottasche, die mit Falafel, frischem Gemüse und einer scharfen Soße gefüllt war, es schmeckte ihr ausgezeichnet. Sie trank ihr Glas leer und bestellte eine neue Cola, die dritte, seit sie in dem offenen Straßenimbiss Platz genommen hatte. Die Beute ihres Raubzuges hatte sie neben ihrem Teller auf dem Tisch gestapelt, wie ein Tempelritter, dachte sie. Waren die nicht auch in Jerusalem gewesen, um einen Schatz zu finden? Nach den Römern, Osmanen und weiß Gott wem noch alles. Zu viel Geschichte, dachte Forss, das ist vielleicht das Problem hier, deswegen schlagen sich alle die Köpfe ein. Diese Stadt stapelt ihre Geschichte wie einen Big Mac, und alle wollen mal abbeißen. Ein junger Kellner brachte ihr die Cola. Er trug ein T-Shirt mit der Aufschrift *Peace in the Middle East?* Darunter war die Zeichnung eines Strichmännchens, das sich vor Lachen bog und auf die Schenkel klopfte. Zu viel Geschichte auf einem Haufen. Es war Zeit, dass sie wieder aus dieser Stadt verschwand. Allerdings hatte sie vorher noch etwas zu erledigen, das nichts mit ihrem Dienst zu tun hatte.

6

Der Wandkalender, in den Love Lindgren ihre Termine eintrug, hing neben dem Tisch in der Küche. Die vergangenen zehn und die folgenden zwei Tage waren durchgekreuzt. Fortbildung in Umeå, stand da in akkurater Mädchenhandschrift. Er riss den Kalender von der Wand. Die verdammte Ärztin war weg. Das Licht im Haus hatte nur dank einer digitalen Zeitschaltuhr gebrannt, er war umsonst gekommen, sein Besuch war sinnlos. Und jetzt? Er konnte ja wohl kaum bis ins gottverdammte Umeå fahren und einen Ärztekongress stürmen. Nein, er musste hier etwas finden, was ihn zu der dunklen Frau führte, einen Hinweis, eine Adresse, eine Telefonnummer, irgendwas. Er überlegte fieberhaft. Dann hob er den Kalender wieder auf.

Love Lindgren war eine gewissenhafte Frau. Zwei Tage vor ihrer Fortbildung gab es einen anderen Eintrag.

Mit M. zu Vortrag Frost, stand da. Daneben war ein kleiner Schmetterling gekritzelt. Der Abend im Schmetterlingshaus, bei dem er auch gewesen war, um dem Alten Angst einzujagen.

Und einen Tag davor: *Ankunft M. 16.15 Uhr Arlanda, KLM.* Daneben war ein Herz gezeichnet.

M.

Er merkte, wie sich sein Atem beschleunigte.

7

»Yad Vashem, bitte«, sagte Forss, als sie in das Taxi stieg.

Der Fahrer nickte. Er war vielleicht sechzig Jahre oder älter, auf dem Kopf trug er eine Kippa, keine von den grellen, poppigen, die sie gestern in dem Schaufenster der Fußgängerzone gesehen hatte, sondern eine schlichte, schwarze. Das Taxi raste durch die sandsteinfarbenen Straßen, bretterte über Kreuzungen, überholte, schnitt andere Autos, hupte, bremste, beschleunigte. Forss schleuderte auf der Rückbank hin und her, klammerte sich an ihren Griff über dem Fenster, nach einem Anschnallgurt hatte sie vergeblich gesucht. Sie sah hinaus: Jeder schien hier so zu fahren. Schnell, aggressiv, ohne Rücksicht auf den Nächsten. Der Fahrer bemerkte ihren Gesichtsausdruck und lachte.

»Sorry, aber das ist Jerusalem«, sagte er und bremste einen Motorroller aus, auf dem zwei junge Männer in Fußballklamotten saßen und den er vor Sekunden rechts überholt hatte.

»Sie wollen nach Yad Vashem? Besuchen Sie zum ersten Mal die Gedenkstätte?«

Forss nickte. »Ja«, sagte sie.

»Yad Vashem ist gut«, sagte er. Sein Englisch hatte eine osteuropäische Färbung. »Yad Vashem ist schrecklich, aber das muss es sein. Es ist gut, dass es Yad Vashem gibt. Es bedeutet: Denkmal und Name. Es gibt den Millionen Verlorenen ein Gedenken. Es gibt ihnen ihre Namen zurück.«

Das Taxi schraubte sich in Serpentinen einen Hügel hinauf. Die Sonne und der Dunst legten eine goldene Haube über die Stadt.

»Yad Vashem ist der Ort, an den ich gehe, wenn ich bei meiner Familie sein will«, sprach der Fahrer. »Es ist mein Zuhause. Es ist mein Israel. Wissen Sie, ich habe meine Eltern und meine Geschwister in den Lagern verloren. Keiner von ihnen hat eine Beerdigung bekommen, keiner ein Grab, keiner einen Grabstein, deswegen brauche ich Yad Vashem. Es ist der Grabstein, den ich besuche. Bei Jesaja steht: ›Ihnen allen errichte ich in meinem Haus und in meinen Mauern ein Denkmal, ich gebe ihnen einen Namen, der mehr wert ist als Söhne und Töchter: Einen ewigen Namen gebe ich ihnen, der niemals getilgt wird.‹ Das ist der Grund für Yad Vashem.«

Das Taxi bremste abrupt. Forss wurde ein letztes Mal nach vorne geschleudert, dann stand das Taxi auf dem riesigen Parkplatz der Holocaust-Gedenkstätte.

Sie zahlte. »Danke«, sagte sie. Etwas anderes fiel ihr nicht ein. Sie stieg aus.

»Hey«, rief der Fahrer durch das offene Fenster der Beifahrertür. »Woher kommen Sie, meine schöne Freundin?« Er lächelte.

»Ich?«, fragte Forss. »Aus ... Schweden.« Dann drehte sie sich um und ging auf das Besucherzentrum aus weißem Stein zu.

Yad Vashem war um ein Vielfaches größer, als sie es sich vorgestellt hatte. Außer dem unterirdisch angelegten *Museum zur Geschichte des Holocaust* gab es zahlreiche Denkmäler, die *Halle der Erinnerung*, das *Denkmal für die Kinder* und die *Halle der Namen*. Es gab eine Synagoge, eine Bibliothek, ein Archiv und ein Kunstmuseum für Bilder, Zeichnungen und Skulpturen, die in den Konzentrationslagern entstanden waren. Neben den Gebäuden gab es verschiedene Außenanlagen, die *Allee und der Garten der Gerechten unter den Völkern, das Denkmal zur Erinnerung an die Deportierten* oder das *Tal der Gemeinden*. Forss brauchte lange, um sich zu orientieren, auch emotional. Gleichzeitig mit ihr betrat eine Kompanie israelischer Soldatinnen die Eingangshalle, und sie verlor sich minutenlang in einem Gewusel aus hundert jungen Frauen in grünen Overalls. Schließlich fand sie den richtigen Weg und betrat das *Museum zur Geschichte des Holocaust*.

Die Ausstellung war chronologisch geordnet und begann mit einer Darstellung des jüdischen Lebens in Deutschland und Europa vor 1933 und dem Zweiten Weltkrieg. Vom ersten Moment an zog sie die Ausstellung in ihren Bann. Die Videoinstallationen, Fotografien, Texttafeln, Exponate und Dokumente entwickelten eine Intensität, mit der sie nicht gerechnet hatte. Sie berührten etwas in ihr, das weit über das Begreifen hinausging. Natürlich hatte sich Forss schon mit der Geschichte des Nationalsozialismus auseinandergesetzt, in der Schule und darüber hinaus. Sie hatte Bücher gelesen, Filme gesehen, Ausstellungen besucht. Aber Yad Vashem war anders. Es war die Geschichte der Juden im Nationalsozialismus, erzählt von denen, die überlebt hatten. Yad Vashem war ein Perspektivwechsel. Nicht unbedingt inhaltlich, sondern emotional. Forss war aufgelöst, hilflos und fühlte sich ohnmächtig. Tief bewegt ging sie durch die Galerien. Die Ausstellung dokumentierte die Entwicklung des Nationalsozialismus in Deutschland, den Zweiten Weltkrieg, die Deportation, die Gettos im Osten, schließlich die systematische Vernichtung in den Konzentrationslagern. Sie musste sich nicht zwingen hinzusehen, es geschah mit ihr. Fotos von Menschen, die wie Zweige aussahen, wie abgebrochenes, totes Holz. Dachau, Treblinka, Auschwitz. Das Ende der Menschlichkeit. Von Raum zu Raum wurde das Grauen größer, unfassbarer. In einer Halle waren die Vernichtungslager als Miniaturen nachgebaut, wie Modelleisenbahnen aus Metall gegossen: Todesfabriken in Spielzeuggröße. Forss dachte an ihren Großvater. Opa Friedrich, Mamas Vater, ein SA-Mann. Das passte in ihrem Kopf nicht zusammen. Und dennoch war es wahr, war es ein Teil ihrer Familiengeschichte.

Irgendwann setzte sie sich auf eine Bank, sie war unfähig, noch mehr aufzunehmen. Leute gingen an ihr vorbei, Zeit ging vorüber und ihr Kopf tat weh. Sie brauchte eine Schmerztablette, aber die war in ihrer Handtasche an der Garderobe. Deshalb stand sie wieder auf und ging weiter. Sie wollte einen Schluck kaltes Wasser. Gab es hier irgendwo Toiletten? Ihr Blick glitt über die Fotos und Vitrinen. Und da sah sie es.

Das war unmöglich.

Das konnte nicht sein.

Forss war ganz nah an die Vitrine getreten. Sie enthielt Spielzeug, das Insassen von Konzentrationslagern unter widrigsten Umständen für sich hergestellt hatten. Einen Kreisel, ein Puzzle, ein Schachspiel aus Papier. Auf dieses Schachspiel starrte Forss. Genau genommen auf die Figuren, die die vier Türme des Spiels repräsentierten. Es waren Würfel, gefaltet aus Papier. Die Wucht der Erkenntnis traf sie wie ein Faustschlag in den Magen. Sie erkannte die Falzungen, die Knicke wieder. Die Würfel waren genauso gefaltet wie der, den sie vor sieben Tagen in dem verlassenen Traktor im Wald gefunden hatte.

8

Er war aufgeregt, trotzdem zwang er sich, systematisch vorzugehen. Er blätterte Fotoalben und Adressbücher durch und fand alte Aufnahmen von der dunklen Frau und eine Telefonnummer mit einer Vorwahl in den Niederlanden. Dann kam er auf die Idee mit dem PC. Er hatte das Passwort des Computers beim fünften Versuch geknackt. Für ein Mitglied von *Ärzte für Palästina* war es nicht gerade originell: *Free Gaza*.

Es war noch keinen halben Tag her, dass jemand das Internet genutzt hatte. Der Verlauf der aufgerufenen Seiten verriet ihm alles, was er wissen musste.

Wie *M.* wirklich hieß.

Wohin *M.* aufgebrochen war.

Und wo er *M.* mit Sicherheit antreffen würde.

Vielleicht würde die Partie doch noch ein gutes Ende nehmen. Ein Remis, oder sogar ein Matt zu seinen Gunsten.

9

Forss saß unter einem Baum in der *Allee der Gerechten unter den Völkern* in der Außenanlage der Gedenkstätte. Sie spürte, wie das Sonnenlicht und die frische Luft sie wieder in die Gegenwart zurückholten, auch wenn sie nicht den Schatten vertrieben, der sich in der Ausstellung über ihr Herz gelegt hatte. Und dann war da der Würfel, das filigrane Faltwerk aus dem Parkschein, das der Mörder von Henrik Larsson zurückgelassen hatte; es war kein Origami-Gebilde, sondern eine Schachfigur, wie sie in Konzentrationslagern von den Gefangenen gefaltet worden war. Was bedeutete das? Dass der Täter ein ehemaliger Konzentrationslagerinsasse war?

Oder konnte es etwas mit Larssons Aufenthalt in Jerusalem zu tun haben? Mit dem Attentat auf Wennerberg? Wollte ein israelischer Extremist das zu Ende bringen, was 1948 nur teilweise gelungen war, die UN-Delegation auslöschen? Aber was sollte das für einen Sinn haben? Wennerberg war doch die Figur gewesen, um die es damals ging; Wennerberg war der Diplomat mit dem politischen Einfluss, Larsson war nur sein Sekretär, sein Laufbursche gewesen.

Oder hatte das Ganze überhaupt nichts mit Konzentrationslagern oder Larssons Zeit in Israel zu tun? War der Würfel nur Zufall oder eine falsche Fährte? Oder hatte er eine ganz andere Bedeutung, die Forss nicht verstand, weil sie zu wenig über Larssons Leben in Schweden nach 1948 wusste?

Sie dachte nach. Eine Schachfigur aus Papier, ein Turm. Schach, das war das Spiel der Könige, so sagte man. Hatte Nyström nicht irgendetwas von einem schwulen schwedischen König erzählt? Von Gerüchten über die Vertuschung einer Affäre? Irgendetwas, was dieser Schriftsteller, Vilhelm Moberg, aufgedeckt hatte? Ging es nicht um einen Kriminellen, der den Königshof erpresst haben sollte? Haijby, oder so ähnlich. Verdammt, sie hatte nicht richtig zugehört. Konnte es tatsächlich eine Verbindung zwischen Larsson und dem schwedischen König Gustaf V. geben? Eine homosexuelle Verbindung ins Königshaus? Erklärte das die harsche Reaktion von Hildegard Hedingks? Die Intervention von Nyströms Vorgesetzten und dem ominösen Beamten aus Stockholm? War es das, wofür dieser Schachturm stand?

Forss stöhnte auf. Das war alles zu weit hergeholt, konstruiert und Fantasie. Wilde Assoziationen zu einem Schachturm aus Papier. Aber dann fiel ihr etwas Handfestes ein. Sie bekam eine Gänsehaut. Es hatte doch etwas mit Hildegard Hedingks zu tun: Die alte Frau hatte davon gesprochen, in dem Wintergarten am Sund, hatte Ingrid Nyström von ihrem Ehemann erzählt, dem unglücklichen Norweger, Erik Hedingks.

Davon, dass er im Widerstand gewesen sei und die Zeit in den Gefangenenlagern nie verkraftet habe. Forss hatte das Foto in der oberen Etage des Anwesens gefunden, da, wo die Munch-Bilder gehangen hatten und Henrik Larssons präparierte Schmetterlinge. Die junge Hildegard Hedingks mit einem vielleicht zehnjährigen Jungen an der Seite: eine Mutter und ihr Sohn. Der Junge hatte einen Pokal in der Hand gehabt und in der anderen Hand ein Schachbrett. Schach und Konzentrationslager. Konnte das sein? Wie hatte der Junge gleich geheißen? Walter Hedingks? Und warum um alles in der Welt hatten sie ihn bis jetzt noch nicht verhört? Sofort fummelte sie ihr Handy aus der Hosentasche.

10

Delgado hatte erst spät Dienst und trotzdem verschlafen. Verdammtes *World Of Warcraft*! Er verstümmelte sein Frühstück zu einem einminütigen Gewaltakt. Es bestand aus zwei Handvoll Cornflakes, die er sich in den Mund stopfte, und einer halben Tüte Milch, die er hinterhertrank. Dabei liebte Delgado eigentlich sein Frühstück: selbst gemahlener Kaffee, Brot mit Rohmilchkäse, Vanillejoghurt und den Sportteil der Zeitung. Das fiel heute alles weg. Das Rasieren musste ausfallen, und statt sich die Zähne zu putzen, würde er ein Kaugummi kauen. Zwanzig Minuten Kaugummi sind wie einmal Zähneputzen, hatte er mal irgendwo gelesen, wahrscheinlich in einer Kaugummiannonce. Schnell noch den Deoroller, dann nichts wie raus zum Bus.

Das Gefühl, zu spät dran zu sein, zog sich durch den Tag. Als er beim Präsidium eintraf, stürzten ihm auf der Treppe Nyström, Knutsson und Lindholm entgegen. Die drei waren in höchster Eile und machten sich nicht einmal die Mühe, stehen zu bleiben. Er verstand nur so viel, dass Knutsson etwas von »Durchbruch« und »Taxifahrer« schnaufte. Auf seine den dreien hinterhergerufene Frage, ob er mitkommen solle, winkte Nyström ab. Dann war das Stoßkommando durch die Türe verschwunden. Achselzuckend ging Delgado die Treppe hoch in den vierten Stock. In der Kaffeeküche traf er auf Hultin.

»Der Taxifahrer?«, fragte er. »Dieser Dohuk?«

»Möglicherweise«, antwortete Hultin. »Auf jeden Fall hat er nicht die Wahrheit erzählt. Lars ist darauf gekommen. Aber du rätst im Leben nicht, wie!«

»Hat er eine Liste mit Namen gemacht und gependelt?«, flachste Delgado.

Hultin lachte.

»Nein, noch besser. Er hat die Daten von dem Mobilfunkquadranten draußen in Ramnåsa überprüft!«

»Unser Lasse? Bist du sicher? Ich hätte darauf gewettet, dass er noch nicht einmal weiß, was ein Mobilfunkquadrant ist.«

»Tja, da haben wir uns wohl alle ein bisschen in ihm getäuscht. Und er ist tatsächlich auf Ungereimtheiten gestoßen. In der relevanten Zeit wurde in der Gegend um Larssons Haus nur ein einziges Gespräch geführt. Jemand hat von einem nicht registrierten Prepaidhandy aus einen Anruf getätigt. Und der Angerufene war Dohuk. Beziehungsweise sein Vertragshandy, das sich zu diesem Zeitpunkt in Araby befand. Da ist Dohuk wohnhaft.«

»Aber das muss doch nichts heißen. Vielleicht hat er mit seiner Frau das Telefon getauscht. Oder er hat das falsche eingesteckt. Oder er hat zwei und hat das eine zu Hause liegen lassen. Dafür gibt es viele mögliche Erklärungen!«, meinte Delgado.

»Klaro. Hat Ingrid zuerst auch gesagt. Sie ist dann trotzdem noch mal mit Lasse die Akten durchgegangen. Die Zeugenaussagen von Dohuk und den Erlandssons. Und da ist ihnen etwas aufgefallen. Die Erlandssons hatten sich damals wahnsinnig über den Taxifahrer aufgeregt. Weil er zu spät war. Und weil er Ausländer war. Es gibt ja kaum noch schwedische Taxifahrer ...«

»Anette!«

»Ja, schon gut. Auf jeden Fall haben sie ausgesagt, dass Dohuk kaum Schwedisch konnte, dass er wegen seines starken Akzents beinahe nicht zu verstehen gewesen sei. Lasse erinnerte sich jedoch daran, dass Dohuk überhaupt keinen Akzent gehabt hatte. Er hat perfektes Schwedisch gesprochen.«

»Vielleicht haben die Erlandssons ihre Schilderung ja übertrieben?«

»Um das herauszufinden, hat Ingrid heute Morgen bei denen angerufen und sie gebeten, Dohuk zu beschreiben. Nach ihren Aussagen war der Taxifahrer ein junger Mann mit Bart im Jogginganzug.«

»Ja, und?«

»Lasse zufolge ist Melin Dohuk mittleren Alters, glatt rasiert und modisch gekleidet.«

»Ihr meint also ...«

»Wer auch immer das Taxi an dem Abend gefahren ist, es war nicht Melin Dohuk.«

Als sich Delgado an seinen Schreibtisch setzte, hatte er zum zweiten Mal innerhalb weniger Tage das Gefühl, am falschen Ort zu sein. Erst das Geständnis und die Festnahme Bingströms, die Forss im Alleingang durchgezogen hatte, und jetzt dieser Taxifahrer. Resigniert ließ er seinen Rechner hochfahren. Ganz oben in seinem Account fand er eine Mail, die Knutsson weitergeleitet hatte. Lars hatte tatsächlich wieder einmal Probleme damit, den Anhang zu öffnen. Es war einfach lächerlich, er hatte Lars bereits dreimal erklärt, wie die Dateien mit dem docx am Ende auch auf dessen Computer zu öffnen waren. Er überflog das Dokument, das seltsamerweise *Schachmann* hieß. Absender war eine Dienststelle in Örebro. Verdammtes Örebro, dachte Delgado, das Dreckskaff spielt erste Liga, und unser traditionsreicher Östers Växjö IF krebst in der zweiten rum. Es ging um die Überprüfung eines Wagenhalters, dessen Auto vor wenigen Tagen ausgebrannt am Rand der Landstraße L31 nach Vetlanda gefunden worden war. Delgado kannte die beschriebene Stelle, zwanzig Kilometer nördlich von Växjö, da war nicht viel, eigentlich nur Wald und Steine. Der Fahrer hatte sein Auto am Straßenrand zurückgelassen, ohne der Polizei Bescheid zu geben. Das war mindestens eine Ordnungswidrigkeit, die eine empfindliche Geldbuße nach sich ziehen würde, möglicherweise konnte sogar der Tatbestand der Fahrerflucht erfüllt sein. Olssons Schicht hatte letzte Woche den Fall aufgenommen und an Knutsson weitergegeben, der anhand der Nummernschilder den Halter ermittelt hatte. Der Halter war in Örebro wohnhaft, das lag 330 Kilometer entfernt. Der E-Mail zufolge hatten die Kollegen aus Mittelschweden den Halter des ausgebrannten Autowracks zu dem Vorfall befragt. Der Mann hatte erklärt, er habe auf der glatten Fahrbahn die Kontrolle über sein Fahrzeug verloren und sei von der Straße abgekommen und gegen einen

Baum gefahren, wo der Wagen Feuer gefangen habe. Er selbst habe sich in Sicherheit bringen können und sei zu Fuß bis zur nächsten Bushaltestelle gegangen. Die Meldung des Vorfalls habe er schlichtweg vergessen. Zuerst habe er unter Schock gestanden, dann habe er den Unfall bis zum Auftauchen der Polizisten irgendwie verdrängt. Ob ihm sein Auto denn nicht gefehlt habe, hatte einer der Beamten gefragt. Nein, habe der Mann geantwortet, er besitze ja noch ein Fahrrad. Delgado musste grinsen. Den Beamten zufolge passte die Schilderung des Mannes zu seiner leicht wirren Gesamterscheinung, Marke verrückter Professor. Als Grund für seine Verdrängungsleistung habe der Kerl von einem Schachturnier gesprochen, auf das er sich mit höchster Konzentration vorbereiten müsse. Schließlich gehe es um eine Meisterschaft. Ein Schachspiel, das bei der Unfallfahrt auf dem Armaturenbrett gelegen habe, konnte auch das Rätsel mit den verkohlten Schachfiguren am Unfallort klären. Der Fall Schachmann war gelöst.

Schmunzelnd übertrug Delgado per Mausklick die Informationen in ein passendes Formular. Wenn er schon einmal dabei war, konnte er die Sache gleich zu Ende bringen. Der Typ würde wohl kaum um ein saftiges Bußgeld herumkommen, plus die Entsorgung des Autowracks verstand sich, Verträumtheit hin oder her. Als er die Personalien des Mannes eingab, stockte Delgado. Diesen Namen kannte er.

11

Was Ingrid Nyström irritierte, war nicht der Umstand, dass Melin Dohuk schwieg. Schweigende Verdächtige hatte sie bereits bei unzähligen Vernehmungen und Verhören erlebt, und sie wusste, dass es dafür viele Gründe geben konnte: Wut, Trotz, die Angst, sich zu verraten, die Furcht vor dem Unaussprechlichen. Manchmal fanden die Menschen auch einfach die Worte nicht, die sie benötigten. Doch bei Melin Dohuk schien etwas anders zu sein. Er erinnerte sie an einen Taucher, der unter Wasser die Luft anhält und dabei die Zeit misst. Dohuk war in sein Schweigen abgetaucht, und es schien Nyström, als schaue er dabei auf eine innere Uhr. Es schien ihr, als wüsste Dohuk genau, was er sagen wollte, aber aus irgendeinem Grund wartete er auf den richtigen Zeitpunkt.

Sie spürte, wie Lars Knutsson neben ihr unruhig wurde. Sie saßen jetzt schon mehr als zwanzig Minuten in dem überheizten Wohnzimmer im fünften Stock des farblosen Wohnblocks in Araby, und alle Fragen prallten an Dohuk ab wie ein Squashball an einer Wand. Lasse schnaufte. Sie musste zugeben, dass er sie mit seinem Ermittlungsergebnis überrascht hatte, so viel Eigeninitiative hatte sie ihm nicht zugetraut, vor allem nicht auf einem so technischen Gebiet wie Mobilfunkquadrantenauswertung. Denn dass er sich mit solchen Dingen im Allgemeinen etwas schwertat, war kein Geheimnis. Umso erfreuter war sie über seinen Erfolg gewesen. Er hatte sich offensichtlich eine Menge Gedanken gemacht, um seine Scharte mit den Fußabdrücken auszuwetzen. Sie hatte das Gefühl, dass ihr Team funktionierte, trotz der Pannen, trotz der Rückschläge und trotz der Menschen, die diese seltsame Ermittlung blockierten. Sie dachte an ihren Chef Erik Edman, an den Beamten Dr. Iverus aus Stockholm, an Hildegard Hedingks und an Jan-Åke Bingström, der sie bedroht und tätlich angegriffen hatte. Sie dachte an Henrik Larsson. Wer warst du, fragte sie sich, dass dein Tod so viele Menschen in Bewegung bringt? Dann dachte sie an Stina Forss, die Polizistin aus Deutschland. Forss war gerade erst zwei Wochen bei ihnen und hatte sich dennoch in den Fall verbissen wie ein Kampfhund. Jetzt war sie in Israel, auf eigene Faust, ja, auf eigene Rechnung, riskierte ein Disziplinarverfahren, sogar den Ausschluss aus ihrem Anpassungslehrgang, und das alles, um im Staub der Vergangenheit nach einem Puzzlestückchen zu suchen. Was treibt diese Frau, fragte sie sich, was treibt diese Forss eigentlich an?

Sie betrachtete wieder den Mann, der ihr gegenüber auf der anderen Seite des Tisches saß. Melin Dohuk, der vor siebenundvierzig Jahren in einem Vorort von Bagdad auf die Welt gekommen war, Medizin studiert und bis zum Beginn des zweiten Golfkriegs im Irak als Arzt gearbeitet hatte. Jetzt lebte er seit vielen Jahren in einer kleinen Wohnung in einer kleinen Stadt in Schweden und hatte nur noch mit Ärzten zu schaffen, wenn er krank war oder sie in seinem Taxi umherfuhr. Was hatte Melin Dohuk mit dem Mord an Henrik Larsson zu tun? Gab es eine Verbindung zwischen den beiden Männern? Etwas, das womöglich bis in den Nahen Osten zurückreichte? Warum hatte Dohuk die Unwahrheit gesagt? Wer war in seinem Taxi gefahren? Und warum? Was verbarg der Mann, der in sein Schweigen abgetaucht war? Sie sah Dohuk ein letztes Mal an. Seine Frau, die neben ihm auf dem Sofa saß. Die zwei Kinder, die sie vorwurfsvoll anblickten. Die Häkeldecke auf dem Fernseher. Das Bild von Bagdad in dem goldenen Kunststoffrahmen.

»Wir nehmen dich mit ins Präsidium«, sagte sie schließlich.

12

Forss konnte Nyström nicht ans Telefon bekommen. Unruhig ging sie durch die Außenanlagen der Gedenkstätte. Ich werde dem Ort nicht mehr gerecht, dachte sie flüchtig. Die Skulpturen, die Mahnmale, die Gärten der Erinnerung: Das alles nahm sie nur noch aus den Augenwinkeln war. Schließlich versuchte sie es bei Delgado.

»Stina, bist du es? Aus Israel? Wie ist das Wetter dort?«

Sie überging die Fragen.

»Was haben wir zu Walter Hedingks? Walter, dem Sohn von Hildegard Hedingks?«

Erst war es still im Äther.

»Wahnsinn«, vernahm sie dann Delgados Stimme. Es war ein heiseres Kratzen vom anderen Ende der Welt.

13

Die Tür des Verhörzimmers ging auf und riss Nyström aus ihren Gedanken. Dohuk schwieg noch immer. Es war Delgado, und er hatte einen Gesichtsausdruck, den sie nicht deuten konnte. Er bedeutete ihr, vor die Tür zu kommen.

Sie wusste, dass es wichtig sein musste, sonst hätte er sie nicht gestört. Als sie die Tür hinter sich geschlossen hatte, nahm Delgado sie beim Arm und führte sie ein paar Schritte den Flur entlang in die Kaffeeküche. Sie setzte sich auf die Tischkante und sah Delgado fragend an.

Er hielt ihr ein Blatt Papier entgegen. Darauf war das Schwarz-Weiß-Foto eines Mannes, es sah wie ein vergrößertes Passbild aus.

»Ich glaube, wir haben ihn.«

»Wer zum Teufel ist das?«, fragte Nyström und sah auf das Foto.

»Das hier ist der Schachmann«, sagte Delgado. »Walter Hedingks, der Sohn von Hildegard Hedingks. Er wohnt im verdammten Örebro.«

»Nun verstehe ich gar nichts mehr«, sagte Nyström.

14

Der Abend legte sich langsam über Jerusalem. Forss saß in einem Shoarma-Imbiss in der Innenstadt und betrachtete das Passbild von Walter Hedingks, das Delgado ihr aufs Handy geschickt hatte. Sie dachte an die gefaltete Schachfigur in der Vitrine, die sich wenige Kilometer von ihr befand. Die gleiche Schachfigur, die sie in dem verlassenen Traktor im Wald gefunden hatten. Wenige Hundert Meter von der Stelle entfernt, an der Henrik Larsson getötet worden war. Geschichte wiederholt sich nicht, dachte sie. Aber manchmal hat sie ein merkwürdiges Echo. Sie aß ihre Falafel auf und bestellte ein weiteres Bier. Das Essen war scharf gewesen, aber gut und roch nach Minze. Plötzlich hatte sie eine Idee.

15

Es war spät geworden, und Nyström fühlte die Müdigkeit in ihrem Körper. Die Stelle an ihrer Brust schmerzte noch immer. Sie trank etwas von dem Zeug, das Anette Hultin ihr hingestellt hatte, ein Energydrink, der nach Gummibärchen schmeckte. Der erste Schluck war ihr beinahe wieder hochgekommen. Sie konnte spüren, wie der Zucker ihren Zähnen zusetzte, aber sie merkte auch, dass sie wieder wacher wurde.

Forss hatte in Israel zwei wichtige Entdeckungen gemacht. Sie hatte Hinweise darauf gefunden, dass Henrik Larsson im Armenischen Hospiz die Identität von Balthasar Frost angenommen hatte. Frost war dort einer schweren Krankheit erlegen, und Larsson hatte sich nach seiner Genesung mit Frosts Papieren auf den Rückweg nach Schweden gemacht. Sie wussten jetzt, dass der echte Frost seit Langem tot war und Larsson nichts mit diesem Tod zu tun hatte. Damit konnten sie einen möglichen Täter und ein mögliches Motiv von ihrer Liste streichen.

Noch wichtiger war allerdings Forss' zweite Erkenntnis. Durch einen Zufall war es ihr gelungen, den seltsamen Papierwürfel, den sie in der Nähe des Tatorts gefunden hatte, mit Walter Hedingks, dem Sohn von Hildegard Hedingks, in Verbindung zu bringen, auch wenn Nyström die genauen Umstände immer noch nicht verstand. Doch darüber hinaus waren Delgado und Knutsson über einen Unfall mit Fahrerflucht gestolpert, der sich in der Tatnacht etwa dreißig Kilometer vom Tatort entfernt auf der Landstraße Richtung Vetlanda ereignet hatte. Der Fahrer war Walter Hedingks gewesen, offenkundig ein Hobbyschachspieler aus Örebro. Bo Örkenrud und seine Leute arbeiteten gerade fieberhaft daran, Spuren aus dem ausgebrannten Wrack und der Umgebung sicherzustellen und mit den Blutspuren aus dem Schmetterlingshaus zu vergleichen. Des Weiteren hatte sie eine landesweite Fahndung nach dem Mann veranlasst, die Kollegen in Örebro waren bereits unterwegs, ebenso Beamte in Stockholm, die nach Lidingö an den Sund hinausfuhren.

Die Frage, die sie im Moment aber am meisten beschäftigte, galt Melin Dohuk. Wenn Walter Hedingks wirklich der Mörder von Larsson, dem Witwer seines Onkels Johan, war, was hatten dann Dohuk und sein Taxi mit der Tat zu tun? Warum schwieg Dohuk so beharrlich?

Sie griff noch einmal nach dem Energydrink. Die Brühe aus Zucker und Koffein war wirklich ekelhaft.

»Und?«, fragte Hultin. »Wie schmeckt's?«

»Großartig«, sagte Nyström.

Um kurz vor acht klingelte ihr Telefon. Es war der diensthabende Beamte des Untersuchungsgefängnisses, das sich zwei Stockwerke tiefer befand. Dohuk hatte nach ihr verlangt, er wollte reden. Wie du mir, so ich dir, dachte sie. Sie ließ ihn in den Verhörraum bringen, dann aß sie einen Apfel und eine Mohrrübe. Als sie fertig war, wusch sie sich sorgfältig die Hände. Danach rief sie Anders an und sagte, dass sie heute sehr spät nach Hause kommen würde. Schließlich holte sie Anette Hultin aus ihrem Büro, und sie gingen gemeinsam in den Raum, in dem Dohuk bereits auf seinem Stuhl saß und wartete. Die beiden Frauen nahmen ihm gegenüber Platz. Nyström faltete die Hände in ihrem Schoß, Hultin setzte sich mit geradem Rücken auf ihren Stuhl.

»Was hast du uns nun zu sagen?«, fragte Nyström. Sie sah in Dohuks dunkle Augen. Er hatte jetzt einen Bartschatten im Gesicht. Den hatte er heute Nachmittag noch nicht gehabt, dachte sie. Dohuk räusperte sich, bevor er zu sprechen begann. Seine Stimme war heiser, aber er sprach ein sehr gutes, akzentfreies Schwedisch.

»Ich habe einen Cousin. Er heißt Karim Sahid. Er hat vor einigen Jahren Asyl beantragt. Er durfte eine Zeit lang in Schweden bleiben, dann sollte er zurückkehren in unser Land. Doch alles ist zerstört. Alles, was er einmal hatte, ist weg. Seine Familie, seine Brüder, alle sind gestorben. Die Tischlerei, die er einmal hatte, gibt es nicht mehr. Das Haus, in dem er gelebt hat, ist eine Ruine. Was soll er dort? Sterben? Wie seine Ziegen? Wie seine Brüder?«

Dohuk rieb an seiner Wange, dann fuhr er fort.

»Karim wollte leben. Als seine Aufenthaltsgenehmigung abgelaufen war, ist er aus Södertälje abgehauen und hat sich versteckt. Unter anderem hier, bei mir und meiner Familie, in Växjö.«

»Und am letzten Samstag ist er mit deinem Taxi gefahren?«, fragte Nyström.

»Es war ein Notfall. Ich war krank, ich hatte hohes Fieber. Aber ich brauchte die Schicht, ich brauchte das Geld. Samstage sind die besten Tage, man kann dreimal so viel verdienen wie an normalen Wochentagen. Da hat sich Karim angeboten. Er kann gut Auto fahren, niemand hätte etwas gemerkt. Er spricht genug Schwedisch, und mit dem Navigationsgerät ist das Fahren kinderleicht.«

»Aber es ist etwas passiert?«

»Ja, am Abend, als er diese Fahrt raus nach Ramnåsa hatte.

Plötzlich funktionierte das Navigationsgerät nicht mehr, und Karim hat sich verfahren. Er hatte keine Karte im Auto, er wusste nicht, wo er war.«

»Und deshalb hat er dich angerufen.«

»Ja. Ich habe ihm dann den Weg am Telefon erklärt. Es hat alles etwas gedauert. Schließlich ging das Navi wieder, es war nur ein Wackelkontakt mit der Stromversorgung. Aber so kam die Verspätung zustande.«

Es ergab alles Sinn, was Melin Dohuk erzählte.

»Dein Cousin, Karim, wo ist er jetzt?«, fragte Hultin.

»Jetzt ist er in Sicherheit«, sagte Dohuk mit Bestimmtheit. »Ihr werdet ihn nicht finden.«

»Hast du deshalb bis jetzt geschwiegen? Damit Karim fliehen konnte?«, fragte Nyström.

Dohuk antwortete nicht. Aber das war auch nicht nötig.

»Das wird für dich nicht ohne Konsequenzen bleiben, das ist dir doch wohl klar!« Hultin war aufgebracht. »Zum einen hast du eine wichtige polizeiliche Ermittlung blockiert, zum anderen hast du einen von den Behörden gesuchten Ausländer versteckt und ihm zur Flucht verholfen! Ganz zu schweigen von der Taxigeschichte: Fahren ohne Lizenz, ohne Arbeitserlaubnis, womöglich ohne Führerschein!«

»Anette, bitte!«, sagte Nyström. Es klang eine Spur schärfer, als sie es beabsichtigt hatte.

»Ist doch wahr!«, entgegnete Hultin. »Wenn er …«

»Karim hat etwas gesehen«, sagte Dohuk leise. Beide Frauen sahen ihn überrascht an.

»An dem Abend, auf dem Weg, als er diese Bauern abholen sollte.«

»Was hat er denn gesehen?«, fragte Nyström.

»Auf dem Waldweg zu dem Haus der Bauern ist ihm ein Auto entgegengekommen. Da, wo der ermordete Alte gewohnt hat. Einer dieser orange-blauen Mietwagen.«

»Ein Auto von Bonnet? Das könnte uns wirklich helfen. Konnte er den Fahrer erkennen? Wie sah der Mann aus?«, fragte Hultin.

Jetzt sah Dohuk erstaunt aus. Erst sah er Hultin an, dann Nyström.

»Es war kein Mann. Es war eine Frau, die den Wagen gefahren hat.«

16

Er klappte den weißen Laptop der Ärztin zu und schob ihn zurück unter das Bett. Nun wusste er, was er zu tun hatte.

M. stand für Maria.

Heilige Mutter Gottes, bitte für uns Sünder.

Jetzt und in der Stunde unseres Todes.

Amen.

Er stand auf und ging aus dem Zimmer. Dann kam er noch einmal zurück. Er öffnete nacheinander die Schubladen der Kommode unter dem Fenster. Er fand, wonach er gesucht hatte. Er roch lange und intensiv an dem kupferfarbenen BH und dem dazu passenden Slip, bevor er beides in die Tasche seiner fleckigen Wachstuchjacke stopfte.

17

Forss wollte mehr über das Falten von Schachfiguren erfahren, über das Schachspielen in den Konzentrationslagern. Sie fand, dass es einen Versuch wert war. Sie hatte im Internetcafé fünf Jerusalemer Schachclubs und ein Schachcafé gefunden und damit begonnen, die Vereine durchzutelefonieren. Zwei schieden von vornherein aus, weil auf ihren Websites stand, dass sie montags keine Clubabende hatten. Beim dritten Club nahm jemand ab, der nur Hebräisch sprach und sie nicht verstand. Beim vierten Club wurde aufgelegt, als sie auf Englisch ihr Anliegen erklärte. Beim fünften Verein ging niemand ans Telefon. Blieb noch das Schachcafé übrig. Forss fuhr mit einem Taxi hin.

Das Café lag in einer Seitenstraße in der Nähe des jüdisch-orthodoxen Stadtteils Mea Shearim, und ohne die Hilfe des Taxifahrers hätte Forss das Schild mit hebräischer Aufschrift über einer unscheinbaren Tür übersehen. Sie trat zögerlich ein. Es war nicht direkt das, was sie sich unter einem Café vorgestellt hatte. Sie fand einen großen, schlecht beleuchteten Raum vor, in dem etwa ein Dutzend Tische und doppelt so viele Stühle standen. An dreien dieser Tische saßen sich Männer beim Schachspiel gegenüber, an einem vierten Tisch saß ein einzelner Mann und war in eine Zeitung vertieft. Frauen gab es hier nicht, und irgendwie wirkte es so, als hätte es hier auch nie welche gegeben. Einen Tresen oder sonst etwas, das auf einen gastronomischen Betrieb verwiesen hätte, gab es ebenfalls nicht. Forss fühlte sich an die Atmosphäre türkischer Kulturvereine in Kreuzberg erinnert, nur dass an der vertäfelten Wand keine rote Fahne mit Halbmond hing, sondern eine weiße mit einem blauen Davidstern darauf. Daneben hingen vergilbte Wimpel. Zwei Männer sahen kurz auf, als sie den Raum betrat, sonst schien niemand Notiz von ihr zu nehmen, Frau hin oder her. Forss ging einige Schritte in den Raum hinein. Die Männer an den Tischen erschienen ihr alle uralt, von denen sah niemand aus, als würde er Englisch sprechen.

Sie versuchte es trotzdem. Sie fummelte die Abbildung der gefalteten Schachfiguren, die sie aus dem Ausstellungskatalog gerissen hatte, aus der hinteren Hosentasche ihrer Jeans und hielt sich das Bild vor die Brust.

»Entschuldigung«, sagte sie. »Kennt das hier jemand?«

Sie drehte sich mit dem Bild in der Hand im Halbkreis. Selten hatte sie sich so unwohl gefühlt. Vielleicht ist es auch völlig falsch, was ich hier mache, dachte sie. Wenn irgendjemand diese Figuren aus eigener Erfahrung kennt, will er wahrscheinlich nicht daran erinnert werden. Noch dazu von einer Deutschen. Halbdeutschen.

Die Schachspieler sahen für einen Moment hoch oder wandten sich für einen Augenblick um, der Zeitungsleser ließ seine Zeitung sinken. Forss spürte den Schweiß in ihrem Nacken. Jetzt lief ihr ein Tropfen den Rücken hinunter. Ein kurzes, leises Murmeln kam auf, einer der Männer schüttelte sachte den Kopf. Dann war der Augenblick vorüber. Die Schachspieler wandten sich wieder ihren Brettern zu. Forss war wieder Luft. Sie seufzte. Wahrscheinlich war es besser so.

»Schade, trotzdem vielen Dank«, sagte sie.

Dann drehte sie sich um und ging auf die Tür zu.

»Warten Sie einmal«, rief da eine Stimme. Auf Deutsch. Überrascht wandte sich Forss erneut um.

»Steht da wirklich *Reinickendorfer Füchse* auf deiner Jacke?« Es war der Zeitungsleser, der gerufen hatte. Forss nickte eifrig. Der Mann winkte sie heran.

»Komm, komm und setz dich für einen Moment zu mir.«

Forss ging durch den Raum auf den Tisch zu. Der Mann wies auf den leeren Stuhl vor ihm. Er hatte ein Gesicht wie ein Winterapfel. Vor den tausend Falten und Leberflecken klebte eine Brille mit bierdeckelgroßen Gläsern.

»Setz dich, setz dich. Eine junge Dame in einem Fuchspelz.« Der Alte lachte ein kehliges Lachen. »Die Füchse. Ewig habe ich nicht an die gedacht, Ewigkeiten, verdammt noch eins! Sag mal, spielst du für die? Bist du ein echter Fuchs? Kommst du aus Reinickendorf?«

»Nein, leider nicht«, sagte Forss vorsichtig. Sie hatte Angst, den Alten zu enttäuschen.

»Ehrlich gesagt habe ich die Jacke in einem Secondhandgeschäft gekauft. Und das nur, weil ich die Farben mochte. Mit den *Reinickendorfer Füchsen* habe ich sonst nichts am Hut.«

»Ich auch nicht«, sagte der Alte.

Beide lachten.

»Ich habe mal gegen die gespielt, Handball. Ich war ganz ordentlich, ein Kreisläufer. Aber gegen die Füchse haben wir verloren, glaube ich. Ewigkeiten ist das her.«

Hinter der Brille waren seine Augen riesig.

»Seit dem Krieg spiele ich nicht mehr Handball.«

»Sondern Schach.«

»Genau«, sagte er. »Kluges, hübsches Köpfchen. Aber deutschen Sport, den finde ich immer noch gut, besonders Fußball. Den Fußball hier, den kannst du vergessen.«

»Für welche Mannschaft bist du denn?«

»Ich habe noch immer die Raute im Herzen.«

»Werder oder HSV?«

»Die blau-schwarze natürlich!«

»Also HSV«, sagte Forss. Fast hätte sie »HIV« gesagt, aus Gewohnheit. Das hatte sie von Sebastian übernommen. Der war Werder-Fan.

»Richtig, mein Mädchen, Hamburger Sportverein, die wahre Nummer eins im Norden. Immer gewesen.«

»Ach, nee«, sagte Forss. »Und wann habt ihr, bitte schön, den letzten Titel geholt?«

»Muss mit Magath gewesen sein«, sagte der Alte.

»Richtig, mit Magath. Vor etwa hundert Jahren also. Magath ist jetzt Schalker.«

»Wirklich?«, fragte der alte Mann. Er sah richtig erschrocken aus. »Knappe?«

»Ohne Scheiß«, sagte Forss. »Und vorher war er Wolfsburger und davor bei den Bayern und davor in Stuttgart. Und noch früher sogar mal in Bremen, das ging aber in die Hose.«

»Der Felix Magath?«

»Ja, der Felix Magath. Du bekommst hier nicht mehr allzu viel aus Deutschland mit, oder?«

»Nein. Das ist vergangen. Lange her.« Die Stimme des Mannes hatte ihre heisere Heiterkeit verloren. Aber die wachen Augen hinter der riesigen Brille funkelten Forss immer noch an.

»Mein Cousin war Stürmer beim HSV, weißt du? Ein richtiger Strafraumwühler. Lange vor dem Krieg war das, bevor alles losging. Gestorben ist er in Treblinka.«

»Das tut mir leid«, sagte Forss.

»Das muss dir nicht leidtun«, sagte der Alte. »Ist ja nicht deine Schuld.«

Forss schluckte. Sie dachte an Großvater Friedrich. Sein offenes Lachen, das Akkordeonspiel, der Garten voller Obstbäume. Nein, schuld war sie nicht. Aber dennoch hatte sie etwas geerbt. Verantwortung.

»Ich bin übrigens Günther«, sagte der Alte und hielt ihr seine Hand entgegen.

»Stina«, sagte sie und schüttelte die rissige Hand.

»Angenehm. Und was, wenn ich fragen darf, treibt dich nach Jerusalem?«

»Das«, sagte Forss, »ist eine wirklich lange Geschichte.«

18

Maria war viele Stunden Richtung Süden gefahren. Sie hatte den Schutz der Dämmerung abgewartet, jetzt stand sie vor dem frischen Grab. Die Erde war aufgeworfen und feucht, zum Teil gefroren. Später Frost, dachte sie, dabei ist doch bald Frühling.

Sie dachte an den Tag zurück, der ihr Leben verändert hatte, einen sonnigen Samstag im letzten Herbst. Da hatte sie den Film zum ersten Mal gesehen, ein lustiges YouTube-Video, wie es sich Freunde zuschicken. Sie hatte geschmunzelt über den alten Mann, der in dieser lustigen Sprache über Schmetterlinge und ihr Paarungsverhalten dozierte, während sich im Hintergrund eine Persiflage auf den 11. September abspielte. Und dann war sie erstarrt. Der Name ihres Vaters. Ihr Vater, der doch tot war, seit sie denken konnte. Wie konnte das sein? Es musste sich um einen Zufall handeln, jeder konnte so heißen. Theoretisch.

Der Film war wie eine Infektion. Sie hatte in den Wochen danach an die hundert Stunden im Internet verbracht, Briefe geschrieben, Telefonate geführt, Love gebeten, ihr schwedische Zeitungsartikel zu übersetzen. Schließlich hatte sie sogar ein internationales Büro engagiert, das Nachforschungen anstellte. Simone war von Anfang an skeptisch gewesen. »Lass es ruhen, Maria, Vergangenes ist vergangen.«

Sie hatte Simones Rat ignoriert. Die Nachforschungen waren alle zu demselben Ergebnis gekommen. Ihr Vater war tot, 1948 in Jerusalem gestorben. Doch der Mann aus dem Film stammte ebenfalls aus England, war 1949 nach Schweden eingereist. Davor war er Soldat in Palästina. Simone hatte gesagt: »Zufall.«

Daran hatte sie nicht glauben können. Das war im Januar gewesen. Sie hatte ihn angerufen, mehrmals. Sein Englisch war schlecht gewesen, aber was hieß das schon bei einem Lügner. Sie hatte gesagt: »Ich komme nach Schweden.«

»Ja«, hatte er gesagt, »komm nach Schweden.«

DIENSTAG

1

Der Mann an der Rezeption des Hotels hatte ihr geraten, vier Stunden vor Abflug am Flughafen zu sein. Forss hatte das für Blödsinn gehalten. Sie hatte lange geduscht und beim Frühstück getrödelt. Als ihr Taxi den Ben-Gurion-Airport erreichte, waren es noch knapp drei Stunden, bis ihr Flugzeug nach Stockholm abheben sollte, und selbst dieser Zeitraum kam ihr sehr großzügig bemessen vor. Die Sicherheitsmaßnahmen begannen, bevor der Wagen überhaupt auf das Flughafengelände fahren durfte. Vor einer Schranke musste jedes Auto anhalten, sämtliche Insassen mussten sich ausweisen, und in den meisten Fällen ließen sich die mit Maschinenpistolen und Automatikgewehren bewaffneten Soldaten auch den Kofferraum zeigen und untersuchten den Wagen mithilfe eines Spürhundes und an Stangen befestigter Spiegel nach Sprengsätzen. Diese erste Barriere kostete zwanzig Minuten. Die zweite Schlange bildete sich am Eingang zur Abflughalle. Die dunkelhäutige Großfamilie, die vor Forss in der Reihe gestanden hatte, wurde von den uniformierten Beamten herausgewinkt, sie selbst musste ihren Reisepass und das Ticket zeigen. Dann war sie endlich im Flughafen. Bis zum Abflug waren es noch zwei Stunden. Bevor sie zu den Schaltern für die Gepäckaufgabe gelangte, galt es zunächst, eine allgemeine Gepäck- und Leibkontrolle zu passieren. Die Schlange war mehr als fünfzig Meter lang, und Forss hatte das Gefühl, pro Minute nicht viel mehr als einen Meter Boden gutzumachen. Beamte in Zivil schritten die Reihen der Wartenden ab und verwickelten die Reisenden in Gespräche, die abrupt in Verhöre umschlagen konnten.

Nachdem Forss und ihr Gepäck durchleuchtet worden waren, gab sie ihre Tasche bei dem SAS-Schalter auf. Noch eine Stunde und zehn Minuten bis zum Abflug. Sie hatte Hunger und schwitzte. Ihren Plan, in der Abflughalle einen neuen Gürtel zu kaufen, hatte sie bereits aufgegeben. Sie machte sich auf den Weg zum Gate. Dazu musste sie nur noch durch die Handgepäckkontrolle und den Zoll. Mittlerweile war sie sehr froh darüber, dass sie das vertrocknete Opiumklümpchen aus Frosts Nachlass nicht bei sich trug, sondern in der Hoteltoilette entsorgt hatte. Nachdem ihre Umhängetasche auf dem Laufband durch die Maschine gefahren war, winkte sie ein Uniformierter zur Seite. Auf einem Tisch musste sie die Tasche ausleeren. Der Beamte fuhr sorgfältig mit einer Art Schwamm durch die Innenseiten der Tasche. Der Schwamm wurde zu einem Apparat gebracht und verschwand in einem Loch. Es summte eine halbe Minute lang, dann blinkte eine blaue Lampe auf. Forss wusste nicht, ob das gut oder schlecht war. Es war wohl gut, denn sie durfte ihr Handgepäck wieder in die Tasche stopfen und weiter zur Passkontrolle gehen.

Die Beamtin blätterte ihren Reisepass gewissenhaft durch und sah Forss prüfend an.

»Jüdisch?«, fragte sie.

»Nein, Touristin«, antwortete Forss.

2

Die südschwedische Zentrale der Autovermietungskette Bonnet lag in Ljungby, keine siebzig Kilometer von Växjö entfernt. Das Firmengebäude, das in einem Gewerbegebiet lag, war in demselben knalligen Orange-Blau gehalten wie der gesamte, landesweit fünftausend Fahrzeuge umfassende Fuhrpark der Firma. Irgendwie prätentiös, diese Farbkombination, dachte Delgado, der irgendwann in der Schule etwas über die Wirkung von Komplementärkontrasten gelernt hatte. Aber schließlich warb die Mietwagenkette auch mit dem Slogan *Bonnet – Keiner macht es dir billiger!*

Mikael Stengård, der diensthabende – ja, was eigentlich? Geschäftsführer? Auf seinem Namensschild standen jedenfalls vier wichtig klingende englische Wörter, das letzte war *manager,* die anderen drei hatte Delgado noch nie gehört – Angestellte machte in seiner orange-blau gestreiften Krawatte jedenfalls keinen deutlich seriöseren Eindruck, im Gegenteil, er sah aus wie ein Mensch, der nach der Anzahl der Leichen bezahlt wird, über die er täglich geht.

»Es ist uns eine Ehre«, sagte er und ließ Delgado mit einer unsicher wirkenden jungen Frau vor einem Computer in einem Büro allein. Ihr Namensschild wies sie als Karlotta Mendez und ihre Tätigkeit als *IT-Irgendwas* aus. Delgado stellte sich und sein Anliegen vor.

»Es geht um den Samstag vor zehn Tagen.«

Karlotta Mendez hackte in die Tastatur.

»Da waren 1365 unserer Wagen verliehen, landesweit gesehen.«

»Und nur im Bereich Kronoberg?«

»Ich kann Landkreise nicht als Filteroption eingeben. Dann müssen wir konkreter nach Städten oder einzelnen Verleihstationen suchen. Sorry.«

»Växjo«, sagte Delgado.

»Okay, mal sehen. In Växjo waren an dem Tag vierzehn Autos vermietet. Drei Verleihstationen haben wir dort. Am Bahnhof, am Flughafen und in Norremark.«

»Vierzehn Autos. Kannst du raussuchen, welche Wagen von Frauen ausgeliehen wurden?«

»Kein Problem. Hier, siehst du die Liste? Da sind vier Frauen dabei.«

»Und kann man sehen, was das für Autos waren, die sie gemietet haben?«

»Klar. In der Spalte dort steht die Kategorie. Und dann kann man natürlich noch das ausführliche Mietprotokoll aufrufen. T steht für Transporter, K für Kombi, KP für Kleinpersonenwagen und so weiter.«

Delgado hing jetzt halb über Karlotta Mendez' Schulter, um auf den Bildschirm sehen zu können. Von den vier Vermietungen waren zwei Ts, einer war K und einer KP.

»Da«, sagte er und dachte an das, was Melin Dohuk erzählt hatte, »KP, das müsste sie sein.«

Mendez klickte auf den Mietvorgang. Routiniert überflog sie die Informationen.

»Ein Skoda Fabia. Am Samstagnachmittag gegen halb drei

angemietet, an der Station neben dem Bahnhof zum 24-Stunden-Spartarif. Ist dann aber zweimal telefonisch verlängert worden.«

»Kann man das denn?«

»Ohne Probleme. Falls es keine Reservierungen gibt, jedenfalls. Der Wagen hier ist immer noch von der Kundin ausgeliehen. Bis übermorgen. Die Mieterin heißt Maria Alya-Fadia. Eine niederländische Staatsbürgerin. Sie hat mit ihrer Kreditkarte bezahlt.«

»Alya-Fadia«, wiederholte Delgado.

»Klingt irgendwie arabisch«, stellte Mendez fest.

3

Forss hatte die Augen geschlossen. Sie schwebte mehr als zehntausend Meter über dem Mittelmeer, irgendwo über Zypern oder der Türkei, aber es war auch völlig einerlei; sie dachte über etwas nach. Etwas, das nicht ins Bild passte, das absolut nicht in das Bild passte, das sie so mühevoll zusammengepuzzelt hatte. Kurz bevor das Flugzeug gestartet war und sie ihr Telefon hatte ausschalten müssen, hatte sie Delgados SMS bekommen: *Neue Spur: Frau, möglicherweise arabisch. Maria Alya-Fadia.*

War das möglich? Gab es eine zweite Tatverdächtige? Ein Mordduo? Konnte das sein? Wie passte das zu Walter Hedingks? Der Schachspieler, der von seinem Vater Erik gelernt haben musste, wie man Schachfiguren aus Papier faltet. Sie dachte an das, was ihr Günther über das Leben in den Lagern erzählt hatte. Was sie in Yad Vashem gesehen hatte.

Das allgegenwärtige Leid. Der allgegenwärtige Tod. Aber auch die Auflehnung dagegen. Der unbändige Lebenswille vieler. Ein Spiel als Überlebensstrategie. Sie dachte an das Buch von Stefan Zweig. *Die Schachnovelle,* sie hatte es in der Schule gelesen. Darin überlebte jemand die NS-Tortur, weil er sich am Schach festhalten konnte, obwohl er darüber beinahe wahnsinnig geworden war. War Erik Hedingks so jemand gewesen?

Ein Mann und eine Frau. Walter Hedingks und Maria Alya-Fadia.

Der Sohn eines norwegischen Kriegsgefangenen und eine Frau mit einem arabisch klingenden Namen.

Ein Mordpaar?

Sie kramte den vergilbten Papierumschlag aus ihrer Umhängetasche und kippte den Inhalt auf das Tablett vor ihr. Da lag es, das Erbe von Balthasar Melchior Frost. Des echten Balthasar Melchior Frost. Ein paar Papiere, eine Brieftasche und ein Tagebuch. Forss nahm die Brieftasche und zog die beiden Fotos heraus. Sie betrachtete sie lange, bevor sie sie sorgfältig zurücksteckte. Dann griff sie zu Frosts Tagebuch, schlug es auf und begann zu lesen. Und irgendwann, viel später, die SAS-Maschine flog längst über die aufgewühlte Ostsee, begann sie, die Zusammenhänge zu begreifen.

4

Nachdem sie den Namen hatten, war der Rest Routine. Das dritte Hotel, bei dem Hultin anrief, das *Cardinal* in der Fußgängerzone, keine drei Minuten vom Bahnhof, war ein

Treffer. Maria Alya-Fadia hatte am Tag der Tat am frühen Samstagnachmittag im *Cardinal* eingecheckt und für eine Übernachtung bezahlt. Am Sonntagmittag hatte sie jedoch weder bis zur vereinbarten Zeit ausgecheckt, noch war sie telefonisch erreichbar gewesen. Gegen fünfzehn Uhr ließ die besorgte und hochschwangere Geschäftsführerin Maja Wirfält die Türe ihres Zimmers öffnen. Man fand ein unbenutztes Bett und eine Reisetasche sowie einen Kulturbeutel im Bad. Eine Stunde später erreichte man die Kundin endlich unter der Mobiltelefonnummer, die sie beim Einchecken angegeben hatte. Der Geschäftsführerin zufolge habe die Frau am Telefon sehr aufgewühlt und gleichzeitig sehr matt geklungen. Sie habe erklärt, dass sie aus dringenden persönlichen Gründen überraschend habe abreisen müssen. Sie entschuldige sich für die Umstände und die Mühe, die dem Hotel entstanden seien, und bot an, diese finanziell auszugleichen. Maja Wirfält versicherte daraufhin, dass das nicht nötig sei, und erbot sich, das zurückgelassene Gepäck nachzuschicken.

»Sie schien einen Moment nachzudenken«, sagte Wirfält. »Und dann sagte sie mir, dass es nicht nötig sei, dass ich das Gepäck nachschicke. Sie würde es in den nächsten Tagen abholen. Na gut, hab ich mir gedacht, das spart uns die Mühe und das Porto. Das Seltsame ist nur, dass die Sachen bis heute nicht abgeholt worden sind.«

»Willst du damit sagen, dass das Gepäck der Frau immer noch bei euch im Hotel ist?«, fragte Hultin.

»Das hast du messerscharf kombiniert«, antwortete Maja Wirfält und strich über ihren großen, runden Bauch.

5

»Ich verstehe nicht, warum sie ihre Sachen nicht nachgeschickt bekommen wollte«, sagte Göran Lindholm und rückte sich die Brille zurecht. »Das wäre doch viel praktischer gewesen!«

»Sie wollte nicht preisgeben, wo sie sich aufhält«, knurrte Knutsson. Er tunkte eine Zimtschnecke in seinen Milchkaffee. »Sie will halt nicht geschnappt werden.«

»Noch wissen wir gar nicht, ob sie wirklich etwas mit Larssons Tod zu tun hatte«, sagte Hultin.

»Ach, nee. Die ist nur ganz *zufällig* zur Tatzeit da draußen rumgegurkt!« Während er »zufällig« sagte und das Wort in die Länge zog, malte Knutsson mit seinen Fingern imaginäre Anführungszeichen in die Luft.

»Ich wette zehn zu eins, dass sie es war«, fuhr er fort. »Warte, bis Bo mit dem Vergleich der Spuren fertig ist. Wie kann man nur so doof sein und eine ganze Tasche zurücklassen?«

»Aber Lasse, du weißt überhaupt nicht, was da draußen vor sich gegangen ist. Was ist zum Beispiel mit Forss' Schachmann und dem Würfel?«, entgegnete Hultin.

»Jetzt hör doch mit dem Scheiß-Würfel und dem Scheiß-Schachmann auf!«, rief Knutsson verärgert und gestikulierte gefährlich mit der kaffeegetunkten Zimtschnecke. »Bos Ergebnisse waren schließlich eindeutig! Das Blut, das sie im Wald neben dem Unfallwagen gefunden haben, stimmt nicht mit den Spuren vom Tatort überein! Will das endlich mal in deinen Schädel, Anette?«

»Aber ...«

Die Tür wurde aufgerissen und Delgado kam herein.

»Es gibt Neuigkeiten«, sagte er und knallte einen Stapel Computerausdrucke und ein Buch in einem auffälligen Umschlag auf den Tisch. *Die Kraft der Weiblichkeit* stand darauf in großen, pinkfarbenen Buchstaben auf neongelbem Grund.

»Was zum Henker ...?«

»Maria Alya-Fadia ist nicht irgendwer. Sie ist Hochschulprofessorin in Amsterdam. Sie hat einen Lehrstuhl für Geschichte – *Postkolonialismus* und *Feministische Theorie* sind offensichtlich ihre Schwerpunkte – und ist offenbar eine international anerkannte Wissenschaftlerin. Ihre Publikationen sind in vierzehn Sprachen übersetzt worden, unter anderem ins Schwedische. Da, in dem Buch, gibt es einen Aufsatz von ihr. Stand nebenan, in der Bücherei. Nach allem, was ich auf die Schnelle gefunden habe, ist sie so etwas wie eine feministische Koryphäe, sie hat ungefähr tausend Auszeichnungen verliehen bekommen, unter anderem einen Ehrendoktortitel. Es gibt sogar einen Siebenseitenartikel aus dem *Times*-Magazin über sie, allerdings ist der schon von 1993. Maria Alya-Fadia ist 61 Jahre alt. Das ist die Kurzfassung.«

»Und diese Frau soll Henrik Larsson getötet haben? Zu Tode gefoltert und verstümmelt? Das bekomme ich im Kopf nicht zusammen. Und vor allem: Warum sollte sie so etwas tun?« Anette Hultin sprach aus, was alle dachten. »Wo soll da der Zusammenhang sein?«

»Bis jetzt wissen wir ja nur, dass sie zur fraglichen Zeit in der Nähe des Tatorts war. Und noch nicht einmal das mit hundertprozentiger Sicherheit. Wobei natürlich viel darauf hindeutet.«

»Warum heißt sie eigentlich Alya-Fa... Dingsda, wo sie doch Holländerin ist?«, wollte Knutsson wissen.

»Warum, warum«, äffte Hultin ihn nach. »Warum heißt du eigentlich Knutsson, obwohl du Vollidiot heißen solltest?«

»Ihr beiden nervt heute irgendwie«, sagte Lindholm.

Delgado blätterte in seinen Ausdrucken. »Da stand wirklich irgendwo etwas darüber. Den Namen hat sie erst später angenommen. Das hatte etwas mit ihrer Herkunft zu tun. Da, ich hab's. Eigentlich hieß sie Maria Johns.«

»Klingt auch nicht gerade sehr holländisch, finde ich.«

»Geboren ist sie in ...« Delgado verstummte. Er sah ernst in die Runde.

»Geboren ist sie in Jerusalem«, sagte er dann.

6

Nyström sah aus dem Fenster des Taxis in den frühen Stockholmer Abend hinaus. Die Stadt lag erhaben in der Dämmerung, über dem Schloss stand ein violetter Schimmer in der Luft, beinahe wie eine Gloriole. Der Schimmer des Himmels und das Lichtermeer der Stadt spiegelten sich in dem eisfreien Wasserarm vor dem Grandhotel.

Sie dachte über die Dinge nach, die sie heute herausgefunden hatten. Der Schatten, der seit zehn Tagen über dem Fall lag, schien eine Form anzunehmen, allerdings eine, mit der niemand gerechnet hatte.

Bo Örkenrud und seine Mitarbeiter hatten schnell gearbeitet: Die Fingerabdrücke von Maria Alya-Fadias persönlichen Sachen aus dem Zimmer des Hotels *Cardinal* stimmten mit den Abdrücken von der Tür des Schmetterlingshauses überein. So bald wie möglich würden die Ergebnisse des DNS-Vergleichs vorliegen. Nyström sah auf das Foto, das Delgado ihr ausgedruckt hatte. Eine ernste Frau mit dunkler Haut, dunklen Augen und dunklem, langem Haar. Eine schöne Frau, dachte Nyström, nicht mehr jung, aber sehr schön. Ihre Biografie war im Internet gut dokumentiert. 1949 geboren, wuchs sie als Waisenkind mit palästinensischen Wurzeln in einem christlichen Kinderheim in Jerusalem auf, das von englischen Ordensschwestern geleitet wurde. Sie wurde auf den Namen Maria Johns getauft, besuchte die englischsprachige Schule, schloss diese mit Bestnoten ab und ging als Siebzehnjährige nach England, wo sie mithilfe verschiedener Stipendien zunächst an der University of London, später dann in Cambridge studierte und anschließend promovierte. Wie viele andere Hunderttausend Studenten auch, fing sie Ende der Sechzigerjahre an, sich zu politisieren. Sie begann, sich für ihre palästinensische Herkunft und für die Frauenbewegung zu interessieren, und engagierte sich in diversen politischen Gruppen. Ende der Siebzigerjahre legte sie ihre Doktorarbeit vor: *Macht und Männlichkeit – Herrschaft im postkolonialen Palästina*. Wenige Monate später übernahm sie den Vorsitz im *Internationalen Kollektiv lesbisch-feministischer Akademikerinnen*. Sie legte ihren Nachnamen Johns ab und nahm den Namen ihrer leiblichen Mutter an: Alya-Fadia. Das war Arabisch und bedeutete so viel wie *erhabene Ritterin*. Ihre wissenschaftlichen Thesen verknüpften feministische Theorien mit marxistischer Kapitalismuskritik, Homosexualität mit Antiimperialismus und die PLO mit dem Gender-Diskurs. Schnell machte sie akademische Karriere: Ende der Achtzigerjahre war sie eine der jüngsten Professorinnen Großbritanniens, später bekam sie Gastprofessuren in den USA und in Paris, schließlich wurde sie in den Niederlanden sesshaft. Dort wohnte sie noch heute mit ihrer Lebensgefährtin, ebenfalls einer Wissenschaftlerin, unterrichtete an der *Universiteit van Amsterdam* und war ehrenamtliche Vorsitzende der niederländischen Abteilung der NGO *Free Gaza Now*.

Ingrid Nyström rieb sich die Schläfen. Maria Alya-Fadia, eine Wissenschaftlerin und Feministin mit internationalem Renommee. Sollte diese Frau tatsächlich etwas mit Larssons Tod zu tun haben? Sollte es etwas geben, was diese Frau ins kleine Småland kommen und einen alten Mann auf grausamste Art und Weise zu Tode zu foltern ließ?

Hass? Rache? Vergeltung? Ging es darum?

Was war das Bindeglied zwischen diesen beiden Menschen?

Wohl kaum die Tatsache, dass beide homosexuell waren. Ein abstruser Gedanke. Und Jerusalem? Sicher, Larsson war in Israel gewesen. Aber als Maria Alya-Fadia 1949 geboren wurde, war er ja schon längst wieder in Schweden oder zumindest auf dem Weg dorthin. Das ergab alles keinen rechten Sinn. Und wie passte Walter Hedingks in dieses Bild? Alles sprach dafür, dass auch er tatsächlich am Tatort gewesen war; Forss' Theorie von der gefalteten Schachfigur, der Unfall in der Nähe des Tatorts. Jetzt war er abgetaucht, die Fahndung nach ihm war bisher ergebnislos geblieben. Allerdings: Wenn er der Täter war, wie kam es dann, dass seine Blutspuren vom Unfallort nicht mit denen vom Tatort übereinstimmten? Und was sollte Walter Hedingks für ein Motiv haben, den Lebensgefährten seines längst verstorbenen Onkels zu töten? Kannten sich Alya-Fadia und Hedingks womöglich? Hatten sie die Tat gemeinsam begangen? Im Hotel *Cardinal* hatte man nichts von einem Begleiter gewusst, aber das musste ja nichts heißen. Sie spürte, dass sie zu müde war, um noch weiterzudenken. Sie ließ ihren Kopf in die Lehne des Taxisitzes sinken. Nur ganz kurz die Augen schließen, nur für einen Augenblick.

7

Forss wachte auf, als das zweite, kleinere Flugzeug, in dem sie von Stockholm nach Växjö geflogen war, landete. Mit ihr verließen ein Dutzend andere Passagiere die Maschine, die meisten waren offensichtlich Geschäftsleute in ihren uniformen Mänteln, Schuhen und Anzügen. Forss' Koffer war einer der letzten, der aus dem Loch in der Wand gefahren kam, und als sie endlich durch die Schiebetüren der leeren Ankunftshalle trat, sah sie die Rücklichter des Flughafenbusses in der Dunkelheit verschwinden. Vom nahen Helgasee her wehte ihr brackiger Wind ins Gesicht und in die weiten Ärmel ihres Lodenmantels. Sie trottete durch den Regen zur Bushaltestelle an der Bundesstraße.

Im Bus war sie die einzige Passagierin. An einer Stelle der Straße konnte man durch die Bäume und die Dunkelheit hindurch einige Meter weit auf den See hinausschauen. Auf dem Eis stand schwarzes, schimmerndes Wasser, der Winter zeigte Schwächen. Sie dachte an ihren kranken Vater. Während sie im Flugzeug gesessen hatte, hatte Maj zweimal versucht, sie zu erreichen.

Nur Anette Hultin war noch in ihrem Büro. Sie schreckte hoch, als Forss zur Türe hineinkam, eine Strähne ihres Haars stand in einem merkwürdigen Winkel ab, offensichtlich war sie an ihrem Schreibtisch eingeschlafen. Sie begrüßten sich, und Forss hatte den Eindruck, dass Hultin sich freute, sie zu sehen.

»Kaffee?«, fragte sie.

»Unbedingt«, sagte Forss.

Sie zog ihren Mantel aus und legte ein Foto auf Hultins Schreibtisch. Dann begann sie zu erzählen.

»Kann das alles wahr sein?«, fragte Anette Hultin, obwohl sie wusste, dass es so passiert sein musste. Es passte alles zusammen. Sie sah die Fotos an, die vor ihr lagen. Das kleine Schwarz-Weiß-Bild, das Forss im Archiv in Jersualem gefunden hatte, und den großen DIN-A4-Ausdruck aus dem Internet.

»Es muss so sein«, sagte Forss. »Maria Alya-Fadia ist die Tochter von Balthasar Melchior Frost. Es steht alles in seinem Tagebuch. Frost war als britischer Soldat im Mandatsgebiet Palästina stationiert. 1946 wird er aus der Armee entlassen. Die Briten ziehen sich langsam aus der Region zurück, der Staat Israel entsteht. Frost bleibt, hält sich mit dubiosen Grundstücksvermittlungen über Wasser. Mit anderen Worten: Er haut palästinensische Bauern und jüdische Siedler übers Ohr. 1948 passiert es dann, er lernt in einem palästinensisch-christlichen Vorort von Jerusalem ein junges Mädchen kennen, Fadia. Sie beginnen eine Liebschaft, heimlich, Fadia wird schwanger. Ihre Eltern kommen hinter die Geschichte, jagen Frost zum Teufel. Er treibt sich daraufhin einige Wochen unglücklich in Jerusalem herum und trinkt sich durch die Bars. Irgendwann nach einer Zechtour wacht er in einem Hospital auf. Er hat Fieber und ist ernsthaft krank. Die Ärzte diagnostizieren eine Syphiliserkrankung in einem sehr fortgeschrittenen Stadium. Frost hat nicht mehr lange zu leben. Er muss an Fadia denken und an sein ungeborenes Kind. Was, wenn er seine Geliebte angesteckt hat? Oder sein eigenes Kind? Er muss Gewissheit haben. Mit letzter Kraft macht er sich auf zu Fadias Elternhaus. Der Vater und Fadias Brüder machen sich mit Knüppeln über ihn her. In ihren Augen ist er der weiße Teufel, der die Ehre der Familie in den Schmutz gezogen hat. Frost leckt seine Wunden und begreift, dass Fadia von der Familie verstoßen worden ist. Er macht sich auf die Suche nach ihr. Vergeblich. Er stirbt wenige Wochen später vergessen von Gott und der Welt im Armenischen Hospiz in der Altstadt von Jerusalem.«

Forss trank von ihrem Kaffee. Hultin sah gedankenverloren aus dem Fenster. Forss fuhr fort.

»Sein Bettnachbar im Hospiz war ein junger Schwede. Ebenfalls von Gott und der Welt vergessen, ja, für tot gehalten. Henrik Larsson, von dem jeder glaubte, dass er beim Attentat auf den Diplomaten Wennerberg ums Leben gekommen ist. Doch Larsson hat überlebt, wird langsam wieder gesund und begreift, dass sich ihm eine Chance bietet, unerkannt nach Schweden zurückzukehren. Dorthin, wo sein junger Freund Johan Lönn auf ihn wartet. Henrik Larsson wird zu Balthasar Melchior Frost.«

»Und die junge Fadia ...«

Hultin betrachtete jetzt wieder die beiden Fotos, die vor ihr lagen. Zwei Frauen. Die Bilder einer sechzehnjährigen Mutter und ihrer sechzigjährigen Tochter.

»Wenn es stimmt, was du gelesen hast, und Maria als Waisenkind aufwuchs, muss Fadia sehr jung gestorben sein. Wahrscheinlich waren Frosts Befürchtungen wahr, und er hat sie angesteckt.«

»Aber wäre dann nicht auch Maria infiziert gewesen?«, fragte Hultin.

»Nach allem, was ich über die Krankheit weiß, muss es nicht zwangsläufig so sein, dass eine erkrankte Schwangere die Bakterien auf den Fötus überträgt. Außerdem kam ab Ende der Vierzigerjahre Penicillin auf den Markt, ein wirkungsvolles Medikament gegen Syphilis. Und es gibt sehr verschiedene Verlaufsformen der Krankheit, es ist also gut möglich, dass Fadia an den Erregern gestorben ist, während Maria überlebt hat. Fest steht, dass Maria irgendwann vom Schicksal ihrer Mutter erfahren haben muss. Wahrscheinlich gab es in dem englischen Kinderheim Unterlagen. Sie hat ja auch später den Namen ihrer Mutter angenommen. Irgendwann wird sie auf den Namen ihres Vaters gestoßen sein.«

»Der Mann, der sie und ihre Mutter im Stich gelassen und mit einer tödlichen Krankheit infiziert hat.«

»Wenn das kein Motiv ist.«

»Ich habe heute zwei ihrer Aufsätze gelesen. Sie schreibt viel Kluges und Wahres. Über eine patriarchalisch strukturierte Gesellschaft, über männliche Gewalt, Herrschaft und Verantwortungslosigkeit.«

»Du meinst, du hast ihren Vater in diesen Texten gefunden?«

Hultin berührte mit dem Finger ihre Nasenspitze.

»Ich weiß es nicht, ich bin keine Psychologin. Aber alles, was du erzählt hast, passt zu dem, was sie schreibt. Irgendeine innere Kompassnadel hat sie schließlich zu ihrem Thema geführt. Insofern kann man vielleicht wirklich vom Schatten ihres Vaters sprechen, der auf ihren Texten liegt.«

»Maria musste ihn ihr Leben lang für verschollen oder, noch wahrscheinlicher, für tot halten.«

»Und dann hat sich etwas geändert.«

»Irgendwie findet sie ihren Vater. Oder den Mann, den sie dafür hält.«

»Balthasar Melchior Frost.«

Die Kommissarinnen sahen einander an.

»Und Walter Hedingks. Der Schachmann? Wie passt der ins Bild? Meinst du, das ist ihr Komplize, ihr Kompagnon?«, fragte Hultin schließlich.

»Nein«, sagte Forss und kratzte sich am Kinn. »Ganz im Gegenteil, befürchte ich.«

8

Als er am Bahnhof in Göteborg eintraf, war es früher Nachmittag. Er hatte noch viele Stunden Zeit. Er entschloss sich zu einem Spaziergang in die Innenstadt. Auf dem Bahnhofsvorplatz standen junge Männer und verteilten kostenlose Zeitungen, die meisten von ihnen waren dunkelhäutig. Sie sind wie Tauben, dachte er, sie verdrecken mit ihren blöden Gratiszeitungen die Gegend.

Er folgte dem mäandernden Lauf des Kanals, bis er nach Haga kam. Das stehende Wasser hatte die Farbe alten Motoröls. In Haga setzte er sich in ein Café, das *Husaren* hieß. Er bestellte einen Kaffee und eine Zimtschnecke. Das Gebäckstück war riesig, er hatte noch nie zuvor eine so große Zimtschnecke gesehen. Er nahm eine Zeitung, eine richtige Zeitung, keines dieser Umsonstblätter, und schlug den hinteren Teil auf, die Seite mit dem Schachrätsel. Heute war es amateurhaft einfach. Er hatte es gelöst, noch bevor er seinen Kaffee zur Hälfte getrunken hatte. Außer ihm waren nicht viele Leute in dem Café, ein junges, hippes Paar, ein Tisch mit den ewigen deutschen Touristen. Zum ersten Mal seit Tagen entspannte er sich ein wenig. Er wusste, was zu tun war. Vaters alte Militärwaffe in der linken Tasche seiner Wachsjacke wog angenehm schwer. Aber jetzt, in dem Moment der Entspannung, ließ er seine Hand in die andere, in die rechte Tasche seiner Jacke wandern. Als er den seidigen Stoff befingerte, der sich darin befand, bekam er vor Wohlgefühl eine Gänsehaut.

9

Einen Augenblick war es still, die beiden Frauen dachten über das nach, was sie rekonstruiert hatten.

»Vielleicht wird noch jemand sterben.«

»Vielleicht ist es bereits geschehen.«

Plötzlich sah Hultin Forss an. Es war ein Blick, wie ihn Forss von Hultin nicht kannte.

»Warst du schon einmal schwanger?«

»Ob ich Kinder habe?« Forss erschrak über das Entsetzen, das sie in ihrer eigenen Stimme hörte.

»Ob du schon einmal schwanger warst.«

»Nein. Du?«

Hultin sah jetzt weg, und Forss begriff, was sie erzählen wollte.

»Kinder habe ich keine«, sagte sie schließlich. »Aber schwanger war ich schon einmal.«

Forss kratzte eine hartnäckig juckende Stelle auf ihrer Kopfhaut.

»Hast du ... hast du es verloren?« Ihr Mund war trocken. Sie fühlte sich beklommen und unwohl, dem Thema nicht im Geringsten gewachsen.

»Nein. Es war meine Entscheidung. Sozusagen.«

Forss kaute an ihrer Lippe. Sie wollte das nicht hören, das war alles zu nah. Viel zu nah. Sie musste den Impuls unterdrücken, aus dem Zimmer zu stürmen.

»War das die Geschichte mit diesem Offizier? Dieser ehemalige Trainer von dir?«

Hultin blickte überrascht auf.

»Du weißt von Jan?«

Forss zuckte mit den Schultern.

»Flurfunk.«

»Nein, es war nicht mit Jan. Es war nicht mit meinem Trainer. Es war mit Hugo.«

»Oh«, sagte Forss.

»Ich dachte nur«, sagte Hultin. Sie lächelte matt. »Vielleicht solltest du das wissen.«

Vielleicht, dachte Forss. Sie rang sich ebenfalls eine Art Lächeln ab. Vielleicht aber auch nicht.

10

Diesmal leistete Hildegard Hedingks keinen Widerstand. Es gab keine Mauer mehr, keinen Eisberg. Alles Eis war geschmolzen. Sie sieht kleiner aus als bei meinem ersten Besuch, dachte Ingrid Nyström, irgendwie ist sie geschrumpft. Die alte Frau führte sie in den Wintergarten. Von dem jungen Hausmädchen war nichts zu sehen, wahrscheinlich hatte sie bereits Feierabend oder einen freien Tag. Selbst in der Dunkelheit war der Blick über den Sund eindrucksvoll, das Wasser zwischen den Schären fing das Licht des Mondes tausendfach, irgendwo landeten große Wasservögel. Die Fähre nach Helsinki blies ihr Signal wie einen Balzschrei.

»Dein Sohn Walter«, sagte sie.

»Ja, mein Walter«, sagte Hedingks. Ihre Hände waren gefaltet, ihre Augen wirkten falsch geschminkt, aber das konnte am Licht liegen, das von zwei tief hängenden Pendellampen ausging.

Die alte Frau sah auf den dunklen, funkelnden Sund hinaus, so als suche sie dort nach etwas, vielleicht nach Worten.

»Er war noch sehr jung, als sein Vater starb, zwölf oder dreizehn. Ein Teenager. Er hat seinen Vater geliebt.«

Hildegard Hedingks tupfte mit einem Taschentuch ihre Augenwinkel ab. Dieses Mal hatte die Geste ihre Affektiertheit verloren. Nyström sagte nichts. Sie wartete, bis die alte Frau ihr Taschentuch wieder verstaut hatte. Dann fuhr Hedingks fort.

»Es war Walter, der Erik damals gefunden hat. Erik war so anständig gewesen, sich in seinem Arbeitszimmer einzuschließen. Dort hat er es gemacht, mit seiner alten Militärpistole. Was er nicht wusste, war, dass Walter einen Schlüssel für das Zimmer hatte. Den hatte er mir Jahre zuvor abgeschwatzt, damit er sich Eriks Sammlung von Schachspielen anschauen konnte, wenn der nicht zu Hause war. Sein Vater war eigen mit diesen Spielen, es waren sehr wertvolle darunter, sogar ein chinesisches aus dem siebzehnten Jahrhundert, die Schachspiele waren sein ganzer Stolz. Auf Walter hatte sich diese Faszination übertragen wie ein Fieber. Er konnte abendelang vor den Schachproblemen aus der Sonntagszeitung sitzen. Er war ein passionierter Spieler, er hat sogar einmal einen Preis gewonnen, einen vierten Platz bei irgendeiner Schulmeisterschaft, der gute Junge. Zusammen gespielt haben die beiden allerdings nie, Erik hat immer gesagt, dass Walter noch nicht gut genug für ihn sei. Und extra schwach zu spielen, das war unter seiner Würde. Ja, er war ein stolzer Mann, auf seine Weise. Ich habe Erik aber auch nie mit anderen spielen sehen, ich glaube, sein Spaß am Spiel war bereits seit Langem unwiderruflich erloschen. Was dagegen blieb, war die Liebe zu seinen Brettern und Figuren.«

Wieder fummelte Hedingks lange mit ihrem Taschentuch herum. Sie hielt es, als brauche sie etwas, an dem sie sich festhalten könne. Nyström konnte das feine System ihrer

Äderchen unter der grauen Haut sehen. Erst jetzt verstand sie, wie alt die Frau vor ihr wirklich war. Wie alt das Leben sie gemacht hatte. Das Schiff auf dem Sund tutete noch einmal. Hildegard Hedingks räusperte sich, als suche ihre Stimme nach dem richtigen Ton.

»An dem Tag, an dem Walter Erik fand, war seine Kindheit vorbei, sein Gemüt verdunkelte sich. Er kam mit seiner Trauer nicht zurecht, wie sollte er auch? Ich habe Tabletten genommen in dieser Zeit, viel zu viele Tabletten. Walter und ich, wir kamen nicht richtig aus miteinander, ich verlor mehr und mehr den Zugang zu ihm, wusste nicht mehr, was ihn beschäftigte, was in ihm vorging. Er hatte wenige Freunde, glaube ich. Es war mein Eindruck, gesprochen haben wir über solche Dinge zu wenig. Er ist dann schließlich auf ein Internat gegangen, das war für uns beide die beste Lösung.«

Die Finger der Frau spielten mit den Zipfeln der Tischdecke. Das Taschentuch war verschwunden. Noch immer stand ihr Blick irgendwo draußen über den Schären.

»Er war ein verlorener Junge, wenn eine Mutter so etwas sagen darf. Das trifft es. Er war auf eine Art und Weise verloren, die ich nicht kompensieren, die ich nicht auffangen konnte. So gerne ich das getan hätte. So wie es meine Aufgabe gewesen wäre.«

Wieder fuhr auf dem Sund ein Schiff vorbei, diesmal war es ein kleineres, vielleicht ein Fischerboot.

»Aufgefangen hat ihn dann ein anderer.«

»Johan. Dein Bruder.«

»Ja, Johan. Mein Bruder, Walters Onkel.«

»Du wusstest über die Jahre hinweg, dass er lebt?«

»Nein, nicht sofort.«

Hedingks schnäuzte sich. Das Taschentuch war wieder aufgetaucht.

»Seine Situation war für uns unklar, über Jahre hinweg. Er ist '49 weggelaufen von zu Hause. Es gab bald vereinzelte Lebenszeichen, damit Mutter sich nicht grämte. Postkarten, abgestempelt auf Liseberg, in Hässleholm, in Malmö. 1951 kam die erste. Wir wollten es zuerst nicht glauben. Aber sie waren zweifelsfrei echt. Eine war sogar aus London. Später haben wir uns gegenseitig Briefe geschrieben, er war vorsichtig, er hatte ein Postfach in Lund, die Angst vor Vater muss wahnsinnig gewesen sein. Wiedergesehen habe ich ihn erst viele Jahre später, nach Vaters Tod.«

»Das Foto von der Beerdigung, das ich dir gezeigt habe. Das Foto aus Johans Album.«

»Genau. Das war im Frühling 1971. Seitdem standen wir in Kontakt.«

»Und Balthasar Frost?«

»Ja, der brave Henrik. Ich mochte ihn, wir mochten uns. Sein Tod hat mich tief berührt.«

»Gestern wurde er beerdigt.«

»Ich habe es gelesen. Es schmerzt. Ich hätte da sein sollen.«

»Ja. Hättest du.«

Auf dem Wasser schrien Vögel.

»Kannte Walter Henrik Larsson? Wie war ihr Verhältnis? Hatten sie Kontakt in den letzten Jahren?«

Nyström spürte, dass sie unruhig wurde. Sie war jetzt nah dran an dem entscheidenden Punkt der Ermittlung. Ganz nah dran.

Hedingks' Stimme war trocken. Sie raschelte wie altes Papier.

»Walter und Johan haben sich auf Vaters Beerdigung kennengelernt. Der verlorene Junge trifft auf den verlorenen Sohn der Familie. Walter war damals Anfang zwanzig, ein existenzialistischer Hungerhaken in schwarzen Rollkragenpullovern. Als er Johan traf, muss es für ihn wie eine Offenbarung gewesen sein. Identifikationsfigur, Vaterersatz, man muss kein Freudianer sein, um es zu verstehen. Sie taten einander gut. Für Johan war es wohl eine Art von Wiedergutmachung, vielleicht sogar eine neue Anbindung an die Familie. Sie trafen sich in Cafés in Haga, Walter studierte damals in Göteborg, und auch hier, in Stockholm. Wir haben ganze Sommer auf der Terrasse draußen gesessen, zu viert, solange Mutter noch lebte, später zu dritt. Die letzten Lönns sozusagen, die Letzten ihrer Art.«

Ein flaches Lächeln flog über das Gesicht der alten Frau, bewegte Furchen und Falten.

»Aber Henrik war nie dabei?«

Etwas zog Nyström vorwärts. Weiter hinaus, wie die stete Strömung draußen im Sund.

»Nein, am Anfang nicht. Das wollte Johan unserer Mutter nicht antun. Sie wusste es natürlich, allerdings sah sie darüber hinweg. Ein schwuler Sohn? So etwas gab es nicht. Und gar Johans Liebhaber am Familientisch? Das war undenkbar. Selbst noch Jahre nach ihrem Tod, mir wäre es egal gewesen, aber auch Johan selbst hatte da eine große Hemmschwelle. Besonders Walter gegenüber. Gerade Walter gegenüber. Seine Abwesenheit all die Jahre, er hat lange die Legende aufrechterhalten, mit der Walter aufgewachsen war, die Legende vom erfolglosen Schriftstellerdasein in Neuseeland. Neuseeland, meine Güte. So als habe er bei Walter etwas gespürt, etwas, das ihn gewarnt hat.«

»Gewarnt? Wovor gewarnt?«

»Ich weiß nicht, wie ich es ausdrücken soll. Walter hatte wohl, wie soll ich sagen, eine besondere Einstellung. Er hatte seine *Ressentiments*.«

»Schwulen gegenüber?«

»Gegenüber Homosexuellen, ja.«

»Du hast ihn vorhin als eine Art verlorenen Rebellen bezeichnet. Als existenzialistischen Studenten mit Weltschmerz. Wie passt das zu seinen homosexuellenfeindlichen Ressentiments?«

Hedingks zögerte. Kurz wurde ihr Gesicht hart. Dann war der Moment vorüber.

»Es ist etwas passiert, Erik ist etwas passiert. Damals, in Norwegen, im Krieg, im Arbeitslager. Er ist vergewaltigt worden, mehrmals, ich weiß nicht, vielleicht regelmäßig, er wollte nicht darüber sprechen, selbst mit mir nicht, die Scham war zu groß, man kann es verstehen. Dort ist ein Hass gewachsen in ihm. Ein lodernder, verzehrender Hass. Er hat auf Homosexuelle geschimpft, nein, gewettert hat er. Kennst du diese Geschichten, über die Moberg und die Abendpresse Anfang der Fünfziger geschrieben haben? Kejne? Haijby?«

»Das angebliche schwule Netzwerk der Macht.«

»Genau. Für Erik waren die reißerischen Artikel ein gefundenes Fressen. Er hat darin sein Weltbild bestätigt gesehen.«

»Und Walter?«

»Walter ist mit Eriks Hasstiraden aufgewachsen.«

»Wusste er von den Vergewaltigungen?«

»Ich ... Das weiß ich nicht. Aber als er von Johans sexueller Orientierung erfuhr, kam es zum Eklat.«

»Was ist passiert?«

»Einer dieser dummen Zufälle. Er hat die beiden zusammen getroffen, auf einer Studienexkursion, in einem Kopenhagener Museum. Da standen sie, eng umschlungen, miteinander turtelnd. Für Walter war es eine Katastrophe. Er stand vor der Wahl, seinen geliebten Onkel vom Podest zu stoßen oder das hasserfüllte Weltbild seines Vaters infrage zu stellen.«

Hildegard Hedingks wrang ihr Taschentuch. Ihre Sitzhaltung war noch gekrümmter als vorher.

»Er hat sich für die Seite seines Vaters entschieden, und es kam zum Bruch mit Johan. Auch wir hatten fürchterliche Streits. Er hat mir vorgehalten, ihn jahrelang hintergangen und belogen zu haben. Was ja irgendwie stimmte. Ich meine, Neuseeland! Zu einem Teil konnte Johan seinen Zorn und seine Enttäuschung verstehen. Vielleicht hätten wir ihm die ganze Wahrheit sagen sollen, bevor er selbst darüber stolperte. So wendete sich alles zum Schlimmsten. Johan unternahm noch einige Versuche, Walters Vertrauen zurückzugewinnen, aber es war vergebens. Bis zu Johans Tod blieb Walter unversöhnlich. Aus seiner Sicht hatte Johan die Familienehre verraten, hatte sich von einer Tunte verführen lassen. So nannte er Henrik, verdammte Tunte. Das wirklich Tragische dabei ist, dass ich davon überzeugt bin, dass sich Walter und Henrik im Grunde sehr gut verstanden hätten. Allein schon wegen ihrer gemeinsamen Liebe zu diesen Schachproblemen.«

»Schach?«

Hildegard Hedingks sah Nyström erstaunt an.

»Ja. Schach. Wusstet ihr das nicht? Henrik hat früher doch diese Schachprobleme für Zeitschriften geschrieben. Ich weiß gar nicht, warum er damit aufgehört hat. Vermutlich hat es ihn irgendwann gelangweilt.«

»Walter und Henrik, hatten sie denn Kontakt in den letzten Jahren? Nach Johans Tod?«

»Nein. Davon hätte ich gewusst. Wir telefonieren häufig, musst du wissen. Er ... Walter hat nicht viel außer seinem Schachproblem-Verein und seiner Arbeit für die Versicherung. Er ist auch heute kein sonderlich sozialer Mensch.«

Hedingks schlug die Augen nieder. Die Wimperntusche verklebte die Härchen über ihren Augen zu Stäben.

Das Licht auf dem Sund war nun anders, trüber als zuvor. Ich bin am Ziel, dachte Nyström. Ich bin endlich da.

»Da ist etwas, das du mir nicht sagst.«

Hildegard Hedingks sah sie lange an. Regungslos. Ihre Augen waren eisgrau. Aber das Eis darin war geschmolzen.

»Walter ist weg. Seit zehn Tagen, seit Henriks Tod. Ich erreiche ihn nicht mehr.«

11

Walter Hedingks hatte pünktlich eingecheckt. Am Schalter des Fährterminals hatte er sein Ticket abgegeben und den Schlüssel für seine Kabine erhalten, eine Art Pappstreifen mit einem Strichcode darauf. Er hatte durch keine Sicherheitskontrolle gemusst, und niemand hatte sich über fehlendes Gepäck gewundert. Es war ein Kinderspiel gewesen, bei der Buchung im Internet hatte er noch nicht einmal seinen richtigen Namen verwenden müssen. Er hieß nun *Bo Lindgren*. Das war eine spontane Eingebung gewesen. Ein bisschen lag es an dem Namen der schönen Ärztin. Love Lindgren. Unter diesem Namen hatte die raffinierte Frau gebucht, Maria. An dem Computer der Ärztin hatte er jeden ihrer Schritte nachverfolgt. Er war schlauer als sie, der Herr Lindgren. *Bo* war eine sentimentale Reminiszenz an seinen Übervater. Bo Lindgren war Schwedens einziger Großmeister der Schachkomposition. Letzten Sommer war Bo Lindgren gestorben, Walter hatte im Herbst sein Grab besucht.

Der Plan mit den Namen war einfach, aber genial.

»Guten Abend, mein Name ist Bo Lindgren. Ich unternehme diese Reise mit meiner Schwester, Love. Sie ist nicht mehr die Jüngste und geistig nicht immer ganz auf der Höhe. Und ich fürchte, jetzt hat sie tatsächlich ihren Schlüssel verloren. Sie sitzt gerade im Restaurant auf Deck 11, ihr ist das Ganze furchtbar unangenehm. Und da hat sie mich gebeten ...«

»Wie war noch gleich Ihr Name?«

»Lindgren, so wie die Schriftstellerin.«

Er lächelte sein vertrauenerweckendes Lächeln. Das konnte er gut. Er war ein Mann, der karierte Hemden trug. Die uniformierte Dame am Infopoint auf Deck 7 lächelte ebenfalls. Tippte etwas in ihren Computer.

»Erwischt! Da habe ich sie.«

Der Drucker hinter ihrem Tresen brummte, spie einen neuen Pappschlüssel aus. Sie reichte ihm den Pappstreifen, auf dem auch die Kabinennummer stand.

»Bitte schön, Herr Lindgren. Und eine angenehme Reise noch. Und sagen Sie Ihrer Schwester, sie soll sich nicht grämen. Schlüssel verlieren, so etwas passiert hier andauernd.«

Walter legte sich auf das schmale Bett in seiner Einzelkabine und spielte ein bekanntes Schachproblem des echten Bo Lindgren durch. Die gefalteten Papierfiguren stellte er auf seinen Bauch. Das ging hervorragend, wenn man karierte Hemden trug. Bo Lindgrens Aufgabe stammte aus einer Ausgabe von *Tidskrift för Schack* von 1959, ein *Task* mit sechsfacher Unterverwandlung in Springer oder Turm. Wenn er sich richtig erinnerte, gab es zwei Lösungsvarianten.

c7–c8S+ Tb8xc8

Ziffern und Buchstaben, ein Leben lang.

Die Waffe lag neben ihm. Durch die metallenen Wände des großen Schiffs hörte er die Motoren wälzen, Tausende von Pferdestärken. Es klang wie das Klopfen eines riesigen

Herzens. Ich liege hier verborgen wie im Schoß einer Mutter, dachte er. Den Gedanken an seine eigene Mutter verdrängte er. Eine entscheidende Nacht lag vor ihm.

b7xc8S+ Kb6–a6

Nun ist die Dame gefesselt.

Tg5–g6+ Sh4xg6

Matt.

Er stellte den Wecker seiner Casio-Armbanduhr auf zwei Uhr morgens. Dann schloss er die Augen.

12

Als der Anruf kam, stand Nyström am Terminal 2 des Flughafens Stockholm-Arlanda und wartete auf den Beginn des Boardings für den Spätflug nach Växjö. Sie war müde und unruhig. Von dem überteuerten Kaffee, den sie an der Flughafenbar getrunken hatte, hatte sie Sodbrennen bekommen. Vielleicht lag es auch an ihrer Nervosität. Mit ihr in der Halle vor dem Gate warteten eine Handvoll ausgelaugt wirkender Geschäftsleute. Einen meinte sie entfernt zu kennen, konnte aber die Energie nicht aufbringen, ihn anzusprechen. Zum Glück schien es dem Mann, der krampfhaft in eine andere Richtung blickte, ebenso zu gehen. Sie war dankbar, als ihr Handy zu vibrieren begann.

Es war Delgado. Er klang sehr aufgeregt. Sie verstand sofort, dass etwas Entscheidendes passiert war.

»Wir haben sie, beide.«

»Beide? Wo?«

»Göteborg. Das heißt, da waren sie. Jetzt sind sie auf der

Fähre nach Deutschland, die vor drei Stunden abgelegt hat. Ankunft in Kiel gegen neun Uhr morgens.«

»Beide? Wie habt ihr ...«

»Eine Streife. Der Mietwagen von *Bonnet* stand auf dem Parkplatz des Terminals. Die Kollegen haben schnell geschaltet. Beide haben unter falschem Namen eingecheckt. Aber halt dich fest: unter demselben Namen, Lindgren. Es fiel uns gleich auf, sie standen in der Passagierliste untereinander. Bo und Love. Die Tickets wurden jeweils mit ihren eigenen, echten Kreditkarten bezahlt. Und die Frau vom Schalter der Fährgesellschaft konnte beide auf Fotos identifizieren. Wir haben sie, Ingrid!«

»Lindgren. Sie gehören also zusammen?«

»Danach sieht es aus.«

»Gut.«

»Die Frage ist, wie es weitergeht. Sollen wir einen Hubschrauber bereitstellen?«

Nyström dachte nach. Lindgren und Lindgren. Walter Hedingks und Maria Alya-Fadia. Ein merkwürdiges Paar, eine seltsame Interessengemeinschaft. Aber wenigstens schien keine Gefahr im Verzug zu sein, dass sie sich gegenseitig an die Gurgel wollten. Das Letzte, was sie gebrauchen konnte, war ein weiterer Toter oder eine weitere Tote.

»Nein«, entschied sie. »Keinen Hubschrauber. Ich will keinen hollywoodreifen Actioneinsatz auf der Ostsee. Wir empfangen sie in Kiel.«

MITTWOCH

1

Auf einmal war der Mann mit der Waffe da, er stand vor Maria, hielt ihr die Waffe vor das Gesicht. Sie wusste nicht, wie er in die Kabine gekommen war, aber das spielte auch keine Rolle. Nichts spielte mehr eine Rolle, so schien es. Von der Angstfigur aus ihren Fieberträumen war nicht mehr viel übrig, er war ein kleiner Mann in einem karierten Hemd. Bis hin zu seiner unmodischen Brille sah er aus wie ein Verwaltungsbeamter. Das Einzige, was ihm Macht verlieh, war die Waffe, ein altes Ungetüm, dasselbe klobige Gerät, das er schon in der Nacht im Glashaus ihres Vaters auf sie abgefeuert hatte. Was Maria außer der Waffe Angst machte, war das Glänzen seiner Augen, entweder hatte er Fieber, oder in ihm glühte etwas anderes, Manisches. Sein Englisch war schaurig, dennoch konnte sie ihn verstehen, auch wenn sie nicht begriff, was er von ihr wollte. Schachrätsel? Was für Schachrätsel? Sie hatte keine Schachrätsel. Was meinte er überhaupt? Diese Dinger aus der Zeitung, Bauer von E7 auf E8? Sie begriff gar nichts. Er ärgerte sich, wurde unruhig und laut.

»Wer bist du?«, fragte er.

»Was wolltest du dort?«

»Was wolltest du von Henrik Larsson?«

Sie wollte ihm antworten, ihn beruhigen, sie wollte nicht erschossen werden. Aber sie begriff nicht. Wer um alles in der Welt war Henrik Larsson?

Sie erzählte, redete um ihr Leben, erzählte von ihrem Leben. Die Geburt, das Waisenhaus, die tote Mutter. Die Suche nach ihrem Vater, dem Vergewaltiger, dem Krankheitsüberträger, nach Balthasar Melchior Frost. Den sie schließlich in einem Glashaus in Schweden gefunden hatte, am Boden liegend, röchelnd, um sein Leben hustend, mit weiß getünchtem Gesicht. Den sie trotz allem hatte retten wollen, indem sie ihm einen Eimer Wasser über den Kopf schüttete. Der arme Mann, der daraufhin Feuer zu fangen schien. Der schrie und brüllte und vor Schmerzen um sich schlug. Der dann zuckend, sich krümmend verendete, seinen Geist aufgab. Was hatte sie getan? War der tote Mann, der da vor ihr lag, wirklich ihr Vater? Sie musste in seine Augen sehen, von Nahem, sie musste Gewissheit haben, endgültig, fühlen, was sich in ihr regen würde. Doch da waren keine Augen mehr. Da war nichts mehr, nur noch totes Fleisch. Was sie dann tat, war eine Affekthandlung. Sie wollte Gewissheit, eine endgültige Identifikation. Sie hatte keine Zeit, der ganze Ort schrie Gefahr. Denn warum sonst hatte ihr Vater auf dem Boden gelegen, am Kopf blutend, um sein Leben kämpfend? Sie musste schnell handeln. Die einzige Chance, die sie sah, war die Gartenschere. Sein Fingerabdruck konnte ihr später vielleicht einmal Gewissheit geben. In den Siebzigerjahren war sie einmal für acht Wochen in einem palästinensischen Ausbildungslager gewesen, Guerillataktiken, dort hatte man ihnen solche Dinge beigebracht.

Plötzlich war er gekommen, der Mann mit der Waffe, und hatte auf sie geschossen. Der erste Schuss ging vorbei, sie hörte das Zischen. Sie sprang auf, rannte. Der zweite Schuss traf. Das Brennen in ihrer Schulter, der Schmerz. Sie rannte weiter, sprang in das Auto, nur noch weg, Vollgas, immer weiter, eine Straße nach der anderen, bis keine Scheinwerfer mehr im Rückspiegel zu sehen waren.

Sie sah ihn an. Jetzt waren seine Augen die Scheinwerfer. Seine Waffe war gesenkt, er war ein dünner Mann, die Waffe war schwer. Immer noch stand er vor ihr, vorm Bett. Es war ein Etagenbett, der untere Teil. Der obere, unbenutzte Teil war an die Wand geklappt. Das war der Enge der Kabine geschuldet. Nur ein Gurt mit Klettverschluss hielt den Metallrahmen, der die Matratze fasste, an der Wand. Maria konzentrierte sich, spannte ihre Muskeln. Der Gurt lag in Reichweite ihres linken Arms, ihrer guten Schulterseite. Er sah aus, als ob er angestrengt nachdachte. Sie zählte bis drei. Dann schnellte ihr Oberkörper hoch. Sie bekam das Ende des Gurtes zu fassen, riss daran. Der Rahmen klappte nach vorne und traf seinen Kopf. Mit einem Aufschrei drehte er sich zur Seite. Sie schwang ihre Beine aus dem Bett und trat ihm von hinten in die Kniekehlen. Er fiel zu Boden und ließ die Waffe fallen. Er wand sich, seine Stirn blutete, eine klaffende Platzwunde. Sie machte einen Satz nach vorne, trat dabei auf seinen Oberkörper. Er jaulte auf, hielt sich den Bauch. Sie ging in die Hocke und griff nach der Waffe. Im Rücken hatte sie die Tür der Kabine. Er lag vor ihr, wehrlos. Sie atmete schnell. Die Scheinwerfer seiner Augen waren jetzt trübe. Er sah aus, als würde er bald das Bewusstsein verlieren. Sie hatte keine Angst mehr. Sie war der Situation Herr geworden. Herrin.

»Wer bist du?«, hörte sie ihre eigene Stimme. »Wer zum Teufel bist du?«

2

Es war alles eine Frage der Organisation. Bis zum Anlegen der Fähre in Kiel war noch genügend Zeit. Ingrid Nyström würde um 05.15 die erste Maschine nach Hamburg nehmen, eine Stunde nach der Landung würde sie pünktlich vor neun Uhr in Kiel sein. Die Reederei und die Führung des Schiffs waren bereits informiert worden. Die Verhaftung würden deutsche Polizisten vornehmen, sobald das Schiff angelegt hatte.

Forss fuhr die Nacht hindurch mit dem Auto nach Kiel. Allein schon wegen der Kooperation mit der deutschen Polizei war die Anwesenheit der jungen Ermittlerin sinnvoll. Die Strecke über die Öresundbrücke und später mit der Fähre über den Fehmarnsund war in etwa die gleiche, die sie vor beinahe drei Wochen nach Schweden genommen hatte. Diesmal kaufte sie im Duty-free-Shop auf der Fähre weder Parfüm noch Wodka, sondern nur eine Dose Cola. Außer einigen übermüdeten Fernfahrern war sie die einzige Passagierin auf dem Schiff.

Sie nahm die Cola mit aufs Oberdeck. Der Nachtwind über der Ostsee war überraschend mild. Morgen ist der Februar vorbei, dachte sie. Dann kommt der März. Schnell näherte sich das Schiff der Küste. Sie sah eine Reihe gelber Scheinwerfer und Straßenlaternen. Das war Deutschland.

Das Autoradio brachte Nachrichten, Fußballergebnisse, das Wetter, den Verkehrsfunk. Ein parlamentarischer Untersuchungsausschuss, Borussia Mönchengladbach und der 1. FC Köln trennten sich unentschieden, ein Tiefdruckgebiet, Stau auf der A1, Höhe Maschen. Kleine Fitzel Heimat. Grönemeyer sang etwas über Menschen.

Sie dachte an Sebastian in der Wohnung in Berlin.

An ihren Vater in einem Krankenbett in Ljungby.

An Opa Friedrichs Akkordeon.

Die Lindgrens. Bo und Love, das Täterpaar. Das Duo Infernale. Walter und Maria. Ein schachbesessener, schwulenfeindlicher, vereinsamter Sohn und eine lesbische Historikerin. Sie versuchte, sich die beiden in einer Schiffskabine vorzustellen. Es ging nicht. Bei Oldenburg in Holstein fuhr sie auf einen Parkplatz. Es war jetzt fünf Uhr morgens. Sie rief Delgado an. Beim zweiten Klingeln nahm er ab. Entweder saß er vor seinem Online-Spiel, oder er war so aufgeregt, dass er nicht schlafen konnte.

»Die Kabine«, sagte sie, »was haben die falschen Lindgrens für eine Kabine?«

»Keine Ahnung, was die für Nummern haben. Ich bin zu Hause, Stina.« Und nach einer Weile: »Soll ich ins Präsidium fahren?«

»Also keine gemeinsame Kabine?«

»Nein, das waren verschiedene Nummern, so viel weiß ich noch.«

»Mist!«, sagte Forss. So ein verdammter Mist.

3

Das Schloss hatte nur leise gepiept, geklickt, und schon war die Tür auf gewesen. Er war hineingehuscht, hatte die Tür hinter sich geschlossen. Der Teppichboden hatte seine Schritte gedämpft. Eins, zwei, drei, und er hatte vor ihr gestanden. Ein schwacher Lichtschein aus dem Bad war auf ihre Züge gefallen: Ihr dunkles Gesicht war schön, auf eine beunruhigende, auf eine fremde Art. Gleichmäßig hatte sie geatmet, den Schlaf der Gerechten geschlafen. Dann war sie aufgewacht. Einfach so.

Sie hatten sich lange angestarrt. Gemustert. Ein lautloser Machtkampf. Dann hatte sie ihre Unterlegenheit eingesehen und angefangen zu erzählen. Zuerst hatte er wenig verstanden. Sie hatte von Dingen geredet, die lange her waren, und Orten, die weit entfernt lagen. Ein Soldat, eine Vergewaltigung, eine schlimme Krankheit. Balthasar Frost war ein böser Mann gewesen, ein schlechter Vater, ein Leben lang abwesend. Schließlich hatte sie ihn gefunden, dachte sie.

Während sie redete, begriff er allmählich ihre Geschichte. Das ganze Drama. Sie hatte ja keine Ahnung, kannte die Wahrheit nicht. Sie wusste nichts von Henrik Larsson und dessen Fähigkeiten. Dem Kunstschach. Den Kompositionen. Dem Prestige. Die Punkte, die Wertungen, Henriks Genie, das Walter für den großen Titel so dringend benötigte. Sie wusste nichts von Blöcken, Batterien und Idealmatt. Von Meredith, Miniatur und Mustermatt. Vom Rex Solus. Dem Zweispänner, dem Zwilling. Seine ganze wunderbare, acht mal acht Felder große Welt war ihr vollkommen unbekannt.

Er hatte nicht mit ihrer Schnelligkeit, nicht mit ihrer Schlagkraft gerechnet. Sie war über ihn gekommen wie eine Furie.

Dabei hätte es doch genau andersherum sein sollen. Er war doch der, der die Waffe gehabt hatte, die Macht, die Kontrolle. Ein zweites Mal war das Chaos über ihn hereingebrochen. Aus dem Nichts war dieses Bett auf ihn gestürzt, er hatte nicht den Hauch einer Chance gehabt. Es donnerte in seinem Bauch, und plötzlich war der Schmerz wieder da. Diesmal war es schlimmer als nach dem Autounfall. Etwas in ihm war gerissen, er konnte es spüren. Er konnte fühlen, wie sein Bauch hart wurde, sich füllte. Aus den Augenwinkeln sah er den grausamen Dschinn. Die dunkle Frau hockte an der Tür. Jetzt hatte sie die Waffe, jetzt hatte sie die Macht. Er sah in ihren Augen Triumph glänzen. Sie hatte ihn matt gesetzt. Ihm blieb nur ein finaler Zug. Wenigstens konnte er ihr den Triumph aus dem Gesicht wischen. Er spürte wieder das Dröhnen der Motoren, das Pumpen des großen Herzens. Es war jetzt ganz in ihm drin, er war eins mit der Maschine, mit der großen Mutter. Wie am Anfang. Jetzt ging es zu Ende. Sein Mund war trocken, der Teppichboden roch nach Styropor. Er begann zu erzählen, die ganze Geschichte.

4

Über der Kieler Förde rollte ein Rest von seifigem Nebel, das Wasser lag grün und glatt im Hafenbecken, weiße und schwarze Wasservögel beharkten sich, krähten, zerrissen die Stille wie einen wertlosen Fetzen Stoff. Der Himmel hat die Farbe und Struktur von Kouzo-Papier, dachte Nyström, das handgeschöpfte Papier von Axelsson und Larsson, das

Papier alter Männer. Die Sonne war nirgends zu sehen, trotzdem war es so hell, dass es ihr unnatürlich vorkam. Kiel, dachte sie, so südlich bin ich seit Jahren nicht mehr gewesen, dann musste sie an Kreta denken, wo ihr Bruder Lars gerade war, und der Gedanke vom südlich gelegenen Kiel kam ihr mit einem Mal lächerlich vor. Neben ihr standen vier deutsche Polizisten, zwei davon in Uniform, und Stina Forss.

Plötzlich war das große Schiff ganz nah, der Nebel hatte es freigegeben. Jetzt spürte sie die Anspannung. Alle Müdigkeit, die die schlaflose Nacht, die elftägige Ermittlung in ihr angehäuft hatten, war verflogen. Der oder die Mörder von Henrik Larsson waren an Bord dieses Schiffes. Die Situation an Bord war unklar. Nach Forss' alarmierendem Anruf in der Nacht hatte man in dauerndem Kontakt mit der Schiffsführung und dem Sicherheitsdienst gestanden. Fest stand, dass die Kabine von Walter Hedingks, der sich als Bo Lindgren ausgegeben hatte, leer war. Dem Sicherheitsoffizier war es dagegen gelungen, einen kurzen Kontakt mit Maria Alya-Fadia alias Love Lindgren herzustellen, allerdings nur durch die geschlossene Kabinentür. *Geht weg*, hatte die Frau gerufen. *Ich habe eine Waffe.* Was hinter der Tür vor sich ging, lag im Ungewissen. Nyström hielt es für wahrscheinlich, dass sich Hedingks ebenfalls in der Kabine aufhielt. Die beiden gehörten zusammen, warum sollten sie sich sonst unter demselben falschen Namen auf demselben Schiff befinden? Auch wenn sie noch nicht im Ansatz verstand, was die beiden so grundverschieden erscheinenden Menschen miteinander verband. An Forss' Hypothese von zwei unabhängig agierenden Tätern konnte und mochte sie nicht glauben. Denn das würde bedeuten, dass auf dem Schiff ein weiteres Unglück geschehen könnte oder bereits geschehen war. Es würde bedeuten, dass sie die falsche Entscheidung getroffen hatte, als sie sich gegen einen Hubschraubereinsatz entschieden hatte.

Der Stahlkoloss hatte im Hafenbecken eine halbe Drehung gemacht, jetzt lag er parallel zum Kai. Die Beamten standen auf der Landebrücke in etwa zehn Metern Höhe, trotzdem ragte der Rumpf des Schiffes weit über ihre Köpfe hinaus. Eine Tür öffnete sich, eine Art Schleuse, dann war der Zugang frei. Zwei weiß uniformierte Männer mit besorgten Gesichtern standen bereit, wiesen den Weg. Alle redeten gleichzeitig, deutsch, schwedisch, die Anspannung war zu spüren, auch dass dies für niemanden ein Routineeinsatz war. Reisende mit Rollkoffern kamen ihnen entgegen, musterten die Gruppe neugierig. Irgendwo weinte ein kleiner Junge, die allgegenwärtigen Lautsprecher spielten eine Schlagermelodie. Roter Teppichboden dämpfte ihre Schritte. In den engen Gängen hingen Fotos mit maritimen Motiven, Leuchttürme, Seehunde, ein Panorama von Marstrand an einem Sommertag, weiße Boote im Sonnenschein. Das alles sah Nyström nur aus den Augenwinkeln. Dann waren sie da. Vor der Tür stand noch ein weiß gekleideter Mann, der Wache gehalten hatte.

Nyström spürte die Blicke der anderen auf sich. Es war ihre Ermittlung. Sie klopfte, fest.

»Öffnet die Tür«, rief sie. »Polizei!«

Nichts geschah. Forss musste ihren Blick aufgefangen haben. Sie trat nach vorne. Ihr Englisch klang hart, klar.

»Macht die Tür auf. Ihr habt keine Chance. Hier stehen zwanzig Polizisten. Niemandem wird etwas geschehen. Legt die Waffe auf den Boden. So, dass sie für uns zu sehen ist. Öffnet dann die Türe.«

Nyström wiederholte Forss' Worte auf Schwedisch. Wieder warteten sie. Wieder geschah nichts. Die Deutschen flüsterten. Forss übersetzte. Nyström war einverstanden. Sie konnten hier ja nicht ewig stehen bleiben. Waffen wurden gezogen, einer der Schiffsoffiziere reichte Nyström einen Pappstreifen, das war der Schlüssel.

»Wir kommen jetzt rein. Macht keine Dummheiten.«

Nyström steckte den Schlüssel in den Schlitz. Es piepte. Die Tür sprang ein Stück auf. Ein Fuß trat, die Tür flog nach innen.

Sie saß ihnen direkt gegenüber auf dem Boden. Trotz des dämmerigen Lichts und ihrer dunklen Haut war ihr schönes, ausdrucksloses Gesicht blass. Daneben schimmerte das matte Metall der großen Handfeuerwaffe. Sie zielte auf ihre eigene Schläfe.

Nein!

Ein Schuss explodierte. Neben dem Kopf der Frau. Blut spritzte auf. Die Hand, die die Waffe hielt, wurde weggerissen, nach hinten, jetzt war die Waffe weg, Maria sah mit einem Ausdruck der Überraschung auf ihre Hand, von der ein Teil fehlte. Dann sah sie Forss an. Es war die kleine Frau im Lodenmantel, die geschossen hatte.

Jetzt erst nahmen sie den schmalen Körper wahr, der vor Maria auf dem Teppichboden lag und sich nicht regte. Ein schmaler Körper in einem karierten Hemd.

VIER TAGE SPÄTER

1

Er lachte, so wie sie es gehofft hatte. Trotzdem war sie, wie so oft, unsicher gewesen. Er nahm den Stapel Asterix-Hefte mitsamt dem Geschenkpapier und legte ihn neben sich auf den Nachttisch.

»Wegen der Wildschweine, dachte ich«, fügte sie an, obwohl die Erklärung überflüssig war, Gunnar Berg hatte verstanden.

»Ja, diese verdammten Biester. Obelix weiß, wie man mit ihnen umzuspringen hat.«

Er zog sich an dem Griff über seinem Bett hoch, richtete seinen Oberkörper auf, so gut es eben ging. Gunnar, der Leuchtturm.

»Wie geht es dir?«

Sie hatte auf dem Stuhl neben seinem Bett Platz genommen.

»Gut. Besser. Alles wird.« Sein Bass vibrierte. Dann lachte er wieder.

»Rate mal, wer gestern zum neuen Golfclubpräsidenten gewählt wurde. In Abwesenheit, wohlgemerkt.«

»Das ist nicht wahr!«

»Doch. Dabei wollte ich eigentlich angeln lernen. Es gab eine sogenannte *Initiative des Anstands* im Club. Nach der Sache mit Bingström muss das Bedürfnis nach Läuterung riesig gewesen sein. Es wurde ein alberner Moralkodex verabschiedet, Unterschriften wurden gesammelt. Irgendjemand hat mich dann vorgeschlagen. Der halb invalide Chef der Kriminalpolizei a. D. So viel Anstand und *political correctness* in einer Person war wohl nicht zu überbieten. Polizist und behindert. Sie haben mich nicht einmal vorher gefragt. Danke, Ingrid, wirklich.«

Sie mussten beide lachen. Berg war bekanntermaßen ein lausiger Golfspieler. Eigentlich war er vor allem deshalb Mitglied, weil der Mittagstisch im Golfclub so gut war.

Eine Weile schwiegen sie. Sie sah aus dem Fenster. Auf dem Växjösee schimmerte Wasser. Die Eiskante brach, die Eisschollen wurden kleiner, bald schon würden sie ganz verschwunden sein.

Seine Stimme holte sie zurück in das Zimmer.

»Du hast dich gut geschlagen, nach allem, was man so hört. Du hast ordentliche Arbeit geleistet.«

Sie schluckte. Ihre Finger malten Muster auf ihren Oberschenkel, dann strich sie den Stoff ihrer Hose glatt.

»Ach. Ich habe Fehler gemacht, Gunnar, einen ganzen Haufen Fehler. Der größte war, dass ich keinen Hubschrauber auf die Fähre geschickt habe. Walter Hedingks hätte unter Umständen noch am Leben sein können. Aber ich habe mich anders entschieden.«

»Und du hattest deine Gründe. Du musstest eine Entscheidung fällen. Steh zu ihr. Es gibt kein *hätte, wenn* und *aber.* Weißt du, wie viele Fehlentscheidungen ich getroffen habe? Es gehört dazu, es ist ein Teil des Jobs. Täglich. Du bist jetzt der Chef, Ingrid. Du kannst dir kein Leben im Konjunktiv leisten.«

Sie ließ seine Worte sacken. Es fühlte sich gut an, was er sagte. So als habe er recht. Sie wollte seiner Erfahrung glauben. Es gab kein Leben im Konjunktiv. Nur sie fühlte es noch nicht.

»Dieser Hedingks, was trieb ihn an? War er wirklich ein Irrer?« Berg wechselte das Thema.

»Das ist abschließend schwer zu beantworten. Wir setzen die Puzzleteile noch zusammen. Reden mit alten Weggefährten, Bekannten. Freunde im engeren Sinne hatte er wohl nicht. Morgen kommt seine Mutter nach Växjö zum abschließenden Verhör. Dieser Iverus wollte das abblasen, aber letztendlich hat sie mir nachgegeben. Ich glaube, es hat auch etwas mit ihrer Würde zu tun, hier persönlich zu erscheinen, sie fühlt sich mitschuldig, irgendwie. Ich glaube, sie hat das Gefühl, als Mutter nicht alles getan zu haben.

Tja, und Walters Motiv? Geltungssucht, Habgier, wenn man so will. Aber auf eine ungewöhnliche Weise. Es ging tatsächlich um Schachprobleme, diese Dinger, die man aus der Zeitung kennt. Es gibt anscheinend eine ganze Wissenschaft davon, Kompositionsschach heißt das. Delgado hat sich in die Materie eingelesen. Es gibt Weltmeisterschaften und Großmeister und Aufgabenstellungen im Internet und Turniere, und man kann Punkte sammeln und Wertungen bekommen. Hedingks war wohl ein kleines Licht, aber nichtsdestotrotz besessen davon. Er wollte einen Meistertitel. Und dazu braucht man eine bestimmte Punktanzahl. Es zählt die Qualität von veröffentlichten Rätseln. Sein Dilemma war, dass er nicht gut genug dafür war. Irgendwann musste er auf die Schachqualitäten von Larsson gekommen sein, wahrscheinlich hat ihm seine Mutter davon erzählt. In der Tat hatte Larsson in den Fünfzigern und Sechzigern Schachprobleme kreiert und in Fachzeitungen publiziert und damit sogar Geld verdient. Beim ersten Durchgehen seiner Unterlagen haben wir gedacht, die aufgeführten Honorare wären für wissenschaftliche Artikel gewesen, seine Schmetterlinge und so. Warum er damit aufgehört hat, wissen wir nicht. Vielleicht hat er einfach das eine Hobby gegen das andere eingetauscht, Schmetterlinge statt Schach. Bis Walter Hedingks bei ihm auftauchte und seine Hilfe einforderte, ihn erpresste. Er wusste schließlich von Larssons Versteckspiel, seinem echten Namen, ein Druckmittel war also da. Und Larsson hatte Axelsson gegenüber in Bezug auf seine Erpressung einmal pathetisch von einer Schlange mit zwei Gesichtern oder zwei Köpfen gesprochen. Es könnte sein, dass er damit Bingström und Hedingks gemeint hat. Möglich ist allerdings auch, dass er Hedingks freiwillig half, aus Mitleid oder Verantwortungsgefühl. Schließlich war Walter sein Neffe, wenn man so will. Vermutlich werden wir es nie erfahren.

Was wir bei Hedingks jedoch gefunden haben, sind die Reste eines Briefes, den Larsson geschrieben hatte. Keine Ahnung, warum er sie aufgehoben hat. Larsson schreibt darin, dass er im Moment zu beschäftigt und zu zerstreut sei, um zu liefern. Wahrscheinlich meinte er die Schachkompositionen. Dieser Brief ist unserer Meinung nach der Auslöser für Hedingks gewesen, er hat Larsson nicht geglaubt. Er ist zu dem alten Mann hinausgefahren und hat ihn bedroht. Er hatte eine Waffe dabei. Wahrscheinlich dachte er, dass Larsson die Schachaufgaben vor ihm versteckte. In dem Glashaus kam es schließlich zu Handgreiflichkeiten.

Wir konnten es so weit rekonstruieren: Hedingks stößt den alten Larsson gegen einen der Metallpfeiler und drückt ihn dann mit dem Kopf in den Bottich mit Löschkalk. Dort lässt er von ihm ab und geht in das Haus, um nach seinen Schachrätseln zu suchen. Das ist der Moment, in dem Maria Alya-Fadia auf den Plan tritt. Sie ist mit Larsson verabredet, hat sich allerdings verspätet, daher das halb benutzte Teeservice im Wohnzimmer. Was sie vorfindet, ist ein hustender, kalkbedeckter Mann. Aus dem Impuls heraus, ihm zu helfen, schöpft sie einen Eimer Wasser aus dem Fischbassin und schüttet ihn über Larsson. Den Rest kannst du dir ausmalen. Nichts mit Folter, nichts mit Ritualmord. Alles ein unglücklicher Zufall. Auch das Timing. Wir denken, dass perfiderweise das eine Ereignis das andere ausgelöst hat, dass Marias angekündigter Besuch der Grund war, warum sich Larsson in den Wochen davor nicht mehr auf die Schachkompositionen konzentrieren mochte. Denn was sollte er Maria erklären? Er musste mit einer Lebenslüge aufräumen. Verständlich, dass das emotional einiges ins Rollen brachte bei ihm.«

Berg grunzte zustimmend. Nyström fuhr fort.

»Larsson stirbt also in Marias Gegenwart, Hedingks stürmt herein und schießt in Panik wild um sich. Maria wird angeschossen, kann aber in ihrem Wagen fliehen. Hedingks rast hinterher, baut dann allerdings einen Unfall. Kein Wildschwein wie bei dir, sondern ein Elch. Man hat den Kadaver ganze drei Kilometer weiter im Wald gefunden, nicht weit von der Hütte, in der Hedingks einige Tage untergekrochen ist. Dort lagen einige dieser gefalteten Figuren herum, es muss eine regelrechte Besessenheit gewesen sein.«

»Und die Sache mit dem Finger? Der weg war und dann wieder da?«

»Ja, das war merkwürdig. Maria hat sich zu diesem Punkt

nicht geäußert, obwohl sie sonst sehr kooperativ ist, so gut es ihr emotionaler und körperlicher Zustand zulässt. Sie hat das alles nicht verwunden. In der Mülltonne des Hauses einer befreundeten Ärztin in Stockholm hat man die Gartenschere gefunden. Ich glaube, es ist ihr sehr unangenehm. Anette hat die Theorie, dass sie den Finger abgeschnitten hat, um Larsson, also Frost, später irgendwie einmal als ihren Vater identifizieren zu können. Nach der ersten Nacht, die sie in ihrem Mietwagen auf einem Parkplatz bei Jönköping zugebracht hat, muss sie das Abschneiden bereut haben, vielleicht hat sie auch die Sinnlosigkeit eingesehen. Sie ist zurückgekehrt. Sie hat einen Teil von ihrem Vater beerdigt, sozusagen. Es gab Knieabdrücke, wir glauben, sie hat dort hinter dem Glashaus gebetet.«

»Und Hedingks' Tod?«

»Ein Milzriss, sagt Ann-Vivika Kimsel. Schon bei dem Autounfall im Wald hatte er sich massive Verletzungen zugezogen, die nicht behandelt worden sind. Der Stoß, den ihm Alya-Fadia auf der Fähre versetzt hat, hat ihm den Rest gegeben. Er ist letztendlich innerlich verblutet.«

»Mmh«, seufzte Berg. »Eigentlich also nur zwei arme Seelen, wenn man länger darüber nachdenkt.«

Dann sagte er lange nichts, und Nyström schwieg ebenfalls. Sonnenstrahlen fanden in das Zimmer, spielten mit dem Staub in der Luft. Es war angenehm, mit Berg zu schweigen, er gehörte zu dieser Sorte Mensch.

»Und diese deutsche Kommissarin?«, fragte er schließlich. »Diese Forss? Wenn ich das richtig verstehe, ist sie dir ganz schön auf der Nase herumgetanzt.«

»Ja, ich weiß.«

»Sie ist auf eigene Faust nach Israel geflogen.«

»Ja. Ich weiß.«

»Und die Sache mit der Waffe, die sie bei sich hatte. Eine

illegale, nicht registrierte Schusswaffe. Wer weiß, wo sie die herhatte.«

»Ja. Ich weiß.«

»Und? Wirst du sie hinauswerfen?«

»Ich weiß es nicht«, sagte Nyström. »Man wird sehen.«

Sie erhob sich von ihrem Stuhl.

»Ich muss dann mal langsam, glaube ich.« Sie lächelte.

»Schon? Schade.« Berg lächelte auch.

»Ich treffe gleich Anna. Ich glaube, sie will mir etwas Wichtiges sagen. Sie klang so, am Telefon.«

»Grüße sie bitte von mir. Anders natürlich auch.« Berg grinste verschwörerisch. »Möglicherweise hat deine Anna ja einen neuen Freund.«

»Möglicherweise ist es etwas in der Art«, sagte Ingrid Nyström leise. Sie drückte zum Abschied seine Hand. Dann drehte sie sich um und ging aus dem Zimmer.

2

Maj und Mathias hatten ihr die ausgebaute Dachkammer in ihrem Haus in Moheda angeboten, und sie hatte nach einigem Zögern zugesagt. Es war eine Zwischenlösung. Das Zimmer hatte eine Kochgelegenheit und ein eigenes kleines Bad, im Sommer wurde es öfter an Touristen vermietet, aber bis dahin war es noch lang. Lea und Tuva hatten ihr einen Traumfänger neben das Bett gehängt.

Am Morgen war sie in der Kirche gewesen. Nicht, dass sie gläubig war oder so etwas, sie war Ingrid Nyströms Einladung gefolgt, sie wollte nicht unhöflich sein. Und entgegen ihrer Erwartung hatte sie der Gesang berührt. Ihre Chefin hatte eine wunderbare Singstimme, die in der andächtigen Atmosphäre des Doms, inmitten des warmen Kerzenlichts und Hunderter Zuhörer unter der hohen Decke des Gewölbes und den beiden spitzen Türmen zur machtvollen Entfaltung gekommen war. Nach den Fürbitten war sie aufgestanden und gegangen. Es gab etwas zu tun, das nicht länger aufzuschieben war.

Nun stand sie seit einer Stunde mit ihrem Wagen auf dem Parkplatz des Pflegeheims in Ljungby. Der Parkplatz war gut gefüllt, sonntags war Besuchstag. Nur sie saß still und fror. Die Sonne war hell, aber noch kraftlos. Forss beobachtete zwei Elstern beim Nestbau. Seit dem ergreifend vorgetragenen Lied in der Kirche waren ihre Gedanken bei dem Abend in Berlin, dem Abend, der alles ins Rollen gebracht hatte. Aufgrund dessen sie hier war, in Schweden, im Wald.

Sebastian hatte gekocht. Nicht einfach so, Spaghetti bolognese oder Pizza oder Kartoffeln mit Frikadellen, nein, sein vegetarisches Sushi hatte es sein müssen. Mit dem speziellen grünen Zeug, für das er quer durch die Stadt gefahren war, zu seinem Japaner oder Koreaner in der Torstraße oder wo der war, in Mitte oder am Prenzlauer Berg. Ein neues Messer hatte er auch gleich gekauft, wahrscheinlich war es noch schärfer als das letzte oder hatte eine noch häufiger gefaltete Klinge oder war sonst wie besser, jedenfalls war es mit Sicherheit teuer gewesen, denn Sebastian hasste billiges Zeug, ein Hunderter für ein Messer war da nichts. Konnte er sich ja leisten als selbstständiger, erfolgreicher Illustrator, da konnte man mal eben nachmittags für ein Essen quer durch Berlin fahren, ein Quatschmesser kaufen und Jamie Oliver spielen.

Und sie? Hatte seit vier Wochen Schichtdienst, seit vier

Wochen zu wenig Schlaf. Ermittlungserfolge? Fehlanzeige. Sie wollte nur schlafen. Essen und schlafen. Normales Essen, Pizza, Pommes, Pasta zur Not, dann in die Kiste und Augen zu. Stattdessen saß sie an einem weiß eingedeckten Tisch mit vegetarischem Sushi und Bioweißwein aus Iittala-Gläsern. Das war so schön. Und so eng. So quadratisch und zurechtgemacht. Ihr ganzer Körper kribbelte. Sie wollte stundenlang heiß duschen. Er fing an, Pläne fürs Wochenende zu machen: eine Bootsfahrt, später grillen, vielleicht mit Alex und Moni. Ihre Haut spannte. Wie schmeckt es dir, Schatz? Ja, danke, toll, nein, ausgezeichnet. Ihre Kniekehlen kratzten, die Ellenbogen auch. Konnte sie denn nicht einfach für ein paar Stunden alleine sein? Auf dem Sofa liegen und Chips essen, bis sie eingeschlafen war? Als er ihr ungefragt noch etwas auf den Teller legte, war sie ausgeflippt. Sie schrie. Erst sagte er gar nichts, dann verteidigte er sich und sein schönes, blödes Essen noch. Sie hätte sich beruhigen können, einlenken, vielleicht sogar entschuldigen, aber sie war über den Punkt hinaus. Sie spuckte Wein auf den Teller und auf sein Essen, den guten Bioweißwein aus Sizilien.

»Du bist krank«, sagte er. »Du bist genauso krank wie dein Vater.«

In dem Moment waren alle Sicherungen durchgeknallt. Einfach rausgesprungen. Und zack. Sie nahm die Alvar-Aalto-Vase von der Mitte des Tischs und warf sie ihm ins Gesicht. Zweieinhalb Kilo Wasser und Glas und Gladiolen. Später versuchte sie sich einzureden, dass sie nur irgendetwas hatte werfen müssen, dass es Zufall gewesen sei, dass es die Vase geworden war, dass es ebenso gut eine Serviette hätte sein können. Aber sie wusste, dass es nicht stimmte. Es hatte die Vase sein müssen. Etwas Gewaltiges, das kaputt machen konnte. Sie wusste es, weil es nicht das erste Mal gewesen war und auch nicht das zweite oder dritte. Vorher waren es Bierflaschen. Aschenbecher aus Metall. Ein Laptop. Einmal, auf einer Wanderung in der Bretagne, sogar ein Stück Fels. Die Männer hatten Frank geheißen, Ben, Michael. Diesmal war es eine Designervase in Sebastians hübsches Gesicht.

Im Krankenwagen saß sie neben der Trage und hielt seine Hand. Niemand stellte ihr Fragen. Nie stellte jemand Fragen, wenn der Mann der Verletzte war. Kurz überlegte sie, selbst zur Polizei zu gehen, zu den Kollegen. Aber wem wäre damit gedient? Es gab einen anderen, einen konsequenteren Weg. Sie traf die Entscheidung, während Sebastian in der Notaufnahme behandelt wurde. Siebzehn Stiche waren es diesmal. Sebastian hatte ihr bereits verziehen und würde es wieder tun. Das war das Schlimme, das Wiedertun. Es gab keine Perspektive, sie musste die Spirale unterbrechen. Wenn Sebastian es nicht schaffte, sich von ihr zu lösen, dann musste sie gehen. So weit weg, wie es eben ging, und doch ganz nah dran an die Quelle. Um ihrer beider willen. Keine Lügen mehr, keine falschen Versprechen, keine gebrochenen Schwüre.

Am Anfang stand Verstehen. Begreifen. Ein Versuch. Gleich bin ich bei dir, Vater, gleich bin ich da. Sie stieg aus dem Auto, schloss die Türe und ging über den Parkplatz auf den Eingang zu. In den Kiefern und auf dem müden Gras zwitscherten Singvögel. Spatzen, Meisen, Rotkehlchen. Von den beiden Elstern war nichts mehr zu sehen.

3

Vielleicht war es gerecht, auf eine verdrehte Art und Weise, vielleicht zahlte Maria einen fairen Preis, einen Finger für einen Finger, warum nicht, dachte sie, es hieß schließlich auch Auge um Auge, Zahn um Zahn. Es war irgendwie beruhigend, auf eine alttestamentarische Weise.

Am Morgen hatte Love sie besucht, am nächsten Tag würde Simone aus Amsterdam kommen, endlich, Maria sehnte sich nach ihrer warmen Umarmung. Simone würde Love treffen, zum ersten Mal, vielleicht verstanden sie sich sogar, sie hatten beide so etwas Altruistisches, manchmal verband so etwas ja.

Der Mann, der gestorben war, war nicht ihr Vater gewesen, sondern ein unschuldiger Schwede. Ein alter Mann, der sich sein Leben lang versteckt hatte, weil er sich seiner Homosexualität schämte. Und sie hatte zu seinem Tod beigetragen. Wie sie mit dieser Schuld jemals leben sollte, wusste sie nicht.

Sie hatten ihr die Aufzeichnungen ihres Vaters gegeben, sein Tagebuch. Sie hatte sich in so vielem geirrt. Als Historikerin, als seine Tochter. Geschichte wiederholt sich nicht, manchmal ist sie nicht einmal wahr.

JERUSALEM, 1948

Henrik Larsson hatte lange wach gelegen. Die Anspannung hatte ihn wach gehalten und die Verzweiflung. Jetzt war die Morgendämmerung nah. Der kleine Raum war ausgekühlt und feucht. Seit letzter Woche war der Winter da. Irgendwo draußen in der Altstadt aus nassem, gelbem Sand krähte ein Hahn. Das war sein Zeichen, er wusste nicht, worauf er sonst noch warten sollte. Leise rollte er von seiner schmalen Pritsche. Er ging auf die Knie, drehte sich dann. Erhob sich lautlos. Balthasar, der Engländer, lag vor ihm. Er schlief fest, seine Atemzüge hoben und senkten seine Brust. Wochenlang hatte er schlecht geschlafen, unruhig und fiebergeschüttelt. Aber jetzt ging es ihm wieder besser. Der Arzt, der gestern gekommen war, hatte etwas von neuartigen Medikamenten gesagt. Von bahnbrechenden Behandlungserfolgen in Europa und von einer realen Hoffnung: Penicillin.

Henrik durfte und konnte das nicht zulassen. Es gab jemanden, der auf ihn wartete. Er sah auf den schlafenden jungen

Mann herab. Im Krieg und in der Liebe ist alles erlaubt, dachte er. Er nahm sein Kopfkissen, legte es auf das kantige Gesicht des Schlafenden und drückte mit tauber Bestimmtheit zu.

Dank an Oliver Polak und Markus Flohr

Tom Hillenbrand. Rotes Gold. Ein kulinarischer Krimi.
Xavier Kieffers zweiter Fall. KiWi 1262
Verfügbar auch als eBook

Seit der Luxemburger Koch Xavier Kieffer mit Frankreichs berühmtester Gastrokritikerin liiert ist, wird er zu den exklusivsten Events eingeladen. Doch das edle Dinner beim Pariser Bürgermeister endet bereits nach der Vorspeise: Europas berühmtester Sushi-Koch kippt plötzlich tot um …

»Tom Hillenbrand regt genussvoll den Appetit der Krimileser an.« *Die Welt*

www.kiwi-verlag.de KiWi PAPERBACK

»Viveca Sten ist Anwärterin auf den Thron der schwedischen Krimikönigin.«

Grazia

Viveca Sten. Tödlicher Mittsommer. Thomas Andreassons erster Fall. Deutsch von Dagmar Lendt. KiWi 1202. Verfügbar auch als eBook

Am Strand von Sandhamn wird an einem heißen Julitag die Leiche eines Mannes angespült. Thomas Andreasson übernimmt den Fall und trifft auf der beliebten Urlaubsinsel seine Jugendfreundin Nora wieder. Als ein weiterer Mord begangen wird, gerät die Inselidylle vollends in Gefahr ...

Viveca Sten. Tod im Schärengarten. Thomas Andreassons zweiter Fall. Deutsch von Dagmar Lendt. KiWi 1252. Verfügbar auch als eBook

Konzentrierte Spannung vor dem Start zur berühmten Segelregatta vor den schwedischen Schäreninseln. Doch dann: Juliander, Rechtsanwalt und Vorsitzender der Königlich Schwedischen Seglergesellschaft, ist erschossen worden – zeitgleich mit dem Startschuss und vor den Augen des Regattapublikums.

www.kiwi-verlag.de KiWi PAPERBACK

Viveca Sten. Die Toten von Sandhamn. Thomas Andreassons dritter Fall. Klappenbroschur. Deutsch von Dagmar Lendt. Verfügbar auch als eBook

Thomas Andreasson wird nach Sandhamn gerufen: Ein Mädchen ist verschwunden. Obwohl sofort eine fieberhafte Suche einsetzt, bleibt sie ohne Erfolg. Wo steckt Lina, und wer ist für ihr Verschwinden verantwortlich? Thomas Andreassons dritter Fall wurde in Schweden gleich nach Erscheinen ein Nummer-Eins-Bestseller und gilt für viele Leser als Stens bisher bester Krimi.

www.kiwi-verlag.de Kiepenheuer & Witsch